学术顾问　董乃斌　陈犀禾

主　　编　金冠军　尤红斌

编　　委（以姓氏笔画为序）

马　宁　尤红斌　石　川　刘海波　邢虹文

孙永超　孙绍谊　曲春景　吴小丽　林少雄

金丹元　金冠军　聂　伟　葛　颖　程　波

上海市重点学科建设项目资助，项目编号：S30103

Supported by Shanghai Leading Academic Discipline Project, Project Number: S30103

电影美学：史学重述与文化建构

尤红斌 王玉明 主编

上海三联书店

前　言

进入新世纪以来，中国电影产业文化出现了长足发展，不仅引起国际电影业界的瞩目，也因此形成了以华语电影为理论关键词的研究热潮。海内外一大批学术成果相继面世，围绕中国电影的文化境遇、美学挑战、批评路向与市场拓展等问题展开了卓有成效的探索，显示出海内外学者面对全球化语境下中国电影文化生态与产业发展的敏锐洞察。这也是我们编选《海上影视学术论丛》的初衷所在，希望藉此辑录当代华语电影研究的最新成果，以更加开放、立体与自信的视野来理解、研究中国电影乃至我们自身所处的时代社会文化。

《海上影视学术论丛》共分三个部分，分别是《电影美学：史学重述与文化建构》、《电影批评：影像符码与中国实践》和《华语电影：跨地交往与身份认同》。其中《电影美学：史学重述与文化建构》立足于中国电影美学的当代建构，梳理早期电影美学理论中的基本概念与关键词，在比较研究的视野中探讨“十七年”中国电影美学表述的本土化特征，以及进入新时期以来中国电影创作研究对于国际电影美学思潮的理解与接受。《电影批评：影像符码与中国实践》在当代电影批评观念分流的多元背景之下，围绕大师研究、类型电影和代群创作等现象展开文本解读与意识形态分析。《华语电影：跨地交往与身份认同》则将华语电影纳入全球文化互动的格局中，考量华语电影参与国际交往的历史渊源，分析两岸三地华语电影的现代性症候以及海外产业拓展等问题。由此，三部书的关键词分别为“当代性”、“中国性”与“在地性”，它们互为补充，共同构成中国电影研究的几个重要侧面，也代表了编撰者对于华语电影未来研究路向的理解。

限于时间，辑选理路方面存有不当之处，恳请学界同仁不吝斧正。

目　录

叙事媒介与技术伦理

附 录

中国早期电影理论中的真实观念

胡　克　中国电影艺术研究中心研究员
中国传媒大学博士生导师

电影与现实的关系是最基本最重要的电影理论观念，任何国家的电影理论对它都是不能回避的，但是如何触及与认识这个问题，却可能有所不同。由于西方电影及电影理论阐述的强势地位，人们习惯上把西方关于现实的理论当作主流，这无可争辩，但是这未必就是理论发展的唯一可能或唯一正确的途径。如果认真清理就会发现，中国电影关于这方面的论述也有不少，其中与西方论述有相同或相通之处，也有不少不同之处，形成了自己的发展途径。

理论前提

一般认为，对于中国的美学观念来说，真实不是一种毋庸怀疑的、绝对的崇高目的，也不是一种本源，一种出发点。

西方电影理论讨论电影的真实性时，基本从电影的本体论角度论证，关注影像与现实的关系；而中国电影理论则注重真实性的社会功能，关注电影与观众感受的关系。中国与西方从不同角度探讨，西方重表象真实，中国重感觉真实。中国早期电影理论家显然不准备把真实性上升到形而上的哲学层次讨论，而是偏重实际，强调观众的感觉。

其实没有迹象表明在20世纪20年代西方电影理论认真讨论过电影真实问题，并取得了基本一致的意见，这并不意味着他们已经不需要讨论这个问题，而仅仅表明他们没有意识到这是一个理论问题，因为强大的关于写实的传统艺术观念和实际存在的电影创作实践都在使他们对这个问题丧失理论警觉性。

人的观赏观念受社会文化传统的影响和制约。西方的画面与影像观念又由焦点透视法决定，这种观念建立在文艺复兴时期，后来从美术转移到图片摄影，又自动延伸到电影，人们已经忘记这只是一种设计好的规则，而认为天然如此。这种透视法强调从一个观赏者的视角出发组织画面，画面似乎是为观赏者一个人存在，从他一个人的视点出发而展开，显然这有利于树立观赏者的主体性。这本来是一种特殊的人为规定，但是由于西方文化是强势文化，就把它自然化，看作是放之四海而皆准的真理。但是这种基于西方文化传统的观念并不能天然决定中国人的真实观。中国的艺术创作与欣赏遵循的原则是散点透视，由国画和中国戏曲舞台建立起来的观赏方式和欣赏习惯所决定。它不是预先设定特定一个人为欣赏的出发点，而是把对图像或戏曲表演的观赏作为一种集体性的社会活动，虽然是以个人为出发点在看，但是画面并不是或不一定完全是从一个人的视点展开，这无形中在提示观赏者，似乎还有其他观赏者同时存在，每个人都是作为社会中的一员在观看，这使得观看带着比较强的社会因素，无形中有一种社会责任感在发挥作用，首先想到观赏对象对社会的影响，就是不仅对观赏者自己，也对可能存在的其他观赏者发生影响，是对群体发生影响。因此，为一个观赏者观看制造出的图像或影像很难说服中国人，让他们只相信自己的眼睛，把眼前看到的图像看作是真实事物的再现。

对于中国来说电影是一种外来事物，当它进入到中国社会并且发挥着作用的时候，中国人不可避免地要赋予它一些功能和作用，这是一种外来文化融入本土文化的必然过程，可以发现，一些在西方社会被认为是理所当然的概念或观念，在中国会被关注，真实就是一种被中国电影理论注意和讨论的概念，只是它没有完全按照西方的逻辑而是沿着中国的逻辑被提出来讨论。按照西方的逻辑，电影的真实涉及人的感知和电影技术的再现功能，但是中国人对此没有过多关注，他们并不去比较银幕上的影像是否再现了摄影镜头前的参照物，也不去讨论造成它们相像的技术层面的科学原理。这首先是由中国的电影实践决定的。西方关于电影真实的理论是受摄影原理启发引申出来的。倡导“影像真实”，需要高水平的电影技术和工艺条件，中国电影工业落后，自然不利于发展基于技术原理的真实美学观念。

中国最早的电影摄制实践是从照相开始的，1905 年任景丰在北京丰泰照相馆从图片拍摄转为影片拍摄，把固定影像变成活动影像，摄制了《定军山》。但是，电影理论并没有相应建立，更不可能从图片摄影中受到启发，激发理论灵感。因为中国的图片摄影理论比起电影摄影理论学术水平更低，直到20世纪20年代中期仍未能触及一些理论问题，对于“摄影图像与其参照物的关系”这样比较抽象的理论没有人去探讨。这种理论对中国人来说似乎无关紧要，可见在西方认为至关重要的理论问题未必在中国被看作同样重要。

在20世纪20年代，中国社会的科学知识普及程度极低，即使是从事电影创作和制作的人也很少懂得电影摄影原理，由于摄影技术普遍比较低，影像质量不高，也很少实景拍摄，摄影师地位不高，拍摄电影时没有什么发言权，制片人、导演和编剧基本不懂摄影，对摄影质量要求不高，这些都导致很少有人想到把影像与拍摄的参照物进行对照，推导出纪实是电影的本性之类的电影哲学原理。

在认识事物时从物理因素转到社会因素是西方的一种认识方式，而中国往往超越物理因素，直接加入社会因素，具体到电影的真实观，中国人直接从社会角度去认识电影的真实性，而忽视它的机械或化学原理。

西方人可能对于人是否参与改变影像的因素比较敏感，认为只有尽量减少外在因素参与，才可能保证影像真实，而中国人则认为人参与影像的生成是不可避免的，不必要求影像与参照物绝对相同，是否真实，重要的是看观赏者的感受。

这些观点并不是中国电影诞生初期提出来的，列在前面只是作为探讨早期电影真实观念的理论前提。

逼真与写意

让我们考察一下20世纪20年代中国电影理论中的真实观念。

顾肯夫是中国早期电影理论的开拓者。他奠定了中国真实观念的基础。他敏锐地发现，“现在世界戏剧的趋势，写实派渐渐占了优势的地位。他的可贵全在能够逼真”。[1](p.4) 中国人对于逼真的理解有一种说法是逼近真实，是一种动态过程的描述，逼真具有相对性，并不绝对化地界定什么是真实。他把写实与逼真的概念首先引入电影理论，是非常敏锐地抓住了电影的根本，但是，论述的角度可能有所不同，他更强调逼真的主观因素。

谈到真实，顾肯夫是从观众的感受入手展开论述。他认为，写实的可贵在于“逼真”，逼真的作用是使观众入戏，与剧中人认同，“像亲身经历戏剧中的一番情形一样，那感动力就增加了千百倍”。看戏人对角色的认同，把自己想象为剧中形象，更能提高欣赏兴趣。只要观众被形象打动，信以为真，就会不由自主地把戏剧情境看作是自己在亲历现实。[1](p.9)判断戏剧（包括电影）是否真实，以什么为参照物呢？不是现实世界本身，而是人（观众）对于现实世界的感受。

顾肯夫也许没有清醒地意识到，他实际上已经把判断真实性看作一种社会建构过程，这个过程是人的主观意识与客观社会共同作用的动态产物。他强调在观赏过程中剧中人形象（代表编剧、导演和演员）、观众（代表社会）之间的心理交流，强调观众的感动程度是判断真实与否的重要标准。这也就是说，观众对于社会的感受与认识已经存在，并以此出发对电影有所期待，电影符合这种期待，就被看作是逼真的，即是真实可信的，因此这是对于观众期待出现的一种影像的命名。是观众同时把自己对于自然与社会的一种感受具象化，赋予意义，纳入文化体系之中，赞扬影像真实可以看作是它满足了自己的期待，也表明自己融入了一定的文化体系中。顾肯夫在论述中并没有规定统一的、要求社会或电影界都认可的电影的真实标准，他主张把认可真实的权力交给每位观众，让他自己去判断，判断真实也是一种使观众自己融入社会的方式，观看电影时想象自己进入了一个类似现实社会的真实世界，有助于社会的凝聚。这使观赏电影成为社会化形成的一种途径。

当时一些中国电影理论家认为，写实不应该是对于现实的纯粹客观的表现。

侯曜也提出电影的特点是逼真，但是论述的角度有所不同，他是早期极少能够从摄影技术角度考虑真实性的论述者，他说电影“能把真的火灾如实地摄影出来”，电影中的“表演的动作，一毫不能苟且。凡喜、怒、哀、乐、爱、恶、欲等表情”，观众可以从特写或近景镜头看得清清楚楚。但是，中国的关于写实的论述涉及技术层面到这种程度就不再深入，此后相当长一段时间内摄影技术退出相关话题，社会因素和创作者的主观因素开始主导相关理论。

侯曜认为，“其他的戏剧是以舞台为舞台，影戏则以宇宙为舞台。它表现自然界的真美，非其他戏剧所能望其项背”。[2](p.533)他实际上提出了一种相对写实的观念，判断电影是否真实，很少与其反映的社会现实相比，而是与类似的艺术形式相比，当时话剧还不发达，但是戏曲比较普及，戏曲经常被选作比较的对象。因为中国戏曲的特点是写意的，所以与戏曲比较，电影必然会突出写实的特点。中国是以观众的感觉为主判断是否真实，电影对于观众来说已经是远比戏曲显得真实的一种艺术形式了。因此在中国当时的论述者看来，写实是相对的，不是绝对的。

劲曹反对电影单纯注重写实，他在评论一些“重写实”的影片时说：“（他们）总告诉我们以某种事实，并没有传给我们以深刻的情绪。他们只给我们以‘知’，没有给我们以‘感’，这种影片只可作‘《申报》的本埠新闻’读，只可作一部‘历史教科书’读，怎样配称作‘艺术’呢？”“他们只把某件社会的现象，像在新闻纸‘各属新闻’或‘本埠新闻’一样，告诉我们，他们没有能力能够惹起我们对此事的同情，换言之，即是他们没有情绪传给我们，也不能撩起我们的情绪”。[1](pp. 93-94) 从这种观念推导，中国电影理论家认为单纯写实未必就是艺术，而是把能够传达情绪看作是艺术的标准。

不求写实，却要让人感到逼真，就是要求表现情绪。把情绪与写实对立，这种看似矛盾的观念，与中国“重写意轻写实、重神似轻形似”的文化传统和艺术观念一脉相承。欧阳予倩认为，电影“以情绪为中心。一切工具，只要能够表现情绪就是了。不必应有尽有的苦心于写实”。“因为我们求其像生活，不是绝对的真实生活”。[1](p. 109) 写实不是作为关于电影本性的理论提出来，而是被看作是电影创作的多种描写方法之一，忠实是第一要求。只是要合乎人情。没有提出其他方面的界定。衡量标准是人情，不是参照物，把社会的因素作为根本。

韦耀卿提出电影是“社会之写真”，仍不是将影像与参照物进行对比，由此引出电影的社会作用，写实不是重点，社会作用是重点。[2](p. 686)

西方现代派艺术观点传入中国，它的反写实的观念被中国一些理论家注意到，并将其尽量与中国当时电影理论中拒绝或抗拒写实倾向的观念合流。

李涛的文章《听田汉君演讲后》是对田汉讲演的回忆和理解，实际代表田汉的观点。这篇文章认为模仿自然与创造，是两种不同的电影观念，“有一部分作者，却主张艺术不应当模仿自然，是应该创造，作者应用自己的心理去观察自然，把个人所感觉到的描写出来，这是所谓表现派”。尽管他在论述中并没有明确界定和详细解释什么是“模仿自然”，但是实际上已经把写实的模仿自然与非写实的表现派当作对立的两种观念来把握。他对于非写实的特征表述得更准确。可能是受到欧洲现代派美术和先锋派电影影响，他提出美术和电影中的“构成派”概念，其特点是，“无物象可寻，不过是些构成的光暗及线条而已”。当时中国人如何看到先锋派电影，没有谈到，不得而知，但接受了它的影响却是不争的事实。田汉没有谈什么是真实，但是却能够把握什么不是真实的。而对于这种不真实却给予更高评价，认为是创造。[2](p. 499)

泽雷从美开始论述，把“逼真”与“超现实”作为美的两个条件。他主张，先要逼真，但要比逼真更进一步，经过创作者加入主观情感，进行艺术加工才有美。“逼真是要那美成其为美的一种手段，超现实是美的目的。……自然是无从创造的，艺术家所创造者只是创造自然的幻觉而已。……第一，所创作的东西应与综合的自然相仿佛。……第二，在技巧的表现里应该映出创作者的艺术的心境来，……没有把创作者的感情表现出来，那作品便成为科学的写实，而堕入于形骸的装饰的技巧"。"艺术电影在逼真之里也得映出创作者的艺术的心境"，"电影的创作者，就是普通称为导演。导演者能够使演员逼真地表现剧情，同时在这本电影里也能映出他的艺术的心境"。[2](pp. 451-452) 他在论述真实与艺术的关系时，并不从影像与参照物的关系说起，而是从艺术创作的角度切入，强调艺术家的主观能动性。导演与演员要理解人物性格，才能创造出真实感。这种观点实际上相当于西方在20世纪50年代推出的作者论的观点。只是作者论与真实论界限分明，而中国的逼真观念与写意倾向却是经常被理论家进行论述时联系在一起。

阮毅成的观点是："影戏的发明之所以在人类进化史上占一个很重要的位置……实在是因为影戏是人类再现事物的能力大进步和大成功。人类本就有一种愿望，能把他喜欢的东西'永存'，不能'永存'便须能'再现'。……要能有充分的活动性而又可以永存的再现事物能力的那便是近代科学的成功之一的影戏。"他从人类的一种根本的愿望说起，认定再现满足了人类要把自己最喜爱的东西保留下来的愿望。电影只是再现的工具。这个论述最接近巴赞的观点，但是却要早得多。这比巴赞的"木乃伊情结"的观点通俗易懂，少一些宗教意味。他并没有把观点局限在电影的再现观念上，而是进一步发挥它的道德功能，"影戏的功能近来已多加上了一种意味，便是从前只能再现人们所欲再现的事物，使之能够永存，而现在却要更进一步选择人们所欲再现的事物，并提高人们再现事物的标准。便是从前只是迎合一般人的好尚，而现在却要提高一般人的好尚"。也就是要引人向善。[2](pp. 542-544)

郁达夫对于现实性与超现实性的关系的观点值得注意，他认为，电影的现实性和超现实性都可以有一种逼真的效果，"电影的现实性，就是写实的便利，这一层在取材背景上面，很容易办到，是谁也晓得的。殊不知她的超现实性，也是很强，也同样的很逼真，不至于使观众的自幻观念打消。……使不可能的动作化为可能的机能，是在旁的艺术里找不出的"。[2](p. 488)

由此可见，现实性不能等同于逼真，逼真是比现实性与超现实性更高一级的观念。中国关于电影表现真实与否，强调逼真这个概念，也就是使观众感觉像真的，信以为真，就认为是艺术水平高。中国人只要求感觉真实，如果他们要考察影像是否真实，是看影像是否把握了一种生活状态，而不是看影像与参照物表面的相像程度。看到画面能够让人联想到对应的生活状态就满足了，就认为是真实了。

如果用西方电影理论体系衡量，这些论述是模糊不清的，多元化的，又多属于断简残篇，不能构成完整体系，因而难以准确断定实际的理论成绩，但是可以从中了解到当时中国电影理论界对于电影真实性的大致理解。

真、善、美统一的理论体系

中国电影理论家并不单纯把真实作为艺术的根本标准或唯一标准。郑正秋提出，对于戏剧来说，真、善、美是普遍原则，这自然是涵盖电影的，尽管当时的电影没有声音，但是有字幕，因此，电影是属于戏剧的一种。他把真与其他两个条件放在一起，实际上提出了艺术理论的真、善、美统一的原则。[2](p. 221)

周剑云、汪煦昌和侯曜都把"真、善、美"的统一作为电影艺术的最高标准，而周剑云、汪煦昌更进一步把"美"作为电影的灵魂。[1](p. 19)他们的基本思路是，要用"善"和"美"平衡"真"，限制"真"。

早期电影理论强调真是有条件的，往往不单独强调真，总是把善和美也同时提出来，并列在一起，说明这三个元素是不能互相取代的，是要互相配合的，这样就不会把真放到过分突出的地位。况且这里的真从本质上说没有基于照相本性，因而不是基于物理特性的真实观，而是一种偏重于社会性的真实观，如前所述，这种思维方式的产生可能是由于中国的科学技术不发达而社会因素又是必须考虑的因素所致。纯粹写实不能满足社会要求，不能满足各种社会心理，需要一种能平衡各种要求的电影观念，既然认识到写实是电影的无可取代的特点，又不可能把它作为电影的本体概念，其结果是把真实纳入一定的体系之中。

谷剑尘把电影分为三类：教育的、营业的、艺术的，但三种电影"虽宗旨之不同，目的之不同，发挥之不同，而所结晶，终以不脱真善美为最低限度"。他为"真"下定义为"人生之表面可取而模仿之者"。"善"为"令观众得觉感官能之冲动、判别喜笑恼怒之是非、兴起好恶之鉴别力、间接收感化之效"。"美"为各种电影艺术表现方式如摄影、表演等"是否合于美之范围，而起人之美感"。概括为："善为择义，真为选材，美为结构。"[2](pp. 838-839)谷剑尘的论述显然已经超越了电影剧本选材的范围，实际上用真善美来构筑电影的体系，他采取了一种平衡的方式论述真善美各自的作用，对于真(即真实性)来说，既不突出，也未忽略或贬低。从总体上看，这完善了由郑正秋奠定的真、善、美统一的电影观念。

“真、善、美”作为一种审美理想，寻求一种和谐完美的境界，依据当时的国情，根本无法实现，而且也很少有电影制作者遵照这个原则拍摄影片。它只是作为一种社会话语，表面上满足并且折衷了对创作各方面的要求，显得中庸平和，温柔敦厚，实际上是为放弃把电影作为反映现实、批判现实的重要方式寻找理由。

中国电影理论家近似顽固地漠视电影基本的写实特性，并非正常现象，必然有深层的社会历史原因。中国人对“真实影像”的恐惧，可能与早期西方电影输入时的观影经验有关。顾肯夫说，电影诞生初期，外国人到中国拍电影，喜欢拍摄中国的不良风俗，如裹足，吸鸦片烟等，使中国人看了感到受到莫大侮辱，以“人格破产”来概括。[1](p.9)或许是民族自尊心使然，不愿意本民族的消极事物在银幕上被强调而受西方人嘲笑，从而导致对电影中的“真实影像”产生潜在的恐惧感。20世纪之初的中国社会现实只能让中国人产生屈辱感和挫折感，既然无法改变现实，只好回避现实。排斥电影写实，正是一种自欺欺人的回避现实的方式。只有对现实持强烈批判态度的人才会坚持电影如实反映真实状况，早期电影理论家大部分是社会改良主义者，大都坚持电影要发挥教化作用，自然会提出真善美合一的理论，用美和善来纠正真的所谓偏颇。阮毅成提出：“单单善于刻画现实社会的，不算是最好的影片；一定要能于刻画现实社会种种劣点之后，更继以改良的描写，方算是好影片。因为前者本是言语文字力量之所及，而后者要使得感人更深激人更切，才是非影戏不可。”[2](p.444)

当时的电影是半封建半殖民地社会的审美话语，其内容和形式只能表达社会条件容许的、可以被人理解并接受的观念，这种文化形态是排斥模仿论的，它不需要人们看到事物的真相，宁可重新制造一些虚假但是却能够掩盖社会矛盾的影像来迷惑观众。缺乏面对现实社会的自信，对现实影像抱有恐惧感，寄希望于按照理想改造影像，当然是一种消极观念，但是，由此也可以引出对于电影特点的一些新的认识。他们实际上已经模糊地意识到，电影可以不是完全写实的，影像是真实的，但是表达的内容却具有可操纵性。

表面看中国的电影理论在这个时期没有去过问电影与客观世界的关系，没有在总体上建立电影反映现实的观念，是一大不足，但是中国电影的有关真实的理论却有助于个体理解自身与社会的关系，并且把真实的理论放在了电影与社会关系中去考虑，把真实性看作美学的一种主要因素，这是有理论价值的。

批判现实主义与本质真实

20世纪30年代电影理论对于电影与现实的关系的论述比较丰富，使之成为重要的理论话题。左翼电影理论受马克思主义文艺理论影响，承担了两方面的任务：其一，呼吁和督促电影创作制作努力反映社会现实；其二，评论电影作品时，以社会现实为参照，进行比较，评定优劣，并进而探讨社会真实和本质。20世纪20年代提出的真、善、美统一的真实论被摈弃，真实的重要性被突出，善和美不能与之相提并论。这并不意味着不讲道德和美学，而是由于真实论发生变化，带动道德与美学随之发生变化，以适应真实观念的变化。

左翼电影批评家积极倡导把真实性作为一种创作原则，要求电影反映社会现实，发挥电影的特殊作用，为当时的电影创作指出了一条正确的发展道路。夏衍说，"能否把握'真实'，这是艺术家能否成功的分歧"。"作品对于现实的歪曲与粉饰是有害的，我们便该反对"。[3](p. 150)他在电影批评实践中阐述这个观点，他认为，《城市之夜》"犯了极大的改良主义的、空想社会主义的错误"，"作者有意或无意地歪曲现实"，"稍稍注视一下现实社会，就可以知道在现在这种社会，被都市驱逐出来的穷人决没有到乡村去'建设乐园'的可能"。"作者暴露了'万恶的都市'的黑暗，而不曾指示出这种黑暗的根源，展开了贫富两种生活上的不合理，可是他不将这种不合理的原因归结到现社会机构的矛盾，而笼统模糊地将这一切病状推诿到一个空洞的名词'万恶的都市'身上"。[3](p. 62)《小玩意》"将破落的村庄写成世外的桃源，将严肃的战争写成了轻松的漫画，我以为是足以损害全剧的完整性而反可以分散对群众之印象的"。[3](p. 69)

左翼批评家主张只要艺术家面对现实，按照现实的本来面目去表现，就会产生强烈的艺术感染力，即使他个人的世界观并不一定是先进的。夏衍以《斗牛艳事》为例指出："一部作品在客观上含着丰富的真实性，这生动的真实的描写，是违反着作者的主观的世界观而达到了艺术上的正确的有教益的结论。"[3](p. 151)左翼电影理论主张，暴露社会黑暗，揭露现实，是电影义不容辞的职责。在评论《亡命者》时，夏衍认为："从各种视角来解剖和暴露这种腐朽而酷毒的体制，在现在是相当必要的事情，尤其，当这种暴露的对象和全社会机构有密切的联系的时候。即使这种暴露只限于对于过去和现存的讽骂，而没有对于未来的启示。"[3](p. 143)显然，他主张只要坚持揭露现实黑暗，即使存在种种不足，也应该鼓励，不必苛求。这种观点表明批判现实主义的产生。

观众不仅希望看到真实反映现实的影片，而且希望看到内容与形式统一的现实主义影片。凌鹤在评论影片《铁板红泪录》时指出："前进的电影作家，他们不会忘怀现实，他们努力地将现实的题材加以明确地说明，使观众体验中国农村的真实，……然而我们的作家在技巧上，在描写上，的确还没有得着优良的运用。""有了新的内容，而没有新的形式"。[4]

新的理论观点把 20 世纪 20 年代的真实论中掩盖的意识形态突显出来。表象的真实并不被特别强调，本质真实更受重视。是否真实被放在反帝反封建的前提下判断。要求电影不仅要描绘人生，而且要批评人生，指导人生。电影创作要反映现实，并反作用于现实，这种辩证关系被提出来，重在强调人的主观能动性。

唐纳的论述比较完整，他认为："彻底的写实主义，唯一的原则是'描写真实，更写实主义地'，而所以达到这原则的是严肃的去把握现实。""这现实是流变着的客观存在，但不是一切世上所有的事象便名为现实，那是一种危险的误解。现实是这些事象的本质，法则。要透过事象达到这个现实世界，分别出主导的与从属的，必然的与偶然的，本质的与非本质的，必须站在历史的进步的负担者的立场上来观察与思维"。他在此基础上提出了进步的浪漫主义，"艺术是客观存在的反映，客观存在是流变着的，因而在艺术里不仅要表现出现实是怎样，而且要表现出应当怎样。英雄主义(当然非个人主义的)，大事业，革命的无限卓越性，一定会实现的'真实的梦'，只要根据着一个必然会实现的条件而歌颂，预言，暗示，是我们所容许与必需的"。[2](p.1055) 他主张从革命事业需要出发，可以对真实进行改造，其结果有可能在本质上更真实。

这些观点显然比强调表象真实更有说服力，更有利于深入事物本质，但是也更具有鲜明的意识形态性质，标志着形成了意识形态观照下的真实理论，对于后来的现实主义理论影响明显。

中国的电影理论何以长期注重社会本质真实超过现象真实？可能有多种理由，主要由社会条件决定。

在 20 世纪 30 年代，一个重要的原因是，电影理论在社会生活中的影响力提高，其思想深度和激进程度远远超过电影所能直接表现的，满足了社会对于鲜明而又浅近的社会观念的急切需求，因而取得相当大的独立性和发言权，特别是，由此启发了急于影响乃至控制民众观念的政治力量，重要的阶级力量争相借助电影理论与批评阐述自己的各种观点以影响社会观念，于是电影理论批评不仅仅是单纯阐释电影本文，而且本身就成为一种重要的话语形式，与电影本文、创作者、读者（观众）、权力结构等展开不同方式的对话。他们不仅仅局限于电影艺术问题，而是把注意力集中在社会各个方面，在分析和阐发问题时，将意识形态、阶级斗争势态和社会语境等联系起来，由此，电影本文已经不可能是产生意义的中心，而更多的是被作为批评的对象，电影本文的意义要根据社会语境和论证需要确定。

在复杂纷乱的社会中，不可能找到被各阶级都认可的纯粹的社会真实，“真实”在多数情况下被各种政治力量作为话语使用，其意义要视具体条件由多种情况决定。对于左翼电影理论而言，从阶级论出发，对于不掌握在自己手中的电影机构能否完全反映现实理所当然地持怀疑态度，根本不可能相信电影描绘的现象完全符合自己理解的真实，因此从自身坚持的世界观和文艺理论原则出发，要求电影反映现实的时候，强调的是反映本质真实而不是现象真实，其实就是要求按照自己所在的阶级的世界观反映现实，把电影作为阶级斗争的工具，而不是反映现实的工具，这样“真实”这个概念不可避免地具有意识形态特征，与一般人理解的真实概念有本质区别。当不同的阶级阶层都试图按照自己的需要界定诠释真实时，必然会产生理论分歧，引发争论。左翼电影理论家与软性电影倡导者的争论是一个适当的例证。

战争环境中的现实主义

1937 年以后，抗日战争爆发必然促使人们面对现实。在对现实的态度方面，中国的电影理论家始终与西方存在着差异。中国不把“反映现实”作为终极目的，而是作为一种说服人感动人的手段，重在“反映现实”的社会作用。作者根据需要，在反映现实时可以加工修改。

20 世纪 40 年代初期的战争环境，促使电影理论家的“现实主义观念”发生微妙变化，只强调表现与抗战有关的现实，缺乏对社会全面的介入和反映，实际上产生了要求电影单纯为中心任务服务的倾向，这显然是偏颇的。他们主张用理想主义改造现实，重教育作用，重精神激励作用。有人概括电影的创作原则时说：“（抗战影片）不以曲折而动人的故事为中心了，更被注意的乃是思想。它们都有着一个现实的主题，通过一个不可缺少的故事，表达一种思想，以宣传教育他们的观众。”[5](p.104) 暴露黑暗，批判现实让位于宣传教育作用："故事的内容，与其专事暴露黑暗面，不如尽可能地指示光明的前途，鼓励民众抱着最大的勇气与自信心，迎头赶上去。"[5](p.71)没有单一指向性的开放式结局让位于能够预示未来的有明确意义的结局，因此用理想主义改造现实，重教育作用，重精神激励作用，对社会现实的态度是有选择的是受社会因素制约的。对现实主义作品提出的要求是："使每一部电影都是现实主义的作品，能够反映现实，预示将来。"[5](p.70)电影人对于现实的态度发生了一些变化，现实题材局限于表现抗日，揭露社会现实中的阴暗面成为一种多余或有意回避的事情。如实地表现现实让位于宣传。因此是用抗日等理念改变现实，其实这也是一种观念先行。从激励斗志出发，对电影创作提出理想化的要求和愿望。对现实的反映是有选择的，是为一定的政治目的服务的，与抗日有关的得到拓展，无关的部分基本停滞，形成一套有中国特色的战时电影理论。这些观点与 20 世纪 30 年代理论家要求电影揭露社会现实，启发民众直面人生有很大差异。

为了维护统一战线，动员全民族抗战，电影理论家们满腔热情地发表观点，形成一套战时体制下的电影理论，但是，对于当时的电影创作影响很小，创作质量和产量都很低，与 20 世纪 30 年代形成鲜明的对照。这是需要认真反思的。如果放在战时环境中，一些做法是可以理解的，但是关键在于应该有清醒的认识，知道为了适应自己所处的社会，不得不做出了哪些妥协和让步。特别是不能把战时条件当作一般社会，把战时体制下的电影理论和批评当作普遍规律用于一般社会。

结　语

中国与西方讨论现实与电影的关系，是两种不同的角度，西方重视影像与拍摄对象的关系，中国重视文本与社会的关系，从总体上评判并无优劣之分。

真实论虽然是认识电影的基础，但是即便理解不够深入，也不至于影响人们去创作或制作电影。况且如果没有按照西方那种思路去认识这个问题，也未必就是坏事。不同的社会历史条件总是孕育最适宜的理论和观念，促使不同的民族从不同角度深入思考相关理论问题。中国的关于电影真实的理论尽管缺乏完整的理论体系，也缺少理论大师和专著，但是却有鲜明的特色。

概而言之，中国电影理论界通过对于电影真实的探讨，在每一个历史阶段都取得了相应的社会效应和理论成果。在 20 世纪 20 年代，通过强调逼真、写意、真善美的统一，不仅完成了与中国传统美学及艺术观念的继承和衔接，而且也初步涉及了个体与社会的关系。在20世纪30年代，通过对批判现实主义的倡导，对本质真实的探讨，把民主主义思想和马克思主义哲学引入中国电影理论，加强了它的意识形态性质。在20世纪30年代末到40年代中期，由于世界反法西斯战争打乱了中国电影理论原有的发展轨迹，通过对战时环境下的现实主义的理论探讨，促进了对个人、民族与国家关系的理解和认识。至此，中国早期电影理论发展阶段大体完成，由此形成的电影真实观念为后来电影理论的发展奠定了基础，其丰硕的理论成果与不可忽视的欠缺值得我们认真总结。

参考文献：

[1] 罗艺军. 中国电影理论文选(上册)[C]. 北京：文化艺术出版社，1992.

[2] 中国电影资料馆. 中国无声电影[M]. 北京：中国电影出版社，1996.

[3] 夏衍. 夏衍电影文集(第1卷)[M]. 北京：中国电影出版社，2000.

[4] 陈播. 三十年代中国电影评论文选[C]. 北京：中国电影出版社，1993. 385.

[5] 重庆市文化局电影处. 抗日战争时期的重庆电影 1937 - 1945[M]. 重庆：重庆出版社，1991.

写意、传奇和中景

——论中国早期电影的美学特征和文化背景

张成珊　上海大学副教授

如果要给中国电影划分阶段的话，那么20世纪40年代以前的电影可称为中国早期电影。其中经历了初创阶段(1905～1932)，转折阶段(1932～1937)，抗日战争阶段(1937～1945)，解放战争阶段(1945～1949)。这个时期中国的电影已经初具规模，民族风格、民族传统也大体形成。从美学的角度来考察，其基本特征已经显现：无论是积极的方面，还是消极的方面，无论是通向过去，还是走向未来，都渗透着中国文化的强大背景。正如一位研究中国电影的美国专家所说的“每一部中国电影所要面对的冲突性因素，比我所认识的任何国家要多，艺术与商品只是众多冲突中的一个，戏剧与说教是另外一个。古老的本土文化与现代外来文化的对抗则是一个比较严重的处境。对我来说这种对立在电影里比其他文化领域里更觉明显。”

传统文化存在于物质形态、社会意识形态以及与之相适应的人们的心理状况之中。它的生态和心态制约着中国社会的发展，形成了民族性格的历史。电影艺术作为社会意识形态的一个领域，作为物质存在的组成部分，作为艺术家们主观评价、审美理想的表现，作为综合性的文艺样式，自然离不开中国文化照射的亮点。本文试图从以下几个方面加以透视。

写意性——中国传统艺术的主旨：写意与讲究“传神”

中国早期电影的写意性是它的第一个特点。从这个时期一些优秀的影片来看，它是比较重视“传神”的，它运用象征比喻和抒情的方法创造一种令人陶醉的意境。

1934年拍摄的《渔光曲》中那一望无边的东海之滨，晨曦中年轻的渔民们唱着“轻撒网，紧拉绳，鱼儿难捕租税重……天已明，力已尽，捕得了鱼儿腹内空，捕鱼人儿世世穷。”这里美丽的风光和凄惨的歌声形成了鲜明的对比。是诗，也是画；是电影，也是音乐；是实，也是虚。其创造的意境是耐人寻味的。

1948年拍摄的《小城之春》女主人公周玉纹出门卖菜经过一座古城，那杂草丛生、残缺不全的城墙在阵阵凄风凉雨中构成一种情景交融的意境，让人联想到周玉纹生活的环境——一个破落封建士族的家庭，其中的韵味亦无穷。

《一江春水向东流》片头出现滔滔不绝的长江，用象征的手法把“问君能有几多愁，恰似一江春水向东流”的意境表现出来了，让人琢磨影片的思想、人物的命运以及整部影片所渗透的情绪。

1948年拍摄的《万家灯火》的结尾，镜头从多灾多难，已经陷入饥寒交迫困境之中的胡智清家的窗口推出，银幕上出现了大上海苍穹浩茫的万家灯火，顿时创造了一种“月儿弯弯照九州，几家欢乐几家愁”的意境，同时又隐隐约约地感受到“四面云海放胸壑，万家灯火收眼底”的涵义，使人联想到旧社会普天下的劳动人民生活在水深火热之中的情景。

中国早期电影的写意性不仅表现在整体意境的创造中，也表现在过渡、转折、刻画具体人物时常用的“比、兴”手法。比者“以此物比彼物也”，兴者“先言此物以引起所咏之物”。这种文学上的手法，同样可以体现在电影镜语之中。1937年拍摄的影片《慈母曲》开头出现母鸡和一群小鸡在寻食，它作为“兴”引出慈母和几个孩子关系的故事。它很像古诗《赋焦仲卿妻》中的开头“孔雀东南飞，千里一徘徊”以引出焦仲卿和刘兰芝的故事。这部影片的转接过渡也很讲究“比兴”。母亲的三儿子上课不守纪律，被罚留堂，三儿子的女朋友在课堂外梯级坐下等候。接下去一个低角度的镜头：一个古老的大钟在走着。再接下去三儿子垂头丧气地走了出来，他女朋友很高兴地迎上去。另一场戏父亲去世后，母亲孤单地坐在遗像下，窗外树木肃立，接下去是雪花下的枯枝，三儿子狱中的窗外也是雪花飞舞。还有一场戏，四儿子家闹矛盾，四媳妇有不轨行为，母亲知道后神志恍惚，接下去一个镜头是莲子在砂锅里烧焦了，母亲惊惶之中提着砂锅往外厅走，看到四媳妇和别的男人在调情，砂锅掉在地上摔碎了。这些镜头的组接一方面标志着中国早期电影在运用电影语言方面的成熟，——镜头组接很流畅、舒服；另一方面也可以感受到中国文学上“比、兴”两法已经渗透到电影中来了，文学语言变成了银幕语言，“母鸡与小鸡”、“古老大钟”、“枯枝”、“砂锅”都是一种比喻和象征，其中包含的“意蕴”相当丰富。由于这些画面的写意性很强，所以这些具体的事物也“人化”了，变成了一种“情绪”和“意念”，加强了影片的艺术感染力。

中国早期影片的写意性还表现在道具的运用上。道具在影片中并非可有可无的东西。契诃夫说墙上挂着一支枪，那么小说中那支枪一定要打响。这个原则同样适用于电影。在中国早期影片中道具的运用还有更深的一层意义：有时作为情节展开，有时则作为一种“意蕴”存在，这在同期国外影片中很少看到。《神女》中第一次出现“神女”家的时候，镜头中出现了一个孤零零的窗口，一堆化妆品及罐头食物，两件招人耳目的花旗袍冷冷清清地钩挂在墙壁上，一个洋娃娃，接着是一个摇篮。镜头缓慢地向上移，出现了“神女”和她小儿子。这些经过精心挑选的道具就像生动、形象的旁白一样，介绍了“神女”的身份和生活。“孤零零的窗口”显示出这个家庭的贫穷、软弱。化妆品和罐头食物堆在一起，以及花旗袍把她不得不为生活所迫去当妓女的情景描绘出来了。“洋娃娃和摇篮”体会得出她爱孩子的一片慈母之心，以及宁可为孩子牺牲一切的精神。这些道具具有一种“传神”的魅力，拓展了画面的表现力，起到“画龙点睛”、“神于貌外”、“象外之旨”的独特作用。这里的物“意”是虚实结合的产物。古人曰：“不以虚为虚，而以实为虚，化景物为情思，从首至尾，自然如行云流水，比其难也。”（宋人范晞文《对床夜语》）它认为以虚为虚，则是完全虚无不可取；以实为实，物就是死的，不能达意、动人。唯有以实为虚，化实为虚，就有无穷的意味、幽远的境界达到艺术上“化物为情思”、虚实结合的目的。所以银幕上的道具运用得好就会产生意境。

作为电影，它的写意性自然应该和电影语言结合起来，镜头的运动，镜头的视点也要表现出“意”。孙瑜拍的《野玫瑰》前半部主要描写四个青年在失业前对待生活的天真乐观，充满了幻想。有一次下班四个人愉快地手挽着手步行回家，镜头从上摇下拍四个人的脚，慢慢地脚下出现了泥堆、石块，高低不平。一种象征性的“意味”马上出现在银幕上。孙瑜自己也说，这种运用镜头来写意的目的“不仅形象地象征人生道路的坎坷不平，而且更主要的是艺术上能‘留有想象’的余地”。（《回忆我早期的电影创作》）

诚然，中国早期电影的“写意性”是以中国文化传统为基础的，一方面电影是所有艺术样式中年龄最轻的艺术，当它摇摇摆摆在学走路的时候不可避免地受到“大人”的影响。在它成长的过程中，传统的民族文化会潜移默化地渗透到它的细胞中来。另一方面，电影是一门综合性的艺术，古老的文艺门类例如绘画、戏剧、文学等都会带着各自的特点和传统汇集到电影领域中来，影响和改造着这门新型的艺术。

站在美学的高度，从总体上将中国传统艺术和西方作一比较，可以发现两者最大的差别在于一个以写意为主，一个以写实为主。写意性历来是中国文学艺术创作的一个中心，也是中国传统文艺理论研究的一个重要课题。

传统的中国画最为鲜明的美学特点是摄取描绘对象的神韵和表现艺术家的主观情感，注重炼形提神、内在气韵。画面上的物象历历在目、栩栩如生，既是对象的神态，又是创造者情感意趣的物态化，达到物我合一。传统的西洋画（从文艺复兴到19世纪末的绘画）主要钻研透视学、解剖学、光学等规律讲究视觉逼真、惟妙惟肖，描绘对象的实在感。因此传统的西洋画有严格的科学态度，采用固定视点的焦点透视法，体现出近大远小、近高远低等原则，它首先要求“形似”，不能违背生活的真实，而传统的中国画则根据自己情感的需要，打破固定视点，运用的是一种散点透视法，把不同视点不同空间所看到的东西一起组合在同一幅画中，称为用心灵的“眼”看待物象，带有一定的主观随意性，以便达到神似的目的。可见西方把绘画当作模仿自然的工具，把它视为事物的镜子。而中国绘画立足于“意态”，主张“外师造化”，“中得心源”。写实和写意的区别非常明显。

中国传统文学中的诗词也是以写意为主的，常言道“诗中有画，画中有诗”，其沟通的桥梁就是诗和画中所创造的意境，读贯休的诗句：“庭花濛濛水泠泠，小儿啼原树上莺”，景实而无趣，没有意境。读太白诗句：“燕山雪花大如席，片片吹落轩辕台。”景虚而有味，意境也就产生了。这里都是通过看得见的东西，让人去想象那些看不见的东西，从而创造了一种让人琢磨一番的意境。所以宋人严羽在评论唐代诗歌时特别指出其中的意境“如空中之音，相中之色，水中之月，镜中之像，言有尽而意无穷”（《沧浪诗话》）。姜夔对诗的意境进一步地提出要求：“大凡诗自有气象，体面，血脉韵度”（《白石道人诗说》）。词也是如此。南齐张炎说：“词要清空，不要质实”（《词源》）。“清空”即虚化为一种意境，引起人们丰富的想象和联想。由此不难想到为什么中国早期电影中有许多影片是以中国著名的诗词句命名，许多段落和场面都是著名诗句的具体化；为什么中国电影的蒙太奇和中国古典诗词的对偶、排比的原则如出一辙。

中国传统的戏曲更是以写意为主，讲究虚拟的动作的造型力，舞台上不是用布景，而是凭演员的眼神、动作、说唱表现出四周各种多变的景致。这些景致实际上是不存在的，但是在艺术的领域中却实实在在地再现了。这种写意性和西方传来的自狄德罗开始的“严肃戏剧”(话剧)有明显的差别。

中国传统艺术的写意性是与中国传统的哲学思想、人生观、文化心态是分不开的。老庄主张“无为”，实质上是获得一种“意”和“趣”，充实自己，达到“无所而不为”的理想境界。受老庄思想影响很深的中国文人历来主张“修身、养性”，在生活中不论是下棋、绘画、弹琴、喝酒、游览，目的都在于寻找“意趣”，创造一种“虚静”的精神世界。所以古人下棋不在于结局如何，而陶醉在下棋时产生的“意趣”之中。陶渊明“不解音声，蓄素琴一张，无弦”，每当需要时拨弄一番，虽然没有声音，但“意、趣”自然而生了。苏东坡不会喝酒，“少饮则醉”，然而他认为“偶得酒中趣，空杯亦常持”，他喜欢品味的是喝酒过程中的“意趣”，所以他的“酒诗”写得特别出色。做事不在于它的结果而在于办的过程中自我价值、自我意志的体现，这是中国古代文人传统的文化心态，它必然会渗透在艺术创造之中，构成中国传统艺术写意的一个重要因素。

传奇性——中国艺术叙事的框架：以事为主，事中见人

中国早期电影第二个特点是传奇性。以情节取胜，追求曲折、离奇成为这个时期电影的模式。郑正秋拍摄的现存我国最早的影片《劳动之爱情》(又名《掷果缘》)只有三本，但故事情节很吸引人，一个木匠爱上了一个医生的女儿，那医生提出自己的生意不好，如木匠能使许多人来看病就将女儿嫁给他，于是他就动脑筋想办法制造了一部活动楼梯，使一群赌棍上楼打牌时纷纷摔下来，伤其筋骨，结果医生的要求满足了，木匠和他女儿也结婚了。20 世纪 20 年代拍摄的《孤儿救祖记》，30 年代拍摄的《姐妹花》、《夜半歌声》、《桃李劫》、《渔家女》、《船家女》、《夜深沉》等影片无不故事曲折、情节生动，或多或少地带有传奇色彩。据柯灵写的回忆录中说 1931 年他刚刚踏进电影的大门，参加剧本构思讨论时，听见当时著名导演裘芑香强调说，情节发展要“出乎意料之外，在乎情理之中”，当时觉得很新鲜，但不久在电影创作中就成了一句人人皆知的行话。他还说张石川有个老生常谈，一部影片应该使观众“笑得痛快，笑得开心”。可见这个时期的电影导演是相当注意情节的传奇性，注意对观众的吸引力。

中国电影中的传奇性，使它很少表现一些“非事件”性的因素。在西方影片中经常看到的一些似乎游离开故事的“闲笔”，在中国早期电影中几乎找不到。一切都要

围绕线索的展开，注重情节的生动；所有的因素指向性都要明确，就连吃饭走路这样一些日常活动都必须包含故事性。所以这个时期电影的画面比较单一，色调不是很丰富，一切为了“说故事”。

中国早期电影的传奇性也和中国传统文化有关。如果说写意性是相对于写实性来说的话，那么传奇性则在“事”和“人”中进行挑选。比较一下中西方文学就可以发现，西方“以人为主，人中见事”，自文艺复兴运动提出“人本主义”、人应该从神那里解放出来的口号以来，西方比较重视人的主体地位。歌德说：“人类根本研究的对象是人”。黑格尔把它引入到艺术范畴，认为“艺术的中心是人”。高尔基又把它用来解释什么是文学，说“文学是人学”。因此他们的作品常常是对人的剖析和探索，有时候离开情节，直接深入到人的内心世界去大段大段地描写。中国文学是很少采用这种方法的。中国文学“以事为主，事中见人”。“以事为主”，一是事情的来龙去脉要清楚，二是事情的发展要有传奇性，三是人物的行为、性格都是在事件中体现出来，不采用直接描写的方法。李渔曾经说：“无奇不成书”，“不奇不传”，比较集中地概括了我国民族传统的审美观，对艺术创作和艺术理论影响很大。

传奇性削弱了人在作品中的主体地位，是深受儒家思想影响的必然结果。儒家学说强调等级制，把人分成高低尊卑，以封建的伦理道德规范人的行为，否定人的主体性，扼杀人的情感、欲望。所以在中国的文学中注重于情节的离奇曲折，注重于矛盾冲突的几个回合，而忽略了人物精神世界的透视和灵魂的拓展，在绝大多数的故事情境中人不是描写的中心，而是走向传奇性情节的桥梁。传奇性虽说是个特色，但影响着中国文学对人的揭示和剖析的程度，从某种意义上来说削弱了作品的思想和艺术成就。

传奇性作为中国文化审美特征的一个方面，积淀在中国早期电影中，它使许多影片忙于介绍事情的经过，追求情节的猎奇；许多影片在描写人的时候，往往让情节交杂在一起，掩盖了人物内心深层的灵魂搏斗。不少的电影艺术家还不了解，仅仅依靠外部事件，是很不够的，同时还必须寻找人物的命运，人物心灵的历史、精神运动的轨迹，才能进一步提高电影艺术的质量。

当中国电影刚刚形成的时候，传奇性作为文化传统的一个方面就立刻渗透进来，这个事实同电影艺术具有大众性的特点也是有关的。传奇从另一个方面来说比较通俗易懂，它主要作用于人的感官，而不是理性的思考。李渔说：“凡作传奇，只当求于耳目之前，不当索诸闻见之外。”“凡读传奇而有令人费解，或初阅不见其佳，深思而后得其意之所在者，便非绝妙好词。”（《闲情偶寄》）李渔说的是词曲，实际上对电影也适用。电影是“一次过”的艺术，不像小说看不懂还可以翻过来看看，看不清楚可以看慢些，它应该让人明了，初看就能知“其佳”。李渔又说“传奇不比文章，文章做与读书人看，故不怪其深，戏文做与读书人与不读书人同看，又与不读书之妇人小儿同看，故贵浅不贵深。”《闲情偶寄》这个观点同样适合于电影。在一切文艺中，电影的观众面是最广大的，喜欢电影的人，文化层次差异大，许多不识字的人，包括老人、儿童都喜欢看，所以电影还是以通俗见长。中国早期电影大多数是作为资本家牟利的工具，追求票房价值，自然对传奇性更感兴趣了。

多中景——中国古典美学讲究“全”，重情节，重外部

中国早期电影在镜头的选择上，比较多地运用中景，构成了它的第三个特点。程步高在回忆录中说，1915 年拍中国第一部故事片《难夫难妻》时，“镜头只有一种，一种不太远又不太近的远景”（《影坛忆旧》）。这种“不太远又不太近的远景”就是中景。1922 年郑正秋拍的《劳动之爱情》特写 9 个，近景 61 个，中景 69 个，远景 9 个，也以中景为主。三四十年代拍的影片《姐妹花》、《神女》、《渔光曲》、《十字街头》、《马路天使》、《万家灯火》、《乌鸦与麻雀》等大多数选用中景拍摄。所以香港的电影理论家林年同先生认为中国电影是“以中景和以中景为中心的镜头系统”为主的。（《中国电影的空间意识》）

这种美学特征和中国传统的文化结构也是有关系的。中国传统文学的叙事结构讲究有头有尾（矛盾的起因、发展、激化、高潮、结尾），讲究过程清晰性，表现在人物处理上也讲究“全”。近景和特写只能看到人物的局部。大远景人物太小，看不清楚。唯有中景“不远不近”，很适合体现这种特点。中国历代的人物绘画、雕塑和西方不同，很少看到半身或脸部特写的肖像。林年同先生谈到，战国时代的《人物夔凤帛画》、《人物驭龙帛画》，东晋时代的《女史箴图》，唐朝的《步辇图》，五代的《韩熙载夜宴图》，宋朝的《货郎图》、《太白行吟图》，明朝的《葛龙像》，清朝的《高邕像》等都是“不近不远”的全景。

多用中景，把人物置身于一定的环境之中，既能看到“全人”又能留出空地，便于展开人物的外部活动，把人物纠缠在事件之中，用情节的变化、发展来表现人物，它符合中国古典美学“事中见人”的原则。这里也可以看到中国艺术始终把事放在首

位，即使是表现人也离不开事。一方面叙述故事情节，另一方面带出人的活动，中景的特殊功能也就显示出来了。《一江春水向东流》中素芬端着盘子走进舞厅用的是中景。让人看到她所处的环境：一群达官贵人、狐群狗党在寻欢作乐，素芬在他们中间穿过，是个地位很低、被人瞧不起的佣人，但灵魂却是高尚的。她听到有人叫"张忠良"的名字，先是一愣，后是吃惊，继则走近正在翩翩起舞的张忠良，惊叫一声，倒在地板上，周围的人一阵慌乱、惊讶。镜头一直保持中景，它不仅描写素芬神情的骤变、内心的痛苦，而且不忘展现张忠良豪华的生活、堕落的灵魂，以及情节发展中所酝蕴着的戏剧性变化，给人印象强烈。

多用中景也符合中国古典美学的另一个特点，在表现人的时候比较忽视人物的内心世界。一般来说，近景、特写能清楚地看清人的脸部表情，特别是人的一对通向心灵深处的眼睛，它能淋漓尽致地揭示人物灵魂深处的震荡，具有舞台艺术所无法发挥的威力。20 世纪 20 年代末期法国拍摄的《圣女贞德》百分之九十以上的镜头都是脸部大特写，表现她在受苦受难时坚定不移的信念，以及她那纯洁无瑕的灵魂。40 年代美国好莱坞名片《飘》在塑造潇洒、泼辣、任性的郝思佳时，大量使用近景、特写，通过她细微的眼神的变化（西方称费雯丽有一双会说话的眼睛）来表现她丰富、复杂的心理活动，塑造了一个血肉丰满、立体感强的女性形象。而中国电影和中国文学一样往往重外部，轻内在，比较多地展现人物的外部冲突，不重视人物精神世界的冲突，因此很少用近景和特写。多用中景还同中国演员表演的风格有关。三、四十年代中国电影演员的表演已形成两大派。一派为体验派，讲究角色和演员打成一片，从心理体验出发塑造人物。他们的动作比较少而小，全凭脸部表情的变化来再现人物性格。像阮玲玉、林楚楚、魏鹤龄等人都属于这一派。另一派为表现派，他们主张通过人物的外部动作来体现性格，不注意用细微表情的变化刻画人物，他们的表演动作性、移动性比较大，常常带有某些夸张的成分。如胡蝶、赵丹、金山等人都属于这一派。这自然和戏剧影响有关，在表演上还很难摆脱戏剧化的模式。就中国电影演员整体性的素质来看，表演派的队伍和影响大大地压倒体验派。绝大多数的演员尽管表演很出色，但舞台化的痕迹比较严重，他们的表演需要一定的空间，在近景、特写中较难体现，因此导演也较多地运用中景。

“和弦论”：回归电影本体，重构电影美学

——钟惦棐美学思想疏证

黄式宪　北京电影学院教授

在中国影坛，钟惦棐是一位深孚众望、成就卓著的文艺评论家、电影美学理论家，他在20世纪70年代末提出的“电影和弦论”，[①]为中国新时期电影美学思想的重构奠定了坚实的理论基石。

钟惦棐先生离开我们已经整整20年了，但他所提出的“电影和弦论”，今天读来依然充沛着理论的激情和新鲜的思想力量，对当代中国电影的创作实践及其产业改革的深化，仍然具有很强的针对性和现实意义，这是钟老留给我们的一份十分珍贵的电影美学思想遗产。

一、历劫重生：时代的昭示与美学的觉醒

1979年，与当时思想解放的主潮保持着时代的同步性，中国电影跨越了在“文革”后的两年徘徊，迎来了革故鼎新、文化重建的新时期。

文化重建的前提是：1978年12月举行的中共十一届三中全会，最终结束了“左”的或极左的政治路线统治全党的历史，掀起了思想解放、拨乱反正的大潮，中华大地上骤然升起了民族复兴的曙光。人们以破除“现代迷信”和在1977年、1978年仍旧盛行着的“两个凡是”（所谓“凡是毛主席做出的决策，我们都坚决维护；凡是毛主席

① 引自钟惦棐《电影文学断想》一文，载于《文学评论》，1979年第4期，后收入《起搏书》，中国电影出版社，1986年版，第11—45页。

的指示，我们都始终不渝地遵循”）的思想教条为前导，呼唤着人性的苏醒，呼唤着文化的重构，促成了电影思维冲破“政治本位论”的禁锢，迎来了电影艺术生产力的解放。

钟惦棐先生于1957年因《电影的锣鼓》一文陷于厄运而陆沉失语，积22年的思想沉淀，到1979年因幸逢盛世而重新命笔，形成一次历劫重生、文思泉涌般地喷薄而出，这就是他为《文学评论》杂志撰写的《电影文学断想》一文，全文共分八个段落，其中第六段的标题即为“和弦论”，也是全篇的点睛之笔。他借用“和弦”这一音乐术语，①深刻地论述道：“用和弦代替单音，在电影题材内容上，样式以及片种上，从各个方面满足人们的精神生活的需要甚至渴求，电影为无产阶级政治服务，正应该从这个根本意义上去理解它和把握它。这既符合电影艺术的特性，使电影文学家和观众都感兴趣，也是构成生动活泼的政治局面中的一个不可缺少的环节。”[1](p.37)

疏证“电影和弦论”人文思想的立足点，端在一个“和”字，这是我们中华文化传统里一个重要的思想资源，《论语》里曾说：“有子曰：‘礼之用，和为贵。先王之道，斯为美。’”（《学而》篇）意思是以礼为本，形成的一种理想的社会秩序，其所贵者乃在于“和谐”。先王治国理政之道，也在于和谐，而且又是一种美的境界。钟惦棐提出的“电影和弦论”，正是汲取了“和为贵”这一中华文化的精粹资源，由此而在电影美学的重构上提升并拓展出两个方面的核心内容：其一，向“以政治统帅艺术”的“政治稀饭”模式挑战，反对“急功近利，要求电影为某些实际政治服务”的偏执，强调“电影必须和社会主义革命、建设组成一个和弦。既不能全是‘最强音’，也不能全是最弱音；既不能全是长音，也不能全是短音。强弱长短是有机的配合，而不是机械的一致”，从而达成政治与艺术的和谐，如果“狭义地理解政治，也是狭义地理解文艺特别是电影，结果是对政治和文艺尤其是电影都无好处”。其二，倡导艺术民主，必须充分尊重、充分发扬电影的艺术特性，让电影回归自身艺术的本体，让许多有经验的艺术家得以尽情发挥自身创作的潜力和艺术个性，并引证列宁的读书经验和文化思想，指出“人的精神领域如此广大！连列宁流放西伯利亚也携带着德国诗人歌德的作品《浮士德》”。进而强调说：“艺术创作必须保证有最大限度的自由，必须充分尊重艺术家的风格，而不是‘磨平’它。”

---

① “和弦”条目：“‘和弦’作为一音乐术语，指的是‘三个以上不同的音，按一定的音程关系同时结合，即构成和弦，它是多声部音乐的基本素材。’”见《中国大百科全书·音乐舞蹈卷》，中国大百科全书出版社，1989年版，第268页。

“电影和弦论”所期待于中国电影未来的，在钟老心目里，进入20世纪80年代，就电影艺术的内容而言，它势将渐渐洗去“浓郁的政治宣传色彩”，“势必从浮泛转向深邃，从狭窄走向宽舒”；而就电影艺术的风格、样式以及方法、体制而言，则势将在美学探求、美学创意上日渐趋向更丰富、更多样化，并以愈加民主的方式靠近广大观众。他还说：“我们肯定要吸取世界电影中的好传统和新成就，直至某些技法上的新东西。”[1](p. 67, pp. 68-71)

显而易见，“电影和弦论”并非什么天外飞来的异物，这恰恰是钟惦棐从自身个人政治命运的沉浮以及中国电影自1949年以来的历史经验中得出的思想结晶。应当特别强调的是，我们的电影理论界，似乎至今尚未清醒地领悟并肯定“电影和弦论”的理论开拓意义及其美学价值。

二、为民请命：以反潮流精神对当年的电影体制提出质疑

疏证“电影和弦论”的美学思想支点，可以清晰地追溯到早在1956年岁末敲响的《电影的锣鼓》。如果说《电影的锣鼓》的意义在于一个“破”字，它第一个咬破了“政治本位论”的蚕茧，而咬茧者自身的政治蒙难及其悲壮性，则是被新中国成立初期在其文化发展上的历史局限性所决定的；那么，文革之后“电影和弦论”的贡献，就是一个“立”字，要问“和弦论”究竟是从哪里来的呢？明眼人一看就明白，“锣鼓”所鼓吹的核心论点在于：电影创作必须由“电影艺术特性”出发，并把列宁所批评的无视艺术特性的“政治稀饭”统统倒掉，而这却是当年尚未在美学上走出朦胧状态的钟惦棐所无力予以充分展开的。（即便是当年中国整个文化界也是不能的，这或许就是我们不得不面对、不得不反思的所谓“中国特色”的历史处境）

写《锣鼓》那一年，钟惦棐三十有七，正是血气方刚、挥斥方遒的年华。作为《锣鼓》的作者，他以反潮流精神为民请命、针砭电影时弊，质疑现存电影体制的问题，质疑电影事业主管当局的问题——一言以蔽之，“按其实践效果检验，它的教条主义和宗派主义的性质是明显的”。[2](p. 449)

写作《锣鼓》一文，显然并非出于偶然或者“纯粹的个人动机”，而恰恰是事出有因、关涉当年整体的舆情局面的。

1956年11月14日，上海《文汇报》发表短评：“为什么好的国产片这样少？”由此引出一场持续了三个月的热烈讨论，对电影事业的现状、领导电影的方法以及题材

狭窄、故事雷同、内容概念化等创作问题展开了探讨。一些文化名人和电影艺术家也纷纷撰文并参与了讨论，如老舍的《救救电影》、吴永刚的《政治不能代替艺术》、孙瑜的《尊重电影的艺术传统》和石挥的《重视中国电影的传统》等等。

《电影的锣鼓》一文，由钟惦棐执笔，却以《文艺报》"本刊评论员"署名，刊出于同年12月15日出版的第23期，原是针对《文汇报》前一个月发起的这场关于电影的讨论，做出一种归纳和总结。该文提出的主要观点有如下四个方面：(1)重视票房价值，重视电影与观众的联系，"绝不可以把电影为工农兵服务理解为'工农兵电影'"(或只能描写工农兵)，这是把党提出的"文艺为工农兵服务"的正确方针予以僵化、狭隘化和宗派主义化的解释，甚至割裂了中国电影的优秀传统；(2)充分尊重艺术家的风格和创作自由，改变以行政的方式领导创作和不适当地干涉创作，管理得太具体，太严，"都是不适宜于电影制作的"；(3)尊重中国电影的艺术传统，不应将过去的一些电影"统称为'小资产阶级的电影'"。老舍先生的《救救电影》，"便说明了这些年来关起门来搞电影是行不通的"；(4)改善电影演员的工作，"他们在电影艺术干部中人数最多，问题积累得也多"。

这四个方面的问题，集中到一点上说，电影既然和群众有着最密切的联系，那么，"它的领导须注意符合电影创作和生产的规律。违背了这个规律，即不尊重列宁在另一个地方所说的：'文学艺术最不能机械地平均、标准化，少数服从多数。无可争论，在这个事业上绝对必须保证个人创造性、个人爱好的广大空间，思想和幻想、形式和内容的广大空间。'"[2](p.451)

再需要追问的是，当年从《文汇报》的讨论到"电影锣鼓"的敲响，是不是无端而起、"空穴来风"呢？显然并非这样。历史地给予考察，笔者认为，这与当年由上而下所开启的一股文化开明和宽松的风气诚然是有关的。人所共知，毛泽东于1956年4月25日在中共中央政治局扩大会议上作了《论十大关系》的报告；继又于4月28日，在中共中央政治局扩大会议上提出艺术问题上的"百花齐放"、学术问题上的"百家争鸣"应该成为我国繁荣文学艺术、发展科学的指导方针；再后，于8月24日毛泽东在怀仁堂与部分音乐工作者谈话，涉及古为今用、洋为中用、推陈出新的原则以及音乐的民族形式、民族风格等广泛的学术话题。这期间，学术界就美学问题、音乐界就民族形式问题纷纷展开了热烈的讨论。而《文汇报》的讨论或者"电影的锣鼓"，则或许也都是由此而"风生水起"的吧。

今天，重读《电影的锣鼓》，钟惦棐作为一个年轻而诚实的马克思主义者，他那反潮流的精神、敢于针砭时弊的理论锐气，无疑是十分可贵并令人敬佩的。尽管“锣鼓”是从电影票房敲起来的，然而，其初衷和思考的出发点，或许正是为了响应和贯彻百花齐放、百家争鸣的方针，体现了他一以贯之的思想，即：坚持电影的艺术传统，尊重电影创作和生产的规律，以符合辩证法的方式在电影思维和电影美学层面上追求政治与艺术达于和谐。

三、坚守真理：一个年轻而诚实的马克思主义者的人生悖论

钟惦棐提出“电影和弦论”时，人届花甲，早已不再年轻，但作为他生命的再起搏，在他内心里却依然葆有着当年作为延安青年马克思主义者可贵的激情和战斗的品格。钟惦棐的人生之路，是从“延安娃”到以革命为本色的青年战士，他的思想启蒙是在革命圣地延安，他的战士性格的锤炼，则是从抗日战争和人民革命战争的时代风云中走过来的，由此便铸就了他坚守真理、坚韧不拔、刚直不阿的品行。1919年，他诞生于四川小城江津，是一个银匠的儿子。读完中学后，从江津到了成都，十八岁时(1937 年)，他又从成都踏上了去延安的道路。1938 年春，他从“抗大”毕业，正逢鲁迅艺术学院开办，便转入鲁艺美术系学习，一年后成为教学人员。正如他的自述：(在延安)“它使我生活在从来没有过的自由自在、丰衣足食，眼界日益开阔，知识日益丰富的理想国里。但战争和必须服从于战争的疲劳、走险和置生死于度外的思想素质，又成为生活中新的必然。”[1](p. 418)革命胜利进了城，在人民共和国建立初期的北京，钟惦棐刚交而立之年，他自此便与电影结缘，工作则以电影为职。诚如他所作的自述：“我对它付出的，可谓是毕生精力——至少是我的文字生涯中的主要方面。我的命运、年华、健康和可用作思维的精力：即心之所系，气之所宗，命之所托，喜怒哀乐之所由生，也都在这里了。”继又就其工作岗位补充说：“从 1951 年我随周扬同志由文化部调中宣部，开始是分配在文艺处，处长是丁玲同志”。后来江青担任中宣部电影处处长，“经她指定组成电影处的成员是袁水拍、黄钢和我。但袁、黄均未到职，电影处的日常工作便由我张罗(所谓副处长云云，是不确的)”。[3]由此可见，钟惦棐虽是普通工作人员，却是在中央主管政治宣传和电影的领导岗位上工作，日常所接触的无不与党的政策决策和舆论导向有关，这就磨砺了他的主流政治意识和社会学评价体系。钟老曾自谦地说，他只是个“电影社会学者”，“总是以社会学的角

度看待电影艺术的发生、发展和作用的”，这应是实话实说的。

倘若再进一层对“电影和弦论”进行疏证，不能不说，透过个人与时代关系的角度来看，将不难发现“性格决定命运”的说法是有道理的。钟惦棐并非通常意义上的在书斋或城市里成长的知识分子，他是在人民革命的烽火和熔炉里被铸造的年轻而诚实的马克思主义者（与“五四”知识分子或作为进步文人的自由思想者显然是有区别的），在早于写《电影的锣鼓》一文的前三个来月，钟惦棐曾写过一篇题为《论电影指导思想中的几个问题》的文章，其质疑现存电影体制的理论锋芒和概括力，显然更胜《锣鼓》一筹，因之便引起了主管文艺工作的某些中央负责同志的警觉和关注。该文当年未获发表的机会，后来在1983年编选《陆沉集》时收入书中。按该书的体例，每篇文章末尾都以括号注明原文刊载的出处，惟有这一篇的原注出处，竟被用一块小纸片粘贴上了。好在对着阳光，尚能辨认出原来所注的字迹，不妨转录如后：“注：这篇文章是钟惦棐同志在一九五六年八月写成的，他本想交《人民日报》发表，并由此掀起电影问题的讨论。文章写好后，由《人民日报》打印分发周扬、林默涵同志，并由《人民日报》邀陈荒煤、黄钢等同志座谈，周扬、林默涵以及陈荒煤等同志都不同意他的论点，因而这篇文章没有发表。后来发表的《电影的锣鼓》，其基本论点与此篇一致。”[2](p.447)对于当事者或撰文者的钟惦棐来说，根本不曾料到这篇短短的文章竟惊动了这么几位大人物，并以“不同意”或不合时宜遭到否定，其分量可谓是“生命中难以承受的轻”。但是，盛年的钟惦棐对真理的坚持和执著，特别是他在延安养成的年轻而诚实的马克思主义者刚直不阿、不唯上、不唯书的战斗品格，使他终于不肯放弃自己的理论立场，于是，就针对《文汇报》讨论中提出的问题，亲自赴上海进行社会调查，并登门访问了一些电影界的人士，还会同一些曾在《文汇报》上撰文发表言论的作者一起座谈（此举乃被意识形态主管当局定性为“煽风点火”）。回北京后，他更加坚定了自己的理论立场和观点，仍然以《论电影指导思想中的几个问题》一文为蓝本，将其中的主要观点全部纳入了《锣鼓》，而仅仅在行文上稍稍削弱其锋芒，去除了向上级进言、献策的口气。尽管如此，钟惦棐依旧未能逃离由这场“锣鼓”引致的灭顶之灾。

今天来看，钟惦棐或许出于政治上的天真，或许压根就没想过这场“锣鼓”竟会陷他于有口莫辩的政治困境而不复宁日，遭遇到一个年轻而诚实的马克思主义者无可解脱的人生悖论。

试看《论电影指导思想中的几个问题》一文，分列了三个小标题：

(一) 关于“工农兵电影”

主要论点，已见诸前引的《锣鼓》一文，该文论述的焦点在于，“把党所规定的文艺为工农兵服务的正确方针，错误地解释为‘工农兵电影’”，“在电影工作的实践中，由于指导思想的谬误，使电影的题材愈来愈窄狭”，并必将导致“否定人的精神生活的复杂性，需要的多样性”，而“艺术要求反映生活的丰富多彩，这种做法，则只能使它贫乏。使他们的文化生活单一化，这在某种程度上是取消了他们的文化生活”。

(二) “传统”问题

他旗帜鲜明地提出，割裂电影传统，“不承认解放区以外的即国统区时期的电影”，属于“虚无主义的观点”，其危害甚大：(1)解放以前的影片很少看见了。不仅如此，今年在电影局的主持之下，还销毁了大量的解放以前的旧影片，其中还包括明星公司早期拍的影片《孤儿救祖记》；(2)对原在国统区工作的一些有经验的编剧、导演和演员重视不足，许多人长期没有戏演，没有事做；(3)不重视自己影片的民族风格，盲目地学习苏联。几年来除了翻译苏联的文章，在我国的电影理论建设上，可以说还是一张白纸；(4)关于中国电影历史的研究整理工作，几年来无人过问。对中国电影艺术家们在创作实践中的经验，未予认真的总结。

(三) 关于组织电影创作及制片工作作风的问题

他说：“电影艺术之所以不同于其他的姊妹艺术，便是它有着庞大的而且带有固定性的市场”，而“审查的层次过多，致使电影制片事业严重地脱离了市场的需要”，继而指出“用行政方法领导创作，用机关的方法领导生产”是不相宜的，更富于前瞻性地提出，“当前的问题即在于我们的制片方法被许许多多的成规束缚着。我们有电影局局长、有制片厂厂长，却没有制片家。而制片家是首先要考虑为观众服务的”。他最后则质疑说：“如果出片少、慢而又不好是社会主义的，那么，社会主义的优越性在哪里呢？”[2](pp. 434-447)

综而观之，钟惦棐一片拳拳之心，无不是出自对党的电影事业的真切而热诚的关注，甚至在今天来看，也还具有其不可替代的实践意义。譬如，我们真正懂市场、懂产业而具有开拓意识的电影制片家，究竟又有多少呢?！特别是，从《论电影指导思想中的几个问题》到《电影的锣鼓》再到在《电影文学断想》一文提出“电影和弦论”，时间跨度长达33年，三篇文章里都引证了列宁关于精神文化产品与政治与经济关系的论述，关于文学艺术绝对必须保证个人创造性的广大空间的思想，还有列宁在《做什么》一书中关于工人阶级的政治意识只能来源于文化上的提高，而不需靠什么自发主义的、经济主义的“政治稀饭”的经典性论述，这一切表明，钟惦棐正是以马克思列宁主义的基本理论为依据而撰文立说的，这也正是钟惦棐历经时间的冲击和洗涤，而在精神上却始终坚定不移并底气十足的原因所在。

在为《探索电影集》所写的序言中，他还别有深意地为我们叙说了这样一小段关于“芭蕉幼叶”的故事：“我在少年时代就曾惊异拱开‘三合土’而出的芭蕉幼叶——芭蕉幼叶其柔嫩远胜于丝绸，但它借造化之功，使光洁的路面为之皲裂，而后从缝隙中伸出头来。这一启示对我由‘格物’而‘致知’，也往往贯穿在我自己的生命历程之中。”[4]不妨将这段文字作为钟惦棐先生对自身人格的自况。这则文字，写于1986年5月22日，距先生人生的终结点，仅有十个月，每每读此，那片“芭蕉幼叶”便仿佛飘然如在眼前，让我们咀嚼着比“格物致知”更为沉厚而温煦的人生意涵。转瞬间半个世纪过去，重读、重温钟惦棐先生的理论文字，特别是《电影的锣鼓》和《电影文学断想》，深感钟老的“电影和弦论”(还包括他近百万字的文艺和电影理论遗著)，无不富于前瞻性地紧紧抓住了我们时代以崇尚和谐、追求和谐为核心观念的电影美学课题，这是一笔十分珍贵的思想财富，是需要我们潜心领会、认真疏证并在我们今后的电影创作实践和电影产业改革的深化中不断地给以丰富、发展和光大的。

参考文献：

[1] 钟惦棐.起搏书[M].北京：中国电影出版社，1986.

[2] 钟惦棐.陆沉集[M].北京：中国电影出版社，1983.

[3] 钟惦棐.电影策[M].上海：上海文艺出版社，1987：15—16.

[4] 钟惦棐.探索电影集·序[M].上海：上海文艺出版社，1987：10.

直面现实的艺术审美深度
——20世纪80年代中国电影审美表现探究

周　星　北京师范大学教授

中国电影审美观念根源于对社会现实的认识与批判,美来自生活的观念造就了中国电影现实主义的坚实传统。源于20世纪三四十年代的审美观念,又为中国电影审美在新中国成立以后的发展中形成民族风格特色的现实表现起了重要作用。而历经起伏逐渐形成的现实主义审美创作观念和关注现实的传统,也为中国电影美学提供了鲜明的民族特色。20世纪三四十年代以降,中国电影紧密结合现实,不仅确立了现实主义美学的优良传统,而且丰满了中国电影的社会表现属性。新中国成立以后,五六十年代人们对于现实的本质含义的理解发生较大变化,现实主义退位,理想主义高扬,歌颂现实与遮蔽现实的状态并存。"文革"时期是电影违背现实表现的特殊时期,"文革"至70年代末期结束,对现实的真实表现还没有进入自觉观念层面,也没有形成规模。现实主义审美的复苏延宕了一段时间。

粉碎"四人帮"是中国政治历史的巨大转变契机,对于中国电影而言则意味着前所未有的观念和美学形态的变化。这种变化是历经多年而逐步实现的。20世纪70年代末期是最足以说明问题的例证。当时,尽管从懵懂中觉醒的人们已经开始反思历史,但由于对历史和现实还没有达到"正视"的程度,因而突破总是支离破碎的。早期的《十月的风云》、《青春》、《神圣的使命》、《泪痕》、《于无声处》等,在延续英雄塑造的原则、浪漫色彩的表现方式和传奇故事的基本准则上,重现着往昔电影的路数。相对于漫长的"文革"反电影时期,这些影片开始了恢复电影原貌的探索和努力,也的确有渴求艺术的人们期待的可看因素,但它们的价值仅止于在几遭摧残的历史背景中开始涂描影像的轮廓，而其未曾沉积的审美意识却被急迫的社会需求所遮蔽。

自觉的审美追求在稍后的创作中开始出现，在其时颇显出色的名片中，《苦恼人的笑》、《生活的颤音》等是在电影观念上有较大规模突破的范例。表现了普通人的感情曲折和生命坎坷，明显有别于以往创作的角度，使人耳目一新，为开创中国电影新生面的出现奏响了前奏曲。应当说，这些影片是中国电影发展历程中不可忽视的存在，其思想观念上的转变和艺术手法上的追求，都显示了中国电影的某种魅力，但它对美的展现仍然停留在感官渲染的层面，以情动人的基本思路限制了思想开掘的深度，其艺术形式上的探求悬浮于所表现的内容之上，露出了稚嫩的痕迹。但在这些影片中，对生活真实的渴望已经如春天隐隐的雷声，隐现在对美好的追求之中了。20 世纪 70 年代末期的中国电影还没有形成独特的审美风格，但它的价值是不可低估的，正因为经历了探索的过程，个人风格的磨砺和观众审美眼光的渐趋高远，才促发着一个新局面的出现。

20 世纪 80 年代初期是中国电影的一个兴盛期，从某种意义上说也是中国电影革故鼎新的时期。在理论上，电影人大胆批评以往"忽视电影美学的研究，忽视电影艺术的表现技巧的探讨"，[1]而倡导电影的艺术性、表现技巧和电影语言的呼声引起广泛反响，在由《天云山传奇》、《巴山夜雨》、《被爱情遗忘的角落》、《人到中年》、《沙鸥》、《邻居》、《乡音》等一大批风格各异的出色之作构成的电影长廊中，显而易见的新审美观念已然凸现，跨过了艺术形式探索层面，进入艺术思想整体改变的阶段。

从这一时期的电影创作来看，一部分影片表现了当代人对刚过去的历史的表现，另一些则就是现实状况的再现。

对刚逝去历史的现实思考是以揭示事实真相的方式来显示的。如《生活的颤音》就是一部揭露"四人帮"罪行而又在艺术技巧上有新的探求的影片。作为中国电影比较缺乏的音乐故事片类型，该片的音乐紧紧结合剧情贯穿始终，从而成为既渲染情境又结构全剧的重要角色，音乐是形式，也是内容，现实情境下的音乐连接着过去与理想，在形式上连接时空。结构的创新应当是人的认识观念变化的体现，影片的确是这一时期开始开放的创作心态的体现。《巴山夜雨》则论其内容依然是当时盛行的揭露"四人帮"造成的灾难和痛苦的故事，但在同类型影片中具有更为深入和风格独特的特点。影片思考历史灾难的角度有别于一味显示灾难事实本身的同类影片，其艺术观念显然转化，这在视角变化上最为别致，即主要从情的感染力上来说理，着重表现压抑背景下的人性的美好与真实。该片在构思上也很巧妙，借助一艘行进中的船上演戏剧性故事，压缩时空，又延展了时空。一天一夜的情节表现时间和三等舱 13 号房 8 个萍水相逢的乘客的经历，围绕秋石与解差，渐次展开各自的遭遇从而折射大千世界，又烘托出秋石境况的危急。影片的结构方式，有很大的张力，它源于每一个人的故事，各有酸辛，各有内涵差异，但又共同连接在一根渴求理解的主线上。在艺术表现上，影片充分调动声画语言的功用，最大限度地减轻叙述的拖沓累赘，张弛有致，许多细节生动感人，使影片凝练引人。《天云山传奇》无疑是这一时期中国电影的重大收获，无论是对社会历史的思考深度、对女性人物情感世界的深入剖解，还是对电影语言的精到运用，该片都具有时代代表性。影片表现现实是为了揭示历史，开始的不断前推的镜头一直伸向历史的深处追索、心灵的深处探询、命运的深处叩问，镜头表现大气而手法细腻，奠定了其基本艺术风格。《天云山传奇》的历史延伸度更广，思想内涵也更深，它更为宽泛地探索人的悲剧的成因，将反思触角前伸，落脚在"文革"以前的最有典型性的"反右扩大化"时代，这需要冒相当的风险，但体现了创作者坚持真理、独立思考的勇气和对正义坚定的信念。影片的思考深度还表现在对历史的反思已经超越了就事论事的层面，而深入到对人的命运和人的心路历程的表现上。

但审美观念的位移才是更重要的，直面现实的尖锐问题，揭示问题的实质，立足点放在当前世界与人的心灵世界的碰撞及由此引起的人精神世界的震荡的层面之上，这是一个时代艺术成熟的最为重要的标志。对现实的真实表现使中国电影走到了世界电影的共同轨道上，从而走向现代电影。纪实美学的基础是反对虚假，倡导真实，追求真实是现代电影观念的一个重要宗旨。真实，这一基本的美学形态曾远离中国影坛，造成了电影本质的虚幻失真。20 世纪 80 年代电影真正实现了扎根于现实，追求真切、真诚、真挚，即表现手法的真切自然，关注生活态度的真诚无伪，褒贬情感的真挚专一，其核心是不虚美、不隐恶的真实人生态度。于是，观念形态变化支配下的纪实美学表现手法渐成潮流以至于蔚然成风。在《邻居》中，生活的嘈杂状态扑面而出，质朴真实的人间原生态状况在难得一见的声画空间中栩栩如生；《见习律师》在诸多长镜头记载的生活实况中，提前揭示了直到今天我们才非常关注的重视法制的重大问题；《人到中年》的视角落在当时的中年重荷、身心俱损、积劳成疾的知识分子的命运这一主题之上，哀伤情调令人动容。无论怎样评价，本时期确立的纪实美学风潮意义都是巨大的，它使中国电影进入了直面真实的范畴，源远流长的现实主义回归银幕，同时，它开启了创新的思路，连带而起的散文化电影和心理情绪影片也蔚为大观。中国电影的面貌从此发生巨大变化。真实的存在从表现的真实到看待生活眼光的真实，再到思考的真实，这是一个发展的过程。注重生活矛盾与常人情感的现实题材片，也在发展中逐渐深入。在20世纪80年代前期电影中，现实题材影片的成就十分突出，其视角与历史片的天然区别就在于表现常人常事，这些电影对纪实美学的探索也最为突出。比较有代表性的影片包括《人到中年》、《血，总是热的》、《逆光》、《大桥下面》、《夕照街》等。而表现农村题材的影片则表现出从伦理通向哲理的趋向，《喜盈门》、《月亮湾的笑声》、《月亮湾的风波》、《不该发生的故事》、《人生》等。《人生》是吴天明大气而富于细腻人性的创作体现，影片试图在西部粗犷的风土人情中表现细致的人性情感追求。高加林不甘于留在穷困闭锁的乡野，要到都市实现自己的价值，却被指责为见异思迁，而这是被传统所否定的；巧珍完美地体现依顺和仁义的妇德却不能不局限于低层次的一厢情愿的情感沉溺。影片深入地展示了社会变革中乡村青年的情感矛盾，在艺术表现十分动人的同时，引起了一场关于理性与感性对峙的争论。人们对影片人物的批评是观念陈旧、未脱“痴情女子负心汉”的模式和过于钟爱旧式女子形象，对巧珍爱情基础的脆弱与不合理未加批判，对高加林的合理追求又没有从历史前进中加以肯定，以及过多道德伦理的戏削弱了历史的合理性。但事实上，影片恰恰是在表现现实矛盾和复杂情感矛盾方面超越了传统道德伦理纠葛的老套，从而对农村体裁进行了深入的探讨。本片放映后反响强烈，老百姓深感悲剧的动人，社会评论也认可其艺术表现的独特。《野山》也是一部公认的纪实与戏剧式的优秀之作，一个“换老婆”的故事，深入表现了改革开放之时乡村农民心理观念的差异与变化，期求展现不同生活方式及与之相联系的两种理想的人生态度。总之，农村题材影片从以伦理情感为其通常的表现形式，通向了哲理思考，从而改变了农村题材电影的简单肤浅，呈现出一定的文化思考与历史深度。

不能不看到，告别了“文革”，奄奄一息的电影缓缓复苏，也进入了一个新的历史阶段。这个变化是意义重大的，电影所长期依附的时代政治的改变，必然导致其内容、形式的变化。在与世界电影隔绝了漫长时期后，中国电影开始了大踏步的转向：转向艺术探索，转向世界潮流，转向百姓娱乐需求。这三种转向，是新时期中国电影走过的明显路途。而纪实美学观念和现实主义表现手法是其中最为集中的体现。20世纪80年代以第四代电影人为代表的创作构成现实表现的收获期，中国电影开始确定自己的理念，80年代中国电影从政治宣传的工具走出，意识到艺术家个性经验与思考的表现的重要性，从政治宣教中脱离而出，走到追求生活真理的世界电影的共有潮流中。张暖忻的名作《沙鸥》使影片成为一种创作者个人气质的投射和抒发。胡柄榴创作的《乡情》以女性日常生活中蕴藏的美来引人思考。郑洞天的《邻居》则也是独具慧眼地从平时常见的生活中的住房问题出发，对现实诸种问题进行思考。在表现纪实特性上，《邻居》(郑洞天、徐谷明导演，1981年青年电影制片厂出品)无疑是典型的代表，那种平实冷静的纪实形态，对电影的新气象是影响深远的。这部影片是纪实美学兴起的重要代表作品，它以生活原生态去结构作品，逼真地再现生活的现实图景与人物内心世界。影片讲述的是一幢建工学院的单身宿舍楼中邻居们在嘈杂和拥挤不堪的环境中的生活。其纪实风格给当时的人们耳目一新的感觉。影片一开始就和传统戏剧式电影的方式形成不同，着力于还原生活原生状态的视像与音响，如实记载生活的本来面目。中午12点的报时声、广播声、呼喊应答人声、烧菜的翻炒声交杂而至，伴以人们在狭窄楼道中擦身往来的画面，我们看到的是对原生态生活的逼真再现，无论音响、画面还是节奏都是生活化的。在生活真实中传达人们的生活情态、喜怒哀乐成为《邻居》的显著纪实风格。纪实根源的观念是什么？是通过再现，相信生活真实中有动人的东西，这种相信生活真实，不需要强化或掩饰生活现实状态的观念，是这一时期整体美学观念与社会思想的反映。《邻居》还让我们看到这一时期真实性原则的意义。现实主义的真实性原则决定了影片具有如实表现的特点，因而细节的连缀与通过平实生活的连续表现透露其意义就十分重要。矛盾结构要平易如常，巧合、偶然等影响真实性的东西都不应当渗入，这时，发现生活中的戏剧性冲突就比较重要，生活中的细节引发出的冲突，给人强烈的真实感：因为楼道狭窄而导致孩子烫伤，引出房管科长对上级巴结、对百姓狗眼看人低的做法和众人之怒；冯卫东拆女厕所表现出普通百姓对厨房的渴望，连带揭露出为逢迎上级将大家共有厨房挪做他用的不正之风；喜队长为了厨房带人疏通房管科长儿子住房的下水道，表现了生活中常见的屈辱与权利腐败等问题。影片还通过房子问题揭示了生活中的许多不正之风，比如照顾关系户、以房谋私、打击报复、逢迎拍马等等。因此影片对现实的揭露达到了新的深度。1982年韩小磊的《见习律师》也是当时颇受好评的影片，正在做毕业前实习的法律专业大学生言文刚对死刑案件提出疑点，潜心用法律为囚犯辩护，尽管案件涉及复杂的政治背景，但最终法律胜利了。影片宣传法的重要性，强调律师的职责，为死囚讨公道，这在当时分明是思想意识比较超前、大胆的。而在艺术表现上，则比较集中地运用了此时期注重纪实色彩的电影表现手段，如长镜头、生活实景拍摄、自然光效、非戏剧结构方式等。该片既有《邻居》式的实景拍摄，相当生活化的场景，又有《沙鸥》中的长镜头运用，还有《我们的田野》中的生活抒情化表现。总之，比之前一阶段，艺术观念的确定是明显的事实。

在美学上，从这一时期开始电影与人的距离被极大拉近，生命意识的增强令人惊叹，对人伦情感复杂性的反思是其重要特点。中国电影历史遮掩不住的一条线索，便是强调人伦感情的复杂和动人。这可追溯到20世纪20年代的传统，民族文化的承传使中国电影对中国文化的核心内容给予天然关注，在以《喜盈门》为代表的乡村家庭生活片中，对虐待老人的抨击和对家庭和美的礼赞等传统思想，传承到80年代的一些影片中。人伦意识具有极大的吸引力，《喜盈门》获得最大的观众群就是证明。在《乡音》中，一个温柔的顺从之妻，因为她那句"我随你"的口头禅，既遭到影片中代表其时代的女子杏枝的责难，也引发了影片外观众和学术界针锋相对的辩论，而影片自身也似乎在理性上和情感上对此充满了犹豫和矛盾。同样的复杂现象在《人生》中再次重现，高加林和巧珍的动人爱情远远超出伦理情感的范畴，但观众却难以不为这场由于乡野和城镇的阻隔、依赖传统与期盼高远之间的心理距离而造就的人间悲剧感到痛惜。在最为古老的情感和道德评判中，中国电影敲击出矛盾的鼓声，引发人们的思虑。情感复杂化的时代已然来临，电影形象展示出这一不可阻挡的趋势。对生命意义的肯定和思索是现实主义深入的标志。80年代中国电影呈现的直面现实的人生态度，是艺术真实观的胜利，比起过去以阶级视野或政治角度表现现实的传统现实主义来，更为偏向对生命本体价值的探索和对人生意义的褒扬。在现实主义精神影响下的中国电影，已经进入了自觉寻求人的价值意义的思考层面，无论是《被爱情遗忘的角落》、《人生》、《青春祭》、《野山》等第四代电影人的创作，还是《孩子王》、《大阅兵》、《猎场扎撒》等第五代电影人的作品，这些时代的代表之作对人性、人心、人情的关注和思考远远大于叙事表层，人的主题前所未有地体现在优秀影片中，构成中国电影整体艺术感染力提升的基础。直面现实包括纪实意义的写实现实和对社会境况的深度思考，《春雨潇潇》（胡炳榴、丁荫楠）、《黑炮事件》（黄建新）、《神女峰的迷雾》（郭宝昌）、《爱情与遗产》（颜学恕）等作品，从各个方面引起了观众的反响，从电影创作表现方式的探索，到影像语言对传统的明显改变，及大量吸纳镜头技巧充实中国电影等方面，都开始展示变革的巨大热情。《夕照街》（王好为）、《都市里的村庄》（滕文骥）、《谁是第三者》（董克娜）、《雾界》（郭宝昌）、《一个死者对生者的访问》(黄健中)、《人·鬼·情》(黄蜀芹)、《红衣少女》(陆小雅)、《海滩》(滕文骥)、《死神与少女》(林洪桐)等，从不同方面对现实和历史作了深刻的思考，成为中国电影中有分量的存在。《谁是第三者》对超出“第三者”表意的思考，《雾界》对人类与大自然生态关系的忧虑，《一个死者对生者的访问》触及现代社会人心正义的拷问，《人·鬼·情》对角色的人生与遮掩脸面后的人生的真情追索，《红衣少女》对保守与叛逆的新鲜理解，《野山》通过“换老婆”对时代人心变迁的细微表现等等，都发自真诚，也因此深沉深入。透过这些每每引发社会思考的创作，中国电影呈现的厚实庄重的人生形象也真实确立起来！

现代都市题材的开拓发展也是现实表现的功绩。中国电影的都市题材一直不够丰富，表现现实都市人们生活与心态变化的作品远远不足。这一方面是因为社会发展的都市化背景还比较薄弱，都市生活还没有成为艺术表现的主角，另一方面是市民生活的观念还没有被主流社会所接受，政治性意识看低市民文化的传统还占据上风。改革开放带来了都市文化的兴起，以娱乐为主流的大众文化开始侵入电影艺术的殿堂，社会发展带来的宽容度促进了都市题材电影的创作。公认新型现代都市电影的较早创作有《太阳雨》(张泽鸣导演，1987 年珠江电影制片厂出品)和《给咖啡加点糖》(孙周导演，1987 年珠江电影制片厂出品)。《太阳雨》表现特区青年生活的复杂与情感关系的迷茫，影片涉及城市生活的特有的多重选择和人们生活态度的多样性，特别是情感世界的选择和纠葛。《给咖啡加点糖》讲述了这样的故事：城市里的刚仔关心逃婚来城的修鞋女林霞，林霞在感受都市生活的同时却哀叹着身世的不幸，刚仔顶住众人的非议，关心林霞并期待与她发展感情，但林霞最终屈从命运被迫返乡，刚仔只能心怀惆怅。影片以都市为背景，将变革时期人们的复杂的心态和情感矛盾表现得微妙而细致。1988 年都市影片更具规模，当年，因王朔小说被改编而被称为“王朔年”，这种现象标志着都市生活情态被规模化地搬上艺术舞台。《轮回》(黄建新导演，西安电影制片厂出品)、《顽主》(米家山导演，峨嵋电影制片厂出品)、《大喘气》(叶大鹰导演，深圳影业公司出品)、《一半是火焰一半是海水》(夏刚导演，北京电影制片厂出品)的出现，都标志着都市文化的登场势不可挡，后来中国最为重要的都市电影导演(黄建新、夏刚等)也都借此机会登台亮相。生活推动着都市电影的发展和成熟，应运而生的都市电影证实中国电影艺术将要进入都市化要求的复杂境地。《一半是火焰，一半是海水》里对勒索者的行为仅仅是“表现”而非批判的态度，对女孩子们更喜欢的那种自称坏人、仿佛更有品位、会幽默的男子的赞赏，在行为举止上让“顽主们”更显出生活的情趣、“说话的优雅”、玩世不恭的洒脱魅力等等，都是王朔小说电影的现代都市情状的定性化特征。这是过去的道德评价式电影绝不会容忍的，却是当代复杂社会必须正视的现实。把他们的行为做正面的表现，并对此持肯定态度，这无疑是时代更替的表现。“王朔们”代表的是一个时代，确切地说是一批出身优裕、看透政治玄虚而却又处在边缘的人们巧妙地“玩味”、“调侃”传统时的一种特别姿态，它暗合了时代转变的需求，这些东西一方面为持传统观念的“正派人士”所不齿，另一方面为无缘进入主流形态的落潮者所欢迎，他们的无原则态度却成了颇为时髦的解构传统的方式。我们开始接受残酷的现实——“王朔们”认可的现实，撇去道德评价的好坏，让中间色彩的人物在社会舞台上占据主导位置，同时启发我们看清社会更多的真相和假象。

总之，这一时期给予中国电影的是“具有了自立于世界电影纵横坐标上的民族电影个性”。[2] 20 世纪 80 年代的确是中国电影复原现实观念的阶段，对社会现实的极大关注，对人生矛盾的正视，对生活情感状况的深入反映，使这一时期的电影艺术再一次跃上新的高点，现实主义表现手法和观念重新占据主导位置，表现在对社会矛盾和人心情感深度的真实探讨，它对于中国电影的开放和深入都具有重要意义。之后，它有了进一步的发展。20 世纪 90 年代是中国电影多样化表现现实的时期，现实生活的多元和影像表现的多样相互印证，导致实录现实的记录形式和浮光掠影的现实表现形式交织出现，对现实表现的宽泛无法遮掩现实主义缺乏深度的问题。表现浮躁戏噱的现实居多，而有力度的揭示和批判则被冷落。21 世纪的中国电影增加了彷徨和思辨，对改革深入带来的现实矛盾、对入世后的前途的思考、对开放社会中复杂人际关系的表现，使这一时期中国电影对现实的表现芜杂而多向度。无疑，20 世纪 80 年代为百年中国电影的现实主义审美追求写下了极其重要的一笔，也为中国电影多样审美拓展做好了准备。

参考文献：

［1］ 李陀，张暖忻. 谈电影语言的现代化[J]. 电影艺术，1979，(3)：40—52.

［2］ 郑洞天. 仅仅七年[J]. 当代电影，1987，(1)：46—54.

我国当代现实主义电影思潮变化与发展

张智华　北京师范大学教授

一

巴赞的写实主义电影观与纪实美学意义巨大，现实主义电影思潮在我国各种电影思潮中处于主要地位，在我国当代电影思潮中贯穿始终。

现实主义电影思潮在很大程度上继承并发展了巴赞的“写实主义电影观”、“影像本体论”与“现实渐近线”理论以及意大利新现实主义电影的精神。巴赞提倡“力求在银幕上充分展示现实”，他认为，“故事的发生与发展具有生命般的真实与自由”，影片的价值“在于不歪曲事物的本质，在于首先让事物自为和自由地存在，在于对事物的独特个性的热爱”。他还认为“新现实主义以极为自然的方式恢复了风格和抽象化的手段。实际上，尊重现实并不是堆砌表面现象。相反，尊重现实意味着剥离一切非本质的因素，简单明了地概括事物全貌”。[1]巴赞的这些电影理论受到中国电影理论工作者与电影创作者的重视，他们展开了热烈的探讨与积极的争鸣，产生了很大的影响。意大利新现实主义电影的出现是在第二次世界大战后，中国当代现实主义电影出现在20世纪八九十年代，两者都是在社会出现急剧变动的时期出现的，艺术家在不同的时代有了相似的创作倾向。新现实主义电影的实景拍摄、纪录性、长镜头使用、简单的叙事结构、非职业演员的加入、方言的使用等都可以在中国的现实主义电影中找到。现实主义是“以典型化艺术形象，真实地直观地展现具有时代性的人生内容与社会风貌”。[2](p.101)要有时代感，要反映出社会的某种本质，就不能有主观化的夸张、变形，不应是纯个体生态的琐碎扫描或社会状况的散漫照相。

这一时期在现实主义电影美学理论的指导下所拍摄的影片，其影像镜头风格追求大量采用实景、外景拍摄，以便增强银幕空间的真实感，大量运用移动摄影和长镜头来表现人物心理，打破传统的绘画式构图观念，从运动的角度来寻求构图的平衡；在表演方面则要求生活化：使用质朴自然的语言，重视演员本身的气质和外形，反对夸张和做作等，有时使用非职业演员。而这些电影中所表现出的纪实性也与巴赞的长镜头理论关系十分密切。

总之，这一电影美学思潮的突出特点有两个：一是强化情节，紧凑结构，有贯穿始终、有头有尾的中心事件，致力于深化主题；一是追求真实，力求反映出生活原有的形态，并多层次、多侧面、多角度地反映生活，具有纪实性的特点。代表影片有《小街》、《邻居》、《芙蓉镇》、《牧马人》、《喋血黑谷》、《血战台儿庄》、《西安事变》等。

散文电影中已经体现出一定的现实性因素。围绕巴赞的纪实美学，理论界还曾有过一场论辩，为后来现实主义电影在电影语言的选择上提供了某些借鉴。

20 世纪 80 年代是我国电影发展的高峰时期之一。1979—1988 年，中国电影在故事片的创作生产上，尽可能地坚持和发展现实主义道路，题材广泛，反映生活中各类矛盾，具有一定的深度和广度。例如反映反右斗争扩大化的《天云山传奇》，农村题材的《被爱情遗忘的角落》、《月亮湾的笑声》、《许茂和他的女儿们》、《喜盈门》、《不该发生的故事》，反映中年知识分子的《人到中年》，反映对越自卫反击战的《高山下的花环》，反映当时经济改革中一系列问题的《血，总是热的》、《代理市长》、《在被告后面》等影片，以及根据著名文学作品改编的影片如《伤逝》、《骆驼祥子》、《包氏父子》、《茶馆》、《阿 Q 正传》、《子夜》、《雷雨》、《日出》等。这些影片在揭示时代生活矛盾的深度和广度上，都有十分大胆的突破。通过生动鲜明的典型化形象，这些影片使广大观众与影片中的人物在思想感情上息息相通，进而爱憎、思考、同情或批判。影片的思想性和艺术魅力融为一体，体现出现实主义创作的巨大力量与影响。综上所述：现实主义的张扬，往往促成电影史上创作与产业的高潮——真正的现实主义创作与商业票房的丰收，其实可以并行不悖。[2](p. 103)

二

“现实主义”在某些时期似乎有点政治与禁忌的味道，因为“现实主义”总是与真实和批判相伴随，而这又与主流话语有一定的距离。所以说，作为现实主义电影思潮的重要代表之一的第六代导演的影片在某个时期往往出现“墙里开花墙外香”的尴尬局面——难寻投资，票房惨淡，甚至连审查都不能顺利通过，而在国外大小电影节上却频频获奖。

第六代导演大部分出生于20世纪60年代，他们系统地接受电影理论是在20世纪80年代，而他们的艺术思想成型就在那一时期，他们中有人将这一时期作为电影故事发生的背景——贾樟柯的作品《站台》所表现的可以认为大致就是这段时期中国底层社会的一群人的生活。

20世纪90年代初，这批导演开始有作品问世。也许是80年代那些“凭空”的“反思”让他们感到了腻烦，这批导演多致力于对生活状态的呈现：张元的《北京杂种》(1993年)反映都市边缘人的生活状态，管虎的《头发乱了》(1994年内蒙古电影制片厂)表现了回忆和友谊的温情，娄烨的《周末情人》(1994年福建电影制片厂)则代表关于青春自恋的呓语。但是，这些作品并没有完全反映出这些导演的美学思想，这前后还有一些在耕作体制和风格上都大相径庭的作品：张元的《儿子》(1993年，体制外，由片中真实人物扮演)、王小帅的《冬春的日子》(1993年，体制外，由片中真实人物画家夫妻扮演)、何建军的《悬念》(1993年，体制外)和《邮差》(1995年，体制外)以及胡雪扬的《留守女士》(1992年上海电影制片厂)等影片。这当中有不少作品以一种新现实主义的手法，在冷静甚至是冷漠的注视下，逼近日常生活的琐碎以及在琐碎中生活的普通人、边缘人的精神内核，保留着独立的视点，直接瞄向“灰色区域”。

第六代导演的一些作品走入了某种极端。这些影片原生态地记录着处于边缘的社会生活与人间状态，但有些时候过分沉溺于记录个人化、私人化的生活状态，虽然不能否认其真实的拍摄方式，但这些影片缺乏现实主义所要求的典型性，难免显得顾此失彼。正如郝建所说：“他们对欧美作者电影的偏好，使‘第六代’的早期作品带有强烈的精英文化理想，但同时又陷入青春自恋的沼泽之中。这是一次边缘立场的选择，却没有任何边缘与中心对抗的紧张；这是一次对现实的投注，却又只能以自我圄禁的方式围困于现实的边缘；这是一种现实的展示，却失掉了对这一现实的反思。如果说这是一次与现实生活的对话，那么它与现实的临界面有多大，是值得怀疑的。”[3]如此一来，这样“边缘化的现实主义”固然可以在狭窄范围内有一定市场——甚至在这不大的空间里都有“猎奇”的成分——但其力度与深度则难免受到影响，很难引起更多普通人对“现实”的共鸣。

值得一提的是，当时正是中国社会产生巨大变化的时期，这促使此后的中国主导话语划定了创作的行为疆界，这直接导致了所谓的“地上”与“地下”电影的分化。一些更年轻的新生代导演，如张扬、施润玖、金琛等和投入“中国电影投资公司”门下的王小帅、路学长、管虎、何建军等，纷纷在体制内筹拍或投拍自己的影片。另一些青年导演却仍然在体制之外继续坚持着自己的电影理想，成为“地下电影工作者”。而制片方式的不同，又带来了题材、叙事风格的转变与差异。

不少第六代导演的作品重视与现有艺术语言、现有艺术体系之间的对话。他们注重继承先锋实验电影、欧洲艺术电影的传统，并从现有的电影艺术体系、电影语言中汲取营养。由王全安执导的《月蚀》就是一个很好的范例。《月蚀》明显带有中国当下社会现实中生存的残酷性，无论是遭受强暴还是成为富太太，都市生活中女性生命的极度动荡与惶恐都将继续。这种自觉的文本互动关系不只是意义苍白的形式模仿。它在电影语言上的自如更是难能可贵的，故事的讲述是用电影的方式来实现的，而不是从文学的维度来考虑的，正是通过负载这些意义的电影语言与形式，我们得以在银幕中遭遇生活中的现实。另外，从观赏性上讲，它将极度的轻松自如与极度的可怕残酷并呈在一起，形成了强烈的冲击，同时具备视觉的观赏性和现实的震撼力。

总的来说，对于这一批青年导演而言，“现实主义”已经超出了一种表现形态，成为他们的艺术追求，借此更直接地与现实生活对话。“第六代”作品在创作之初，即以一种冷静的观察者的视点，一直关注那些都市边缘人、普通人的生活状态，以此呈现被主流意识形态遮蔽或者忽略的那部分现实。

贾樟柯与王超在这条路上走得更远，他们用作品的“极度的现实主义”的冷酷逼视中国的现实，提供一种底层视点和底层关注，展示了现存的生活状态的荒诞和普通百姓的生存境遇。在贾樟柯的《小武》(1997 年)中，表现了一个名叫小武的小偷在剧烈变化的时代生活中，对友情、爱情、亲情美好幻想的丧失。在王超的《安阳婴儿》(2001 年)中，则表现了妓女、黑道头目和下岗工人三个不同社会底层人物的坎坷命运，以及他们对这种扭曲的生活的沉默接受。也正是从逼近现实和电影叙述来看，我们可以从这类影片的叙事风格中直观地感受到朴素的人道关怀。在这样的情况下，摄像机亦成为对生活“原生”状态的逼视，比如《安阳婴儿》的镜头没有采用片中任何一个人的视点，而是以几乎静止的画面，冷静地“凝视”城镇中无奈生活的人们。

可以说,《安阳婴儿》对社会进行尖锐的思考,其艺术内涵与其艺术展现形式上的冷静达到了一种难得的平衡,强烈的戏剧性与冷静的电影语言之间形成一种艺术的张力。同样的追求体现在《小武》之中,贾樟柯说:“我愿意作一个目击者,和摄像机一起站着,观看眼前的一切。”或许这样一种叙事风格,一种直接呈现生活的努力,能将我们带入日常生活的经验之中。

中国的现实主义电影还呈现出一定的特殊性,例如第六代导演的一些作品,无力像新现实主义那样对社会作出全景式的描述和理性的批判,而更趋近于微观的个人政治修养,“这使得第六代影片中充满了边缘的、感伤的、犹疑的、破碎的气息,一旦转向全景式的观照,我们就会看到空空荡荡的镜头以及叙事失控后的茫然”。[4]第六代导演体现了在新的社会环境下,作为一代导演共同的文化努力,并取得了十分积极的美学成果,尽管其美学主张受到政治、经济、社会的强烈制约,而其自身也不可避免地具有局限。与此同时,随着社会的进步,第六代导演的电影观念本身也在不断地发展变化,有的在叙事风格上逐渐向“主旋律”靠近,有的则在手法上企图迎合主流大众的口味,[5]一些更年轻的新生代导演,如张扬、施润玖、金琛等和投入“中国电影投资公司”门下的王小帅、路学长、管虎、何建军等,纷纷在体制内筹拍或投拍自己的影片。这也促使第六代导演内部出现了某些分化,一部分人仿佛放弃了早期的坚持,渐渐从“地下”走到“地上”。

而今,对人文关怀的不断重视与政府所提倡的“和谐社会”都在一定程度上促使了现实主义的复苏与发展,《天狗》、《光荣的愤怒》、《可可西里》、《金牌工人》、《留守孩子》、《借钱》、《盲井》、《盲山》、《青红》、《孔雀》、《疯狂的石头》、《集结号》等都是这其中较好的代表。在影片《天狗》中,富大龙饰演的护林员工作尽职尽责、坚持原则,但正因此触犯了村民的经济利益,几乎成了全村人的公敌,他与当地恶霸孔家三兄弟展开了殊死的搏斗,双方都付出了惨重的代价。该片表现了关怀人性、关怀良知的主题,令人震惊,发人深思。周星在《略论近期中国电影现实表现的意义》中说:“在中国电影100周年前后,以《可可西里》、《天狗》、《光荣的愤怒》等为代表的古朴、深沉的现实主义电影创作,为我们拉开了中国电影富有生命力的乐章。这些电影以相当的冲击力度为中国电影百年奉献了动人的艺术产品。可以把这样一些创作看作是中国电影扎实跃进的典型创作,它们的意义不仅在于影片本身的艺术表现,还在于艺术情感和艺术思想的深刻性。其中一些优秀之作以厚重、震撼、锐利的现实表现给予人们新鲜的思考。”[6]所论一语中的。

三

中国部分现实主义电影呈现出两极分化的趋向：一部分导演坚持现实主义理想，但其中一些导演虽然力求冷静，让摄像机说话，可还是流露出些许“作家电影”的倾向，附带有“精英、小众文化”的情绪；另一方面，一些标榜着“现实主义”的电影所反映的现实往往是苍白无力的。桂青山在《当代中国需要真正的现实主义电影》中说：“当代中国社会是怎样的现实状态？人民大众生存与生活有什么症结？当前国民最关心的问题有哪些？处于历史性转折时期的时代征候与文化趋向如何？目前牵动国家中枢神经的最主要的物质层面与精神层面的存在是什么？当前民众最感兴趣与最不感兴趣的是什么？最满意与最不满意的是什么？……国家各方面与层面的体制改革问题，社会经济与文化的两极分化、严重失衡、迷离错乱问题，对城乡的差异与隔离所应有的历史反省与现实把握问题，对当前社会边缘人群、城市弱势群体与中国农民状态的人文关注问题，以及腐败现象、法制建设、自然环境、不安因素等，所有这些构成了当代社会生活的整体状态。……而近年的现实主义电影，尽管有着种种的成功探索与努力追求，但许多有着现实主义表征的影片，其实并非完全彻底地体现现实主义的品质，起码在现实主义的演绎中，存在着不同程度与层面的缺憾、弱症乃至癌变。”[7]他认为，平浅扫描的现实主义、疏离现实的现实主义、人文滞后的现实主义、边缘纪录的现实主义、主观的伪现实主义等都有一些缺陷。处于历史性转型、变动与跃进的当代中国，强烈呼唤现实主义电影的新发展以及发扬光大，这是时代进步的需要，这是审美多元的需要。就是从当代电影产业的可持续发展的角度来看，这也是需要的！他对我国当前现实主义电影状态进行了深入的思考与精辟的分析，给人有益的启迪。

DV的出现与普及，使现实主义前所未有地与普通人接近，这些手持机器、有自己想法的一群人，以自己的行动实践了意大利前辈“把摄像机扛到大街上”的号召（至少形式上是这样），去记录、描绘他们所接触或理解的“现实”。

不得不承认，某些才华横溢的DV爱好者更多表现的是一种个人化的东西，或者无法摆脱猎奇的局限，其现实主义精神还不是很浓厚，但DV与生俱来的平民化、草根性特征赋予了其在现实主义表现上的巨大潜力。

电视电影是近年来出现的新鲜事物，部分电视电影表现出较强的现实主义精神。电影频道于1999年起开始自行制作电视电影。为此，中央电视台电影频道每年投资6 000多万元拍摄电视电影。短短9年时间，电影频道摄制完成近千部电视电影。电视电影以其低成本、表达自如、传播渠道便捷等优点迅速取得了不俗的成绩，成为中国电影通向大众的一个有效渠道，是中国电影业发展的新基地。电视电影具有较强的现实性、及时性。

随着科技的飞速发展及其在电影中的应用，电影的内涵与外延发生了变化，"虚拟现实主义"被一些学者提出，引起人们的关注。陈犀禾在《虚拟现实主义和后电影理论——数字时代的电影制作和电影观念》中说："电影是一门技术化的艺术，每一次技术革命都曾经引起电影形式的根本变化。正如有声片完全不同于默片。宽屏幕电影有别于小屏幕电影，目前在进行中的数字革命也正在对电影领域产生深远而重大的影响。这种影响可以从电影内部和电影外部两个方面来看。一方面，从电影内部看，数字化手段改变了传统的电影制作方式。照相现实主义的制作美学正和虚拟现实主义的制作美学相融合，由此把电影奇观推到了一个新的境界。这不但创造了一种新的电影形式，也创造了一种新的观影经验。从电影外部看，数字技术改变了电影的存在环境，在数字化的平台上，电影作为一种独特艺术和独特媒体的地位正在消失，而融入为数字化多媒体的一个部分。[8]他认为，数字影像导致了巴赞的影像本体论理论的解体。随着数字影像在制作中占据主导地位，事实上任何影像都是可能的。对这种新的电影影像的特性可以用"虚拟现实主义"来加以界定，即：它在视觉表象上具有客观世界物质现实的外观，但实际上却是人工合成的。它是一个关于现实的全新版本——一个假现实，一个虚拟的现实。他的论述比较准确、深刻地揭示了现实主义在高科技时代的变化与发展。多媒体使创作者可以根据需要，对画面和声音进行各种创造、修饰与整合。

现实主义电影的内涵与外延处于不断变化之中，手法与形式千变万化，其核心仍是现实的本质。现实主义电影与时代、民生血肉相连，在任何时期都应该是对现实的深刻表现。

参考文献：

[1] 安德·巴赞.电影是什么？[M].北京：中国电影出版社，1987.

[2] 桂青山.现实主义电影与当代中国[J].当代电影，2006，(5)：100—103.

[3] 郝建.第六代命名式中的死亡与夹缝中的话语生命[EB/OL](2007-12-15)[2008-

03-26]. http://ent.sina.com.cn/m/2007-12-15/ba1545095.shtml.

[4] 聂伟.从“戏台”到“站台”——读取中国第五代、第六代电影叙事差异的视点之一[J].杭州师范学院学报:社会科学版,2004,(4):88—93.

[5] 史鸿文.论“第六代导演”的电影美学风格[J].河南科技大学学报:社会科学版,2006,(4):44—47.

[6] 周星.略论近期中国电影现实表现的意义[J].当代电影,2006,(5):90—91.

[7] 桂青山.当代中国需要真正的现实主义电影[J].电影艺术,2006,(3):111—113.

[8] 陈犀禾.虚拟现实主义和后电影理论——数字时代的电影制作和电影观念[J].当代电影,2001,(2):84—88.

多元嬗变　理性重建

——20世纪90年代的中国电影美学

张振华　复旦大学教授

从宏观的视角看20世纪90年代，改革开放的中国社会开始步入商品经济日益繁荣、科学技术和城市现代化高速发展的重要时期。与以往任何时代相比，此时传统艺术的内涵、形式、传播渠道及价值取向均已发生了迥然不同的变化。作为比传统美学更为开放、更接近日常生活的文化形态，这一时期审美文化成为人们关注的中心，中国电影美学的热点转移也十分频繁。此种嬗变现象的出现决非偶然，因为“伴随着经济大潮而来的是又一次思想文化转型。中国社会及其批评进入一个以主流意识形态为中心话语，以多元化‘新潮’理论为边缘话语的‘众声喧哗’的杂语时代”。[1]这既是电影艺术与经典美学自身拓展研究领域、更新观念的必然，又是1980年代以来中国社会经济、政治、文化各个层面变革推动下的必然。

一

正如艺术史家阿洛德·豪塞所说，现代技术“发展的迅猛速度和那似乎是病态的节奏压倒了一切，特别是它与文化艺术的早期进行速率相比是如此。因为艺术的凶猛发展，不仅加快了风尚的改变，而且给审美标准带来重要的变化”。[2]在传统意义上，中国是个伦理社会，道德泛化的观念深植于民族精神和民族文化之中；纯粹的艺文鉴赏历来被视为芸芸大众难以企及的高级审美形态。而在消费观念逐日深入人心的20世纪90年代，市场经济大潮直接造成了道德与经济的二律背反，经典美学的权威性无可挽回地瓦解了。人们开始在传统与现代的断隙之间寻找一种边缘状态，以前追求的审美理想和审美价值变得空洞无力，如何使理想、价值现实化成为第一需要。商业广告、影视、电脑网络等高科技媒介则推波助澜，传播着国内外多种人文思潮并不断制造消费欲望，直接促进了中西文化的交融、碰撞和美学的当代转型。接踵而至的物质功利目标既消解了大众对终极目标的关注，也使高雅文化与娱乐文化、艺术与非艺术之间的差异性逐渐缩小。于是，一向只是勉强被纳入审美范畴的实用美学如服饰文化、饮食烹饪、居室装潢、流行歌曲、职业风范，乃至20世纪中期浑然不为人知的MTV、卡拉OK、镭射舞厅、激光视盘、DVD、文化衫、保龄球、MP3之类文娱活动，也堂而皇之地进入审美领域，成为审美文化观照的对象；各种纯艺术亦不复自命为精神贵族，纷纷乖觉又悄然地走下象牙塔，在芸芸众生中寻觅知音，寻求世纪之交的栖身之地与发展之道。

由于“目前居统治地位的是视觉观念，声音和影像，尤其是后者，组织了美学，统帅了观众”，[3]20世纪90年代审美文化的上述特点在视觉文化——电影美学观念的转换上表现得尤为明显。

作为近现代工业的产物，电影早在诞生伊始便竭力试图摆脱“杂耍”、“活动照相术”的境遇。从1907年利西奥托·卡努杜的《第七艺术宣言》、1919年路易·德吕克的《上镜头性》，到谢尔盖·爱森斯坦的《蒙太奇在1938》，一代代西方理论家为了使电影跻身于高雅艺术之林不懈地呐喊。与之相呼应，20世纪20年代崛起于法国、德国的先锋派电影，诸如《卡里加里博士》、《机械舞蹈》、《贝壳与僧侣》、《一条安达鲁狗》，以及在法国新浪潮等创新运动中涌现出的《筋疲力尽》、《四百下》、《去年在马里昂巴德》等作品，也无不陶醉于风格化、诗化镜像语汇的探索和文化哲学意识的升腾，主张电影成为非功利的纯艺术。这些执著的努力使电影最终因不断提高美学品位而名副其实地登上象牙之塔，但同时也使它与生俱来的商品性、社会性、大众性受到压抑和排斥，因此每每风光一时而难以为继。

真正把电影视为产业的是好莱坞。在市场经济条件下，美国电影的生产和消费按照商品的等价交换原则进行，精明的制片人“成了决定艺术成败的一切因素的主人……摄制影片完全以票房收入作为指导原则。他们对独立的影评家的评论，满不放在眼中”。[4]他们行之有效地推行类型电影制片方式和令观众疯狂入迷的明星制度，投入巨额资金以赚取商业利润，结果使电影主流越来越趋向于世俗消费欲望。从1970年代到90年代，卢卡斯、斯皮尔伯格等大导演又利用高科技手段，精心制造出神入化、引人入胜的视觉效果。《星球大战》、《谁陷害了兔子罗杰》、《蝙蝠侠》、《狂蟒之灾》、《狮子王》、《侏罗纪公园》相继引起轰动效应，昭示着电影业已走出思索，走向动作，成为最能反映消费社会特色的审美文化形态之一。即使在《真实的谎言》、《阿甘正传》、《泰坦尼克号》等不乏艺术意蕴的巨片里，可看性也是艺术家的第一追求。而令人眼花缭乱、叹为观止的缤纷画面和主题交织、次序打乱的影像形式，逼真地模拟了现实生活流，一方面激活了观众的视觉经验，满足着他们的审美快感，另一方面又通过感官的直接感受，向观众传递了邪不克正、除暴安良、金钱万能、爱情至上等主流观念。总之，在好莱坞模式里，瞬间愉悦、平面享受的文化快餐，取代了追求历史深度的艺术晚宴。这正是视觉时代审美文化的特色。

尽管中国新时期电影处于与欧美电影不同的社会文化语境中，但通过美学观念的碰撞与交融，却走了与西方大致相同的嬗变之路，只是时间大大缩短了。

在经历了20世纪70年代末《天云山传奇》、《巴山夜雨》等政治批判的激情以后，中国影坛自80年代伊始掀起了一股探索电影新潮。《沙鸥》、《黄土地》、《黑炮事件》、《晚钟》等作品反传统的特点，一为电影语言方面，表现出明显的影像本体论色彩和个性化风格化的全面创新；二为艺术家对于现代观念的执著追求，包括对电影美学的新认识，对生活和历史的新发现，以及他们在电影创作过程中文化意识的自觉渗透。鲜活的、逼近生活原型的语汇和结构上的散文诗化倾向，使银幕影像获得空前的开放、流动与舒展，电影综合造型的艺术潜力随之得到发掘。可是，由于大部分探索片或片面讲究形式、缺乏戏剧冲突和曲折生动的故事情节，或专注于超时空的东方神话之编织，普遍存在着思想负荷过于滞重等致命弱点，因而很难找到文化的契合点，造成了与广大观众的隔阂与疏离。

嗣后，在20世纪80年代中期，中国电影观众骤降，生存危机迹象初露。为了使国产片走出低谷，电影界一度出现了“娱乐片热”。那类商业片虽还停留于“拳头加枕头”式的初级阶段，却使电影必须正视大众感性欲求的观念渐渐深入人心。在商业大潮的冲击下，以“第五代”为代表的艺术探索潮流不久由勃兴而式微，张艺谋、陈凯歌等人相继放弃了孤芳自赏的文化评判者姿态，开始重新审视并调整自己的审美价值取向。1987年，歌咏世俗生活的影片《红高粱》在海内外放映大获成功，这使精英导演们进一步认识到：理性体验的沉重或纯粹的个人旨趣，倘若不能转换为新鲜生动的视觉心理情感，作品便毫无价值可言；继续无视广大的消费需求，一味沉溺于极端自恋之中，那么种种艺术创新之举只能被方兴未艾的大众文化所抛弃、所吞没。[5]

二

20 世纪 90 年代中国电影创作的主流，依然是政府一贯大力倡导的颂扬伟人英雄、强调社会效益的革命历史题材。然而原先类型单一、说教味浓重的主旋律电影，却开始逐步摆脱那种“领袖＋英雄”的政治模式和概念化、简单化之流弊，走向人性、人情与普通人命运之艺术描绘。1991 年底完成的史诗性巨片《大决战》，以恢宏的气势、鲜活的群像和客观的态度，展现了人民革命战争史上三大战役的宏伟历史画卷。其中对特殊人物林彪的刻画，跳出了脸谱化、定型化之窠臼；在塑造杜聿明、傅作义等敌方将领时，也力求真实、典型、有个性。《周恩来》则不再描绘圣坛上的伟人，导演追求电影的诗化，努力捕捉人物真实的心理轨迹，使观众感动之余觉得亲切。以“小人物”为主角的《离开雷锋的日子》更是关注大众的心理和社会情绪，上映后仅北京一地票房就超过 500 万元，观众达 155 万人。此外，还涌现出一些非政治题材、却同样体现出主流意识形态的好作品，如《东归英雄传》、《红河谷》、《生活秀》等，这些作品都有效地拓宽了主旋律电影的审美创作领域，并借助大众文化传播扩大了主流影片的社会影响。

20 世纪 90 年代还有个可喜的现象，即出现了运用主旋律内涵与商业类型化模式相融合的、本土化的混合类型倾向。“《龙年警官》试图完成侦破类型片与警察颂歌的统一，接着是《烈火金刚》试图完成革命英雄传奇与枪战类型片的统一；《东归英雄传》、《悲情布鲁克》等试图完成民族团结寓言与马上动作类型片的统一；《红河谷》试图完成西部类型片与爱国主义理念的统一。”[6]这种兴盛于 90 年代的主旋律类型“复合”倾向，上承融反特片、言情片、风光片于一炉的我国现代类型电影开山之作《冰山上的来客》(1963 年)，下启后来颂扬革命领袖与惊险片混合的《邓小平：1928》(2004 年)、宣传环保主题与侦破片混合的《天狗》(2006 年)等作品，与电影题材的拓宽一起，为 21 世纪中国主流电影的超类型、多元化发展打下了一个坚实的基础。

为了适应当时大众文化以其无深度、模式化、易复制、通过现代媒介广泛传播的品格迅速蔓延的特点，为了争取票房、制止国产电影继续滑坡，自 1993 年起，中国电影发行体制进行了全面改革，吸引海外或民间投资的“中外合拍片”蔚成时尚；1995 年电影公司又正式引进海外大片，进一步刺激国产电影的生产。至此，消费社会的电影观念渐臻成熟，中国电影开始体现出与好莱坞庶几相似的平民性和宽容性，走上了以迎合大众审美情趣为主要目标的商业化电影之路。

1995年以后的中国商业片，深度感大多被削平；曾经是一切行为支点的“意义”也常常被消解于娱乐观赏性中。这对于以往热衷哲理思考、文化批判的思维模式似乎是一个玩笑，然而却反映了这一时期电影文化的重要特征。从“王朔电影”之悄然转向，可以鲜明地看到这一点：《永失我爱》已经没有《顽主》、《轮回》中对现代人精神困顿的关注与思索，完全成为一个落入俗套的爱情故事。在《顽主》、《轮回》两部影片里，主人公们以反理性、反道德、反秩序、反权威的反传统文化方式逃避人生沉重的一面，却又陷入不可承受的生命之轻；而在《永失我爱》里，编导连调侃式的思考也不愿继续了，有的只是同观众一起轻松地完成一次性消费的默契。姜文的《阳光灿烂的日子》某种意义上可说是崭新角度的文化反思作品，特定的历史背景和社会环境赋予它应有的厚度；可是由流畅画面承载的本文叙述却专注于一种全新的感受：我们熟知的真实历史的惨痛几乎全无踪影了，有的只是疯狂年代下的纯情和青春，以及对于“文革”年代非正常个人行为方式的认可——那种认可，无疑暗寓着对社会批判与终极关怀的放弃。《秦颂》把一统天下、武功赫赫的秦始皇塑造成油滑中不乏人情味的市民形象，让注重气节、忠于故国的乐师高渐离掺杂着委琐的、期期艾艾的小人物气息，演绎出一个现代式的性与暴力相结合的传奇文本，从而使本体论意义上的历史深刻性完全为平面的世俗生活所溶化。

《有话好好说》作为“第五代”领导人物张艺谋导演的第一部现代城市题材片，再现了他恣肆的风格和驾驭镜语的功力。漫画式的人物群像，贴近生活的语言，虚实不定的镜头变形、摇晃和跳接，使全片弥漫着惶惶不可终日的情绪，呼应了现代都市人精神荒芜、种种情欲被挤压的躁动心理；没有说教，也没有反驳，如果一定要挖掘影片蕴含的价值理念，那便是一种清醒而宽容的现实世情观。而1998年初冯小刚推出的大陆第一部贺岁片《甲方乙方》，则不同于香港的“无厘头”庸俗喜剧。影片借琐碎的框架流露出对一些社会现象的褒贬，既讽刺了好搬弄是非者、大男子主义、吃惯山珍海味不知稼穑辛苦者及自我感觉过好的大腕明星，也对乐施好善、友爱互助、舍己为人的品德进行了颂扬。但无论嘲讽抑或礼赞，都是诙谐幽默、轻松愉快的，即使被嘲谑者看后也只会哂然一笑。编导似乎无意树立绝对的社会道德标准，你能乐则乐，不满意就骂几句，大家都不必过于认真。这类戏剧化时尚，其实均有趋众从俗乃至媚俗的倾向，这也正是商业社会审美主体物化的反证：平面的图像替代了真实的体验，人的主动性思维因此钝化，造成了愉悦满足之余的感性的浮躁或麻木。

自1990年代中后期起，数码高科技对传统电影美学的冲击日渐凸现。随着国外数字化电影特技的引进，中国运用三维动画、电脑合成图像的国产故事片《紧急迫降》、儿童片《可可的魔伞》以及第一部网络影片《天使的翅膀》等相继面世。国产数字电影虽然刚起步，却已开始使经典电影美学体系悄然发生嬗变：80年代曾被奉为正宗的、以真实性为基础的摄影影像本体论遭遇到历史性的挑战，影像语言诸元素开始被颠覆，电影作为大众媒介的某些传播特性及审美接受功能也有所转型，从而使得人们的观影经验、方式、审美习惯渐渐发生了改变。

与此同时，在好莱坞一枝独秀地支撑着世界电影票房的现实启迪下，美国式的大制作路线在中国也被初步试用。《鸦片战争》、《红河谷》、《燃烧的港湾》以及陈凯歌的巅峰之作《霸王别姬》，当时都堪称巨额投资的大片，其间精心设计的场面和电脑特技的运用，不仅取得了撼人心魄、真假难辨的效果，还使影片人物内心状态的视觉化成为可行，更易于为大众所欢迎和认同。20世纪90年代的发行网络则开始尝试推行院线制，北京、上海、广州、成都、大连等地的电影院线羽翼渐丰；商业化的广告宣传为影片进入市场摇旗呐喊：导演巡游，明星亮相，招揽海报甚至打上了高楼、车厢。其声势与西方相比纵属小巫见大巫，远不足以达到《泰坦尼克号》上映两月余票房已逼近十亿美元那样的辉煌，倒也使得少数国产大片拥有了抗衡海外巨片的力量，并为新世纪《英雄》、《无极》等大片的制作与发行积累了经验。

当代审美文化的品格是温和与宽容，感性的世俗生存状态得到充分肯定和美化，文化亦失去了原来意义上的炫目光环。那些流行艺术和商业影片与其说为大众提供了暂时超越物欲的契机，不如说迎合着物质世界的精致伪装下的种种欲望。然而，这一文化折衷主义的倾向，并不能削弱包括电影美学重建在内的审美文化的现实意义，因为这种对自命精英的文化传统之反叛，本质上乃是明智、务实、颇具建设性力量的顺时而动。

三

相对于传统美学，当代审美文化是个更宽泛、开放的系统，具有覆盖整个人类文化领域，推动艺术走向生活的性质。它包含了从审美价值的重构到人们审美素质的提高等种种矛盾，但矛盾并不激烈，从而形成了一种多元化的景观。带有边缘化倾向、处于半地下状态的“第六代”电影之滥觞，正是从另一侧面显示了多元重建的文化格局，成为20世纪90年代中国电影美学嬗变的一个重要表征。

被称为中国第六代导演的群体，以北京电影学院85级各专业学生和中央戏剧学院毕业生为主，代表人物有张元、贾樟柯、王小帅、路学长、管虎、金琛、章明、张扬等。他们大多出生于1960年代，浮出海面却在90年代初期。1992年胡雪扬拍摄《留守女士》时，曾不经意地就自我创作追求提出一个命名，“北影89届五个班的同学是第六代工作者”。1993年《上海艺术家》刊登的《中国电影的后“黄土地”现象》一文，庶几可视为一篇“第六代”美学宣言。该文明确指出，“第五代”经典之作《黄土地》“既不像一开始人们所反对的那样一无是处，也不像后来人们所传说的那样神秘和伟大”；如同其前辈第四代导演抨击第三代导演“戏剧电影”，第五代导演不满第四代“诗意电影”一样，他们将当时奉为圭臬的第五代电影审美观当作批评、超越的标系，并把陈凯歌、张艺谋的影像追求视为只是“生活风格化”的“一种时尚”。由于这批新人出道之际商潮骤起，中国电影大环境不很景气，他们陷于一无所有、一片茫然之境地；而科班出身的阅历、视界和丰富的观影经验，又滋生了他们某种贵族化的美学旨趣，其洞察生活的能力掣肘于其艺术观念，致使“第六代”电影从一开始便体现着一种颠覆性的灰色调，所关注的大抵是艺术家、摇滚人、民工、小偷、同性恋、妓女等“边缘人”，每每在混乱的情感纠葛、琐碎的细节描写和冷漠而疏离的叙事包装下，讲述当代城市青年成长的故事。诸如《头发乱了》、《站台》、《湮没的青春》、《东宫西宫》、《巫山云雨》、《冬春的日子》、《小武》、《谈情说爱》等新锐作品，大多都以边缘化的视听形象映现出对象的生存状态和情感体验；虽以其实验性、青春性在国外电影节频频获得一些奖项，却不能通过有关部门的审查，难以为国内观众所接触和接受。

中国电影导演不像传统戏曲那样有着脉络清晰的传承“流派”，但在创作理念与风格上却各有传承流变，人们已习惯于以群体性的“代”际谱系来加以划分。从美学渊源看，第六代电影导演其实与“第四代”、“第五代”都存在着复杂而微妙的关系。他们受到第四代导演疏离戏剧模式、诗化追求的影响，注重以心理化和内向性的电影语言探索为武器，强化导演的自我意识、内心体验和个人情绪，却又不像“第四代”那样致力于揭示无违于知识分子道德、情操的人性、人情和个体尊严；他们同“第四代”一样推崇巴赞倡导的欧洲艺术电影纪实美学，注意影像视听元素的建构和物质现实的真实再现，却每每只是用长镜头、同期录音、实景拍摄等手法和片断化、零碎化、情绪化的叙事来突出电影的纪录本性，绝无“第四代”那种意象美的造型追求和清醒、雅致、细腻、沉静的情感特征。譬如张元第一部欧洲获奖影片《妈妈》，故事是纪实风格的虚构性故事，镜头多用游移不停的跟镜头，还插入了摄像机的采访；《北京杂种》则将摇滚乐作为表现对象，以瞬间的碎片、动荡倾斜的画面构图和颇具拼贴性的节奏与结构，强化了导演的主观意图。这对叙事的完整性和"第四代"视界内的纪实性风格特征，显然都是一次次有意的颠覆。

20世纪90年代依然辉煌的"第五代"无疑给新生代导演造成了一种挤压力与焦虑感。两代人之间的差异不仅表现在主题的选择和题材的定位上，也表现在叙事策略、影像风格等各个方面。正如一些学者所说："他们（第六代）作品中的青春眷恋和城市空间与第五代电影的历史情怀和乡土影像构成主题对照；第五代选择的是历史的边缘，第六代选择的是现实的边缘；第五代破坏了意识形态神话，第六代破坏了集体神话；第五代呈现农业中国，第六代呈现城市中国；第五代是集体启蒙叙事，第六代是个体自由叙事。"[7]而形成如此鲜明的二元对立之原因，除了新生代缺乏第五代导演饱受磨难的生活阅历和忧患以及反思意识以外，主要还是因为改革开放后市场经济法则凸现和政治一体化的生存环境，迫使他们要么迎合大众娱乐，要么服从意识形态宣传；但特殊的成长与教育背景，又使得他们反抗现实体制，藐视商业规律，比任何一"代"更强调自恋式的个人化情绪与影像风格，以此表达人生的无序与无可把握。于是，"第六代"电影陷入迷茫、困惑、无人喝彩的尴尬境地，也就不可避免了。

大约在1995年之后，"第六代"艺术电影历经艰难曲折在国内影坛基本站稳了脚跟。贾樟柯、王小帅、张元、路学长等导演仍然把弱势群体与小人物作为着力表现的对象，保持着立体交叉叙事等独立的纪实美学风格，他们头上纵然犹有意识形态、经济杠杆的双重压力，却在努力以摄影、音乐、造型的革新，探寻着大众媒介文化时期影像的表现新潜力。引人注目的是临近新世纪，那些年轻导演终于已慢慢地由一味迷恋于"前卫"、"先锋"，陆续省悟到"应该是大多数人喜欢的东西，才称得上是东西"（青年导演管虎语），"要拍普通中国人的事情"（章明《巫山云雨》导演阐述），甚至由衷地感叹："一部电影如果不能够面对自己国家的观众，实际上就失去了很大的意义。只有当电影在电影院里放映时观众给了你掌声和理解，你才会觉得你要做的东西实现了。"这种对电影商品属性的再认识，迅速在一些"第六代"新作上得到了反映，其中张扬的《爱情麻辣烫》、金琛的《网络时代的爱情》和张元的《过年回家》等影片，立足思索又包容大众，开始注重故事的连贯性和观赏性，思想意蕴较接近主流电影，并以相对平实的视听语言演绎了生活中的美好情感。凡此种种，都标志着那一时期的中国电影越来越重视平民性、趣味性，正在逐步走向成熟。

在改革开放和城市现代化进入高速发展阶段、都市内部多重意识形态冲撞的大背景中，世纪之交中国电影的观念与形态经历了急剧而复杂的嬗变。电影的这一当代转型，恰恰印证了理查德·汉弥尔顿所概括的审美文化在西方流行艺术层面上的一些特征：通俗、短暂、廉价、年轻、诙谐、色情、手法巧妙、富有魅力、大企业式生产。而在世俗生活中渗透力极强的大众传媒支持下，上述不少特征正渐渐演化为公众审美标准；它们既有调整现实存在的偏差的认知作用，也极可能产生低品位、庸俗化的社会误导——20 世纪 90 年代的中国电影，已与电视、广告、多媒体电脑系统一起，成为最受大众青睐的审美文化传播媒介，且以一种十分活跃而喧闹的多元化重建态势，带着平民性、宽容性和浮躁性等特点，不断在电影本体形态上丰富着美的创造经验。

参考文献：

[1] 李道新. 中国电影批评史[M]. 北京：中国电影出版社，2002：12.

[2] 阿洛德·豪赛. 未来的震荡[M]. 成都：四川人民出版社，1985：191.

[3] 丹尼尔·贝尔. 资本主义文化矛盾[M]. 北京：生活·读书·新知三联书店，1989：96.

[4] 乔治·萨杜尔. 世界电影史[M]. 北京：中国电影出版社，1982：243—244.

[5] 张振华. 从张艺谋电影看我国“第五代”导演文化观念的转换[J]. 复旦学报：社会科学版，1997，(5)：63—67.

[6] 尹鸿. 90 年代中国电影备忘[J]. 当代电影，2000，(1)：10—15.

[7] 杨远婴. 百年六代影像中国——关于中国导演的代际谱系研寻[J]. 当代电影，2001，(6)：99—105.

百年中国电影研究的现状与难题分析

周　星　北京师范大学教授

一、百年电影史研究的基本背景

在几代研究者的努力下，中国电影艺术史研究已经取得一定的成绩，但显然存在如何深入的问题。站在当今背景下回望中国电影史研究，深入的前提是检讨过去、端正观念，关键显然是认识电影研究的对象性质。不能不看到，电影从根本上是一种艺术创造，其核心是艺术想象力和艺术创造性，其目的是满足人对精神世界的审美需要，提升人对现实的粗糙认知，实现情感世界的体验需求。但从来电影都不免受制于产业形态的完整与否，局限于资金投入的大小多寡，仰仗于技术水准的发展高低，取决于市场潮流的迁徙变化，以及依赖于社会政治要求的宽大与严苛程度。于是，电影被外在的复杂生存条件遮蔽了内在的丰富艺术追求。电影艺术的精神被淡漠的情形和电影艺术涨落的状况是电影艺术发展的必然现象，中国电影的发展也不例外。我们的责任是认识并把握中国电影行进路途中的潮流变化、艺术类型形成、发展态势与问题，从而认清中国电影艺术的本有规律，研究就应当从这里开始深入。

很明显，中国电影艺术发展历经曲折，而研究主要任务应当是把握特征、认识发展脉络、分析中国电影应当解决的主要问题。在认识中国电影艺术发展的历史时，树立正确的观念尤为重要。首先要建立全面公正的历史观。中国电影的历史就是伴随时代曲折艰难发展的历史，它和时代进程基本一致，所以，脱离时代的空洞评价，超然世外的棒击，都不是客观的。我们既要有学术的独立品格，张扬审美意义上的电影创造，也要实事求是地观人论事。历史就是一面很好的镜子，它的曾经存在就意味着某种合理性，它是不可重复的存在，又延续在当今的创作中。剖析理当实事求是，不顾实际的抹杀不是科学的态度。在以往曲曲折折的历程中，中国电影到底经历了怎样的路途？中国电影的艺术成就究竟体现在何处？如何看待与评价电影艺术？这都离不开对电影史的观照。一些不了解中国电影文化背景的人，常常想当然地以外国电影的理论与经验指斥中国电影，一些不知中国电影发展历经艰难曲折但却取得难得成就的批评家，更漠视中国电影的长处，放大缺陷，认定中国电影一无是处。实际上，中国电影近百年历史，犹如一条缓缓流淌起伏的河流，有过涓涓小溪的路段，有过汹涌浪涛的路段，也有过干涸断流的路段，而如今，它又在一片新的天地中再次呈现出复杂的状况。历史迁变、社会政治影响、文化背景、美学潮流演变等都需要梳理观照。

我们需要对中国电影近百年的历史发展作出历史梳理，在描述历史的基础上，着重对现象作出评价。因此，以史为线索，以代表作品、潮流为对象的历史评价是研究的目的。重要的是提供尽可能全面的历史背景，电影史的线索应清晰明了，电影现象的剖析也应具体深入。讲清中国电影历史演变中的阶段性规律和变化机缘关系，不能不强调必备的史料储备。当今人们的急功近利心态和浮躁风习日盛，忽略知识的胆大妄为不绝如缕。所以，读作品是当务之急，没有对一定数量的中国电影经典和代表性创作的深入了解，是无法展开今后的基础研究的。

二、百年电影史研究的观念问题

回顾以往，对中国电影的兴衰研究薄弱，重述电影史的时候，不能不承认这些问题：现实视野和历史观照的不足；理论与现象的结合不足；避讳分寸和开放角度问题也是不能不面对的。

现代中国电影史述有四个方面是需要注意的。一个是对观念的审视，观念的变化很重要。第二个是史料的搜罗和重新审视。没有新的史料和不下工夫来做工作，深入挖掘难以实现。第三个是角度和立场的把握。第四个是确定中国电影史的宽窄范围。其中观念梳理应是最重要的。现在来看中国电影史是多重角度的缺失的单一史。就是说，从今天的角度来看中国电影史是缺失的、单一的，但是从过去来看可能不是这样。概括而言，主要就是中国电影史没有纯粹的电影流变史，不够全面，没有全面公正的断代史，以及全面详实的中国电影大通史。这就是我们今天的问题，这也是今天重构中国电影史的一个必要的条件。绝对不能认为我们对历史已经梳理得全面了。其实站在传统角度，因为中国电影的历史脱不开政治，因此中国电影史的表现内容长期被时代的政治内容所左右，所以既不可能避开政治来谈电影史，更不能框在政治史里谈论电影史。不妨说，鉴于中国社会的特殊性，就是电影史的重写，有三大要件肯定是要有，就是艺术的创造性、产业性（商业性）和政治性。它们在中国电影里无论如何是不可忽略的重要问题。所以，中国电影现状研究需要把握的基本背景是：艺术文化分析；市场商业对照；政治社会尺度。艺术文化分析是中国电影美学评价和文化价值的所在，尽管有人对低谷中的中国电影的分析价值提出疑义，我们其实缺少这样的艺术文化剖析，特别是偏向文化的趋向遮掩住艺术审美的剖析，中国电影的艺术感越来越少，它的审美价值也丧失更多，经典的存留意义值得怀疑。市场商业对照是中国电影很缺乏的，理论家们明知市场左右着电影命脉，却凭借着生存的独特保护而忽略市场。中国电影的生存是市场化的，而生产者、管理者与研究者却是非市场化的，于是，自然培养出没有责任感的电影依附人等；实际上从市场可以看到中国电影许多问题，可惜没有几个人去细致研究分析，理论的模式和实践的数据分析都不足。政治社会尺度也是中国电影无法避开的世纪难题。

概括来看，以往电影史的观念问题，主要是下面几个方面。第一就是电影史被表面的意识形态和浓重的暗影所笼罩。这样就带来了不纯客观的电影分析。第二就是市场意识的研究。中国电影是一百年的发展，这个经济基础以及它的长处和短处被严重削弱了，导致了我们现在看的时候是片面强调产业化，而再次忽视了电影根基的东西。第三就是电影史的文化变迁的研究。电影史里有文化的研究，常常是由于政治、社会变迁的影响，实际上电影当然受政治的影响，但是对电影创作里人的文化选择和人性意识电影化的缺失这一现象的研究被大大弱化了。第四就是艺术内涵和纯粹语言形式研究。在世界电影史上不管出现什么潮流或者是表现语言的研究，本身可能没有什么生命力，但是这个对电影艺术史的推动是有很大作用的。不见得某种形态的研究就有多大意义，关键是对电影史中的观念的影响。这个跟语言形式上的弱化有一定的关系。艺术类型的研究，语言的纯形式化和观念的研究都是电影史中可研究的问题。第五就是电影批评史的不足。我们这几年可以看到有若干专著出现了。但是还没有权威的批评理论来支撑。第六就是偏向剧情片的研究，而偏离纪录片的研究。第七就是断代史的研究问题。中国电影史中的一些重要的缺憾还应该研究。比如文化电影的形态研究，以及表现文革的电影研究，抗战中电影的研究，软性电影的研究等等。还有20世纪三四十年代主流电影之外的一些电影创作研究。但这里还取决于影像的复制等问题，这个也是造成研究深入受局限的原因。

三、百年中国电影研究的难题分析

（一）问题交杂梳理

可以说，现阶段对中国电影历史的主要认知问题包括：(1)阶段划分基本明晰，但细部缺乏梳理，比如对20世纪30年代的电影研究粗略而缺少细部把握，包括对“软性电影”的认识评价局限于传统而不够辩证。(2)一些阶段尚未深入，许多问题有待研究，比如对文革时期电影的认识评价，对20世纪40年代电影全面的分析等。(3)对历史人物的研究粗浅，比如对一个导演全部作品的研究较多泛泛而谈，但全面细致梳理来龙去脉显然不足，对重要演艺人员的历史把握很差。(4)对历史潮流的演变与形成没有深入的探讨，对跨时期的创作现象和作品联系把握都不足，比如对现实主义不同阶段电影的分析梳理，对娱乐电影的现象梳理，对教化传统电影的跨时期演变梳理，对主旋律电影的现象分析等。(5)对电影产业性质历史状态研究和艺术与市场关系研究严重不足。

推究起来，对中国电影理论研究任务的加强应当有必要的认识，包括：(1)中国电影创作理论和文化理论都明显不足，除了“影戏”理论外，没有更为深入的理论建设。(2)重大问题没有很好解释，比如电影娱乐性问题，类型电影形态问题，文革电影的理论认知问题，“十七年”电影的理论估价，20世纪90年代电影高潮说的辩证分析，意识形态对电影创作影响问题等。(3)中国电影语言的表现特征问题研究不足，如字幕表意运用、色彩表现文化含义、镜头表现习惯与民族风格关系、表演的内涵、东方电影语言的韵味与西方电影的文化氛围差异等。

中国电影艺术史研究现状面对的问题也很多，包括：(1)艺术分析不足，中国电影个性化艺术理解很差，是电影艺术个性化差还是艺术理论孱弱，艺术分析的动人心弦和优美远远不够，干瘪和粗糙乏味充斥，电影艺术的艺术味道、抒情色彩、动人韵味都不足，没有艺术应该有的艺术特征。(2)市场研究不够，艺术与市场的关系好比是人的内秀与众人评价的关系，一般而论，内秀一望而知，是内在的显现，但必须是众人来感知，没有众人感知（评价）只能是自己的孤芳自赏；同样，众人评说的好恶未必是客观真理，不同好恶导致的众人评价差异很大。但无论如何，艺术不能离开市场，市场也未必配得上是终结性的评判标准。但这里的问题是艺术研究不能隔绝开市场研究，关键是研究目的在于：不是为了经济而是为了艺术。（3）开拓思路角度严重不足。电影在精神表现上应当是艺术，于是差异的个性化和浪漫的创造性是必须的，但我们电影始终含有循规蹈矩的特点，于是"安稳"难免保守、"功利"容易势利、"顺世"常常虚饰。（4）政策理论研究太差。中国电影禁锢太多：管理理论与实践的矛盾、审查制度与创造性的匮乏、体制与生产的关系、政治需要与艺术保障的错位等，集中在创造性缺乏问题上，这些都需要研究。

（二）研究视野分析

我们需要的是透视现实的深度和对未来的正确把握。中国电影的确有它的辉煌和低谷，当今的电影又遇到了前所未有的麻烦，艺术、市场、投资、票房已经交杂在一起，没有单纯的尺度可以简洁明了地作出判别。所以，单一化的谈论现实不是良策，现实的问题从历史来看也是一种角度。比如，20 世纪 20 年代的商业狂潮和 80 年代中后期的娱乐潮，90 年代的市场逼迫导致的娱乐片，香港电影娱乐传统等都是可以相互映照比较的问题，不具备相应的历史背景，问题的深入就会受到限制。我们看到不少文章只在狭隘的范围里谈论现实的电影问题，似乎理论化十足，却显得没有深度。同样，对中国电影的历史知之甚少的人，一味贬斥现实，而对前景的完全悲观论断，总显得单一乏味。要有从现实反观历史的基本点，寻找历史印痕。中国电影的现实已远为复杂多变，但历史似乎总是在某种程度上重演。比如 20 世纪 90 年代的反拨，与 20 世纪 20 年代的相似，纪实风习从 20 世纪 80 年代、90 年代到 90 年代末期的一再提及，证明中国电影从深层次上没有解决好这个根本问题。从未来回推历史的角度，高瞻远瞩。对过去的评价不总是以当代人的观点为准则，没有历史的沉积，定评很难终结。为 21 世纪拍电影的见解固然不会被接受，但当代人的好恶未必久远。典型如对环保的态度，在简单历史年代，很难明白环保的价值，但在历史发展后，这一问题的重要性才显示出来。历史就是这样延续在时间长河中，让人们回味比照。在第六代电影人推崇赞扬 20 世纪 30 年代至 40 年代现实主义电影的意味深长情状中，在 30 余年后人们发现《小城之春》的艺术闪光点的充满命运起伏例证面前，我们应当明白关注历史就是关注现实，如同关注未来世界才有可能看清现在。

显然，百年电影史研究，不是单纯的历史研究或理论研究，其要素是“历史”、“现实”、“理论”三者的交织。具体而言应当包括对现象历史发展的描述，对现实要求和文化潮流的把握，对理论状况和热点的熟悉等。所以，兼顾历史评述、现象分析、理论反思是必须明确的。

1. 历史是基本对象

电影史论自然要针对历史发展事实。但历史是什么？从客观性来看，时间流逝中存在经历过的都是历史，所以中国电影100年的历史存在都应该成为研究对象。但实际上，历史经历未必是被言说成“历史存在”，时间流逝中留下空间印记的才被认为是历史，是比比皆是的现象。多少影片被时间所淘洗？多少事实被湮没？历史是述说的历史，是被历史发生空间打下烙印并被确认的历史。于是，研究者解释和揭示曾经留有时空意义的历史就尤其有见地。黄仁宇的《万历十五年》就是如此。历史有其主观认定性或价值性，比如对于20世纪40年代的揭露批判性现实主义创作的重视而忽略其他创作——不用说当时的《小城之春》，就是《太太万岁》、《艳阳春》等都被漠视。比如说重视张暖忻的《沙鸥》，却忽略更出色的《青春祭》。又如对出色的《阳光灿烂的日子》的避而不谈，对一些地下电影如《北京杂种》等的蔑视等等。历史就分割成可以谈论的历史、轻视的历史、遮掩的历史、不可以言说的历史等等。客观性原则在现实中往往被忽略。历史被主观遮蔽得无处不在(所谓现场发生事件描述的非客观与角度——黑泽明电影《罗生门》告诉我们的)。这样，对真实性的最大尊重是史论研究中必须把握的基本原则。

如果以20世纪20年代对娱乐电影的评价看，对于历史背景的忽略是明显的。站在20世纪30年代人的角度，批评是严厉的，基本批评是脱离实际、胡编乱造、质量低劣等。中国电影的意识形态要求对于批评对象而言是有绝对压制力的，从艺术精神本质来看，批评也是正确的。20世纪30年代左翼就是在批评这一潮流中确立了自己关心国事、批评现实、精心锻造生活故事、讲究艺术质量和铸造经典的艺术主张。但有意思的是，现在的游戏娱乐之作反而大张其道，注意市场也成为冠冕堂皇的主流理由，武侠古装的受欢迎也不言而喻。现在回望，对于20世纪20年代的批评合理性中显然存在历史性认识不足的问题。(1)首先，时代背景决定了批评的角度：20世纪20年代的冷落现实既是电影无可奈何的选择也是不良定性的必然。20

世纪20年代中期是社会事态瞬息万变的阶段，北伐成功却事态突变，“五四”新文化落潮而复古兴盛，国共相争而国民党掌权。在鲁迅看来，这是一个古代先人认定历史循环的“一治一乱”的乱世时代，老百姓无所依循。影像表现脱离时代——理解当时的角度，影像折射时代心理——也是一种社会文化的解释。(2)其次，从风尚角度看，要市场无所不用其极和赶潮跟风是商业的本能。我们从历史悠久的天一影片公司(由邵醉翁等人于1925年6月创办)持续发展可以看出，邵醉翁先行从事文明戏，后见《孤儿救祖记》的赢利，抱着投机的心理，以原有的文明戏演员作班底，公开标榜“注重旧道德，旧伦理，发扬中华文明，力避欧化”的创作主张。第一部影片是1925年的《立地成佛》。同年又拍摄了《女侠李飞飞》和《忠孝节义》，宣扬封建礼教。1926年，中国影片雷同现象突出，观众厌倦，为求新获利，天一公司率先开创了窜改民间故事和古典小说的模式。影片有《梁祝痛史》、《珍珠塔》、《义妖白蛇传》、《孟姜女》、《孙行者大战金钱豹》、《唐伯虎点秋香》等，引起轰动。天一由此赚得可观利润，并打开南洋市场。其他公司迅起效仿，在影坛刮起一股“古装片热”。公正地说，“脱离实际”毫无疑问不是好现象，但既有时代背景使然，也是中国电影还处在市场生存阶段的幼稚所致；“胡编乱造”也是中肯说法，对于中国电影而言，没有基础的编造状态并且形成潮流是导致质量不好的主要原因，但对于早期电影而言，编剧人才缺乏而文学人介入剧作与经典名著改编还没有形成风气。至于“质量低劣”在广泛意义而言是必然的。但不能不看到，这一时期形成的传统和基本创作手法是明显的，无论是古装武侠片对于技巧的探索还是伦理片对蒙太奇手法的把握，都有自己的长处。

2. 现实是历史汇集和观照背景

历史是现实需要和事实之间的突显，任何时候国家意识形态对于历史的观照，都难以摆脱现实要求的影响。所以说，现实把握对于电影历史的影响是不可忽视的，何况，电影现实充分体现历史的积存，无论好坏都可以在现实中找到表现。比如教化观念的影响，人物表现模式的体现，对于娱乐与艺术本质模糊的表现等。我们总是站在当代人的角度透视历史和不可避免的挑选历史，这可能也是现实要求。但电影现实分析需要和历史眼光分析参照。应当承认，我们已经无可挽回地踏入产业发展第一位的轨道。在这一时代，几乎没有什么不把商业原则作为实际指导的第一原则，市场衡量标准几乎成为压倒一切的准则，经济数量指标挂在领导者和操作者、甚至艺术批评者的嘴边，我们由此获得了应当的收获。但实际上，我们还只能处在过去经济领域单纯要求GDP数值的层面，艺术的失落还没有比像期求绿色GDP或

“宜居”城市这些现代概念那样深入的程度。自然，2004年电影的艺术成绩就是这样以商业眼光主宰而大步前行，与品位失落并在的必要背景中呈现。不能不承认，2004年是中国电影发展重要的一年，也是决定百年中国电影新起点的序幕年，围绕站稳新高点和放眼长远发展路程，中国电影主要将围绕产业与艺术创作，或收益原则与创造规律展开新的攀登之路，所以，2004年创作得失的研究对于今后的创作发展具有积极意义。

3. 理论是论说依据

史论不是历史描述，那是电影史学习；也不是现状展示，那是现状批评或策略分析。史论是在对历史宏观把握中评判分析解说。所以，评价的客观性、选择性、角度、理论借助的分寸都是需要注意的。(1)评价的客观性。尽管我们有时会调侃历史、现实和论说的矛盾：现实总想长生不老，历史总是客观难为，理论需要审时度势。好比我的物件，现实期待总是要永远不坏、永不消失或丢失，但实际上在时空中物件总在消耗磨损和衰减，难以按主观意志行事，而我们总会用各种无可奈何的说辞来安慰、解脱、自嘲、期待满足和自得其乐。但客观观察和追求对历史的真实性把握始终是我们的目标。就是说，我们要尽量在研究中保持客观感受的良心，至于受制于理论修养和个性体验的局限难以掩饰也不要紧。比如对于张艺谋、冯小刚等的评价，对于《卧虎藏龙》得奖片的认识等等，需要自己真实感悟的认识而不在乎舆论的多数。(2)理论评价的选择性。虽然常说理论是灰色的而生命之树常青，理论可能是阐释真理的，但理论述说从来是投机的；理论是可以说明一部分对象却不能够包罗万象放之四海而皆准。所以对于理论的选择对象适应性是需要注意的。比如对于20世纪20年代电影用阶级理论显然不妥，对于娱乐电影用意识形态理论来完全透视则可能别扭，要求“十七年”电影超脱政治要求也必然外行等。特别是对于复杂的艺术问题和艺术技巧表达问题，需要宽容的人生道理来分析。(3)评价的角度。所以评价历史很重要的是宽阔而不拘泥的理论把握，需要善于变通地看待问题。《新京报》的论述比如对于科学对自然的态度，是臣服敬畏自然还是有限度的把握自然，对于学习外语和掌握母语的问题，对于西方文化霸权问题等等。(4)理论借助的分寸。对电影历史的评价需要立足历史而超越历史——立足历史真实并超越历史局限而站在更为宽泛的文化角度。理论在指导价值的同时可能具有蒙蔽性，沉默的螺旋理论对于自足感受与理论借鉴具有意义。

认识理论观念的判别是电影史研究需要特别注意的问题，比如对于硬性与软性电影认识(关于左翼社会派与艺术形式派的争执)，就可以证明。毫无疑问，20世纪20年代中国电影经历了商业因素自由发展的阶段，在社会因素的推动下，电影前进的方向改变了：左翼思想为代表的社会派电影成为主导。20世纪30年代电影则在默片和有声片的转换中，经历了软性和硬性的争执，取得了新电影的美学观念影响下的艺术成就。但我们探讨硬性与软性(左翼社会派与艺术形式派的争执)，不仅是史论不能回避的那一时期的历史存在事实，还主要是因为这一争执的传统评价需要重新阐释，更重要的是重新看待历史沉积和思想观念如何左右人们的习惯的危险性。所谓硬性与软性电影的争执，是20世纪30年代左翼社会派与艺术形式派的争执，在关于电影形式与内容、艺术与意识形态等为核心的问题上展开针锋相对的论战。软性电影的基本观点是：(1)强调艺术形式至上。(刘呐鸥在其《中国电影描写的深度问题》一文中提出“在一个艺术作品里，它的怎样地描写着的问题，常常比它的描写着什么的问题更重要”。黄嘉谟认为要坚持“纯影艺”的艺术主张)(2)认为电影是娱乐工具，肯定电影的商业性，追求电影的娱乐趣味(黄嘉谟认为电影是艺术与科技的结合，是“一种现代最高级的娱乐享受”，是人们“生活上最大的慰藉，和最高的享受”)。他们最为著名的观点是：“电影是给眼睛吃的冰激凌，是给心灵坐的沙发椅”，因此，他们反对电影承载社会内容和意识形态，(刘呐鸥在其《中国电影描写的深度问题》中认为“一部影片的艺术上成功与否，却与意识形态少有关系”，批评国产片存在的最大弊病是“内容偏重主义”)肯定电影是艺术，反对概念说教(黄嘉谟在《电影之色素与毒素》中认为把电影当成宣传品是中国电影走上新的歧途，“好好的银幕，无端给这么多主义盘踞着，大家互相占取宣传的方地，把那些单纯的为求肉体娱乐精神慰安的无辜群众，像填鸭一般灌输主义”)。

中国电影理论评价中一般认为这是正误分明的论战，即反对软性电影而褒奖左翼社会派。原因主要是时代大势文化主流的强势，和左翼艺术上形成的成功。但对这一问题需要给予现代观念的重新剖析和评价。我们的习惯是遵守成规，但实际上，经常可以发现不同意见的参考价值和某种真理性。比如最近教育部颁布的《普通高校学生管理规定》取消学生在校期间禁止结婚的原规定，即使得许多学生登记结婚给学校管理带来压力。但这是法制社会所必须承担的成本，这些成本与禁止的破坏法制后果相比轻重自明。取消虽然不是一个最好的选择但绝对是一个最不坏的选择。我们需要思辨眼光，对待复杂问题需要现代意识、人性观念、个性角色认定边界。左翼社会派与艺术形式派的争执有时代的必然性、当时的合理性、实际成果的倾向性和现代考察的辩驳价值。(1)必然性。在20世纪政治剧烈动荡的不同时期，意识形态差异的对立势力在文化上的比拼难以避免。而20世纪30年代激烈社会环境下，新崛起的社会派掌握了时代潮流却难免要暗斗统治势力，任何与这一目标相对的对手都将遇到强烈的反击。20世纪30年代论争的社会背景是绝对要重视的因素，实际上，这已经是社会论战而非仅学术论争。中国社会的“学术社会性”传统一直在延续承传。(2)当时的合理性。超越了20世纪20年代幼稚时期，20世纪30年代已是一个需要艺术建设的时代，但显然更需要整体面向社会实际的表现，社会内容的揭示和艺术固守之间的急迫性差异，和各自的警惕必然导致论争。艺术在个人观念上的自由和社会层面中的限制在一个动荡时期将遇到剧烈的冲突，就是20世纪30年代出现的状况。艺术坚持显然没有错，社会派警惕更是没法避免的结果。(3)实际成果的倾向性。左翼(或新兴电影运动)有经典创作，艺术派的观念也许对于左翼有触发作用，但没有说得上的作品，自然没有占上风的资本。现在看来可以有现代考察的辩驳价值。即最初这是形式艺术论与社会艺术论的争执；但显然艺术要求的合理与偏离社会的不合时宜改变了论争的走向；社会论者批评的时代合宜性是交杂着排斥对手的简单化；双方的无意配合政权压制和无形构成政治压制之间形成了直率的争论。

总之，百年既是一个阶段的终结，更是新时期的开始，研究百年中国电影还有许多空间期待理论的拓展。

“意象”美学:中国影视美学体系再认识

潘秀通　上海大学影视艺术技术学院教授
潘　源　中国艺术研究院影视研究所博士生

重审中国电影百年沧桑流变和当代影视美学走向,我们不难获得一个认识:意象美学是中国影视审美体系中一个重要的审美视角和审美思维模式。

一

中国意象说滥觞于周代至春秋战国时期,形成于汉代至魏晋南北朝,成熟于唐至明清时代。影视意象由“象”和“意”两个核心因素构成。它与文学、绘画、戏曲等意象有所不同的是,其中意象之“象”指涉画面中人、景、物、光、色构成的“影像”及“声象”和叙述、叙事的“事象”。作为影视意象本体,它是客观自然界“物象”和主观自然界中“心象”经由制作者的意识作用后在电影世界中的投射。电影意象之“意”则是电影之“象”内涵所体现,它不但指涉人类的主观自然界领域,并且包含中华文化范畴特有的“知”、“情”、“理”、“道”,大体指涉人的认识、情感、理念和理论、学说。影视意象创造的主旨依然在于“立象以尽意”,[1]表达创作者的感悟、情感和理念,自然体现一定的思维方式与审美取向,构成一种美学形态。

弗雷德里克·詹姆逊说:“思想史是思维模式的历史。”[2](p.1)中国电影意象及其美学作为中国电影人的一种思维产物和思维模式,自中国电影诞生就与之相伴相生。1905年中国第一部电影《定军山》即是借助电影新媒质“立”中国戏曲之“象”以“尽意”。它记录的是“戏”,不同舞台战的是以光学影像为媒介载体,实则戏曲纪录影片。中国第一部短故事片《难夫难妻》是透过一桩封建买卖婚姻故事的"事象"及其光学影像，表达其抨击封建婚姻制度的不合理之"意"。其后20多年间，中国人一直称电影为"影戏"。其实早在中国电影诞生之前，一篇刊发于1897年的佚名文章——《观美国影戏记》，即已称美国的电影是"电光影戏"。[3]1924年上海影人汪煦昌、周剑云讲授《影戏概论》，把实为非影戏类的新闻影片、风景影片、科学影片、实业影片一并作为"影戏之种类"，足见此时的"影戏"实质是影戏与非影戏的统称。

1926年广东籍电影人徐葆炎发表文章质疑并辨析"影戏"概念，指出"活动影片Moving Picture，或简称电影"自发明以来历史虽然不久，"但它在一般观众的心目中却有非常大的魔力，而且也往往被误认为就是戏剧的"，指明"影戏"是时人对电影的一种误识，进而通过比较和论证得出"电影不是戏剧"[4](pp. 72-74)的结论。其后，"影戏"概念才渐渐专指作为一种"无言剧"的"影剧"。所谓"影戏"意象及其美学形态，实指影像化的戏剧，一种"象"为"戏"立、"意"以"戏"传，且以戏剧结构和戏剧场面调度为特征的一种意象美学形态。

"非影戏"的纪录电影始终是中国电影的重要组成部分。自《武汉战争》、《上海战争》及其后中国所摄制的大量新闻片和纪录片，诸如《东北义勇军浴血战史》、《八路军平型关大捷》、《百万雄师下江南》、《中国人民的胜利》等，都以客观纪实或主观纪实之象展示中国人民斗志与气节。如一位美国电影史学家所言，"纪录电影工作者对于他在映象和音响之中所发现的东西持有热情"，"和故事片艺术家不同，他不专心于创作。他通过对自己所发现的东西进行选择和并列而表现他自己。这种选择实际上是一种意念表示"，"他要对世界提出自己的解释"。[5]纪录电影的意象美学正是凭借非创作型的"映象和音响"之象表现制作者"意念"，亦即对世界的"自己所发现"与"自己的解释"。如若进行美学审视，它恰如巴赞所说的"摄影影像具有独特的形似范畴"，"摄影的美学特性在于揭示真实"，"还世界以纯真的原貌"，[6]体现的是重"形似"之"象"的"摄影影像"纪实美学，而非"影戏"美学。

伴随中国电影诞生的是记录性"摄影影像"型和早期故事片的"影戏"叙事型两种意象美学形态并行的格局。古人说："意象应曰合，意象乖曰离。"[7]依循意象之"意"与其"象"契合与否，中国电影意象美学于形成阶段就朝向多样形态发展。1926年中国第一部无声动画片《大闹画室》问世，显现出"离形得似"型意象美学色彩。自20世纪20年代起，洪深、史东山、孙瑜、吴永刚、费穆等人，陆续突破影戏型意象美学之道，将影片意象从舞台空间框架中解放出来，促进了"戏剧叙事"之象朝向更加舒放灵活的“生活叙事”之象转型，扩展了“情节叙事”型意象美学范畴。由于这些影片开始注重镜像造型和“象外意”的营造、心理的展示，从而创造了意象隽永、韵味绵长的“心理叙事”型意象美学风格，并且构建了“意象应和”型电影美学的初期形态。于是，中国电影美学也就形成了重影像的“影像记录”型、重“事象”的“情节叙事”型、重“意”的“心理叙事”型、重象意相称均衡的“意象应和”型及“离形得似”型等多型意象美学形态并行发展、互动互融的基本格局，已非“影戏”一统天下。“影戏”美学只是情节叙事意象美学早期的一个分支。李白《学古思边》诗有言：“山外接远天，天际复有云。”就中国电影美学的初期发展阶段而言，事实上至少还存在一个既涵盖、且又大于影戏美学的意象美学系统。

新时期以来，中国电影和电视及其意象美学发生巨大历史变革，突破十七年单纯性的“象”以“载道”、“明道”的经典叙事模式，经过海纳百川的融合，以及民族性的选择与本土化的改造，溶入富有生命力的创新性，致使中国影视意象美学范畴内重“象”、重“意”和重“象”“意”均衡的美学形态得到全方位的发展。譬如，不仅原本重“形似之象”的“影像记录”型意象美学得以发展与提升，并向电视领域辐射与扩展，同时在新的交叉融合中又裂变出重影像造型语言和视听表现力的“意象造型”型、“奇特意象”型美学形态，以及伴随数字技术而生发的“虚拟意象”型美学新形态。第四代、第五代电影人的一些影片，如《城南旧事》、《一个和八个》、《黄土地》、《青春祭》、《黑炮事件》、《孙中山》、《红高粱》、《霸王别姬》、《我的父亲和母亲》等影片，以及单本电视剧《希波克拉底誓言》、《丹姨》等剧目，使象、意均衡相称的“意象应和”型终至成为中国影视意象美学的一种显学形态。内地的《三毛从军记》、《王先生之欲火焚身》和《阳光灿烂的日子》等影片，都展现了不同程度的“反常”而“奇异”、意象乖离且又“离形得似”的后现代“奇异意象”及其美学色彩。即便“情节叙事”意象美学也嬗变为以多种“类型混合”、“风格融合”为基底，以情节叙事为主导的复合型意象风格与美学形态。例如谢晋就曾谈及《芙蓉镇》“是一部现实主义、象征主义结合的令人思考的悲剧”。电视短剧《太阳从这里升起》突破传统的情节叙事结构，代之以散文式板块结构，以一座小村的历史沧桑变化为线性韧带，交织而成多重断面生活和细节的网络，实现情节与情绪的结合，有益于展现现代文明与传统文化在当代中国人心理及观念层面的冲突与融合。

凡此种种，表明中国影视及其意象美学已经顺应现代科学技术整体综合化与当代人类思维朝向细分化与综合化相融合的多极方向发展趋势，开始在全球化语境中实现综合化与个性化、同一性与多样性的结合，即如雅克·拉康所谓“独特性”和“普遍性”的“综合”，是“独特性普遍化”，[8](p.188)亦即“整体综合”，从而跨入富有多元色彩的当代影视“整体综合”型意象美学发展阶段。

二

中国影视意象美学构建于“整体综合”基础之上，即已预示无论在“象”之形式或“意”之内涵方面，它都必须具有“综合化”与“普遍化”的进程，不会固守单一的所谓“民族主义”抑或其他什么主义的单调色彩，必将继续走向开放、吸纳、融化而绚丽多彩。况且人类不会忘记希特勒曾经滥用民族主义的历史教训。

中国意象说作为人类的一种思维产物和思维模式，一种广义的语言符号，具有能指、所指功能，就使得建构其上的当代影视意象美学不仅是中华民族独特的审美视角和思维模式，具有“言语”特色，并且拥有同世界他者话语实现某种交叉、渗透、对话乃至对接可能的同一性“语言”要素。对应于汉文化“意象”的其他语言文字，诸如英文、法文的“image”或“imagery”、“idea”，德文的“idé”等，无论它们被应用于心理学或美学范畴，被如何诠释，都无外是“根据现实自然所提供的材料”，由“想象力所形成的一种形象显现”，[9]无论“再现出来”的“不在场事物”乃至“从未存在过的事物形象”，[10]又都“有着表象的所指”，[11]实质都是某种“物象”或“心象”同主观意识的结合物，即“象”之能指与“意”之所指的“意象”结合体。由于意象说的象、意对应于西方语言学及结构主义中的符号能指与所指结构，所以影视意象美学亦可阐释中外一切影视现象及艺术形象。

被誉为“战后法国思想界最后一位大师”的雅克·拉康发展了弗洛伊德精神分析学说，提出著名的“镜像阶段”理论，主要借鉴了索绪尔和雅可布逊等语言学家的学说，同时也得益于他对中国文化的浓厚兴趣。拉康理论中，以“古老术语‘意象’”指涉“镜中影像”和“心理对象”，[8](p.90,p.196)对应于中国“意象”美学范畴内“意中之象”的部分内涵。拉康所说的“人的欲望”也是意象之“意”的一种构成形态，他指出“人的欲望是在中介的影响下构成的”，“他以一个欲望，他人的欲望，作为对象”，[8](p.188)这种“认同在他人身上并一开始就是在他人身上证明自己”的主体“意象”，实质同中国意象说所意味的借他者之“象”以“尽”自我之“意”异曲同工。拉康特别谈及中国“古老的对子阴和阳”，中国占卜的卦象，并认为是从“阴阳”两极对立的“对子”“产生了意义世界”，[8](p.23,p.287)而“镜子阶段的功能就是意象功能”，“这个功能在于建立起机体与它的实在之间的关系，或者如人们所说的，建立在内在世界与外在世界之间的关系”。[8](pp.92-93)这些理念，也大体对应于中国当代影视意象美学所诠释的艺术或传播媒介的“意象世界”，即“第三自然”，乃是意象之象与意象之意、外在物象世界与内在意义世界、客观实在的第一自然与主观虚灵的第二自然“虚实相生”的产物，是个“妙造自然”界。[12]

就美学理念而言，人们通常认为中华文化重写意表现、“情”和“道”，西方美学重写实再现、“知”和“理”。管子说“和合故能谐”，既然中国经典话语及意象美学之道有助于拉康学说的构建，意象之“意”层面又包蕴制作者与观众两个主体之心及其情思、欲念、理想范畴，那么，植根于古典意象说的中国当代影视意象美学及其思维模式，也就可以吸收、融化与整合拉康的现代心理动力学话语，以及古今中外一切人类文明成果的有益养分，以此滋补与发达意象思维模式结构，进一步增强影视意象创造的本真性、心理性和思辨性，使之同西方电影美学话语之间实现更大范围、更大程度的交流、沟通和融合，建立一种互补互动关系。

人性是人类同一性的反映。英国哲学家大卫·休谟的主要著作《人性论》认为，“一切科学对于人性总是或多或少地有些关系，任何学科不论似乎与人性离得多远，它们总是会通过这样或那样的途径回到人性”，“人性研究是关于人的惟一科学”。实践表明，中国电影无论在表象、表述技巧和意识形态方面曾有何种独特性，但是作为人类文化及其电影意象美学“意”中之“道”的人性内核却始终同域外优秀电影相共通。

中国先哲们认为“道”是万物的终极之因和终极之理，是人们认识宇宙人生存在、运动本质与规律的思想观念体系，亦可称谓学说。古人强调道有“天道”、“地道”、“人道”。中国春秋时代晏婴提出“卑而不失尊，曲而不失正者，以民为本也”，战国时期管仲主张“以人为本，本理则国固，本乱则国危”，他们强调“民”与“人”是立道之“本”，而“善人之道”或“暴人之道”将关系“国固”与“国危”。中国叙事意象电影从其诞生，就承继了中华文化中的优良思想传统，将“以民为本”、“以人为本”的思想精髓化为电影意象创造之道及意象美学的深在结构之核，将摄影机镜头主要地瞄准社会民众主体，透过影片镜像与“事象”彰显平民的主体地位和人性的美丑。这不仅体现在早期电影理论就倡导电影的“民众化与普遍性”、[4](p.25)要“比戏剧更要平民”[4](p.83)及“替我们中国人争人格”[4](p.9)方面，并且体现在富有价值的影片实践中，注重以“平民的电影”“表现人生”，“批评人生”，展现“人生真理”和“人类精神”，在惩恶扬善中使“所有的爱人的感情，成为寻常的情感，变做人类的天性”，并逐渐形成中国电影及其美学重民生、“民性”、[4](p.20)人生、人性之道和人文观照的理念与优良传统，从而成为中国电影之魂与意象美学之核。

翻开中国电影百年史册，至今依然闪烁光彩的作品，无一不是表现旧时代或中华民族处于危难年头中国普通民众的生态、心态、人性的欲求和命运，其沉沦或觉醒、挣扎、反抗的历程，在揭示与批判社会病态或“暴人之道”的同时，展现他们人性的光辉。孙瑜导演的《野草闲花》序幕，以卖花女的母亲冰上遇难垂死前，咬破食指放进婴儿口中，用最后几滴血哺喂女儿的镜像，展现伟大的母爱及其人性之光。台湾影片《桂花巷》多次运用“镜”中“像”的套嵌式空间，象征女主人公高剔红在封建意识束缚下，一生割舍“本我”、压抑“自我”、屈从“超我”的人性异化本质。新时期以来，内地电影的人性内容表现范畴得到空前的拓展。如张艺谋导演的《大红灯笼高高挂》则以反思传统文化的现代精神，透过颂莲、梅珊与雁儿等个人命运的演化过程，揭示在封建意识形态体系及其“老规矩”掌控下，人性如何被异化、扭曲、“吃”与“被吃”的悲剧性发展历程，不仅批判了悲剧产生的社会与思想根源，并且点明了“悲剧也产生于人物自我”的实质。至于《林则徐》、《甲午风云》、《赵一曼》、《南征北战》、《董存瑞》、《小兵张嘎》等影片，不仅为中国人“争人格”，并且塑造了为中华民族、民众的自由生存而奋斗献身，且又人性化的民族英雄和革命英雄意象，震撼人心与灵魂，长久刻印在观众心间。这样，就使得中国这些电影不仅与意大利的新现实主义电影美学有着惊人的相似之处，并且也同当年苏联电影的革命英雄主义和好莱坞崇尚的英雄精神气息相通，从而拥有“意”之内涵的可沟通性和广泛的可解读性。

这种意象创造传统的良性基因，一直为当今优秀的影视制品所继承和发扬。即如电视连续剧《亮剑》，它塑造了李云龙等几个出身于劳苦大众、性格并非完美却有情有义、灵肉丰满、真实可信的人物之像，抒写了面对强敌、顽敌“敢于亮剑”的英雄浩气和爱国之志。影片《美丽的大脚》固然揭示了人类文明程度与文化教育、经济基础和意识形态的有机关联，而影片里那荒漠中的文化小屋意象所射进人们心田的光明和温馨，则是一个自认为“啥也不成功”的平凡女性，透过生活细节所爆裂开来的人性的美丽与光辉。冯小刚的平民电影如《甲方乙方》、《不见不散》、《天下无贼》所以获得较好的票房价值，也主要在于关注并反映当下中国普通民众的人生体验、苦乐、欲望及其善良人性，注重意象创造中将虚构的故事框架与写实的生活细节有机结合，真幻相济，俗中求雅，使意象血肉丰满，栩栩如生，贴近大众，从而为众多观众所认同。

以人类基本的共通性和艺术综合化为基底的影视意象整体综合风格与美学，融合中外电影、电视及其他媒介种种造型、叙事技巧和美学风格，集众长合而为一，成为当代影视意象审美思维的一种模式，就在于它反映了当代人类的整体化思维样式、思维水平和企望通过影视意象审美把握日益复杂的物质世界和精神世界，并渴望影视意象创造风格多样化的审美新需求。只有包容涵盖整个世界，才有可能完整、完美地表述与诠释世界，荀子就认为“不全不粹之不足以为美”。当今电子媒介使人类逐渐“退出原来那种分割的社会”，“产生一个人人参与的、新型的、整合的环球村。”[13](p. 395) 在全球化潮流驱动下，有如“宿雨香潜润，春流水暗通”，无论中国当代电影的整体综合新走向，还是美国新好莱坞电影的当代转型及其类型电影的“混型”化、欧洲新艺术电影的创新、日本与韩国新电影的崛起、拉丁美洲电影的腾跃，以及东欧国家优秀电影的不断涌现，包括中国动作片的“功夫”被国外电影广泛吸纳，实则都体现了整体综合思维趋势下世界电影范围内美国电影学派、欧洲电影学派与东方电影学派之间的新型融合，超越民族主义和所谓“国族性”而呈显的“普遍化”同一性走势。这即如唐代杜牧《别鹤》诗所咏叹的“分飞共所从”。

三

“每种语言都属于具有特定渊源的特定的民族，使它有别于其他各种语言。”[2](p. 10) 中国当代影视意象的创造和美学话语的构建还必须具有“独特性”，在综合化与普遍化过程中以创新的民族文化为根为本，以其优良基因为内核。

中国先哲孔子强调“本立而道生”。影视意象美学之“道”究竟以何为“本”，其占据根本性主导和支配地位的因素或层面，也就决定了影视意象审美模式自身的独特形态、性质和走向。法国语言学家 A. J. 格雷马斯就认为“两种可能的义素接合”，“其特征是其中之一在义素复合项中占支配地位”。[14](p. 30) 在影视意象创造和当代影视意象美学建构中，由于在象与意的复合项整体系统中，占据根本性支配地位的是虚灵之意或实在之象，使得影视作品首先形成了“一种是作为内在(immanence)的意义，另一种是作为显现(manifestation)的意义”[14](p. 31) 这样“双项对立”意象体及其美学。这对立两极的相互渗透而生成的第三种则是“复合”型意象，它“既是 S，也是非

S”，“既不是S，也不是非S”。[14](p.30) 就在由意象“母结构”派生的重象型、重意型和象意均衡型三种基本意象形态之上，形成纪实主义、表现主义和复合主义这样三大类“子结构”意象风格与美学。它们因“妙有虚实”各有侧重，所“立”之“本”不同，致使影视意象生成之“道”进而衍生出重影像本真的“影像记录”风格（如客观纪录影片和纪实影片）、“意象造型”风格（如第五代电影人的《一个和八个》和《大红灯笼高高挂》等影片）、“虚拟意象”风格（如《无极》之类数字化影视片）、“离形得似”的奇特意象风格（如动画电影和《星战前传之克隆人的进攻》中“类人”意象等）、重“事象”的“叙事意象”风格（如各种叙事类影片）、“以意为主”的心理意象风格（如塔尔科夫斯基的《镜子》和意识流电影）、“以理为主”的意念风格（如罗姆的《普通法西斯》和科教片等）、重象意均衡的“意象应和”风格（如《黄土地》、《第四十一》之类影片），以及复合风格等诸多模式。这9种基本风格与意象美学范型相互融合嫁接，又将“混杂”而生林林总总附属型“子群”性意象结构及其风格与美学样式。

作为总集大成的整体综合型影视意象美学思维模式，它不是杂烩，而是“集”世界“众”多他者影视类型、影视风格及他者美学之“长”，并融入自我及个性，“合”而为“一”个既包括个性化又以个性化为本的新型综合美学，故称“整体综合”。它所以区别于一般“综合化”抑或“类型化”美学理念，就是强调以个性化、独特性为“本”，主导与支配影视意象创造的“综合化”抑或“类型的综合化”，犹若拉康所说的“独特性”普遍化。凭借整体综合意象美学思维模式，在综合化过程中可以任凭不同创作主体在意象基因结构中吸纳、融化与浇铸各种“物象”、“心象”及形形色色意识色彩，并进而于象与意、形与神、实与虚、传统与反传统、建构与离散诸多“双项对立”的任何一点，以及它们相互渗透的“中间项”乃至形式/内容结构谱系上的任何一处，确立其表现重心及个性色彩之本。因此，当代影视意象美学系统可以兼容各种色彩，“囊括万有”而多元纷呈，足可“以其实而实天下之虚”、“以其虚而虚天下之实”，拥有适应多样化审美需求、最大限度地赢得观众与市场及生存发展空间的潜能。它是一个既自足又开放，可以不断实现自我调整、自我转换、自我完善、自我更新的良性审美机制和富有活力的美学系统。为此，我们当年即认为2002年新生代影片《寻枪》，其导演在影片制作中那种比较清醒的“类型化与个人化”相结合的整体综合美学理念，将比影片自身更具有深刻意义。

所谓独特性之本，首推民族个性与本土文化特性。既然影视意象美学包含了创作者与欣赏者两个主体的“意”之思维结构，致使其自足性和独特性还在于影视创作者不必舍近求远去转借什么结构主义语言学或符号学思维模式绕个弯子“围魏救赵”，完全可以“意象思维”机制立象尽意，径直进行影视意象及其美感的创造。加拿大传播学家埃里克·麦克卢汉认为：“地球村是一个丰富的、富有创造性的混合体。这里实际上有更多的余地，让人们发挥富有创造力的多样性。”[13](p. 391)他特别强调，“以母语表现”的“言语”“是最亲近的东西”，“在我们的身上，再也没有什么东西比言语具有更加强烈的集体属性和公共属性。言语的潜意识共鸣属性把我们和最古老的时代连在一起，和当前的万千气象连在一起”。[13](p. 426)因此，中国当代影视意象创造及其美学之道，既要“存异以求同”，善于在传统母语文化基因结构里融合东西方文化中有益成分，凝铸人类文化与人类精神的共通性，从而实现创新并冲决国族性围墙融入全球化；同时又要“从同以求异”，将吸纳的他者文化养分通过“言语”化和本土化的改造，化为自我肌体和美学体系的有机血肉，以富有“国族”特性的、高品位的影视意象创造成果和创新的理论话语为全球化增色添彩。

实践证明，中国新时期以来的电影电视所以获得前所未有的生命活力，就在于伴随思想解放运动的蓬勃兴起，影视意象本体意识的觉醒，首先从客观再现与主观表现两个方向，吸纳和融化了纪实美学或新浪潮电影话语及其美学手段，旨在突破“传统型文学性或戏剧性”单一式电影思维范式和“大一统”样板模式的桎梏，同时又未离本土文化之本和中华民族精神温床。像第五代电影人创业之始，把意象造型手段推向极致，充分发挥影像画面自身“立象”“尽意”的震撼力。《黄土地》在意象造型中灌注强烈的思想内涵，大胆吸收了域外电影创作中的绘画主义、表现主义美学手段，也广泛借鉴了中国传统文化中散文、诗歌、绘画、音乐等意象创作技巧和庄子“既雕既琢，复归于朴”的美学理念，通过富有气势的远景和大远景镜头影像造型系列，组成复唱式节奏韵律的内在结构框架，构成影片形与神、象与意、造型与叙事、情节与情绪诸多元素系统复合一体的散文诗风格主体构架，推进了中国电影传统创新化和创新传统化，丰富和提升了影视意象美学。张艺谋主张“意在笔先”，其影片一直追求“大气”、“壮烈”的精神气质，努力寻求与普通人最本质的沟通，并且“立足于变，立足于创造”，但万变不离其宗。《大红灯笼高高挂》所创造的意象美和民族风格，鲜明体现着中国诗话、画论、文论中的传统美学理念。即使像《千里走单骑》具有跨国生活内容的影片，不仅因地制宜利用云南的地势、地貌、风俗、文化，力求拍得“情真景真，事真意真”，突现了当代人类隔阂与沟通的主题以及承诺的价值，并且整体意象依然是中华文化色彩鲜明。张艺谋从未眷恋于“外来因素的影响”，尤其孜孜以求于民族文化传统的丰富营养，甚至许多探索都能从古典美学那里找到依据。因此，包括第五代电影人探求在内的新时期电影，并非受“现代性观念”的“全面支配”，而是融现代意识于中华民族文化主体结构之中，正因为吸纳与融合了现代意识，同时又继承与创新了民族文化传统，从而解构了现代性，也重构了传统，亦即超越了现代性与先前传统，则在更为大而宽广的范畴体现了熔传统美学与现代意识、综合化与个人化于一炉，化之为当代的整体综合美学理念。

孟子强调“充实之谓美，充实而有光辉之谓大，大而化之之谓圣”。伴随时代的发展与进步，中华民族文化传统必须不断吐故纳新。以古典意象说为基底的影视意象美学为求得更充实而有光辉，亦须加速实现当代化扩容、整合、创新与转型，增强自身的兼容性、共通性与辐射力，从而提升影视意象创造与相关美学足以全面把握当代人类外在世界与内在世界及其整体综合思维的机制与功能。应当说，张艺谋的《大红灯笼高高挂》和陈凯歌的《霸王别姬》，即已分别开始注重民族性与时代性、人文内涵与人本关注、造型性与叙事性、综合化与个人化的结合，以独自的艺术视角，逐渐实现将现代性寓言叙事、诗意叙事与传统性历史叙事、生活叙事相融合的扩容与转型，依循生活的逻辑与情节发展的逻辑，展示人物性格与人性的多元和复杂，并且侧重对人的心态、生态及命运的关注，从而跃向当代电影文化里程。然而，近年来由《十面埋伏》、《无极》等影片引发的讨论愈发表明，当代中国影视意象创造与美学之道均不容漠视影视意象内涵，在不断积累和认真感悟生活的前提下，仍然拥有吸收、融化中国优秀古典小说和域外优秀影片的叙事技巧、结构故事和刻画人物经验的潜在空间。这不仅应当继续下大气力“在写人和叙事上进行补课”，并且还要补足影视文学剧本重要一环，尤其不能忽视影视意象之意的内涵美，充实而有光辉之美。人们不妨思索一番，出生于加拿大的保罗·哈吉斯编导的《撞车》，只是700万美元低成本预算的小制作，却为什么能够随着洛杉矶一次车祸的多米诺冲击效应，链接了黑人刑警之家、白人检察官夫妇、两个黑人小痞子、墨西哥锁匠父女、伊朗店主父女、白人巡警父子及其搭档、黑人电视导演夫妻、一对韩国夫妇等六七个家庭，近二十个相互依存、且在互动的人物，从中鞭辟入里地透析了当下美国社会中人的生存状态与心态，基于种族隔阂和生活压力的人性碰撞，人性善与恶的嬗变，展现了血肉丰满的人物群像及其发展变化中的人物性格，感人肺腑的艺术细节，显现出丰厚充实的生活容量与艺术含金量。

当代影视意象美学强调的独特性，无外是独特的民族性、本土性、地域性、时代性、创作者个人性和艺术品自身的特性，即创造性。其"所难能者"，依然"在风格浑成，意象独出"。中国的观众和知识界乃至政府，都应当珍惜各民族文化的传承，备加爱惜以民族文化为根本的当代本土影视文化创新。只要是真诚地为着民族影视文化的进步与繁荣，为着它必须实行的"独特性普遍化"、本土性全球化，哪怕是创作实践或美学理论上的点点滴滴革新、实验亦应得到鼓励与爱护。因为中华民族当代影视文化的整体创新，不会朝夕之间一蹴而就，须靠一两代乃至几代影视人、艺术家与理论家和观众共同切实的努力，传承性的合力与积淀。任何创新都难免有缺憾，甚至失败。整个社会都应给真诚的创新者以宽容的氛围，宽松的空间。

古人说"其本不美，则其枝叶茎心不得美"。尽管时下人们并未排斥营销策略与广告，但是真诚而有益的创新之"本"依然在中藏，不在皮毛，在于本体、本色，质与实的精粹丰厚，独特而又多彩，且又切近人们生活现实与内心现实，贵在"意象具足"。[15]只重金玉其外而忽视意象内涵，蜂拥齐奔什么"类型"片、"大"片、空中飞人的"神"侠片，并非一定是中国电影电视的唯一走强之路。获得第78届奥斯卡重要奖项的《撞车》、《断背山》和《黑帮暴徒》，既非大片，又难归属哪一类棱角分明的类型片或娱乐片。但它们切近人类的现实生存状态，以独到的视角和深沉的思考，深刻触及人性的冷暖、变异和回归，既有世界和人类的普遍性，又有地域与种族的独特性，凭借来自真实生活、真情实感的人物意象和艺术细节以及相应的声画造型，至少征服了评委和众多的世界观众。中国当代影视文化的整体功能，不能简化为单一的娱乐功能；当代影视意象世界贵自然及其生态平衡，就不可畸化为独重或"大江东去"，或"刀光剑影"或"西湖歌舞"的态势，也没必要克隆同一片红了起来的叶子。对古人和他者经验的镜鉴，"须善融化，则不见蹈袭之迹"，[16]自成一家，自开一境。

"凡物各自有根本"，"根本已非枝叶异"。在全球化语境下，中国当代影视意象的创造和美学的建构，亦不能成为域外他者意象或话语模式的拓片，甚或削中华文化之足以适他者之履，沦为附庸的劣势文化，蔽与扭转中国当代影视艺术及其美学必须构筑自我体系的必由之路。包括影视作品及理论乃至意象美学思维模式在内的中国当代影视文化，终将在继承民族文化优良传统基因的基础上博采众长，开拓创新，构建独具中华文化特色的当代影视文化、文化产业及其理论、美学话语体系，既超越国族性影视范式的拘囿，又永葆影视文化的国族性特色，从而融入全球化，丰富全球化，赢得全球化。

参考文献：

[1] 阮元. 十三经注疏[Z]. 北京：中华书局，1980：82.

[2] [美]弗雷德里克·詹姆逊. 语言的牢笼[M]. 南昌：百花洲文艺出版社. 1997.

[3] 丁亚平. 百年中国电影理论文选[C]. 北京：文化艺术出版社，2002：3—4.

[4] 罗艺军. 中国电影理论文选[C]. 北京：文化艺术出版社. 1992.

[5] [美]埃里克·巴尔诺. 世界纪录电影史[M]. 北京：中国电影出版社，1992：281—282.

[6] [法]安德烈·巴赞. 电影是什么？[M]. 北京：中国电影出版社. 1987：13.

[7] 何景明. 与李空同论诗书[A]. 历代诗话续编[C]. 北京：中华书局，1983：956.

[8] [法]雅克·拉康. 拉康选集[M]. 上海：上海三联书店，2001.

[9] 朱光潜. 西方美学史[M]. 北京：人民文学出版社，1964：399.

[10] [美]S. 阿瑞提. 创造的秘密[M]. 沈阳：辽宁人民出版社，1987：64.

[11] [美]乔治·H. 米德. 心灵、自我与社会[M]. 上海：上海译文出版社，1992：301.

[12] 潘秀通，潘源. 电影话语新论[M]. 北京：中国电影出版社. 2005：120—174.

[13] [加]埃里克·麦克卢汉，弗兰克·秦格龙. 麦克卢汉精粹[M]. 南京：南京大学出版社，2000.

[14] [法]A. J. 格雷马斯. 结构语义学[M]. 天津：百花文艺出版社，2001.

[15] 李东阳. 麓堂诗话[A]. 历代诗话续编[C]. 北京：中华书局，1983：1372.

[16] 韦居安. 梅涧诗话[A]. 历代诗话续编[C]. 北京：中华书局，1983：544.

论中国电影美学的特点与建构

周　斌　复旦大学教授

一

相对于电影理论、电影史和电影批评等电影学的主要门类而言，电影美学的形成历史较短，体系也不太完备。而相对于西方电影美学而言，中国电影美学的形成历史更短，体系则更不完备。20世纪80年代初，中国电影美学的建设才正式起步，开始逐步拓展。此前，在中国电影理论批评的发展过程中，虽然也涉及到一些电影美学问题，但都是零碎的，而不是系统的，从总体上来看，尚缺乏自觉的学科建构意识。

20世纪80年代初，思想解放运动的蓬勃开展打破了各种条条框框的束缚，给电影界也带来了很大的变革和影响；改革开放的社会环境则使域外的各种文艺思潮和电影思潮不断涌入，扩大了创作者与研究者的艺术视野和学术视野。同时，电影创作在1977年和1978年恢复、复兴的基础上，于1979年出现了大转折，由此，中国电影进入了一个大发展的历史阶段，一批各具形态的、有新意的影片为电影批评和理论研究提出了新的课题。同时，如何进一步提高电影创作的质量，推动电影创作的持续繁荣和发展，也成为电影界和文艺界关注的一个重要问题。在这种情况下，电影美学的建设开始受到理论界的重视，被提上了议事日程。

1980年10月，《文艺研究》编辑部会同文化部文学艺术研究院电影研究所和中国电影资料馆，联合召开了电影美学讨论会。会议“从我国电影创作的实际出发，联系国外电影艺术、电影理论的发展历史和现状，着重探讨了当前我国电影艺术提出的主要美学问题”。与会者一致认为：“要使电影适应‘四化’的需要，就要用科学的电影美学来指导创作。当前，电影比以往有进步，但质量还不高；我们对电影的基础理论的认识和把握还不准确、不全面，须要提高电影文化水平，加强电影美学研究。要明确电影美学的对象，要研究电影的本质、电影的特性、电影与其他艺术的关系、电影的表现手段，要研究电影心理学、电影观众学，要研究电影美学发展史。我们要建立以马克思主义为指导的电影美学。”[1]也正是在这次讨论会上，文艺评论家王朝闻提出了“建立我们中国的社会主义的电影美学”[2]的命题。在中国电影美学发展史上，这次会议的重要性及其所产生的影响和发挥的作用是不容忽视的，因为它不仅强调了开展电影美学研究的必要性和重要性，开创了电影美学研究的新局面；而且还正式提出了建立中国电影美学的目标和任务。此后，文艺评论家陈荒煤也就中国电影美学的建设问题发表了意见，他认为：“我们现在迫切需要有一本中国的电影美学，就是说，在总结了半个多世纪以来中国电影的历史经验，特别是新中国成立以来的正反两方面的经验基础上，结合我国文艺方面有民族特色的传统的美学观点来写的一本电影美学。”并表示支持《文艺研究》继续深入开展电影美学的讨论，同时还强调“从电影美学的角度来讨论提高影片质量问题，是非常迫切、非常需要的”。[3]

“如果说《文艺研究》编辑部和王朝闻是中国电影美学研究的最早提议者，那么，钟惦棐就是一位坚决的附议者和不遗余力的倡导者。”[4]作为当时国内最有影响的电影评论家，他不仅主动承担了被列为中国社科院重点研究项目的“电影美学”课题，组织了一批中青年学者开始了这一课题的研究工作；而且还先后撰写了《中国电影艺术必须解决的一个新课题：电影美学》、《电影美学的追求》、《中国电影美学的理论与实践》等多篇论文，具体论述了自己对电影美学的看法。同时，在课题研究的基础上，又相继主编了《电影美学：1982》、《电影美学：1984》等著作。他的上述论著对于中国电影美学的建设发挥了重要的奠基作用。

二十多年来，电影美学得到了越来越多的学者之关注和重视，不仅形成了一个独立的理论研究领域，而且作为一门学科进入了大学课堂。在此期间，学者们发表了不少研究论文，出版了一批理论专著和教材，也译介了一些域外的著作和论文，总体来看，电影美学的研究成果不少。其中如郑雪来的《电影美学问题》(1983)、谭霈生的《电影美学基础》(1984)、李厚基等的《电影美学初探》(1985)、罗慧生的《世界电影美学思潮史纲》(1985)、李幼蒸的《当代西方电影美学思想》(1986)、朱小丰的《现代电影美学导论》(1987)、胡安仁的《电影美学》(1990)、姚晓濛的《电影美学》

(1991)、王志敏的《电影美学分析原理》(1993)和《现代电影美学基础》(1996)、孟涛的《银色的梦——电影美学百年回眸》(1998)、王世德的《影视审美学》(1999)、张卫等主编的《当代电影美学文选》(2000)、胡克等主编的《中国电影美学:1999》(2000)、彭吉象的《影视美学》(2001)、史可扬的《影视美学教程》(2005)、金丹元的《电影美学导论》(2008)等著作,对电影美学的基础理论、西方电影美学思想和思潮流派及中国电影美学的有关问题等,均作了不同程度的论析和评介,具体显示了电影美学建设的实绩。

在此过程中,中国电影美学的建设也有了较明显的拓展,有一些学者对此作了较深入的探讨分析。例如,陈犀禾与钟大丰分别在《当代电影》1986 年第 1 期和第 3 期上发表了《中国电影美学的再认识——评〈影戏剧本作法〉》和《影戏理论历史溯源》的论文,前者通过对侯曜的《影戏剧本作法》之评析,具体探讨了影戏美学的若干问题,认为"影戏"乃中国电影美学的核心概念,影戏美学是中国电影理论中的超稳定系统,是一种具有浓厚东方色彩的电影理论体系。后者则对影戏理论的形成与发展作了较系统的梳理,并对其基本特征和结构作了论析。此后,郦苏元的《〈影戏学〉研究》[5]和颜纯钧的《"影戏美学"辨析》[6]等论文,也围绕着"影戏"美学观念阐述了各自的见解。前者对徐卓呆的《影戏学》作了具体评析,并由此探讨了中国早期电影理论的存在形态和美学特点。后者则针对陈犀禾的《中国电影美学的再认识——评〈影戏剧本作法〉》的基本观点,阐述了不同的看法,认为"与中国电影百年的创作成就相比,中国电影从理论上看很难说有什么太大的建树,'影戏'只是一个出自联想原则的称法,它并不意味着中国电影从 20 年代开始就形成了一个与西方电影迥然不同的美学概念,而且也远没有建立起概念内部的丰富层次和演绎成为严整的理论体系"。显然,不同观点的争鸣也有助于深化对影戏美学的认识和理解。又如,笔者在 2004 年 6 月由上海大学影视艺术技术学院和中国电影评论学会等单位联合召开的"全球化语境中电影美学与理论新趋势"的国际学术研讨会上,提交并宣读了论文《创建有中国特色的电影美学体系》,[7]不仅强调了融民族文化认同与引入域外电影理论于一体的重要性,明确提出了创建有中国特色的电影美学体系这一命题;而且具体论述了如何结合中国的文化传统和美学传统以及中国电影的创作实际和观众的审美需求来创建有中国特色的电影美学体系等问题。再如,史可扬在《影视美学教程》中对中国电影美学进行了勾勒,具体论述了"儒家美学与中国电影"、"道家美学与中国电影"及"中国美学主要范畴与中国电影"等问题。金丹元在《电影美学导论》中，也论述了中国电影美学的基本文化内涵，认为"'天人合一'与'中和'思想是中国电影美学的重要基石"，"重视'教化'与强调'伦理'是中国电影美学的重要文化内涵"，而"民族尊严、时代印记与走向世界也是中国电影美学的特色文化"，并对"中国美学与中国电影艺术的内在联系"、"关于当代中国电影中的伦理展示和民俗性审美"、"意象（境）理论与中国当代电影艺术"等问题作了较详尽的阐述和论析。至于胡克等主编的《中国电影美学：1999》，则是以影片个案分析的方式，围绕所选择的1999年出品的《不见不散》、《一个都不能少》、《那山那人那狗》、《国歌》、《洗澡》等一些有代表性的影片，从艺术、技术和文化等角度探讨电影美学问题。理论与实践相结合，理论工作者和创作者共同探讨分析，乃是该著作的特色所在。尽管对中国电影美学的研究已取得了一定的成绩，但是在电影理论界对于是否需要创建中国电影美学，以及中国电影美学的属性、范畴和研究对象等问题，仍存在着一些不同意见的争议。

应该看到，西方电影美学和中国电影美学虽然在很多方面有相同之处，但是，由于文化背景和美学传统的差异，其不同之处也很明显。因此，中国电影美学的建构不应是西方电影美学的简单移植，而应在学习借鉴之基础上，有机地融入中国文化的元素和中国美学的传统，使之能更好地凸显出中国本土文化特色和中国美学精神。对此，实有必要进行更深入的研究探讨。

二

电影作为艺术与现实的审美关系问题，即电影创作者如何运用电影艺术手段正确认识和反映现实的规律问题，应该是电影美学研究的重要内容。由于电影艺术的基本特性之一是银幕反映客观世界时的高度逼真性，故而与其他艺术样式相比，其表现形态更接近于物质现实的本来面目。为此，电影创作中的现实主义问题便受到格外的关注。

在西方电影美学中，无论是巴赞和克拉考尔的写实主义电影美学理论，还是意大利新现实主义电影的美学主张，都曾产生过很大的影响。我们在建构中国电影美学的体系时，对此当然应该予以足够的重视。

尽管巴赞作为一名电影评论家，他的电影美学理论几乎都是同具体的影片评论结合在一起的，但其电影评论集《电影是什么？》仍然成为西方电影美学史上的经典之作。巴赞认为电影是一种通过机械把现实形象记录下来的艺术，是照相艺术的延伸，其自然真实本身就是电影的重要表现手段。正是从这种“照相本体论”出发，他强调电影不能离开真实，而这种真实，则主要是指“空间的真实性”，即严守空间的统一，保持时间的真实延续，注重叙事的真实性。由于最能体现“空间的真实性”的艺术手段是深焦距和长镜头，故而他从理论上总结了它们的美学功能。

继巴赞之后，克拉考尔对写实主义电影美学理论作了更加完整系统的表述。作为一名学者，他通过专著《电影的本性——物质现实的复原》详尽地阐述了其电影美学观念。他认为电影按其本质来说是照相的一次外延，因而照相的特性就是电影的基本特性。电影首先应当记录物象，但又不能仅仅停止在记录上，因为它还具有揭示现实世界本身固有意义的功能。同时，电影应当追求形象的真实，所以一切抽象的真实，包括内心生活、思想意识等，都是非电影的。电影若要达到“物质现实的复原”之目的，就只能发挥“纪录”和“揭示”的功能，而排斥那些经过编导艺术创造、有明确思想主旨和完整结构的影片。显然，“克拉考尔的基本电影观念是明显地继承自巴赞的照相本体论，但他走得更远，从某种意义上说是变得更狭隘，实际上对写实主义电影的发展在理论上作了某些有害的束缚”。[8]

意大利新现实主义电影是第二次世界大战后西方电影中写实主义传统最有代表性的新发展，其美学主张也进一步丰富了写实主义电影美学理论。新现实主义电影的倡导者在承袭写实主义传统的基础上，提出了一整套最大限度追求电影真实性的理论原则和拍片方式，无论是“扛着摄影机上街”，还是“在日常生活中发现事件”，抑或是“到围观的群众中去寻找演员”等，都体现了他们在当时的历史条件下反对法西斯主义、同情普通民众苦难的人道主义立场。同时，他们所采取的也是一种与当时窘困的经济条件相适应的拍片方式。我们既要充分肯定新现实主义电影运动及其美学主张的积极进步作用，但也不能忽视其所存在的缺陷，如其认为不要对生活事件进行艺术概括，贬低了编剧和表演的作用，以至于后来发展成为非情节化和非性格化的艺术主张等，这显然是不可取的。

另外，前苏联文艺界和电影界所倡导的社会主义现实主义的美学原则和创作方法，也值得认真关注和研究。1934 年，苏联作家第一次代表大会正式把社会主义现实主义规定为苏联文艺创作与文艺批评的指导原则和基本方法，“它要求艺术家从现实的革命发展中真实地、历史具体地去描写现实；同时，艺术描写的真实性和历史具体性必须与用社会主义精神从思想上改造和教育劳动人民的任务结合起来。社会主义现实主义保证艺术创作有特殊的可能性去表现创作的主动性，选择各式各样的形式、风格和体裁”。[9]虽然此前爱森斯坦的《战舰波将金号》、普多夫金的《母亲》、杜甫仁科的《土地》等影片，已经在一定程度上体现了这一美学原则和创作方法；但到了20世纪30年代，随着《夏伯阳》、《列宁在十月》、《列宁在1918》、《政府委员》、《马克辛三部曲》等一批影片的问世，社会主义现实主义电影才最终形成，而社会主义现实主义电影美学理论也趋于成熟。但是，由于受到庸俗社会学的影响，这一理论的某些不完善之处也产生了一些负面影响。50年代，前苏联文艺界对社会主义现实主义展开了讨论，并对其理论表述作了一些修正。70年代前苏联文艺界又展开了进一步的讨论，并断断续续延续至80年代，其中关于社会主义现实主义是“真实地描写现实的历史的开放的体系”的见解，逐步获得了共识。同时，对社会主义现实主义电影创作的表现手段和技巧手法的探索也日趋深入，并对创作产生了积极的影响，出现了许多不同样式、不同风格和不同流派的作品。由于中国和前苏联之间特殊的关系，所以社会主义现实主义的美学原则和创作方法对包括电影在内的中国文艺创作和理论建设均产生了较大的影响。例如，早在20世纪30年代周扬已将社会主义现实主义译介到中国，使文艺界对此有了初步了解。50年代初，在文艺界展开了关于社会主义现实主义创作方法的学习和讨论，胡乔木、周扬、冯雪峰等都曾就此作过报告或发表过文章。在1953年3月召开的“第一届全国电影艺术工作会议”和“第一届全国电影剧本创作会议”上，林默涵、陈荒煤、周扬也先后在报告中阐述了社会主义现实主义创作方法的有关问题；而于同年9月召开的第二次中华全国文学艺术工作者代表大会，则把社会主义现实主义确定为我国过渡时期文艺创作和批评的基本原则。直到1958年毛泽东提出了“革命现实主义和革命浪漫主义相结合”的创作方法，才以此取代了社会主义现实主义创作方法，但其影响仍然有所延续。

无疑，我们在建构中国电影美学的体系时，既要学习借鉴巴赞和克拉考尔的写实主义电影美学理论以及意大利新现实主义电影美学主张中的精华；又要看到其缺陷和不足之处。既要对前苏联文艺界和电影界所倡导的社会主义现实主义的美学原则和创作方法进行深入研究和探讨，又要认真分析其对中国电影创作所产生的影响，并总结经验，吸取教训。但是，仅此还不够，我们同样不能忽略中国电影理论工作者关于电影创作中的现实主义问题的学术研究成果。

长期以来，在马克思主义文艺思想的指导下，不少电影理论工作者结合中国的国情和中国电影创作的实际情况，对现实主义问题进行了深入的研究探讨，有不少精辟见解和学术积累。就拿钟惦棐来说，现实主义是贯穿其电影美学观念的一条主线。对此，他曾在《电影文学断想》、《现实主义幽情》、《面对现实》、《现实主义要深化》、《论真实》、《中国电影的现实主义与庸人习气》等许多文章中作过多方面的论述，其中涉及到电影与民众、时代和社会的关系，电影与政治的关系，电影创作中“求真”的重要性及如何“求真”，以及如何在银幕上塑造真实生动的人物形象等，其许多观点颇具新意和说服力，充分体现了他对这些问题的深入思考和真知灼见。此外，“十年动乱”结束以后，在批判极左文艺路线、根治银幕虚假之弊病、恢复和发扬中国电影的现实主义传统的过程中，夏衍、陈荒煤、于敏、柯灵等都曾发表过一些有较大影响的文章，分别阐述了他们的见解。1980 年 6 月，《电影艺术》编辑部还就电影创作中的现实主义问题组织了研讨，不少专家学者就此发表了意见。显然，这些理论成果应该成为建构中国电影美学的重要内容。只有这样，才能使中国电影美学的内容和体系凸显出本土文化特色，并具有现实针对性。

三

电影美学研究当然不可能脱离对电影创作和电影作品的关注，因为从创作和作品中可以总结出许多新鲜而丰富的美学经验。中国电影美学所关注和研究的对象主要是中国电影，这显然与西方电影美学所关注的主要对象是有明显差异的。

百年来中国电影发展演变的历程已经证明，电影这一“舶来品”之所以能在中国这块古老的土地上繁荣发展，成为深受广大民众喜爱和欢迎的文艺样式，是与其不断吸收中国文化的营养，借鉴中国美学的传统，表现中华民族的审美精神历程分不开的。

中国电影自诞生之日起，就与中国传统的文学艺术紧密相关，中国电影的第一部作品，就是把京剧《定军山》搬上银幕，这无疑成为一个最好的例证。尽管在中国古典文学艺术中，并没有电影可以直接依傍的传统和学习的对象。但是，文学艺术的许多基本规律是相通的，是可以互相借鉴的。受中国传统文化浸染和熏陶的早期中国电影编导，很自然地把中国传统文艺的经验技巧有机融合在电影创作之中，从而使其创作拍摄的影片在不同程度上显示出具有中国本土文化特色的电影形态。例如，郑正秋等戏剧编导把“文明戏”的创作经验融入电影拍摄之中，而包天笑等通俗文学作家也把中国传统小说的叙事内容和方式引入电影创作之中，这就使中国电影从起步阶段起，就注重向中国传统文艺探胜求宝，从而为影片增添了独特的中国元素。而“影戏”美学观的形成，则在相当长的时间里影响着中国电影的创作发展和理论建构。

可以说，百年来中国电影在其发展历程中，一直没有停止过对本土化、民族化的追求。由于电影是一种综合性艺术，故其创作涉及到编、导、演、摄、录、美等各个方面。在此，仅以电影导演而论，从郑正秋、蔡楚生、费穆到郑君里、谢铁骊、谢晋，再到吴贻弓、吴天明、胡炳榴和陈凯歌、张艺谋等，几代电影导演在这方面都有不同程度的自觉的美学追求。他们十分注重从中国文学艺术的美学传统中汲取有益的营养，如对形神关系、虚实关系的把握以及注重营造意境和追求写意风格等，这些美学原则在其影片中既有继承借鉴，也有创新改造，从而使一些优秀影片显示出浓郁的中国风情和东方美学神韵，形成了鲜明的民族风格，在国内外均产生了很大的影响。

例如，曾以《渔光曲》和《一江春水向东流》等影片创造了当时票房最高纪录，并开创了史诗性悲剧风格的蔡楚生，其影片生动感人、雅俗共赏。柯灵曾对蔡楚生影片的美学风格做过这样的评价：“从艺术风格看，中国的新文学作品，批判现实主义和社会主义现实主义文学，美国电影和苏联电影，在蔡楚生的作品中都有明显的投影，但濡染最深的，无疑是中国的古典文学。‘一江春水向东流’，直接引用了李后主《虞美人》的词句；‘月儿弯弯照九州，几家欢乐几家愁’，‘朱门酒肉臭，路有冻死骨’，‘但见新人笑，那闻旧人哭’，这些古诗的意境，推陈出新，都融入了胶卷。”[10] 而正是这些为中国观众所熟悉了解，并能激起他们情感共鸣的美学元素，成为蔡楚生影片获得成功的重要因素。

又如，费穆在电影创作中一直想借用中国画的技巧，他曾说：“我屡想在电影构图上，构成中国画之风格。”[11] 而其代表作《小城之春》就是这种美学追求的一次成功的实践。影片对电影表现时空的严格限制以及对人物关系、故事情节的纯化、简洁的艺术处理方式，均来源于中国画“留白”的审美理念。同时，影片中“以景写情”、“以物象意”等艺术手法的运用，也都是中国传统美学观念的具体体现。总之，《小城之春》独特的写意风格和诗性品格，使其成为中国电影史上的经典之作。它对于中国绘画和戏曲艺术的成功借鉴，充分显示了中国美学的理论与技巧在电影创作中的艺术生命力。

再如，郑君里是一位擅长于借鉴中国古典文学艺术的技巧而达到艺术创新的导演。在拍摄《林则徐》时，他受到李白《黄鹤楼送孟浩然之广陵》和王之涣《登鹳雀楼》

等诗篇的启发，把林则徐送别邓廷桢的场景拍摄得独具意境、真挚感人。而在拍摄《枯木逢春》时，不仅影片开头借鉴了《清明上河图》的绘画技巧，用横移镜头生动形象地展示了不同的社会制度给农民带来的不同生活境遇；而且“有几场戏的处理是受了戏曲的启发的；有些是有意识的学习，有些是无形中受了戏曲的影响”。同时，“在音乐处理上也向传统艺术学习，例如运用民歌作画外伴唱的方式就是从戏曲中的‘帮腔’唱法演化出来的”。[12]显然，这些艺术技巧的运用，有效地强化了影片的民族特色。

另外，第四代导演中的胡炳榴也很注重向中国传统文艺学习借鉴，他执导拍摄的《乡情》、《乡音》、《乡民》等影片，不仅具有浓郁的乡土气息，而且较好地传递了中国美学精神。就拿《乡音》来说，影片运用电影语言表达的中国文化意蕴和乡土之情曾受到普遍赞扬。胡炳榴在谈其导演构思时说：“《乡音》采用延伸的多层空间结构，通过观众的联想、扩想或补想，突破镜头本身的物质空间，延伸、扩展出一种虚灵的空间感，形成复合的、具有流动感和对立关系的形式体。戏曲舞台通过舞蹈动作从观众的想象中诱发出某种虚幻、空灵的空间感。国画中空白所形成的境界，也是这种空间意识的表现，即‘空故纳万境’。观众在观赏影片时不能只是被动地接受，而要不同程度地参与影片的创作活动，才能完成审美过程。”[13]中国戏曲和绘画给予他的创作启示是显而易见的。

至于作为第五代导演领军人物的张艺谋，“将仪式和民俗纳入传奇是他的拿手好戏。他的关于封建暴力压迫下中国妇女命运的故事，甚至被欧洲的民俗学和人类学者，当做一种民俗文本来研究”。[14]其影片创作对于中国传统文艺的借鉴是显而易见的。例如，在《黄土地》的摄影和画面构图中，我们可以看到他对于中国绘画美学原理的成功借鉴；而《我的父亲母亲》在结构上则学习运用了中国画的“留白”技巧，较好地体现了中国美学的神韵。他说：“我们最大限度地‘留白’……或者讲‘意境’，或者讲‘尽在不言中’。这是中国传统美学带给我们的对人生和生命的观照。”而“这种‘留白’，这种‘尽在不言中’，这种‘含蓄’，就会使这部影片跟西方电影不一样。”[15]影片虽然讲述了一个曲折动人的爱情故事，但却没有在具体情节上铺陈描述，而是将两人相恋相依和共同携手走过人生道路的过程简化了，把这一段“空白”留给观众去想象，从而使影片意味悠长，令人回味无穷。

从上述一些具体事例中，我们不难看出，百年来中国电影创作是如何从中国文学艺术的美学传统中汲取营养、借鉴技巧而达到艺术创新的。无疑，中国电影美学建构的一个重要内容，乃是从理论上认真总结中国电影创作所积累的各种美学经验，并深入探讨其创作规律；而许多美学经验和创作规律都来源于中国美学传统，这正是中国电影美学的特色所在。对此，我们当然不应该忽略或遗忘。

四

钟惦棐曾说："电影美学的时代使命和历史使命，既要从银幕上去寻求，更要从银幕下受其感染的观众中去寻求。""我们的电影美学一刻也不能脱离我国的广大观众。这是我们的电影美学意识中最根本的意识。"[16] 由于中国电影的市场主要在本土，因此，中国电影观众的审美心理和审美需求，应该是中国电影美学研究的另一个重要内容。当年钟惦棐在拟定《电影美学》提纲时，第一章就是观众问题，可见对此问题十分重视。

过去我们对电影观众的研究，较集中在电影应如何更好地教育和引导观众方面，而往往忽略了电影创作应如何适应观众的审美心理和如何满足观众的审美需求等方面。重视前者固然没有错，但忽略了后者则实为不妥。近年来，随着电影体制和机制的改革，电影的创作生产需要更多地面向观众、面向市场，因此正确而及时地把握观众的审美心理，了解他们的审美需求，并据此来调整电影创作和生产策略，拍摄更多为广大观众喜闻乐见的影片，不断拓展和繁荣电影市场，就显得尤为重要和必要。

当然，对电影观众的研究目前已经构成了专门的电影观众学，它与电影美学、电影社会学、电影心理学、电影市场学，以及传播学、叙事学等都有紧密的联系。章柏青、张卫的《电影观众学》(1994)和章柏青的《电影与观众论稿》(1995)等著作，已为中国电影观众学的建设奠定了一定的理论基础。当然，从电影美学的角度去研究电影观众，则重在把握观众观影时的审美心理变化，分析那些能吸引和打动观众的优秀影片在美学上的成功之处，总结出其中的创作规律。同时，要深入研究电影美感如何在观众(审美主体)和影片(审美客体)的融合统一中产生，并了解各类观众对电影的审美需求等。而随着接受美学的引入，观众的先在结构、期待视野及观众反应批评对电影创作的影响等，也都构成了研究的内容。

应该看到，在中国传统文化的熏陶和影响下，中国电影观众的审美心理和审美需求具有和其他国家电影观众的不同之处；特别是中老年电影观众，受中国传统文化的熏陶和影响更大，他们一般较关注影片的思想内容、故事情节和人物塑造，而对电影语言、电影修辞等形式技巧的运用并不太重视；他们喜欢看那些叙事清楚、情节紧凑、人物性格鲜明、能以情动人的影片；对那些探索性、先锋性较强的影片则不太适应。而青年观众因受西方文化的影响较多，也容易接受新观念和新事物，所以他们的审美心理和审美需求与中老年电影观众就有所不同，他们更喜欢看娱乐性、动作性较强的影片；同时，也不排斥那些探索性、先锋性较强的影片。此外，不同文化层次的观众对电影的审美需求以及观影时的审美心理也有所不同，故而也应该区别对待。

中国电影观众的审美心理和审美需求当然是和中国的政治、社会、经济及文化的变化与发展紧密相关的，在不同的时代和社会环境里，他们的审美心理和审美需求也有不同的表现，观众对电影的关注重点也有所差异。新时期之初，在拨乱反正、批判极“左”路线的社会语境中，诸如《苦恼人的笑》、《泪痕》、《巴山夜雨》、《小街》、《被爱情遗忘的角落》、《天云山传奇》等一批影片就颇受观众欢迎。而随着改革开放的发展，那些触及现实生活矛盾的影片，如《邻居》、《人到中年》、《人生》、《黑炮事件》、《野山》、《老井》等就受到观众好评。在商品经济和娱乐文化大潮的冲击下，诸如《武林志》、《武当》、《神鞭》、《黄河大侠》、《最后的疯狂》等娱乐片则受到观众青睐。至于《城南旧事》、《一个和八个》、《黄土地》、《红高粱》、《人·鬼·情》等影片，则以艺术上的大胆创新而赢得了观众的喜爱。

因此，对电影观众的研究除了要区分年龄层次和文化层次之外，还应注重与一定时代和社会的政治、经济、文化思潮的变化与发展联系在一起。只有这样，对观众审美心理和审美需求的把握才较准确，从中总结出来的规律才符合客观实际，才会对电影创作发挥一定的指导作用。

五

中国电影美学的基础理论主要是从域外引进的，无论是蒙太奇理论、纪实美学理论，还是结构主义和电影符号学等，均不是中国文化自身的产物。但是，这些理论的译介和引入也往往受到中国文化的制约和影响，因为“一个民族吸收外来文化，往往依据母体文化发展的要求进行筛选、取舍，加以自己的阐释、改造、变形，以至出现‘桔逾淮为枳’的变异现象。在中国和西方两种异质文化体系的碰撞和交流中，这种文化变异现象屡见不鲜”。[17](p.13) 例如，我们对蒙太奇理论的引入和介绍，就较偏重于其结构技巧方面，而对其理论思辨层面的内容就较忽视。因为“中国文化的实践理性色彩，使得对结构、技巧的需求远甚于抽象的理论探索”。[17](p.17) 纪实美学理论之所以在20世纪80年代初受到中国电影界的青睐，影响颇广，一方面是因为当时根治银幕虚假弊病之需要，另一方面则是第四代导演以此作为他们崛起于影坛的美学旗帜。而结构主义和电影符号学等理论虽然在80年代后期也已引入国内，但还没有出现令人瞩目的成果，也未产生很大的影响。因为其理论观念和研究方法与中国传统的文化精神和电影理论相距甚远，对其的消化吸收还需要一段过程。由此可见，域外理论的引入和实际上能否产生影响，往往取决于它是否适应和满足了中国本土文化的需要。

中国电影美学的理论建构当然需要从域外引进各种基础理论，但是，中国电影美学毕竟不能成为西方电影美学的翻版，它还应该立足于中国文化的基础之上，注重从中国文学艺术的美学传统中汲取营养，从而使之与中国文化中的美学精神有机衔接起来，显示出更浓厚的东方色彩和本土化特征。

应该看到，中国文化中的美学精神，无论是儒家美学思想、道家美学思想，还是佛家、法家等美学思想，对包括电影在内的中国文学艺术均产生了不同程度的影响。例如，以“仁学”为基础的儒家美学，提倡“文以载道”，强调美与善的统一，注重发挥文艺作品“兴”、“观”、“群”、“怨”的社会功能等。这种美学思想对中国电影工作者的影响非常之大。从积极的影响来看，其入世精神、忧患意识和重视电影对社会生活的反映及对观众的教育作用等，对不少创作者的电影观念、艺术追求和美学风格的形成等，均产生了很大影响。就拿郑正秋来说，他认为电影“最高者必须含有创造人生之能力，其次亦须含有改正社会之意义，其最小限度亦当含有批评社会之性质”。[18] 其创作则具体体现了这种电影观念，从最初的《难夫难妻》对封建包办婚姻的嘲讽，到后期的《姊妹花》对造成阶级压迫、贫富悬殊的黑暗社会制度的抨击，都鲜明地显示了他的美学追求。又如，谢晋的影片也渗透着儒家美学精神。他是一个具有强烈社会责任感和使命感的导演艺术家，他认为：“一个真正的艺术家，同时也应该是一个思想家，应该通过他的影片，对一些社会问题发言。”他曾说：“我们的影片到底靠什么打动观众？是靠离奇的故事和曲折的情节吗？不是。是靠那些技巧和蒙太奇手段吗？更不是。影片真正打动观众，最主要的在于它的真实性和思想深度。”[19] 所以他的影片往往注重开掘思想内涵，既表现了自己对社会和人生的见解，也体现了他的救世情怀、忧患意识和人道主义精神。特别是他在十年浩劫后拍摄的《天云山传奇》、《牧马人》和《芙蓉镇》等影片，更凸现了其美学风格。由此，我们不难看出儒家美学思想的影响之深广。当然，除了积极的影响外，也有一些消极的影响，如过分强化了电影与政治的关系，而忽略了电影作为一门艺术所具有的独立的审美价值和娱乐功能等。至于以“自然无为”为美，注重追求人格独立和生命自由的道家美学思想，同样也对不少中国电影工作者的创作产生了较大的影响。受此影响的作品一般对社会现实问题采取了较为超脱的态度，而注重于开掘人生况味，表现生活内在的意蕴，追求冲淡含蓄的意境等。我们从费穆的《小城之春》、吴贻弓的《城南旧事》、胡炳榴的《乡音》、陈凯歌的《黄土地》等影片中，不难看出这种影响所在。总之，中国传统美学思想对于中国电影的影响是多方面的，由此积累的美学经验是值得我们珍惜并应该深入总结探讨的。

同时，还应该看到，中国文学艺术也有悠久的美学传统，诗论、文论、乐论、画论、书论和戏曲理论都产生得很早，不仅有一批颇有影响的理论成果，而且具有独特的民族文化特色，这就为中国电影美学的理论建构提供了学习借鉴的对象。对此，我们当然不能忽视。

从一百多年来中国电影的发展历程来看，不少电影创作者和理论工作者在创作实践和理论探索中，都注重向中国文学艺术的美学传统学习借鉴，在这方面也先后出现了一些有影响的成果。早期的著作且不说，20 世纪 60 年代以来就相继有夏衍的《写电影剧本的几个问题》、郑君里的《画外音》、徐昌霖的《向传统文艺探胜求宝——电影民族形式问题学习笔记》、赵丹的《银幕形象塑造》、罗艺军的《中国电影与中国文化》等一些有代表性的成果。这些成果涉及到电影剧作、电影导演、电影表演和电影理论批评等多方面的美学问题。

例如，夏衍的《写电影剧本的几个问题》作为新中国电影史上第一部电影剧作技巧论著，对电影文学工作者产生了很大的影响。该论著在阐述电影剧作的创作方法时，十分注重强调电影剧作的民族化问题。夏衍充分借鉴运用了中国古典戏曲和古典文学的理论与技巧，并融合了现代话剧的叙事方法，对电影剧作的编剧技巧作了生动详尽的论述。其电影剧作的美学观念和技巧手法，至今仍有启迪和教益。

又如，郑君里的《画外音》是其导演艺术的总结，他结合自己拍摄的《一江春水向东流》、《乌鸦与麻雀》、《宋景诗》、《林则徐》、《聂耳》、《枯木逢春》等影片的创作经验，探讨了不少美学理论问题。其中一个重要方面，乃如何学习借鉴中国戏曲、绘画和诗词的表现方法，以此来丰富、发展电影的艺术技巧，使电影形式具有中国独有的美学风貌，以更好地传情达意，表达艺术家的独创性。该著作“为我国的电影导演理论工作，积累了一份宝贵的财富”。

再如，徐昌霖的《向传统文艺探胜求宝——电影民族形式问题学习笔记》也较广泛地涉及了中国古典小说、戏曲、诗词、绘画，尤其是民间曲艺中可供电影创作借鉴吸取的艺术技巧，并对此作了较系统的阐述。由于作者本人也是电影编导，所以其论述能联系实际，深入浅出，具有说服力。

另外，赵丹曾在银幕上成功地塑造了不少令观众难忘的人物形象，如《十字街头》中的老赵、《马路天使》中的小陈、《乌鸦与麻雀》中的“小广播”以及李时珍、林则徐、聂耳等，而《银幕形象塑造》就是其电影表演艺术的总结。他结合自己的表演实践，探讨了电影表演的某些艺术规律，其中也涉及到如何学习借鉴中国传统艺术的技巧，来丰富塑造人物形象的方法等问题。其总结出来的美学经验，对于推动今天电影表演艺术的发展，仍有积极的作用。

至于罗艺军的《中国电影与中国文化》，则主要汇集了他关于中国文化与电影创作和电影理论关系的有关论文，以及对某些富于民族特色的电影文化现象的评论文章。作为电影评论家，他对电影的民族化等问题所作的理论阐释曾产生过较大的影响，其观点和见解对于我们正确认识这些问题是颇有启示的。上述成果所体现的理论主张和创新探索，都具有中国文化特色，对中国电影美学的理论建构都做出了一定的贡献。同时，上述成果也已经证明，中国电影美学的理论建构可以而且应该向中国文学艺术的美学传统学习借鉴，以此凸显与西方电影美学不同的特点。故而，我们要充分重视已有的理论成果和学术积累，继续深化这方面的理论探索，加强这方面的理论建设，不断从中国民族文化资源中汲取营养，以建构中国电影美学的理论体系，使之更加完整、也更加丰富，并形成自己独有的艺术特色。

当然，中国电影美学的理论建构涉及的面很广，以上仅择其要而述之，未能涵盖全部。而要真正建立有中国特色的电影美学体系，尚有待于在各方面继续努力拓展，任重而道远。

参考文献：

[1] 边之峒.电影美学问题讨论简述[C]//中国电影年鉴(1981 年卷).北京：中国电影出版社，1982：452—453.

[2] 本刊记者. 电影美学问题的探讨——电影美学讨论会综述[J]. 文艺研究，1980，(6)：5—7.

[3] 陈荒煤. 创造新时代更美的电影——关于电影美学问题的通讯[J]. 文艺研究，1983，(1)：12—16.

[4] 王志敏. 试论钟惦棐对中国电影美学的贡献[C]//电影锣鼓之世纪回声——钟惦棐逝世 20 周年学术研讨会论文集. 北京：中国电影出版社，2007：22—28.

[5] 郦苏元.《影戏学》研究[C]//张卫. 当代电影美学文选. 北京：北京广播学院出版社，2000：267—277.

[6] 颜纯钧."影戏美学"辨析[C]//张卫. 当代电影美学文选. 北京：北京广播学院出版社，2000：278—295.

[7] 陈犀禾. 当代电影理论新走向[M]. 北京：文化艺术出版社，2005：201—207.

[8] 邵牧君. 西方电影史概论[M]. 北京：中国电影出版社，1982：80.

[9] 许南明，等. 电影艺术辞典(修订版)[Z]. 北京：中国电影出版社，2005：33.

[10] 柯灵. 中国电影的分水岭——郑正秋和蔡楚生的接力站[J]. 电影艺术，1984，(5)：45—50.

[11] 费穆. 中国旧剧的电影化问题[C]//罗艺军. 20 世纪中国电影理论文选. 北京：中国电影出版社，2003：271—274.

[12] 郑君里. 画外音[M]. 北京：中国电影出版社，1979：198.

[13] 胡炳榴.《乡音》构想[C]//20 世纪中国电影理论文选(下). 北京：文化艺术出版社，1992：637—645.

[14] 倪震. 北京电影学院故事——第五代电影前史[M]. 北京：作家出版社，2002：3.

[15] 黄式宪. 以小搏大：坚守一方净土——张艺谋访谈录[J]. 电影艺术，2000，(1)：36—43.

[16] 钟惦棐.《电影美学：1982》后记[C]//钟惦棐文集(下). 北京：华夏出版社，1994：261—265.

[17] 罗艺军. 中国电影与中国文化[M]. 北京：北京广播学院出版社，1995.

[18] 郑正秋. 我所希望于观众者[C]//20 世纪中国电影理论文选(上). 北京：文化艺术出版社，1992：66—68.

[19] 谢晋. 心灵深处的呐喊——《天云山传奇》导演创作随想[C]//20 世纪中国电影理论文选(下). 北京：文化艺术出版社，1992：606—622.

社会与主体性：
中国情节剧的政治经济学

尼克·布朗　美国加州大学教授

西方学界针对通俗文学与电影情节剧的批评，具有较为复杂的理论来源，且各方学者在理论构想上也存在分歧。在艾尔塞瑟（Elsaesser）看来，情节剧再现了欧洲中产阶级与没落的封建社会权威进行抗争时的主体性。[1]也就是说，情节剧源自激情的冥想，是关于中产阶级对古代政权经济权威的臣服；也是对于主人公行动和主体性的记录，在社会权力结构中它站在失败一方的立场上，而且是以牺牲者的视角展开叙事。在主观伦理层面，剧作通过对阶级关系进行经济学的阐释，并将故事中的个体主人公视为受制于多重因素的意识形态形象，把历史上权力斗争的牺牲过程作为一场社会大灾难来加以表现，这已经形成情节剧的叙事程式。故事在外观上强调苦难命运和社会最终目的之间的调和，在保持风格一致的基础上，将感伤的剧作及其主人公的行动限定在一个完全压抑的社会秩序中。

在彼得·布鲁克斯（Peter Brooks）关于情节剧的心理学分析论述中，表述了与艾尔塞瑟（Elsaesser）大相径庭的观点。[2]依照彼得·布鲁克斯的说法，“情节剧”得以迅速跻身主流叙事，其目的是企图在（法国）后革命时代，努力在共和国体制内建立起一种新的道德秩序。这种道德展示出自我与无意识的新型关系，围绕崭新而复杂的自我人格构造，建构出新型的社会伦理与道德戒律。情节剧是一种集中表现社会悲剧故事的戏剧类型，个人的德行在其中受到怀疑、遮蔽、误解与毁坏。当资产阶级走上历史舞台，情节剧试图限制与颠覆旧时代的种种陈规，进而确立资产阶级伦理诉求的中心地位。这种混杂着无辜与罪恶的形象化身被认为是对彼时新兴的、后传统时代民主主义个性模式的浪漫回响。恰在这其中，情节剧是一种场面调度，它在道德重建与社会变革之间确立了自己的美学形象谱系。而基于一种政治化的审视，维列·塞佛（Wylie Sypher）认为情节剧是19世纪中产阶级美学思想的典型样式，这种叙事美学注定使得西方革命的计划和热望陷入僵局和瘫痪，甚至洞悉了马克思《资本论》戏剧性的隐喻体系。[3]

就当代电影研究而言，围绕情节剧的意识形态批评通常都集中在有关性别差异问题的领域之内。① 而作为一种美学意识形态的逻辑，这种性别批评建立在一种矛盾之上，即一方面通过影像来渲染夸张女性的性别特征，从而形成某种窥探式的叙事趣味，而另一方面又竭力表现出社会道德体系对这种欲望的限定与控制。通过对家庭秩序中悲剧因素的摹写，情节剧试图说明资本主义私人生活世界中意识形态的不稳定性。而从女性的视点来看，上述叙事试图呈现核心家庭中个体情感、行动与剧情冲突所能够抵达的限度，通过对法律与欲望两难处境的呈现，建构起中产阶级（白人）父权制度的精神分析模式。由此，“社会”本身——工作场所、政治——借助父亲的调解，进入到家庭的主体性结构中。也就是说，父亲这个角色是社会主流意识形态的象征。这种特殊的情节剧美学倾向于认为家庭生活是宏大社会结构的缩影，即便两者间不存在同构关系，最起码也存在着千丝万缕的联系，因此与之相关的“家国”式批评也自然会受到上述观念的影响与制约。

从女性主义的视角来看，情节剧的叙事模式已被大众文化和父权社会所控制。在以表现女性经验为中心的前提下，它被选择为描写社会规约或者违约的情感赌注的基础。相较于欧洲电影极力表现阶级对立冲突的叙事模式，好莱坞式情节剧的意识形态美学更侧重于其较为宽泛的文化含义与民主化姿态。

某些模棱两可的先例说明，将“情节剧”批评/美学从西方移植入当代中国的社会文化语境之中，难免会存在一些问题。或许会有人发问，究竟是什么使得这种意识形态美学可以深深吸引新教文明的资本主义国家，并植根于西方流行娱乐文化的形式之中？从文化的层面上看，这种形式对当代中国电影的叙事形式与文化意义又会产生怎样的作用？严格地说来，中国电影的类型系统与西方的叙事体系是无法通约的。像“类型”这种重要的理论术语，并非简单地判明中西方两者在叙事符号外形

① 从这一角度出发，在这一领域做出细致梳理与全面概括的是克里斯汀·格尔（Christine Gledhill）：《心灵家园：情节剧与女性电影研究》（伦敦：英国电影学院，1987）。

上是否有相似性的问题，而是还要进一步区分彼此置身于文学以及文化语境中的相似性与差异性。① 事实上，在影响了 20 世纪初几十年之久的中国电影创作的那些流行文化和通俗娱乐中，中国话剧和鸳鸯蝴蝶派小说创作无疑受到了西方文化习俗的影响。[4]

尽管"情节剧"与"家庭情节剧"这些理论词汇早在 20 世纪 80 年代就被香港学者广泛地援引到关于电影的讨论研究中，他们希望借此概念强调片中人物为了家庭秩序而牺牲自我，②但就我所知，目前并未在中国美学的相关论述中发现与其近似的文化系统与批评理论谱系。

学者马宁对于中国当代电影的分析和论述显示出他所指认的情节剧如何实现了传统与现代化之间的关系协调，通过叙事为新经济秩序做辩护，描写家庭秩序内部的权力关系转变，并且影片从维护既定权力结构的角度来表现这种改变。他论证说，这种社会秩序最终从属于等级制度系统，也受到新意识形态政治权力的保护。③家庭戏剧的故事结构呼吁一种与之相应的家庭伦理体系，反过来又服务于意识形态合法化的构想。而在我看来，这种对于家庭中特定矛盾的描写并没有像它在西方文化中所表现的那样，以一种足够清晰的方式来构成情节剧的问题与冲突。"他者"以巨大的自我牺牲为代价，终于降格到"同一者"的位置。也就是说，尽管目前西方情节剧中某些重要的叙事元素开始出现在中国的电影中，这并不代表中国电影就真的发生了与众不同的结构性变化，主要表现在以下方面：对于善良与罪恶的固定化图

---

① 浦安迪：《中国叙事批评理论》，见于浦安迪所编《中国叙事学：批评论文集》（新泽西，普林斯顿：普林斯顿大学出版社，1977），第 309—352 页。为公平起见，"情节剧"这一术语的使用范围与海外关于中国小说的研究相似，见夏志清《徐枕亚之〈玉梨魂〉：有关文学史与批评的论述》，收于柳存仁主编《自清与民国以来的中国言情小说》（香港：香港中文大学出版社，1984），第 199—240 页。关于文学与电影研究中更为普遍的联系，可参见李欧梵《中国电影的现代传统：一些初步的探究与假设》，收于裴开瑞主编《对于中国电影的思考》（伦敦：英国电影学院，1991），第 6—20 页。对于表演艺术更为全面的研究可参见杜博尼（Bonnie S. Mc-Dougall）主编的《中国流行文化与表演艺术：1949—1979》（洛杉矶、伯克利：加州大学出版社，1984）。

② 上述重要文献见于李焯桃主编的《广东情节剧：1950—1969》，第 10 届香港电影节（香港：城市委员会，1986）。

③ 马宁：《象征的表现与暴力：中国 80 年代早期的家庭情节剧》，《东西方电影学刊》，总第 4 期，1989 年第 1 期，第 79—112 页。马宁在其博士论文《中国情节剧电影中的文化与政治：传统宗教、道德经济与谢晋模式》（蒙纳士大学，1992）中论证说，"尽管中国情节剧电影在本世纪的发展受到了西方的影响，但它仍然包含了一种特殊的与中国形而上的、伦理的、美学的及政治的传统相关联的文化想象模式"。在此，传统中国文化中的道德经济（一种根植于传统中国宇宙论与伦理学的中国文化）宣布其自身处于大众文化生产的领域中。据此，马宁详细论证了特有的中国意识形态统治的方式。

解，影片的情感色彩，其戏剧风格和奇观效果，将个体作为受害者加以描述的模式，以及将个体与社会命运合二为一并由此探讨正义问题的理解模式。上述几方面在中国电影中并没有发生质的变化，而“情节剧”这个术语充其量只能代表一种粗略的批评分类方法。

在谈及西方情节剧以及中国电影创作中某种新的形式时，笔者的态度会有所保留。这是基于以下几个原因：其一，当作品在其原生的文化语境中发生功效时，针对作品形式的构成、功能和阐释的描述会显得更加专业；其二，借助西方情节剧的观点，西方批评理论有资格在描述中国电影和文化特点时发挥它的移植力和支配力；其三，在电影研究学科中，通过改换理论焦点，从家族叙事中心转换到权力叙事中心，致力于建立适用于西方语境的情节剧理论批评新模型。在某种程度上，西方情节剧的理论赋予精神分析以特权，围绕社会核心家庭及其私人空间展开“性别差异”和“主体性”方面的分析，这恰恰丧失了该电影类型所可能包含的更为广阔的社会背景。而我想说的则是，那种被称为中国“家庭情节剧”的类型预设既非一种真正的类比，亦非一种专属的称谓，用以指称我们所说的具有“通俗感伤剧风格”的作品。鉴于谢晋作品中所呈现的戏剧性冲突与通俗风格，我更愿意称之为“政治情节剧”。如此，有关何谓“情节剧”的跨文化交换/阐释就能讲得清楚了。因此，我们就可以把“情节剧”当作一种表达模式，借以反映社会不公正现象，它的场面调度完全就是公共空间与私人生活之间的纽带，同时这种表达模式也把性别差异作为标签，表述人们在独特的社会权力和历史环境压抑之下被激活的、生动的生命形态。

至于我所要认真加以探讨的政治情节剧模式，谢晋的一系列电影作品就是最好的例证。这些影片均密切关注右派形象及其命运，探讨导致其“罪行”的社会本源，讲述主人公遭受不公待遇以及政治上拨乱反正的过程。在20世纪80年代，上述主题在谢晋的《牧马人》、《天云山传奇》和《芙蓉镇》中得到了极为迫切的表达。事实上，《芙蓉镇》娓娓道出了“后文革”时期主流意识形态面对社会主义集体秩序与个人承包责任制这一社会矛盾现象的复杂情感。

《芙蓉镇》讲述了一位年轻妇女（胡玉音）如何苦心孤诣地经营着一宗小生意（米豆腐摊），然后被当地一个嫉妒她丰厚收入的基层领导告发。她被剥夺了自己的小生意和房屋，丈夫也被迫害致死。数年来她处处遭受排挤，在她虚弱不堪几乎完全陷入绝望之时，爱上了一个同为“黑五类”的扫街人，那是一位关心她的青年“老右派”（秦书田）。后来她怀孕了，申请结婚却得不到组织允许，只好私自洞房花烛。很快他们再次获罪，秦书田被判刑入狱，而胡玉音在狱外生下了孩子。“文化大革命”结束，她也获得了新生，家产、米豆腐摊的生意和丈夫秦书田都重新回到她的身边。《芙蓉镇》这部电影文本对1963年至1979年间中国小乡镇的社会体制进行了性别的、经济的以及政治的等层面的多维描述，进而反映出国家的社会生活面貌。影片戏剧性地集中表现了自我主体性与社会生活之间的关系，两者之间的矛盾不断获得来自主流意识形态的协调、化解。

在影片最开头，芙蓉镇的居民由三部分群众构成：“人民”、“五类分子”和“组织”。故事伊始，镇上的饮食店来了位女经理李国香，这位女将在全县的商业战线以批斗资本主义而闻名。在“阶级斗争”的旗帜下，她的“政治调查”指向了胡玉音和她的米豆腐摊子。而后者用自己辛辛苦苦做生意攒的钱，从当地小官员王秋赦那里买来地皮新建了一所房屋。王秋赦是一个“土改根子”，他居住在乡镇边缘一处破旧的吊脚楼中。此后，李国香的调查行动演变为对胡玉音“非法”冒富的公开控告，尤其是她得到粮站主任谷燕山的帮助，从粮站打米厂买碎米谷头子来做米豆腐，这成为她腐蚀国家工作人员，使其盗卖国家粮食的罪证。李国香代表组织没收了胡玉音家的财产，给她扣上“不良分子”、“新富农”的帽子，发配她每天清早出去打扫镇上的青石板街。三年后，随着“文化大革命”的浪潮一浪高过一浪，李国香自己也被打上了“荡妇”的标签（尽管她一再对红卫兵申明，说自己是一个“左派”），而且她也被革命小将们公然羞辱，挂上破鞋和黑牌与“黑五类”们一起游街示众。1979年，随着“文化大革命”的结束，李国香继续活跃在政治舞台上，负责落实全县冤假错案的平反工作，并亲自为胡玉音夫妻摘帽平反。

影片提出了一个问题——在新中国成立十五年之后，经过那么艰辛的操劳之后，一旦有经济实力买下一所房子，为何会被视为一种罪行？在笔者看来，影片直指彼时主流意识形态政策与社会市场经济实践之间的矛盾。当然，这个由历史事实、性别、经济、政治以及社会网络系统所组成的复杂体系，其复杂性在电影中得到了彼此交错重叠与混杂式的表现。尽管如此，影片仍然围绕着显而易见的二元对立结构展开，对片中人物分别贴上“右派”和“左派”的标签，帮助观众加以辨识。

最为重要的是，这些政治区隔（同样也是经济区隔）也与道德区隔相对应。也就是说，电影一开始就完成了一次倒置，长久以来人们思维模式中“左”等同于“好”、“右”等同于“坏”的观点，被大众的口述历史所颠覆。当然，影片也逆转了20世纪50年代惯用的叙事教条，那就是党的基层组织领导人深入小乡村，废止了父权阴影下的包办婚姻制度，将人民从封建社会的压迫中解放出来。恰恰与之相反，《芙蓉镇》中的两位主人公在组织并不允许的情况下选择自由恋爱，从而导致迫害与刑罚。在具有反讽色彩的《芙蓉镇》中，基层组织的代理人李国香被定性为压迫者。

在“右”“左”对立的政治语境中，道德与性别之间的冲突化身为两位女性形象的戏剧性对照，即新富农胡玉音与基层当权者李国香。每一位女人在各自的活动空间中都富有权威感。胡玉音年轻温婉，在影片的开头与结尾都拥有完整的婚姻，她的米豆腐生意也屡屡得到当地权威男性人物的关照。[①] 李国香年老而刻薄，始终都是单身。李国香的政治同志兼情人王秋赦在今天看来是一个自吹自擂的人，在他自己所处的空间中，他是傲慢而专横的，但是他却完全臣服于李国香的淫威。影片中明显倒置了女性与男性之间传统的权力从属关系，并有意将男性受虐倾向加以强化，使之成为主题。

除了对人物的政治处境加以道德评价，影片还对其中的性别关系进行道德权衡。由此，两位女主角各自不同的性别特点，也促成观众对其政治身份合法性和个体道德正义的理解。还有一个最重要的区别值得注意，那就是影片强调了儒家的道德观远胜于社会主义实用主义所带来的优越感。也就是说，伦理关怀在电影作品中解决了彼时政治体系自身遇到的难题。

围绕三组事件，《芙蓉镇》的叙事可被概括为犯罪、惩罚与偿还三大主题。在其中，胡玉音的个人经历贯穿影片，一再突出这些主题：被指控盗卖国家财产以达到指认其非法敛财的罪名；米豆腐摊子、新房及丈夫被剥夺，上述惩罚带给胡玉音巨大的苦难；一个新的丈夫以及一个男孩子的诞生，暗示家庭秩序的恢复以及国家对她的补偿。有趣的是，影片提供了一个全面详尽且相当精确的账目，对胡玉音的米豆腐生意进行清算，其中包括原材料、总销量和利润等等。她的米豆腐小生意被作为商品进行严格的统计分析。当然，胡玉音的小生意是小镇食物循环链的一部分，对食物的关心构成了影片的基础——无论是匮乏还是丰足，无论是其必要性还是其象征性（比如在婚宴上）。不妨联想一下彼时中国电影最常见的一些桥段，它们会侧重表现某种匮乏感。故而，芙蓉镇事件的前前后后就是对彼时的经济事件进行一次完整的形象化政治解读：先是获得，接着失去，然后再归还有价实物（不管是真实的物品，

---

① 胡玉音米豆腐摊子的老顾客中有粮站主任、南下干部谷燕山，还有当地的党支部成员黎满庚。他们前来吃米豆腐，无形中印证了这宗私人买卖的合法性。——译者注

还是在象征层面）。

《芙蓉镇》展示出对彼时社会秩序的一种基本的、严谨的政治经济学理解。这种政治经济学将商品、社会交往甚至还有存在于同一体系、同一准则之中的“主体性”统统纳入一体化的生产模式与组织关系。对这部典型的中国文本加以理解，会发现这种符号系统不仅以一系列有依据的结果为基础，同样也以一种使其客体与主体性模式相关的体系为基础。导演对故事中人物进行政治阶级划分，这种分类与社会等级制度同构，由此决定了一个人所享有的权利、所必须承担的义务。政治的分类方案与社会主体的秩序及等级制度同步存在，同时也是一种决定个人义务与权利的方法。一个人的社会身份与主体性认同过程最终需要通过该政治体系加以命名与确定；彼时主流意识形态的政治标准提供了合法性，将具体的个人分配到不同的社会阶层之中。由此，这部影片条理清晰地详述了社会政治机器亦即司法机器对个人日常生活与财产物品的无情剥夺。

在中国政治情节剧中，常常会通过刻画家庭矛盾冲突在家庭情节剧中所起到的核心作用，通过以小见大的方式暗示出社会政治进程中的矛盾与冲突。在社会主义中国的文化语境中，罪行与惩戒构成了政治情节剧的主要内容。电影反映出主流意识形态对于社会主体性的规约与控制。但是进入当代语境之后，政治区隔的观点就与普适化的伦理观点发生了抵牾。在此意义上，通过影片的镜头叙事阐释了导演的电影观念，其中包含着导演对于片中人物角色及其社会环境的历史评判态度。导演颇为冒险地借助情节剧这一表现形式，将有关自我与社会的公共实体连接起来，探讨两者之间的复杂关系。由此，情节剧是对某种历史经验（此处的“历史经验”是指在对一种伦理体系的期望与对一种政治体系的要求这两者之间的境况中对“主体性”的题写）及中国现代化困境这一情形的艺术再现。[①] 这种形式的首要意义体现在那些表现自我与社会秩序关系的情感领域，由此，两种在叙事中作为对背叛、失望或失败进行强化表现的情感获得了彰显。换言之，借助于中国情节剧来判定“个人主体性”/“社会政体”两者之间逻辑关联的叙事模式，这是一种特殊的文化表现形式。

儒家的传统伦理教义在不同层次上都与社会现实生活息息相关，而社会本身正

---

① 这两种意识形态之间的交流是朱迪思·斯泰西(Judith Stacey)《父权制和中国的社会主义革命》(洛杉矶、伯克利：加州大学出版社，1983)的主题。

是效仿某种存在于自我、家庭及国家之间的“伟大的存在链条”。社会主义承诺致力于改变这些关系而非摒弃它们，也非着力于恢复电影作为一种对新的社会伦理体系及其主体性规定加以表现的国家意识形态机器。在此意义上，谢晋影片的目的很明确，那就是通过监督与重新调整这些意识形态前提，使其适应传统的伦理评价标准；通过对历史上长期存在的“反右”暴力行为的文化批判，探究社会主义司法行为的政治权限。《芙蓉镇》展现出司法政治程序——犯罪与惩罚，与此同时，它在这一过程中将政治审讯这一行为自身放置在公众伦理的立场上加以批评。对于影片的观众而言，这部影片依据伦理准则、证据与庭辩体现出另一种意义上的司法公诉。由此，这部影片建构起一种叙事的世界，同时也是一种合乎逻辑的世界，调和了观众面对辱骂、骚乱、不公正现实以及“文化大革命”期间持续不断的事件时的不适感。

我们必须要问，基督教视点下对西方资本主义经验的再现，儒家视点下对当代中国社会主义经验的再现，两者将会在何种情况下显得相类似？围绕“主体性”及其受迫害的文化叙事，在情节剧中势必意味着从“人”这一概念开始展开叙事。在对两种传统视野下的伦理以及政治书写中，对“人”这一概念的理解也存在着根源上的差别。这种区别强调了两种内涵，前者是作为私人的、个人的西方“主体性”，后者则侧重表现一种思想（思想被视为社会关系的基础）、一种作为某种习俗、社会关系以及群体概念的“人”。① 注重强调个人责任的康德学派将个体自我的道德自治视为一种高高地超越于社会大众习俗之上的选择。而从法律上讲，这种个人伦理自治是对个人合法权利的一种认可。西方的个性被视为一种脱离社会和政府控制监督的个体自由，因此个人自治是与私人空间的概念密切联系在一起的。在其理想化的形态中，法律通过一系列制度保障个人的自由与权利得以伸张。

而在中国传统文化中，围绕儒家人格的传统书写，它所强调的是主体在等级制度里的某种传递性义务，即把人放置于五种主要支配/从属关系中，对其社会功能和身份定位加以确认。也就是说，在儒家看来，人并非自由选择的个体状态，而是从等级分明的社会实践中获取生命意义和身份编码。以个人与群组的合作为出发点，进而被社会规范加以制度化的伦理传统，是儒家寻求存在合法性与兼济天下的理论基础。这种理论做了一个先天的假设，即通过列举他人的美德来促进人类进步，依靠

---

① 在唐纳德·孟旦的《个人主义与整体论：对儒家与道家学说价值的研究》（安娜堡：密歇根大学，中国研究中心，1985）一书中传统被详尽地讨论。

教育使人改正自身的缺点。儒家的教义主义[1]历经数世纪，在与一种非传统性的、世俗的"形式主义"理论的冲突中被详细说明。相反，儒家伦理几乎完全被认为是一种在家庭内部及其以外控制社会关系的规范。这正是共产主义社会继承该理论的合法理论基础。然而，形式主义理论随着其民主本质的深化与改革，也多多少少为共产主义理论针对儒家封建教条的改革提供了一些智力资源。

那么，我们可能由此发问，在谢晋的政治情节剧中，那些被暗示的个人主义生存形态如何得以立足于中国的司法模式之中。谁是谢晋电影中的灵魂人物？他的人物创作模式又是什么？

首先，个人的社会身份与政治地位借助各种官方头衔被定位：李国香书记、谷燕山主任等。依靠这种象征化的头衔设置，社会承认了这些重要人物的政治身份。与此同时，围绕中国政治情节剧电影的传统叙事主题，通过住宅空间与街道空间的区隔，影片中个人身份之间的差异也被清晰地区分与建构出来了。建构个人身份的空间坐标是"内部"与"外部"、"家庭"与"工作单位"。通过将蕴含于建筑物之中的个人与环境之间的关系加以罗列，在电影中建构出对社会主义生活空间的修正式的分析方法，进而确立私人空间与公共空间的边界，深化了社会心理主题层面上的探究。在此意义上，自我主体试图在包括住宅与街道在内的诸多社会主义的生活空间中寻找到属于自己的位置。而在影片《芙蓉镇》中，人物的艺术形象剪影清晰地表现出伦理空间对于政治意识形态的修正。

此外，电影主要的兴趣在于对边缘人物、社会政治生活局外人等形象的关注。作为社会生活中的"隐形人"，导演又如何表现这些形象呢？《芙蓉镇》为这些局外人的生活提供了意义深远的再现方式，让观众觉得他们已经在小镇街道里生活了很久。事实上，在回溯胡玉音和秦书田两人情感关系发展的比较漫长的电影中段，外部社会空间及其镜像呈现被抒情化地加以转换。扫街工作中的身体活动变成了求爱仪式的舞蹈。电影在这部分呈现出一个异常孤立的文化空间，它可被粗略地划分为在街道与胡玉音的房间之间、在小巷远景的景深处（主要是灰中带蓝），为浪漫的舞蹈设计服务的压缩空间与狭小的、玫瑰色的、无特征的室内私人空间（在这其中，

① 此方面的经典研究是瞿同祖的《传统中国的法与社会》（巴黎：羊皮书，1961），也可见于M. H. 范德尔法尔克（M. H. Van Der Valk）的《现代中国家庭法律中的保守主义》（莱顿：布里尔，1956）。在表述自我信仰的过程中，就权利身份的问题而做出较为尖锐论述的是马克·凯尔曼的《批判法律研究导论》（麻省、剑桥，哈佛大学出版社，1987）。

床与炉膛是最显眼的室内陈设，这里也是激情与成就的场所）之间相同的两部分。在这个房间之外，在门的两边贴着海报，向公众宣告该场所是一对“黑夫妻”的居所。也就是说，这个地方被明确地指认为是一个从社会公共空间中被分离出去的局外人的场所，也被视为发生过一桩非法婚姻的罪恶空间。因此，从某种程度上说，在街道与住宅的夹缝之间，社会局外人的游离空间被漠不关心地忽视掉了。与此同时，恰恰也就是在这里蛰伏着一个充满浪漫故事、纵情欢歌与生命愉悦的独立空间。在这一部分中，胡玉音和秦书田浪漫而喜剧化地结合在一起，从而被电影着力地描绘了一番。

从政治的层面上说，借助电影的线性叙事构建空间化意象，恰恰生动地证明了处于主流话语边缘的某种主体性模式独立存在的可能。这是一个未经官方审定的、违法的且由个人所选择的空间。我认为，它不仅成为一种被社会所抛弃的私人空间，也明确地象征了“人权的空间”，正如它可能在西方所被理解的那样。

政治上的被驱逐者同样拥有结婚的权利。这一主题在谢晋20世纪80年代的作品中被反复言说与强调。在《芙蓉镇》中，胡玉音宣告自己怀孕了，之后，这对男女向基层领导申请结婚。这一请求被惊呼着“阶级敌人秘密串联啦！”的王秋赦收到，后者拒绝了他们的请求。秦书田抗议说就连“五类分子”也应当有权利结婚生子。经由秦书田为这一权利所作的辩解，凸显了他特殊的“非人”身份。尽管如此，按照民间习俗，婚姻仍然需要获得某种合法性指认。前党委书记老谷意识到，可能没有其他人敢于前去参加这对“黑夫妻”的婚礼，他便主动履行了证婚人的职能。随后，这对“黑夫妻”被“革委会”宣判为“危及无产阶级专政”，很快秦书田被送进了监狱。浪漫柔情的个人空间是虚幻而短暂的，很快就被集体审判与惩罚的公共空间所碾碎。为了演示出这个巨大的公共空间，导演特别进行了场面调度。在镇政府台阶上，在瓢泼大雨中，面对四面云集的群众，两人被当场宣布“罪行”的悲伤结局，再一次强化了领导的现实威权——如果无法超越生物学本身，那么就超越对人类关系中社会身份的界定，这便是谢晋针对这一个人化生存空间凄然丧失的人道主义的批判。

影片中的两个场景强调了基层领导在裁决个人行为准则的过程中的权威：在片头的夜戏中，李国香对新富农胡玉音进行公开谴责；在接近片尾的场景中，李国香再次宣布对于这对夫妻实施法律裁决。两个场景的设置同样合乎传统习俗，并且有意将司法政治进行戏剧化处理——官方发言人占据了中心舞台，把被告发的人指认出来，通过指认其“有罪”而对其施以刑罚。同样，司法判决的场景被戏剧性地表现出来，也借此对参加聚会的群众进行一番公开说教。表现人权的场面调度既存在于无政治化的空旷街道与私人房间之中，也存在于集体政治行为之中。这两种空间——存在与政治——是辩证相关的。

相比这些公开的政治戒律，受害者的主观状态却是模糊的。通常，儒家教育系统中的惩罚并非简单依靠政治条例定罪，而是通过激发对方的羞愧感，以此为前提来进行人格再教育，并将这种再教育转化为一种社会生产方式。因私人情感问题而导致负罪感，这种表现方式似乎更符合西方理论中对个人主义的惩罚。作为乡镇艺术家兼海报制作者的“右派”秦书田，在他的生命中拥有许多被社会冷漠抛弃的人生经验。当他写下那副对联，向云集的群众宣称此处是一对“黑夫妻”的住所，并把对联张贴在他们自己门外的时候，他其实是在教胡玉音学会忍受基层组织领导的公开惩处。秦书田举止滑稽，对官方的批评漠不关心（这是一种态度，表现为他身体的某种活动、手势或姿态），这是个人反抗公开约束的方式。虽然他必须忍受这种不公，但来自他者的惩罚并未触及秦书田的灵魂，也无法从根本上改变他对人生的看法。

这是一种基于“个人”概念的情节剧形式，这一“个人”完全过滤掉了性别的含义。影片中的对立双方都是女人，尽管其中一个是“假小子”类型的。在谢晋的《天云山传奇》、《牧马人》两部影片中，政治受害者都是男人，尽管女人的形象都很积极，而且都甘愿牺牲自己去保全男人。相反，《芙蓉镇》中的首要牺牲者是胡玉音，故事描述的是她的不幸遭遇，帮助她的则是本人也深陷不白之冤的男性角色。谢晋作品中受迫害男女之间的这组动力关系并非无法更改地固定于男性与女性、消极与积极的对立之间。女人受苦，男人也一样，没有谁会为别人去牺牲他或她自己。在这里，两类性别角色采取了同样的生存伦理，即：活下去，必要的时候像牲口一样活下去。尽管在《芙蓉镇》中，女人是受迫害的，但作为“右派”分子的男性秦书田才是谢晋开展人道主义批评的关注点。在某种意义上，这两个形象被浓缩为一个象征物，据此控诉社会不公。党的“拨乱反正”政策归还了胡玉音被没收的财产，并且提供给她一个合法的丈夫。随着他的归来，作为社会单元的家庭被重组，米豆腐的生意也重新开张。然而，在这个拥有孩子的家庭结构中，他们曾经遭受过的苦难其实并没什么东西可以真正作为补偿。经由导演谢晋的处理，这场政治情节剧再次还原，回复到一个红火的、小承包、小生意的家庭格局，到此画上句号。

影片凸显的人道主义意识形态与中国社会主义革命以及1980年代现代化过程的关联显得异常清晰而又复杂。自1968年以来，被深深卷入意识形态批评潮流中的当代西方电影批评并没有完全地面对社会主义艺术表现形态的诸多问题。跟随着阿尔杜塞，西方马克思主义者在其文化批评领域内，逐渐将意识形态视为一种通过移植来证明资本主义秩序的神秘话语。由于这个原因，观众被迫与文本建构绝对一致，批评性的阅读因此被预先排除在外。意识形态的询唤过程通过对电影化的国家机器机能的描述显现出来。[5]该范式已然成为跨越“进步”观成见、体现批评真诚性的写作了。然而，代表布尔乔亚意识形态的西方批评以及与之相关联的批评技术，它们能够从针对中国电影的应用实践中获得什么呢？更重要的是，从一种西方学者的视角来看，连接起中国电影与意识形态关系的理想化批评模式又应当是怎样的呢？看起来社会主义“意识形态”并不需要“解魅”——它本身很明确，而且说教方式也一样。观点上的这一根本差异向我们表明：在把《芙蓉镇》作为情节剧和意识形态故事加以政治化的读解时，应该从作品与其深嵌其中的特殊政治时代和文化的关系上来展开，而不应该简单照搬西方的批评模式。

中国的前苏联问题分析专家们在1920年代和1930年代里对于如何使用术语来分析中国发生马克思主义革命的潜在可能，曾一度表现得犹豫不决，原因就在于这场革命极为复杂而且根深蒂固地混杂着封建主义和资本主义的因素。[6]而《芙蓉镇》中的故事发生在新中国成立以后的后革命文化中。片中已经设定那种曾在很多大陆电影中（尤其是1930年代和1940年代的“左翼”传统电影）着力呈现的封建秩序已经全然解体了。而事实上，中国的政治情节剧在更早的历史阶段里还存在着其他版本，影片中的核心冲突恰恰集中于主人公牺牲在封建势力这一惨烈情节之下。不过在电影之外的讨论中，胜利者们频频用“阶级斗争”来反对前革命时期的历史残余、落后经验和过气人物。

围绕诸如胡玉音、秦书田这批受迫害者形象的政治情节剧，导演似乎只有采用缅怀式的姿态才有可能顺利展开叙事。值得注意的是，在社会主义革命以及方针政策转型之后，曾经在1960年代被一度禁止的内容到了1980年代后又再次获得准许。“现代化”就像它在1980年代里被中国人所理解的那样，成为意识形态革新的必然需要，特别是在淡化“红宝书”影响的民主化进程中。为了批评旧有方式，进而衡量适应新经济秩序的新的“自我”概念，社会主义改革者从儒家思想那里借来了道德观念。不过，围绕电影的不同批评意见认为这个所谓主体性模式并非新造，在过去的乡村生活中时常可以找到它的影子。要说它的新意，就是在意识形态的政治框架中引入了个体企业经营的合法性。

影片中的“文化大革命”是一种消极的政治背景参照，导演意在呈现出更具有地方性和特殊性的一个个案，这个个案表现的是一个小镇如何面向现代化。政治情节剧的形式之于现代化进程的关系，正如它之于社会主义革命的关系一样复杂。不争的事实把中国的社会主义政治情节剧置于特定的历史编纂关系中，《芙蓉镇》尤其如此。影片的故事结构围绕着过去和当下的对比来表达，其间多次插入闪回叙述，讲述胡玉音对以往幸福生活场景的回忆。叙事过程中标注出一系列时间节点——1963年、1965年、1979年——一方面组织起整部影片，另一方面也将这一情节剧的结构植入观众对当代历史的公众记忆关系之中。

我们很难将这部影片完全看作1980年代新意识形态运动的一部分。影片看上去是在倒退——而且在谢晋的叙述中，党为过去的纷争与痛苦分担着责任。然而，影片上演了一种对“个人”社会类型划分的别样变化，同时回应了过去与现在的需要。这恰好正是谢晋在影片中所表达的对公民人权（即国内公民权利）的再定义。

我们已经使用个人主体性之于社会结构关系的术语详细说明了影片表现人物经验情感内容的表意系统，而且在态度上犹如对待牺牲的对象。通过分析在中国当代社会产生某些复合形式的两大系统，诸如伦理/政治思想，儒家思想和社会主义这样两大系统间的复杂关系，影片探索了公民权利“空间”的范围和内容。由此，影片表明了中国政治情节剧的情感基础。从根本上说，苦难的发生是与社会权力中政治管理的不公正密切联系着的。在这个意义上，主体性就是后文革时期某种新型政治语言的核心组成部分。它表明了超越公民视野之外的人的视角。我们可以透过此视角看到谢晋所期冀表现的公正，正如丘静美所概括出的“再人性化”。在某种程度上，经济现代化包括了对个人空间或者私人空间的文化再定义，虽然尚未实现，却表明了未来的权利和愿望。

通过表现妇女形象，戏剧化地展现特定历史时刻的社会矛盾焦点，影片的基本叙事倾向在于展现出中国妇女形象的文化象征意义，尽管这一形象内部充满着矛盾。[①] 毫无疑问，李国香再现了作为“四人帮”之首的令人厌恶的江青形象，因为她迫

---

① 近期由女性学者完成的针对中国女性的研究，可参见丘静美《文化与经济的错位：对80年代女性的电影幻想》，《广角镜》，总第11期，第2期（1989春），第6—21页；丘静美《中国意味着解释学的终结吗？或者，在中国大陆电影中对非汉族女性进行政治与文化呈现的运用》，《话语》，总第11期，第2期（1989春-夏），第115—136页；E. 安-卡普兰《跨文化分析的问题：近期中国电影中的女性实例》，《广角镜》，总第2期，第2期（1989），第40—50页。关于非白人女性形象更为全面的研究可参见劳丽蒂斯《取代霸权话语：对80年代女性理论的深思》，《铭文杂志》（圣克鲁兹，加州），第3—4期（1988），第127—144页。

害那对可怜的夫妻，影片对其大加挞伐。在这一点上，影片描述了社会对于“男人婆”的憎厌。相反，农民兼小业主胡玉音表现了她这一类型所具有的杰出美德。通过描写两个女性在文化和经济上具有比喻色彩的彼此对立，谢晋拓展了关于表现社会主义意识形态变化中的中国经验，他弱化了性别差异，而把它归因为社会结构的附带现象。妇女在中国电影中的形象往往很含糊：一方面被党解放，同时又受到传统势力的支配。谢晋对作为历史的社会文化形态的批评，既非为党开脱责任，也不支持政治反对方的声音。影片定位在1980年代的文化视野上，而且他的作品也与众多出自第五代导演之手、再现政治角色的思想激进的电影很不一样。谢晋置身于中国文化公共领域，他以正直公立的态度面对、质疑社会中的种种问题，他同时还在令人失望的、犬儒主义的通俗感伤剧和政治所能允许的范围之间，小心翼翼地缝合并且成功延续了传统伦理话语的表达。对于某些中国批评家与电影制作者来说，这种社会主义人道主义形式与同样支持它的好莱坞模式共同构筑了一座面向往昔的文化纪念碑，同时标明了文化批评得以持续发生作用的底线。

参考文献

[1] 托马斯·艾尔塞瑟.声音与愤怒的传说：对家庭情节剧的观察[C]//比尔·尼科尔斯电影与方法：第2卷.洛杉矶，伯克利：加州大学出版社，1985：166—189.

[2] 彼得·布鲁克斯.情节剧的想象[M].纽约：哥伦比亚大学出版社，1985.

[3] 维列·塞佛.革命美学：马克思主义情节剧[C]//罗伯特·柯瑞根.悲剧：视觉与形式.斯克兰顿，宾夕法尼亚：钱德勒，1965：258—267.

[4] 林培瑞.鸳鸯蝴蝶派：20世纪早期中国城市中的流行小说[M].洛杉矶，伯克利：加州大学出版社，1981.

[5] 让-路易·鲍德里亚.基本电影机器的意识形态效果[C]//比尔·尼科尔斯.电影与方法：第2卷.洛杉矶，伯克利：加州大学出版社，1985：531—542.

[6] 德里克·革命与历史：马克思在中国的起源1919—1937[M].洛杉矶，伯克利：加州大学出版社，1978.

“十七年”中国电影中的基本美学形态与国家意志

金丹元　上海大学教授
徐文明　浙江万里学院讲师

一、“十七年”中国电影的基本美学形态

新中国“十七年”(1949—1966)(即“文革”以前的)电影美学形态，基本上可概括为从推出“社会主义现实主义”，到大力提倡“革命的现实主义与革命的浪漫主义”相结合，再到“阶级斗争”论的普世化这么一个演进过程。长期以来，“社会主义现实主义”与“两结合”既是作为能体现中国式社会主义特点的创作方法出现的，同时也自然而然地构成了中国文艺、中国电影的基本美学形态。前者受前苏联文艺理论美学理论的影响极大，同时也强调了必须贯彻毛泽东的文艺路线，主要目的是为了“以社会主义精神教育人民”，它涉及到如何表现“工农兵”、“可不可以写小资产阶级”等敏感的政治问题，也与“人民性”、“典型论”等美学范畴紧密相关。当时将“党性”与“人民性”并提，又将它们与典型直接相连。周扬在1953年3月1日召开的“全国第一届电影剧作会议”上的报告中就已明确指出：“社会主义现实主义向我们提出什么要求？就是创造先进人物。”他一方面认为“只有创造很好的典型，才能很好地表现党性”，另一方面也强调要“克服创作上的公式主义的倾向”，[1](p.197)提出了真实地、历史地、具体地描写生活。后者则是由毛泽东提出，又被各种理论家、批评家将毛泽东诗词作为“两结合”的典范，加以极力宣传的一种典型的政治美学，强调革命理想与现实生活的结合，实际上是“要求文艺作品的政治倾向与真实性的统一”。[2]在事实

上进一步强化了政治功利色彩，无形中与真实地、历史地、具体地描写现实是相矛盾的。陈荒煤在1960年表态时说："我们是革命的现实主义者，又是革命的浪漫主义者，……我们主张的真实是无产阶级眼中的真实，是有革命理想的、反映革命主流的、符合客观事物发展规律的、反映世界本来面貌的真实，也就是说反映生活的本质。"[3]这样就将过去的"政治标准第一"，逐渐演变成了"政治标准"唯一。

20世纪50年代的电影叙事大多都以反映革命历史和歌颂新生活、新时代为主题，如表现革命斗争史的《中华女儿》、《钢铁战士》、《赵一曼》、《新儿女英雄传》、《翠岗红旗》、《上饶集中营》、《南征北战》等；描写新旧社会人物命运变化的《白毛女》、《我这一辈子》、《姐姐妹妹站起来》等；反映新生活、新时代的《土地》、《我们村里的年轻人》、《五朵金花》、《今天我休息》等。正是在这种政治意识形态指导下，在只有写先进人物、正面的典型人物才是社会主义的现实主义思路的影响下，50年代初毛泽东亲自参与了对《武训传》的批判，接着在当时能从独特视角来描写工农兵形象的《关连长》、《我们夫妇之间》也遭到批判。"反右斗争"与"大跃进"年代，先是包括吴永刚、石挥、吴茵、白沉、应云卫在内的一批著名电影导演与表演艺术家被错划为"右派"，钟惦棐的《电影的锣鼓》也被指责为电影界"右派"向党进攻的"先声"，接着又出现了"拔白旗"运动，点名批判了《青春的脚步》、《球场风波》、《花好月圆》、《不夜城》、《生活的浪花》、《护士日记》等一大批电影作品及其作者，直至《人民日报》发表了《对1957年一些影片的评价问题》一文后，紧张的气氛才渐渐得到缓和。但60年代随着"阶级斗争"论的愈演愈烈，美学的政治属性进一步得以合法化，在这种情境下，国家意志显示出更为强有力的干预式干扰作用，致使新中国电影美学不可能绕开当时所制定的一系列路线、方针和政策。这是历史上的现实主义极少见到、西方影坛上的现实主义作品更不易出现的独特现象。

诚然，我们也应实事求是地看到，在体现国家意志、反映革命历史、讴歌新时代的进程中，也的确涌现出了一大批有个性特色、见艺术功力的电影作品，如20世纪50年代时的《南征北战》、《我这一辈子》、《五朵金花》、《青春之歌》、《林家铺子》、《林则徐》等。特别是1956年"双百方针"的提出，使包括电影在内的各种文艺创作迎来了新的繁荣局面，也拓宽了创作思路，不仅又重映了20世纪三四十年代电影现实主义的代表佳作如《马路天使》、《桃李劫》、《十字街头》、《一江春水向东流》，丰富了人们对社会主义现实主义美学和创作方法的理解与想象，同时，在题材、构思、风格、技巧等各个方面都有所突破，如出现了大胆描写革命战士与民女恋爱的《柳堡的故事》，以散文式结构来表现青春萌动的《上海姑娘》等，使得在以往以讴歌形式来反映历史和生活，以阳刚美充盈电影银幕的总体美学形态之外，也出现了不少揭示人的心灵、描写人的情感世界，以抒情、优美为特点的影片。尤其是在"百花齐放，推陈出新"的方针指引下，中国的古装片、戏曲电影、喜剧片与一些少数民族题材电影出现了一个创作的高潮，不仅拍摄了《李时珍》、《秋翁遇仙记》这样的历史故事，不同种类的戏曲片，如《十五贯》（昆曲）、《刘巧儿》（评剧）、《梁山伯与祝英台》（越剧）、《天仙配》（黄梅戏）、《群英会》（京剧）、《孙悟空三打白骨精》（绍剧）、《周信芳的舞台艺术》、《尚小云舞台艺术》等相继推出，不少才华横溢的导演利用长镜头来保持演员们表演的完整性，又通过蒙太奇技巧来实现戏曲的电影化效果。表演艺术家如范瑞娟、袁雪芬、徐玉兰、王文娟（越剧），严凤英、王少舫（黄梅戏）等，也都在身段、手法和唱腔上下功夫，这些戏曲电影后来都成了重建中国戏曲艺术的经典段子，同时又展示了中国美学中"以形写神"、"以神传情"和讲究含蓄、委婉，突出意境等特点。与此同时，少数民族题材的电影也得到了较大拓展，拍出了诸如《无情的情人》、《边寨烽火》、《摩雅傣》、《五朵金花》、《农奴》、《达吉和她的父亲》等一系列具有民族特色、展示民族风情和祖国自然风光的影片，在拓宽艺术空间的同时，也让观众得到了一种"陌生化"的审美享受。喜剧电影的出现活跃了电影市场的气氛，新中国喜剧电影似乎始终在"讽刺"与"歌颂"、道德评判与政治意图的悖论中艰难地边选择边演绎，但人民大众需要"笑声"及笑声背后的将"无价值"的东西"撕破"给人看的美学冲击力，在此所出现的 30 多部风格各异、选材不同的喜剧片，仍然为"十七年"新中国电影美学增色不少。自 1956 年的《新局长到来之前》、《不拘小节的人》、《如此多情》的拍摄起，至 60 年代推出的《女理发师》、《满意不满意》、《魔术师的奇遇》、《大李、小李和老李》等，讽刺性喜剧显示了"双百方针"后的宽松，歌颂性喜剧则反映了"大跃进"及其后来左倾思想的演进。

当然，我们更不能忘记的是"十七年"电影也的确留下了许多社会主义现实主义探索时期的经典之作。如在郑君里的《林则徐》、水华的《林家铺子》、谢铁骊的《早春二月》、崔嵬的《小兵张嘎》、谢晋的《女篮 5 号》、《舞台姐妹》等优秀电影中，编导们在反映现实、展示人物内心、以情感人、处理音画关系时的极富个性化的艺术表现，至今仍是电影美学追求中可资借鉴、作为参照的范例，总之，"十七年"电影的美学形态既是偏重于政论教化的，也是形式各异、十分丰富的，它所强化的阳刚美、人民性、典型等命题都与国家意识形态直接相关，同时它也折射出当时遍及整个社会的理想主义色彩，反映了一定的社会矛盾和时代特色，又隐隐透露出知识分子对于人道主义、人性的一贯关怀。尽管知识分子始终是被改造的对象，一次次在“整风”中检讨，但是知识分子的良知、知识分子敢于揭露矛盾和大胆探索的勇气始终未曾彻底泯灭，他们在影坛上所转化出来的智慧结晶，恰恰是“十七年”电影美学中最惹人注目的亮色。

二、“十七年”中国电影的英雄主义

新中国成立后，“电影艺术具有最广大的群众性和最普遍的宣传效果”[4]的理念被广泛认同。新中国成立之初，袁牧之就提出电影“为工农兵服务”的方针，周扬在1951年明确指出：“我们的文艺作品必须表现出新的人民的新的品质，表现共产党员的英雄形象，以他们的英雄事迹和模范行为，来教育广大群众和青年。”[1](p.59)在这种方针指引下，新中国电影的工具属性、政治宣教功能被着意放大，电影表现对象与服务对象的阶级意识也得到空前强化。

电影为工农兵服务方针的提出，意味着工农兵形象成为新中国银幕的绝对主角。工农兵是社会主义社会先进生产力的代表，是建设与保卫社会主义新社会的主力军，新中国电影要鼓舞这些社会主流力量满怀豪情地建设、保卫社会主义新社会，就必须要为他们服务，树立可供他们仿效并引以为荣的工农兵正面形象。于是，塑造革命战争以及社会主义建设过程中的工农兵英雄人物成为电影工作者的重要任务。与之相伴的“新英雄主义”成为新中国“十七年电影”的主旋律。在今天看来，这种“新英雄主义”电影美学具有非常鲜明的时代烙印。

“新英雄主义”概念，是陈荒煤在1951年《解放军文艺》上发表的《创造伟大的人民解放军的英雄典型》一文中第一次明确提出的，并对此概念的内涵作了注释：“一系列的政治工作制度、自觉的纪律，无产阶级思想的教育，结合着智慧与技术的顽强的英勇的战斗作风，官兵团结一致，军民团结一致，全心全意为人民服务，为崇高的革命理想奋不顾身的革命精神。”在“十七年”时期，诸如《保卫胜利果实》、《赵一曼》、《刘胡兰》、《人民的战士》、《大地重光》、《海上风景》、《上饶集中营》、《钢铁战士》、《新儿女英雄传》、《南征北战》、《董存瑞》、《智取华山》、《平原游击队》、《铁道游击队》、《渡江侦察记》、《五更寒》、《英雄虎胆》、《永不消逝的电波》、《古刹钟声》、《英雄儿女》等革命、军事影片都具有“新英雄主义”色彩与特征。但从美学角度看，新英雄主义远不仅仅只是指解放军，除了“工农兵”中的“兵”外，工人、农民也都以新时代、新英雄的精神面貌展现于银幕上。此外，党的地下工作者，要求进步的知识青年，甚至诸多历史人物在银幕上也都着染了英雄主义色彩，如电影《宋景诗》、戏曲电影中的《花木兰》、《群英会》、《穆桂英挂帅》等都有着一种或大义凛然、视死如归，或保家卫国、英勇奋战，或以弱胜强、宁死不屈的英雄主义气概。

20世纪50年代是弘扬英雄、歌颂英雄、学习英雄、争做英雄的时代，那时的人意气风发、斗志昂扬，革命理想高于一切，舍“小我”，为“大我”，无私无畏是一种普通的社会价值观。即使是取自民间的素材、来自百姓的生活都回荡着一种积极向上、要求革命的气息，如当时周立波的长篇小说《山乡巨变》，根据老舍同名话剧改编的电影《龙须沟》。50年代的少数民族题材电影《哈森与加米拉》、《草原上的人们》、《山间铃响马帮来》、《边寨烽火》等都不乏或明或暗的英雄情结。

而渗透于整个“十七年”电影之中的“新英雄主义”，也不乏传奇色彩的张扬。《平原游击队》、《铁道游击队》等“新英雄主义”代表作，在塑造英雄形象时都呈现了较明显的传奇色彩。这些革命英雄的传奇故事，不禁令人想到中国武侠电影中劫富济贫、仗义行侠的传统叙事模式，中国传统美学中所深蕴的理想主义、兼济天下、忧患意识等，通过英雄人物而在新中国银幕得以形象化传递。正如钟惦棐在《看了〈赵一曼〉之后》一文中所指出的：“在《平原游击队》中手持双枪、神出鬼没的游击队长李向阳，在《铁道游击队》里飞车搞机枪的刘洪，在这些传奇英雄的身上多少带着中国古代侠士的那种舍生取义的精神品格。”当中国电影中的革命历史语境演化出以革命英雄主义为时代主题的历史文本后，英雄主义本身也就满足了人们从影像中去享受、去寻求千百年传承而来的英雄梦幻。

新英雄主义色彩的广泛流行，必然会推出以崇高美为主的审美形态。崇高是与优美相比较而存在的，因此在美学范畴中，崇高一般表现为一种庄严、雄健、宏伟的美，是一种以力量和气势取胜的美。中国古代对阳刚之气、壮美的论述，如姚鼐所说之“其得于阳与刚之美者，则其文如霆，如电，如长风之出谷，如崇山峻崖，如决大川，如奔骐骥”，[5]即是指的崇高美。而古罗马的朗吉弩斯则在《论崇高》中很早就指出过崇高的五个表现，分别是“庄严伟大的思想”，“强烈而激动的情感”，“运用藻饰的技术”，“高雅的措辞”，“整个结构的堂皇卓越”。康德则在区分了崇高与优美的不同后，将崇高分为“数学的崇高”与“力学的崇高”两类。车尔尼雪夫斯基肯定了崇高在于现实之中。一般认为崇高在自然界中是以量的巨大和力的强烈呈现出来的，如高山的巍峨、大川的奔腾、狂风暴雨、无边无垠的苍穹、一泻千里的瀑布等等。而在现实中，它的形式表现是严峻的冲突，经过反复曲折的斗争，付出巨大的努力或牺牲最终取得胜利等等。20 世纪 50 年代以来，中国银幕上所塑造的各类英雄人物，所描述的各种英雄的正面人物的斗争故事，那种奔赴战场、视死如归、气贯长虹的英雄情结，那种可歌可泣、悲壮动人的电影画面，无疑确立了新中国所特有的崇高美学形态。然而总体而言，这种崇高美美学形态在“十七年时期”本身是存在内在缺陷的：由于过于偏重矛盾的激化状态，过于重视斗争的残酷性、艰苦性，在银幕上，往往粗犷、有力、激荡之刚劲有余，而对生活中比比皆是的属优美范畴的柔和、平静、轻快、细腻特点的事物和人的情感的表现就很不足，特别是对于人性和人的心灵的丰富性，人的情感中最柔软的也是最富表现力的两性之爱的描写是相当不够，乃至苍白的。基本上排斥了花前月下的男欢女爱，男女间从恋爱到相离的焦虑、等待、相思、冲动等各种场面的描写和刻画。即使是柔情似水的女性的体态之美等，本属人的基本情感需要的画面，也往往被刚毅、反抗、不屈的女英雄气概所掩盖了。英雄主义色彩的影响，反而把人物塑造人为地僵化了，这就使得影片具有了教条主义、形式主义、公式化、概念化的倾向，似乎总是一些正确的标语、口号，而至难以落实到具体的创作中和对镜头的把握之中，客观上也削弱了社会主义现实主义美学本应具有的情感力量和更具说服力的渗透性。

更进一步讲，在崇高中最典型的崇高是悲剧，悲剧是崇高的集中形态。但在 20 世纪 50 年代，乃至整个“十七年”中，更不用说“文革”期间，在我们高扬新英雄主义之时，对社会主义社会中的悲剧、“左”的势力对合理力量的压制等内容却不能触及，于是，这就必然导致混淆是非、拒绝真理，反而成了一种合法化的影像宣传，也必然会出现不实事求是地将“整风运动”、“反右”斗争期间所出现的政治界、理论界、艺术界的一些高尚的殉道者视作“敌人”的错误。而恰恰在这样的历史阶段中倒是充分体现了恩格斯在《致斐·拉萨尔》信中的那句名言：“历史的必然要求和这个要求的实际上不可能实现之间的悲剧性的冲突。”崇高是伟大的，但生活中并非只有崇高，悲剧是能震撼人心的，但首先要正视就发生在我们身边的活生生的悲剧。鲁迅曾言：“悲剧将人生的有价值的东西毁灭给人看。”悲剧不正是英雄主义表现中不可或缺的重要一环，不正是“领导人民前进”，发挥电影艺术“无比的力量”的最佳美学形态之一吗？然而令人遗憾的是，真正揭开社会的现实，酣畅淋漓地书写悲剧序幕的，不是“十七年”时期，而是 20 世纪 70 年代以后的事了。

三、"十七年"中国电影体制与电影美学形态共谋中的国家意志

正如有学者指出的："'政治是统帅，是灵魂'，这是新中国的语境，离开这个语境去研究新中国的文艺史、学术史，充其量是盲人摸象。"[6]今天我们回顾"十七年"中国电影走过的曲折道路，政治以及国家意志的影响无论如何是无法回避的。不正视这个问题，就无法真正接近"十七年"中国电影的本质。

新中国成立后，为了建立起一个强大的以马克思列宁主义、毛泽东思想为指导的中央集权政府，一个高度集中统一，同时又具有极强认同度的稳定的社会体制，包括电影在内的一切文艺创作、艺术观念都发生了根本性的裂变。20世纪50年代，在全国各行业中，电影业是最先完成公私合营的行业之一，随着私营电影制片厂收归国有，电影制作机构完全被党和国家掌握，全国电影生产一盘棋，按照统一规划、集中领导的方式进行统筹运作，①在这种管理体制与电影生产机制下，新中国电影成为社会主义国家掌握的、高速运转的主流意识形态机器，电影创作因此要与国家主流文艺政策、方针导向保持一致。电影从业人员要认真进行思想改造与学习。毛泽东《在延安文艺座谈会上的讲话》成为社会主义文艺创作的经典文献，也是旧社会出身的、小资产阶级知识分子电影工作者思想改造的必读文本。新中国成立以来，毛泽东每一次与文艺创作有关的重要讲话与电影评述，都对新中国电影创作产生不容忽视的深远影响。50年代初期，《人民日报》发表的社论《应当重视电影〈武训传〉的讨论》，50年代后期，毛泽东提出的"革命的现实主义和革命的浪漫主义相结合"的"两结合"的社会主义文艺观与艺术创作方法论，在某种程度上，都决定了中国电影当时的创作走向。

于是，在高度统一的国家意志导向下，"十七年"中国电影呈现出较明显的政治审美价值取向。这种电影政治审美，首先要求电影创作者和电影欣赏者保持正确的政治立场。以"新英雄主义"的英雄人物塑造为例，在所有受到国家肯定的这类影片中，都有对党的正确领导与集体的力量的强调，即便古装传记电影中的英雄形象，影

---

① 在"十七年"时期，电影管理权主要归电影局所有，其间电影的制作、管理权也曾一度下归地方，但总体上仍由党领导。

片创作者也仍要坚持正确的历史观。郑君里拍摄历史传记影片《宋景诗》，为了塑造好宋景诗这个有过缺点（短暂投降清廷）的农民英雄形象，曾反复修改，费尽周折。郑君里在其《将历史先进人物搬上银幕——谈谈〈林则徐〉的创作》一文里坦言："我深深体会到，要搞历史影片，如果不加紧学习马克思列宁主义和历史唯物论，我们将会长久迷失在浩瀚的历史素材的迷宫之中，东撞西碰，不知要走多少弯路。"影片主演崔嵬认为："现实主义地表现现实，具体体现在这部历史传记片的工作中，首先意味着，必须运用马列主义关于个人在历史上的作用，关于人民创造历史的论点为基础，来解决和处理人民群众和他们的领袖——英雄人物的关系。"[7]

与电影的政治审美价值取向相对应，在"十七年"中国电影中，我们还始终可以看到一种斗争意识的存在。许多影片在塑造工农兵英雄时，往往富于策略地建构起若干对立关系，如无产阶级与地主、资产阶级之间的尖锐对立，先进的中国共产党人与国民党、美帝国主义、日本侵略者等反动势力之间的冲突。即便在社会主义社会内部，我们也处处都能看到新旧两种势力的斗争。在对斗争双方进行表述时，影片也具有明显的倾向性：在建构人物谱系时，影片在塑造正面人物形象时，经常赋予他们以道德、人格、智慧、技能或阶级意识上的优越性，与此同时，则策略性地丑化敌对力量。电影创作者往往以最直观的视觉方式呈现对立阶级或敌我阵营，比如使用英俊的电影明星塑造正面人物，并用电影景别、光效运用等视觉造型处理手法，突出正面人物的高大形象。于是，在视觉造型上，英雄人物气宇轩昂，反面角色则猥琐不堪（在一些抗战题材中，日本鬼子、反动派形象的视觉造型具有一种漫画般的丑化与夸张）。其结果是，英雄形象变得高大、完美、崇高，更易获得观众认同。

斗争意识在"十七年"中国电影中是格外明显的，并形成了多种电影表述模式。如：(1)以《青春之歌》、《革命家庭》为代表的女性革命成长模式，这种模式着重刻画女性人物在革命斗争中的成长历程。《青春之歌》与《革命家庭》都以女性的革命成长为线索，前片中的林道静与后片中的周莲，都在党领导的革命斗争中逐渐成长，经受考验变得坚强起来，并最终成长为坚定的革命者。(2)拯救与忆苦思甜模式，这种模式着重表现在党的领导下，受压迫的阶级、群众获得解放，迎来新生。往往呈现出在旧社会中底层群众民不聊生、惨遭压迫，而在新社会则过上了幸福的生活。影片通过新旧社会两重天的对比，诠释了斗争与革命、建立社会主义新社会的必要性。拍摄于新中国成立之初的影片《白毛女》，通过主人公喜儿在被共产党拯救前后的遭遇对比，生动地阐释了"旧社会把人变成鬼，新社会把鬼变成人"的主题，其后的《农奴》、《南海潮》等影片也都是这种表述模式的成功范例。(3)阶级斗争模式，这种模式表现激烈的阶级斗争，特别是农村中的阶级斗争。代表影片如《红旗谱》、《槐树庄》。《红旗谱》以朱老忠父子与地主冯兰池的仇恨为线索，描写了农村的阶级斗争与革命问题。《槐树庄》则以土地改革、建立合作社为背景，描写了农村中的阶级斗争。(4)知识分子思想改造模式(如《青春的脚步》、《护士日记》、《生活的浪花》)，在"十七年"时期，知识分子是特别受到"关照"的群体，他们总是被描写成有很多缺点和弱点，必须接受思想改造，在知识分子思想改造模式中，我们经常可以看到影片着力塑造的是那些爱慕虚荣、害怕吃苦、自我中心的知识分子。他们经过与工农兵的接触和进行思想改造，最终批判了自身的资产阶级思想，回归群众，而这种转化过程，往往成为影片着重叙述的内容。

无论是新英雄主义，还是"十七年"中国电影中的斗争模式，"十七年"中国电影之所以呈现出惊人的共性特质，显然与电影的国家意志与教化功能具有重要关系。在国家意志导向下，电影与政治的关系、社会主义电影创作样式选择、电影创作的思想性与艺术性问题、电影创作的真实性与倾向性问题、歌颂性与讽刺性的分寸、电影艺术民族化问题、少数民族电影的民族政策问题等，都成为电影工作者需要认真面对与解决的问题，稍有不慎，便可能遭致批判。因此，从宏观上看，"十七年"中国电影水准非常不稳定，电影创作起落较大。政治环境较宽松，往往就能出产一批优秀的作品，而电影环境一旦恶化，则导致电影艺术的停滞不前，甚至出现集体倒退的现象。如 1957 年之后，中国电影经历了"拔白旗"、"大跃进"、"反右"等运动与风波，电影生产受到严重影响。在"大跃进"期间，电影创作虽然涌动着激情，拍摄了大量的纪录性艺术片和图解政策的影片，但由于过于脱离实际，电影制作数量虽多，质量平平。"拔白旗"、"反右"运动期间，一大批电影和电影人受到批判，更对中国电影创作产生极大的负面影响。1959 年庆祝国庆十周年，环境相对宽松，出现了如《五朵金花》等一批优秀影片，但复又陷入低谷，1961 年新侨会议期间，对"大跃进"时期中国电影"概念化"、"公式化"进行了反思，提出了四好，即"好故事、好演员、好镜头、好音乐"。对人性论也提出了辩证的看法，"人性论也没什么可怕，在人性论上我们要展开两条路线的斗争，一方面反对资产阶级人性论，一方面反对我们的阶级标签主义"。[8](p.92) 在这种语境下，中国电影迎来了相对宽松的时期，于是又创作出了《早春二月》等优秀作品。

整个"十七年"期间，电影创作随着政治时局的松紧而呈现出摇摆不定的状态，电影承担了重要的社会职能，成为体现国家意志的工具。在“十七年”中国电影体制与国家意志共谋的时代语境中，中国电影美学形态呈现出较为明显的国家意志特征。这种国家意志的实现与当时作为电影创作者的知识分子有着相当的关系。倘若我们想真实地还原历史，还原当时知识分子乃至普通老百姓真实的精神面貌和内心世界，那么我们不得不承认，在那个人民开始当家作主，中国人欢天喜地建设新社会的特殊岁月中，党的意志与民众的心愿是相一致的，思想高于艺术，内容大于形式。尽管不少老艺术家、老评论家在改革开放后，回忆起20世纪50年代的情况时觉得自己是较冤的，一些评判和结论是错误的、不合理的，但大部分人对50年代的记忆仍是充满着激情的，因为那时“到工农兵群众中去，到火热的斗争中去”，已经不仅仅只是一句口号，而是实实在在地成了许多文艺工作者人生履历中的一个重要部分。他们代表着新生的共和国的文化主力军，是党和人民的文艺卫士，积极投身于“大变革”的时代，以自己的满腔热情和聪明才智讴歌党和新社会中不断涌现出来的工农兵形象，以强烈的历史使命感拍摄了一部部理想中的“人民电影”。主动批判着过去的旧文化、旧思想，也力图从帝国主义、封建主义文化浸染的旧习中脱颖而出，成为自觉执行毛主席文艺路线的新人。因此，他们的检讨和他们自己批判自己拍摄的电影的言论，在当时都是发自内心的、真诚的。正是由于这种自觉地改造思想，自觉地脱胎换骨，有形无形地形成了无尽的运动，印证了毛泽东所言之必然会“经过长期的甚至是痛苦的磨炼”，使中国电影成了“整个革命机器的一个组成部分”的判断。

但是，我们必须看到，“十七年”期间许多中国电影工作者仍然坚持了个人的艺术追求，不断进行艺术探索，在电影为国家意志服务的过程中，仍然在一定程度上体现了创作者个人的主体性艺术追求。比如谢铁骊就曾说：“我在选择剧本的时候，并不是以呼政治口号为基础，还是寻找故事本身所包含的哲理。”[8](p.94) 所以他的《早春二月》能够充满艺术创新勇气，在“十七年”时期对人性、人道主义进行大胆探索、深入开掘，以散文诗化的影像风格，奉献了一部风格清新淡雅、饱含人文精神的艺术佳作。同样，郑君里在《枯木逢春》的创作中，积极借鉴国画造型的空间处理方式，李俊在《农奴》中大胆尝试黑白影像表意的精致探索，汤晓丹在战争片拍摄中，将全景与微观有机结合，注意刻画人物性格，他们在各自的领域都达到了较高的艺术水准。鲁韧的《李双双》处理农村题材朴实亲切自然，苏里的《我们村里的年轻人》中洋溢着青春的朝气，被誉为景美、人美、歌美的影片《刘三姐》以及改编自名著的精品《林家铺子》、《祝福》等作品，也都成就卓著。尽管这类作品数量不多，但却都是在当时国家主流意识形态允许的范围内，电影艺术工作者最大限度发挥创作主观能动性，大胆尝试的结果。因此，可以这样说，“十七年”期间中国社会主义社会的国家意志，决定了中国电影的总体走向，但是“十七年”中国电影创作者的个人智慧、敢于探索，甚至为之献出生命的勇气和创新精神也是中国电影史上永远值得纪念和肯定的宝贵精神财富，正是这两者之间既复杂又微妙的关系，才造就了“十七年”电影那独具特色的、让我们今日想起它仍感慨万千的中国式“社会主义现实主义”电影美学的总体风貌。

参考文献：

[1] 周扬. 周扬文集(第2卷)[M]. 北京：人民文学出版社，1985.
[2] 以群. 文学的基本原理[M]. 上海：上海文艺出版社，1980：289.
[3] 陈荒煤. 加强新闻纪录电影的党性[C]//解放集. 上海：上海文艺出版社，1980：240—241.
[4] 陈荒煤. 当代中国电影[M]. 北京：中国社会科学出版社，1989：58.
[5] 李泽厚. 美学论集[M]. 上海：上海文艺出版社，1980：84.
[6] 吴迪(启之). 中国电影研究资料：1949—1979[M]. 北京：文化艺术出版社，2000：2.
[7] 崔嵬. 农民和大帅[C]//崔嵬的艺术世界. 北京：中国电影出版社，1982：17.
[8] 付晓红. 两步跨生平：谢铁骊口述实录[M]. 北京：中国电影出版社，2006.

作为类型的政治运动:"十七年"电影中的象征与意识形态关联

柏佑铭　美国华盛顿大学副教授

"十七年"电影在很大程度上构成了后毛泽东时代电影的前历史,特别是在关系到怀旧电影工业时,情况更是如此。根据孟犁野对1949—1959年中国电影的描述("独特的历史语境"),[1]我还要对关于"十七年"电影的话语分析加上另外一个维度,即类型化形态和跨类型的影响。我将在论文中提出,在电影理论中一般被当作类型问题的象征形象(即对视觉形象的主题和意义的研究)往往是由意识形态内容决定的,结果允许在虚构的故事片和纪实的纪录片之间、动态的镜头段落和静态的舞台表演之间形成一条松散分界线。不同电影类型之间可以互动,并且以共同的意识形态目标为基础,形成一种独特的"运动类型片"。在本文中,我将集中讨论一些为了同一次社会政治运动拍摄的电影,揭示它们之间相互自由借用的机制。我同时还将指出,电影是如何调整自己的美学风格以便迎合意识形态内容的需要,有时甚至是以放弃已经成熟的类型传统为代价的。我将通过考察为"解放西藏"和"好八连"这两次社会政治运动而拍摄的故事片和纪录片来展开论述,然后进一步分析为了"好八连"运动而拍摄的《霓虹灯下的哨兵》,并将它与《龙须沟》进行比较,以此证明每一次具体的社会政治运动在选择电影形式和类型方面的重要性。

解放西藏:从纪录片到故事片

纪录片《百万农奴站起来》是1959年拍摄的。尽管拍摄这部电影的真实背景还有待于进一步研究，但是，在那个特定时期拍摄这类题材电影的动机却是非常明确的。中央政府需要某种一致的宣传来体现官方的路线。中央新闻纪录电影制片厂很快派出4位摄影师执行这次任务，并于1959年8月完成影片。各种组织机构，包括《人民日报》都称赞《百万农奴站起来》是当年最受欢迎的纪录片。

《百万农奴站起来》展示了共产党领导下的西藏所具有的自由和光明前景。电影画面证明，中央政府给西藏带来了建筑材料、航空通讯、电力、药品和现代的教育。影片暗示，如果西藏失去了与中央政府的联系，封建制度将会死灰复燃。

为了显示过去与现在的不同，纪录片不仅使用了关于解放前农奴生活的图标和档案，而且还借助于纪录过去贵族的残暴行为的历史影像和戏剧化表现。在演职员表的结尾，不仅用幻灯片强调了不同的来源，并且声称“该片部分内容使用了历史影像资料”。电影所借助的各种媒介需要进一步的审视，尽管影片自始至终贯穿着对西藏的纪录画面，它同时也把戏剧化的风格镜头结合起来。

有两个特殊的段落也许可以描述这部纪录片的复杂性以及它在为“百万农奴”主题建立电影传统方面的重要性。第一个是对农奴搬运粮食到宫殿作为供品的过程的戏剧化处理(看起来不像历史影像资料)。这个段落主要传达出一种诗史性的苦难。但是，这个段落最有趣的还是对蒙太奇镜头富含深意的、成熟老练的运用。所有的镜头都充满了爱森斯坦式的感觉，当宫殿建筑的镜头和农奴面部特写镜头并置在一起时，加强了压迫者和被压迫者之间的紧张关系。尽管《百万农奴站起来》是一部纪录片，但它所蕴涵的艺术抱负却是显而易见的。影片的解说词经过仔细的修改以便适应意识形态信息的需要，电影画面远远超出了(在当代纪录片中常用的)展示与告知的功能。相反，看起来更重要的是对基础性画面的创造，因为这些电影画面将会象征性地表达影片的主题，并且刻进观众的脑海。另外一个戏剧化场景在影片的开头和结尾重复出现过。一个拍摄群众集会的动态性蒙太奇段落，展示获得解放后的农奴以一种清楚而坚决的姿态讲述他们所遭遇的非人的折磨(即众所周知的“诉苦”仪式)、控诉农奴主、农奴主接收公众的批斗。纪录片中这些影像的持久影响在另外一些旨在巩固中央对西藏主权的电影中得到印证，比如拍摄于1963年的故事片《农奴》。1960年的《刘三姐》、1961年《达吉和她的父亲》、1964年《阿诗玛》等。与《农奴》一样，这些经典影片强调了那些少数民族在毛泽东领导下的幸福生活。如果说真的有一种少数民族电影类型的话，那就是这些电影建立起来的；这些影片将充满异域风情的画面与音乐插曲交织起来，并且保持一种生气勃勃的情调。

《农奴》的艺术性——无可争议的是毛泽东时代最好的影片之一——应该归功于它的创作者。影片大胆的摄影风格可能来源于当时还相对欠缺经验的导演李俊和摄影师韦林玉的实验精神。但是，这部影片也证明了类型的相关性，特别是在具有意识形态色彩的形式方面，也是一种具有“运动色彩”的类型片。《农奴》向苏联电影美学的转向，而不是转向歌曲和舞蹈的原因，可能直接来源于向影片《百万农奴站起来》致敬的动机。尽管具有强烈的现实主义色彩，并与纪录片《百万农奴站起来》的密切的亲缘性，《农奴》还是希望自己被当作一部故事片来看。影片的叙述集中在一个角色身上，他就是强巴，在主人的奴役下经受了沉重的苦难。他退缩到自己个人的世界里，假装成一个哑巴。在最后一个段落里，强巴苏醒过来并且高呼“毛主席”。在影片中，自由常常被表现为重新获得被压制失去的声音，这几乎预示着1969年的另一部纪录片《毛主席关于公共卫生无产阶级路线的胜利之歌》的诞生。该片讲述一群聋哑儿童通过学习毛泽东思想治愈疾病的故事，他们开口说出的第一句话就是“毛主席万岁”。

影片将直线性的故事情节与精心设计的象征性的场面调度结合起来。尽管影片的整体面貌是高度电影化的(艺术化的)，但仍然可以明显地看到《农奴》对纪录片《百万农奴站起来》的借鉴。从一开始，影片就抓取了几个与纪录片《百万农奴站起来》中非常相似的镜头。整个段落的设计和每一个镜头的构图都好像直接从《百万农奴站起来》中直接借用过来的。纪录片段落中，摄影机镜头是从宫殿的屋顶到挤满农奴的楼梯向下倾斜拍摄的；在故事片《农奴》中，是从宫殿的屋顶镜头切换到楼梯镜头。两部影片都花了很大精力表现农奴们像负重的牲口一样艰难地攀爬楼梯的场面。《百万农奴站起来》中有节奏的合唱音乐在《农奴》中被替换成有规律地打击加长的号角的声音，这种在寺院屋顶的镜头中出现的加长的号角，人们常常在西藏的祭祀和礼拜仪式中看到。影片的声带混合了被压迫者沉重的呻吟和压迫者单调的唱经的声音。当镜头先是停留在具体的个人身上，然后跳到从顶上拍摄的谷仓镜头时，声带上的声音仍在继续。正如在纪录片中，镜头摇动以便跟随农奴的移动；在同一个镜头中，从人群的场景转换到集中表现某个农奴的痛苦。根据纪录片的拍摄，故事片也逗留在倒掉袋子里的粮食的过程上，既从农奴的视角也从谷仓内部的视角来展示这一系列动作。为了服务于相同的政治目的，这两部影片之间，保持了一种风格与主题的连续性，跨越了纪录片和故事片之间的类型区分，与那些不属于“解放西藏”的宣传运动的一部分的少数民族电影有明显的差别。

影片的结论段落近似于一段真情告白。我对这个结论性段落特别感兴趣的是影片创作者对纪录片素材和戏剧化素材的成功嫁接。上面讨论的群众集会段落实际上是直接从《百万农奴站起来》中搬用过来的(这个例子以及其他一些段落，都证实了影片开头的一段表白，即影片采用了"历史上的影像资料")。故事片被要求适应来自纪录片的镜头。不论从主题还是文采来看，两部影片的兴奋点和修辞都是一样的，它们都运用了相同的影像。当群众集会的参与者的语言被配上汉语，并且在翻译的过程中可能受到修改时，纪录片的胶片资料就会受到主观意志的控制。纪录片的影像资料可以给故事增加可信性，甚至给情节增加戏剧性；结果，类型之间的界线被进一步模糊掉了。

必须指出的是，事情不是像"故事片变得更像纪录片"那么简单，而是纪录片的影像资料以某种特殊的方式被用于某种特殊的效果和目的。根据"政治运动"传统——类型传统不是从普遍接受的形式意义而言的，而是根据意识形态动机而言的——故事片采取了同一种处理方式，通过增加一条声带来宣传相同的信息。《农奴》向我们展示了政治运动是如何决定所有类型影片的形式和内容的。我们还可以举《霓虹灯下的哨兵》为例来说明这个问题。

"好八连"的象征形象

1959 年，为了配合上海解放 10 周年纪念活动，当局发起了"向南京路上好八连学习"运动。回顾历史，向好八连学习的运动可以追溯到 1959 年 7 月 23 日发表在《解放日报》上的一篇题为《南京路上好八连》的文章，在之后的两年得到进一步发展，在 1963 年达到高潮。到那个时候，它被塑造成一个样板来满足文化大革命初期宣传的需要。新一轮的运动是由 1963 年 3 月 30 日的《解放军》杂志上一系列文章和社论推动的。到了 1963 年以后的阶段，这次运动成了文化大革命批判共产党内和解放军内部的修正主义元素的舞台。

这次运动生产了两部影片。第一部是 1960 年 7 月由八一电影制片厂完成的纪录片《南京路上好八连》。在生动的舞台画面中，纪录片借鉴了在运动早期阶段建立起来的传统形象。一个值得注意的场景是表现八连战士们给已经穿破的鞋子做草鞋底的。这个画面将会重复出现在其他艺术形式中，比如 1964 年《中国人民解放军第三届美术作品展览会选集》中的水彩画画卷、1975 年南京部队政治部宣传部的油画手册。该运动通过各种载体和手段公式化地重复宣传这些信息，这些手段包括从社论到诗歌等各种风格不同的叙事形式、从剪纸到毛主席像章等各种不同的视觉艺术形式。上海市共青团备忘录中的一条建议（命令）号召在报纸上刊登关于"好八连"的事迹、组织学习上述事迹的定期聚会、召开关于诸如"如何学习好八连"这类问题的会议，并且利用故事（小说）、戏剧、黑板报、广播站和展览会等各种手段宣传"好八连"。一部特殊的海报全集制作完成了，它将很多这样的画面收集起来，甚至马上就可以办成一次即时的展览。纪录片非常适合于这种多媒体的用途，它也向人们表明：一旦某种视觉联系和联想形成，它就可以变成某种象征或者传统形象的一部分，而这种象征形象将会在各种便利的媒介以及每一种电影类型中蔓延和传播。

第二部影片是《霓虹灯下的哨兵》，该片将"好八连"运动的象征形象变得更加丰富和确定了。影片的象征形象不但复制了运动中出现的一些非常著名的画面，而且创造了一些新的形象。也许最突出的一个形象就是那位手握钢枪瞭望城市高楼的战士了。例如，这个画面曾经出现在1963年的一本卡通书里，以及《中国人民解放军第三届美术作品展览会选集》的一幅毛笔画中。影片的名字似乎代表了一种根本的冲突：哨兵好像正处于霓虹灯灯光的攻击之下。这幅画面还向人们展示：上海的空间已经完全被"好八连"所征服，甚至整个地纳入了解放军的保护之下。

尽管存在一些现成的与运动相关的画面，故事片《霓虹灯下的哨兵》和纪录片《南京路上好八连》之间并没有太多的共鸣之处。不像《百万农奴站起来》和《农奴》都追求相同的爱森斯坦式的美学、甚至使用相同的影像镜头，这两部"好八连"电影归属于两种不同的审美感受。《南京路上好八连》被定位成对传说式的、没有经过任何舞台编排的一系列事件的记录，而《霓虹灯下的哨兵》并不打算掩饰她作为舞台话剧的来源。先拍摄的纪录片称赞大都市（上海）是"一个具有光荣革命传统的城市……"。相反，后一部电影对上海的评价却是，"上海保守的气氛实在令人厌恶……"。乍一看，对这两部影片的比较，给"意识形态目标与运动的需要一起，在'十七年'电影中建立了某种类型联系"这个论题投上了怀疑的阴影。但事实上，正是这两部影片之间的差异可以证明它们共同的意识形态目标的重要性。由于"好八连"运动在中途被窜改并且被转借过来反映新的运动意图，这两部影片并没有传达相同的政治意涵。故事片《霓虹灯下的哨兵》所处于的"文化大革命"之前的社会语境支持战士们的反修正主义价值观，而这种价值观与大跃进期间的勤俭节约价值观是没有多大联系的。在这样一种环境下，两部影片就没有必要借助于同一种运动类型。

另外，尽管“好八连”运动并没有给运动类型片提供一个实实在在的榜样，但是有关运动情况的内部备忘录还是让人们隐隐约约地看到社会政治运动用以建立类型关联的内在机制。在运动的策划过程中，一切都尽在考虑之内；在正式发动运动之前，通过各种专门的团体将关于民众接受情况的数据收集起来，以便帮助宣传机构做出明确的定位和宣传。运动的可视性元素也采用了在其他宣传工作中常见的模式，比如对描写北京和平解放的宣传、对学习雷锋好榜样的宣传等。三大报纸上的文章，常常被其他一些印刷出版物转载或者阐发，然后就是拍摄纪录片，再后来就是创作话剧和拍摄电影。报纸上的文章先提出一个意识形态的框架，然后紧接着推出摄影照片、纪录片电影以及利用其他媒体获得的与显而易见的事实相关的具体画面。最后，利用电影将这些已经成形的细节模式化地定格在影片的叙事中。尽管需要进一步的研究才能知道这种模式有多么普遍，但是《农奴》和《霓虹灯下的哨兵》这两部影片已经足够说明“十七年”电影中的纪录片、故事片和其他媒体之间特殊的关系了。

如果认为这些电影只是简单地反映了之前开展的政治运动中的政治目的，那将是很不正确的。在涉及到叙事形式中的细节方面，这些电影都对运动的内容作出了贡献。在帮助其他预期中的影片预示偶像和建立象征形象方面，这些纪录片和故事片都是起作用的。就某种程度而言，纪录片和故事片之所以构成两种独立的类型，并不是因为他们与现实或现实主义的关系，而是因为它们在社会政治运动中的不同功能。同时，电影的形式方面最好被理解为运动内容的一部分，这些内容包括瓷器塑像、教室里的黑板报、海报、舞台表演和话剧等等。

从电影戏剧到舞台电影

在那些类型间的关联性中，电影和戏剧之间的联系是最不足为怪的。有些剧本和人物常常从舞台直接搬上银幕。这种现象在中国特别突出，因为文学传统在中国电影中发挥了重大的影响。另外，正如陈犀禾和钟大丰两位学者所指出的，中国电影曾经被限制在它的戏剧性根基之内并且最终发展成为一种“影戏”美学传统。[2]但是仔细的分析证明，在“十七年”时期，从改编而来的电影并没有必要放弃一种更加电影化的方式。事实上，在每一部具体影片中，电影的美学和戏剧的美学似乎都必须适应那个时代更大的意识形态目标。运动类型再次为我们提供一个更加清晰的分光镜来分析象征形象的发展，而不是不加思考地接受将电影与据说毫无关系的类型以及其他艺术形式分离开来的类型划分概念。

很明显，“舞台化的”和“电影化的”是两个不稳定的概念，但是当前专业的话语分析都假定这种区分是正确的。舞台剧被理解成静态的、与叙事有关的，相反，电影则被看作是专属于观众的，通过摄影机镜头沟通观众并用视觉冲击吸引观众的；舞台剧被当作是风格主义的，而电影则是由记录现实的冲动所推动的。我赞同这些定义，但是我必须指出，电影美学和戏剧美学并不是各自媒介所固有的内在属性，相反，两种媒介都没有宣称排斥任何一种美学传统，舞台不会放弃电影传统，电影也没有排斥舞台的经验。

“十七年”时期拍摄的许多电影，包括戏剧戏曲片、战争片、喜剧片和音乐片，都是改编自舞台作品。一些重要的例子，比如《三毛学生意》(1958 年)、《万水千山》(1959 年)、《柯山红日》(1960 年)和《东进序曲》(1962 年)。后面三部影片都是曾经由解放军文工团搬上舞台并由八一电影制片厂拍摄成电影的。这种情况表明，戏剧和电影都是贯彻特定目标的协作努力的一部分。至少在这些例子中，电影是通过另外一种手段对戏剧的继续，而不是用一种新形式替换不能独立发展的媒介。

我将通过对电影《龙须沟》的分析来说明意识形态动机对于美学风格的重要性。影片《龙须沟》根据 1951 年老舍创作的同名话剧改编而来，1952 年由北京电影制片厂拍摄。话剧《龙须沟》是新成立的北京人民艺术剧院首演的第一部原创话剧(1952 年，解放后老舍的第二部话剧《方珍珠》也被拍成电影)。不管是电影版还是话剧版的《龙须沟》都是通过电影美学来构想的，相反，舞台剧《霓虹灯下的哨兵》则是与具有特殊风格的舞台表演紧密相关的。

《龙须沟》的构想是与政府以北京为开端的改造城市中心的努力相一致的。《龙须沟》的三幕戏通过描绘 1949 年前的悲惨状况、解放后迅速采取的初步措施以及改造工程在两年多时间里完成的三段式经过，显示了新中国的巨大进步。《龙须沟》是北京市政府委派给老舍宣传龙须沟改造工程的任务。尽管老舍先生后来写过一些浪漫化的回忆来说明他是如何去参观这个地区、然后被感动并打算赞扬这场改造运动，但正是周恩来的一个指示使得老舍对龙须沟地区产生了兴趣。

老舍已经在他的小说里面描写过北京，最著名的如《骆驼祥子》、《四世同堂》。但是，他的话剧远不止是对城市贫民狄更斯式同情的简单表达，而是有意识地疗救这些形象问题。出于相似的原因，电影《龙须沟》也是为宣传共产党城市改造政策的政治目标服务的。这是一个非常有意思的例子，它说明城市规划、话剧和电影是怎样整合起来的，通过同一项城市改造工程为新中国做出最初的贡献的。

话剧和电影《龙须沟》在创造城市奇观的时候，使得它们自己与中国以往的舞台作品完全不同。话剧《龙须沟》的三幕戏全部发生在大杂院里，主要关注的是城市场景。自从20世纪初中国引进西方风格的话剧以来，对中国话剧影响最大的两个来源就是易卜生的话剧和中国的京剧。在其中任何一种情况下，戏剧都要围绕一个清楚的情节在固定的空间展开。老舍采用了以现实主义手段复现一段生活、让剧情改变城市场景本身的观念，相应地，戏剧场景就不是设计成室内剧场景，而是再现了城市风景的一部分，即四合院或小杂院。

对形成新的舞台视觉观念起到至关重要作用的是话剧导演焦菊隐。焦菊隐学习过斯坦尼斯拉夫斯基的戏剧方法，并且用《龙须沟》来宣传他关于“生活的真实”的戏剧观念。[3]在描述大杂院、市声、方言和快板书表演时，话剧创造了一个舞台奇观，超越了广为人知的舞台习惯。尽管拍摄成影片的《龙须沟》对话剧做了修改并且增加了一些新的东西，但是它仍然沿用了相同的美学风格。话剧和影片之间的意识形态差异是微不足道的：电影更加强调“人民”，并且把新社会的劳动者和人民的敌人用黑色和白色区分开来；在话剧中只能用暗示的方式表现北京城更大的景观，电影则可以充分利用媒介的优势展示各个时期北京的臭水沟，包括用一段音乐来配合热情的改造工程。

值得重视的是，电影《龙须沟》对话剧《龙须沟》的修改扩展，而不是挑战了话剧原作“将《龙须沟》结尾冗长的怪念头表现出来”和给场景增加点趣味性的动机。用老舍的话说，“我没法把臭沟搬到舞台上去；即使可能，那也不是叫座儿的好办法”。最好的例子是在影片中描写群众集会庆祝龙须沟改造工程胜利结束的结尾段落。最后一个镜头扩展开来表现城市的街道，用深焦距镜头着重强调街道后面延伸出去的被开发的空间。影片在这个高度电影化的时刻达到高潮，在表现集会的群众时，用广角镜头和摇镜头来创造一种银色的银幕奇观。这个场景继续了舞台背景中的风格特色。在话剧舞台上，导演用视觉形式暗示了大杂院外面的街道。这些视觉形式包括：窝棚后面树立的电线杆；当然还包括一些声音暗示线索，比如从遥远的街道传来的小贩的叫卖声。很明显，新中国第一部具有强烈电影感的影片从具有强烈电影感的话剧中汲取了灵感。也许，《龙须沟》是现代中国话剧中第一部具有强烈电影感的话剧。

从“影戏”传统中突破的电影美学，更喜欢开放的空间，强调大范围的场景以及更加灵活的摄影机运动。从一定意义上讲，这些因素更适合于表现奇观而不是加强叙事。对开放空间的转向特别是在考虑到解放区生产的电影时是有意义的，比如1947年拍摄于长春的《松花江上》。但是，《龙须沟》把对开放空间的电影化用法嫁接到城市环境，也对电影语言风格做出了重要贡献。城市风光与原初的电影美学的第一次结合出现在老舍的话剧中。换句话说，《龙须沟》从它同名的话剧中获得了灵感和动力。

在一定范围内，《龙须沟》证明一部影片可以被整合到一场具体的政治运动中去。重要的是，不但要注意主题、象征形象、甚至从一种媒介到另一种媒介的美学原则之间的转换，而且要注意电影在决定运动内容和形式时的重要作用。电影版的《龙须沟》不止是对话剧简单地电影化改编。之所以将话剧改编为电影，并不是因为利用另一种媒介形式做试验的需要（尽管这两种艺术形式有很大差别），而是因为需要用电影进一步完成话剧的意识形态目标。

运动纲领和形式风格的结合也可以通过《霓虹灯下的哨兵》得到例证。到了"十七年"时期的后半阶段，《霓虹灯下的哨兵》显示出一种与《龙须沟》完全不同的美学风格。尽管话剧《霓虹灯下的哨兵》的地点集中在上海，但它并没有努力在舞台上展现上海的本地特征。实际上，这些舞台场景归属一种平面美学。用水彩表现的这些场景的轮廓，已经证明是一种缺乏深度的表现方式；舞台场景的背景没有细节，很少利用三维的元素来充满狭小的舞台空间。电影采用一种夸张的镜头语言，但即便是这样，那些镜头也看起来是固定拍摄的。绝大部分镜头都以演员为中心。镜头好像被一个看不见的舞台框住了一样，是静态的、不动的。

《霓虹灯下的哨兵》的舞台/戏剧美学，忽视了《龙须沟》这样的电影在表现城市环境方面所取得的成就，由此证明，影片的风格与同一运动中的其他艺术作品的风格是紧密相关的，特别是与表现同一运动的舞台剧的关系最为密切。另外，我必须指出，《霓虹灯下的哨兵》是有意识地要摆脱《龙须沟》的美学风格的，并且它的舞台美学是直接与意识形态的变幻相关的。相反，《龙须沟》用动态的镜头来宣传北京（城市）作为新中国的心脏；到了20世纪60年代中期，城市的地位开始下降，被怀疑是资产阶级的温床和港湾。城市（特别是上海）的地域身份和地域特性不是得到彰显而是被压制。由于对不同电影风格的混合以及（主要指江青）对舞台化的京剧式场面的喜好，"好八连"运动的作品，特别是《霓虹灯下的哨兵》发展成一种不是以城市奇观为基础而是以（甚至可以称为）反电影的美学为基础的类型。

在一定范围内，人们可以这样理解："十七年"电影中的类型是由意识形态目的甚至具体的运动机构决定的；它也应该归咎于宣传部门和电影发行、放映组织的结构。有必要展开进一步的研究，详细地考察链接独特的意识形态传播模式与具体的影片创作过程之间的链接机制，最后发展一种以新中国早期电影产业和理论实践为基础的类型理论。

电影理论是什么？

——纪念安德烈·巴赞诞辰90周年和逝世50周年

厉震林　上海戏剧学院教授

一

安德烈·巴赞是一位电影评论家。而纪念一位电影评论家，总是让人感到温暖的。

因为电影界有过许多的纪念，却很少是关于电影评论家的。在这些纪念中，电影评论家往往是一个赞颂者或批判者，为纪念的对象评功论过，而自己很少成为被纪念的对象。通常，电影评论大多是一种纪念的工具，而难以成为纪念的主体。

但是，安德烈·巴赞却有这样的幸运。今年，人们以各种方式纪念他诞辰90周年和逝世50周年。这里，电影评论家成为被评论的中心。

其实，任何一部世界电影史，都无法回避安德烈·巴赞这个名字。他是一位与世界电影史紧紧地联系在一起的电影评论家，他对世界电影发展的作用力和影响力巨大。尽管安德烈·巴赞已经离开人世半个世纪，但是，世界上从事电影的人，仍然经常谈论起他的名字，从拍片现场、社会媒体到电影课堂，这个名字仍然是常见词，他甚至被人称为"精神之父"。因此，从某种意义来说，世界电影人一直在纪念安德烈·巴赞。

中国也不例外。20世纪70年代末期，当时还是年轻电影人的第四代电影导演，也曾经以自己的真诚纪念巴赞，发动了中国电影的"纪实美学"运动。现在，回顾这段历史，我们感到在当时的那种天真的艺术崇敬中，安德烈·巴赞的电影理论在一定程度上被误读，他的理论被解读为一种简单和狭隘的纪实美学理论，即一种专注于技术的电影修辞手法。而且，由于当时中国的国情，这些理论承担起了反映现实的意识形态的责任，被赋予了社会学层面的革命意义。但是，1979 年张暖忻、李陀在《电影艺术》上发表的论文《谈电影语言的现代化》以及后来第四代电影导演的美学革新，都是借助对安德烈·巴赞理论的片面理解完成的，从而实现了从技巧美学到纪实美学的顺利转换。

安德烈·巴赞的电影理论，曾经滋润过中国电影的发展。因此，他也成为中国电影人的学术“熟人”。

电影，似乎总是导演、演员和制片人的“专利”。一个电影评论家，而且还是一个未曾拍过电影的电影评论家，竟然有如此的历史穿透力，甚至在他逝世半个世纪以后，仍然有人为他召开研讨会，研讨他的电影理论及其被研究与误读的历史，可见，电影评论家也同样可以成为世界电影发展历史的主角，从书斋的深处走到历史的前台。

人们总是如此给安德烈·巴赞进行历史定位：由于巴赞的努力，电影成为严肃的艺术研究课题。人们也常常罗列安德烈·巴赞的历史功绩：他以自己的一系列电影评论文章，提出了电影本体论、长镜头理论、景深摄影、真实美学和作者论等概念，形成了与蒙太奇学派不同的电影理论体系。而且，他与他作为创办人之一的《电影手册》直接推动了法国电影“新浪潮”运动的产生。法国学者巴泰勒米·阿芒加尔写道，巴赞可以被看作是预言了多样电影的理论家：将娱乐从剧作理论的限制中解放出来；增强观众与银幕的积极关系；消除趣闻轶事的奴役地位的距离和期限。[1]

安德烈·巴赞毫无疑问是经典电影理论时代的一座高峰。

也许正是由于安德烈·巴赞的存在，电影评论家才有了真正的勇气继续从事电影事业，安德烈·巴赞是他们自身价值的一种保证。

其实，安德烈·巴赞可以和他以后的世界电影不断对话，因为他是一位常说常新或者历久弥新的电影人物。人们认为他的哲学式的电影思考曾经被误解或删减，因此，需要重新进行思考。

例如，安德烈·巴赞认为电影艺术所具有的原始的第一特征——纪实的特征，使它与其他任何艺术相比，都更接近生活和更贴近现实，故而他提出的“电影是现实的渐近线”被称作是“写实主义”的口号，意大利新现实主义运动则为他的电影理论提供了实证。其实，安德烈·巴赞也同样提醒众人不要误解写实主义的含义，他认为电影的最终目的是为了使生活本身变成有声有色的场景，为了使生活在电影这面明镜中看上去像一首诗。有的学者认为，安德烈·巴赞的纪实美学感兴趣的并不是对于“现实”的真实再现，而是对于“现实—影像”关系的一种精神性认定，即影像乃是为了保留对于现实的精神性迷恋而制作的，电影制造机器只是它的一种物质基础。有的学者还认为，人们往往只是注意到安德烈·巴赞的电影理论中的影像本体论、电影起源心理学和电影语言进化观等三个方面，这是一个时代的误读，我们需要恢复安德烈·巴赞被误读的电影理论观念，将巴赞从所谓的定论之中解脱出来，找到属于我们每个人而不是仅仅属于特定时代的安德烈·巴赞。

安德烈·巴赞的电影理论，由于它的哲学意味，显得生气勃勃而又颇为神秘。

正是因为如此，人们才会情不自禁地重复特吕弗 30 年前说过的那句话：“我们依然怀念安德烈·巴赞。”

对于纪念安德烈·巴赞，电影评论家感受到的温暖是深厚的，他们为曾经有这样一位伟大的同行而感到自豪。

但是，在温暖之余，我们是否也需要反思一下，纪念安德烈·巴赞，不是给安德烈·巴赞召开追悼会，而是应该从他那里感受到一点什么，学习到一点什么。

对于安德烈·巴赞的电影理论，已经有很多的评述。但是给笔者最深刻的感受的则是安德烈·巴赞的理论姿态。半个世纪前，安德烈·巴赞已经有如此的理论姿态，半个世纪后的电影评论家却似乎已经淡化这种姿态。

安德烈·巴赞是一个独特的人，一个“放映员—思想家”，正如李洋在《安德烈·巴赞的遗产》一文中所称的，“他介于学养丰厚的理论家和痴情于电影的导演之间，介于严谨的义理分析和充分的电影实践之间”，“一边如醉如痴地阅读哲学、艺术和文学，一边给底层的工人和青年放映电影，他阅读最深奥的哲理，却用最简单的语言解释电影，他是夜晚的柏格森（Henri Bergson），白天的朗格卢瓦（Henri Langlois），他既结交导演、活动家，又创办俱乐部，既到大学讲课，又在公众媒体积极撰写评论”。[2](p.12)他是一个“穷人”，40 岁因病离世时，连块埋葬自己的墓地都买不起的“穷人”，但是，十几年来，他却用自己的钱创办了 14 个电影俱乐部、一所学校和三份杂志，为法国各大媒体撰写了众多充满力量的影评文章。但是，“今天，像巴赞这样的大众影评人已经没有了，像他这样的影评人又去给普通人放映电影的活动家也消失了”。[2](p.12)

因此，纪念安德烈·巴赞，也就必然会感怀他的理论姿态，他如何“介于学养丰厚的理论家和痴情于电影的导演之间，介于严谨的义理分析和充分的电影实践之间”，而且，联想到目前的中国电影评论，为什么像安德烈·巴赞这样的“影评人”和“活动家”“已经没有了”“消失了”？

安德烈·巴赞散布在各种报纸、周刊、杂志和小册子中的文章，最后集结成四卷本文集，以《电影是什么？》命名之。本文就套用这一书名，命名为《电影理论是什么？》。

二

笔者在《关于青年演员表演文化的若干思考》一文曾经如此写道：“中国电影学术界不乏优秀的学者，对中国电影有着真知灼见，但是，从整体来说，中国电影学术界对于中国电影的影响力量太弱，它自身无法构成对于中国电影足够的对话能力，一方面中国电影创作界与它无法沟通，觉得中国电影学术界的美学发言，既显得深奥晦涩，又觉得它没有用处，它似乎隔靴搔痒，说不到电影创作的微妙或者核心部位，也产生不了多少的启示作用；另一方面，中国电影学术界人士大多属于高校和科研单位，他的任务是完成一部部著作和一篇篇论文，只要达到了这些科研指标，似乎自己的任务也完成了，至于这些所谓的著作和论文，对于中国电影发展能够产生多大的影响价值，则又是另外一个问题了。因此，中国电影学术界和创作界常常较难建立起一个十分畅通的平台，相互之间对话有点艰涩，有点听不大明白、说不大清楚。”“当一种学术不了解自己的终点和目的在哪里，而且，往往将手段当作目的，那么，它自身的本体价值则必然会受到怀疑。电影学术界的许多著作和论文，由于形成不了对于中国电影的影响作用，也就容易沦为一种低效甚至无效的劳动。”

安德烈·巴赞却将两者之间的关系打通了，形成了对于电影“足够的对话能力”。

如前所述，“他既结交导演、活动家，又创办俱乐部，既到大学讲课，又在公众媒体积极撰写评论”。安德烈·巴赞在转向电影批评与教育以后，进入皮埃尔·艾美·图夏尔创建的文学沙龙（La Maison des Lettres）工作，并创办了第一个电影俱乐部。由于俱乐部经常邀请天主教思想杂志《精神》（L'Esprit）的电影评论人罗热·里纳尔（Roger Leenhardt）开办讲座，他与罗热·里纳尔有了较多的接触，并逐渐熟悉了电影评论的写作方式。当时，由于经济危机与战争，法国电影产业在20世纪30

年代处于低迷时期，连高蒙公司都停止了电影生产，卖掉了国外的连锁院线，电影院和观众数量更是逐年减少。由于和罗热·里纳尔的特殊关系，安德烈·巴赞和罗热·里纳尔经常观看电影，而且，电影院里往往只有他们两个人，如同巴赞的传记作家安德鲁·杜德雷(Andrew Dudley)所称的："战争之前，巴黎著名的知识分子几乎不去看电影，也很少有人在看过之后考虑去评论，然而巴赞，却像谈论陀思妥耶夫斯基的小说那样评论那些影片。"[2](p.12)每次看完电影以后，两人都要热烈讨论，从音乐到布景，从剪辑到人物，无所不谈，使安德烈·巴赞具备了出色的即兴讨论能力，这为后来他成为"放映员影评家"准备了基础，一年以后，他已经能够熟练地在大银幕前为观众讲解电影了。安德烈·巴赞在这一时期也学会了电影保存和放映技术。

二战期间，安德烈·巴赞参加"劳动与文化"组织，参与创建电影俱乐部，举办电影讲座。作为青年电影协会(Les Jeunesses Cinématographiques)的组织者，安德烈·巴赞曾经冒着生命危险，在占领区偷偷放映卓别林的反纳粹电影《大独裁者》。1943年开始，安德烈·巴赞撰写电影评论文章，陆续发表于《法国银幕》(L'écran Francais)、《自由巴黎人》(Le Parisien Libéré)、《精神》(L'Esprit)等杂志，并且，从电影评论人又逐渐转变为杂志的主要编辑。1945年5月14日，安德烈·巴赞在雷诺汽车厂，为工人放映了法国导演马塞尔·卡内(Marcel Carné)拍摄的电影《太阳升起》(Le Jour Se Lève)，这是在二战结束以后，安德烈·巴赞组织的第一场电影放映活动。他又参与创建《广播电影电视》(Radio-Cinéma-Télévision，即后来的《广播影视》周刊 Télérama)，认识了弗朗索瓦·特吕弗，并成为他的监护人。1951年，他参与创办《电影手册》杂志，并任主编直至离开人世。

从上述详细描述中可知，安德烈·巴赞的理论姿态颇为独特，他热衷于组织电影俱乐部的讲座、课程、培训和辩论活动。应该说，他将电影评论放置在终端，即直接与观众交流，让评论直接在银幕与观众面前进行。在一个完整电影艺术活动的终端部位，也就是在银幕前，向观众直接评论电影，进行讨论和辩论，这种电影评论的终端观无疑使评论回归到本位，在一种最原始和最直接的评论状态中，使评论产生了它原本应该具有的价值。书斋式的电影评论，需要通过中介媒体发表出来，它自然有其充足的存在理由和必要，安德烈·巴赞自己也写作了大量的电影评论。但是，这种在银幕面前向观众直接评论电影的方式，仍然是非常令人倾心和向往的。

这里，需要强调和肯定的是他的理论姿态——坚持在银幕面前讨论电影。近几年来，笔者经常评审大学的文学博士学位论文，包括研究电影的博士学位论文，这些论文常常动辄数十万言，但是，论文中所涉及的一些文学和艺术作品，作者并没有阅读和观看过，对于它们的评述，大多是从文献引述而来的，因此，也就缺乏自己对于作品的真正解读。我想，在电影评论活动中，有些人并没有看过电影，只是根据媒体的介绍和评价，就敢于评论电影。这种电影评论，以安德烈·巴赞的"坚持在银幕面前讨论电影"的观点看来，无疑是一种伪评论。在银幕面前讨论电影，也就是在真相面前讨论电影，可以避免"南郭先生"滥竽充数，肆意解读。

安德烈·巴赞的电影评论终端观和坚持在银幕面前讨论电影的观念，应该是与他的国民教育和迷影运动有着一定的内在关系。但是，他的这种理论姿态，对于目前中国电影评论仍然有着启发意义，这是值得电影评论家重新思考的。

尤其需要关注的是，安德烈·巴赞不仅仅是一个活动家型的电影评论家，他所发表的电影评论，对于电影的现实创作和生产，同样有着巨大的影响力。最为突出的标志是，他的电影理论培育了法国"新浪潮"电影运动，成为"新浪潮"的开路先锋或者先声。他作为创办人之一的《电影手册》，集聚了一批后来成为"新浪潮"电影核心力量的电影艺术家和评论家，他的电影理论使当时处于主流地位的蒙太奇学派受到冲击，在20世纪50年代的西方电影界引起了轰动。

安德烈·巴赞的理论姿态，还表现在他对于个人学术立场的坚持。例如电影学术界熟知的"奥逊·威尔斯之争"，1946年奥逊·威尔斯(Orson Welles)的《公民凯恩》(Citizen Kane)在法国公映，由于当时复杂的政治和文化背景，萨特(Jean-Paul Sartre)和乔治·萨杜尔(Georges Sadoul)对影片提出了批评意见。由于萨特和乔治·萨杜尔在法国艺术界的特殊地位，他们的批评已基本上代表了主流批评界的意见，但是，安德烈·巴赞却认为《公民凯恩》的电影美学和风格具有一种独特的价值。1947年1月他在Colisée影院主持了《公民凯恩》的电影放映，并与观众展开激烈讨论，他对于自己的观点据理力争，并在萨特主编的《现代》(Les Temps Modernes)杂志上，发表了回应萨特的文章。尽管萨特本人没有回应，安德烈·巴赞也不再争论，但是，这篇文章在当时电影界却引起了争论。

安德烈·巴赞让电影介入到观众，让电影评论介入到电影创作，使电影创作、评论和接受紧密地结合在一起，使三者之间产生相互依存和制衡的关系，并在这种关系中使电影发挥最大的效应，安德烈·巴赞也从"放映员式影评人"成为了"放映机前的蒙田"。

到此，安德烈·巴赞完成了第一个理论姿态：将电影评论紧紧地与电影创作、电影接受交融在一起，电影评论的生命和使命就在于此。

面对安德烈·巴赞，中国电影学术界应该反思其与电影创作界若即若离甚至是互不相干的关系，应该重新反省自己学术任务的终点和目的，让电影评论与电影创作、电影接受真正连接起来。

三

安德烈·巴赞也想写作个人的电影理论专著，只是由于英年早逝，这一愿望没有实现。如果上天假以时日，安德烈·巴赞一定能够写出优质的电影理论著作。

但是，我们可以毫无愧色地说，安德烈·巴赞的电影评论，不亚于任何的电影理论。

应该承认，许多电影理论专著，总是以万字计，甚至几十万字，但是，它们都已经成为了历史，“由于形成不了对于中国电影的影响作用”，“沦为一种低效甚至无效的劳动”。

安德烈·巴赞在他短暂的40年生命中，其中只有15年时间进行电影评论写作，却写出了大量电影评论。这些电影评论文章全部发表和出版，它没有貌似完整的理论体系，但是，却被认为是有史以来最伟大的电影评论。安德烈·巴赞不是书斋中的电影理论家，他的电影评论却具有非常强大的美学力量。

就此而论，电影评论和电影理论一样，它们具有同样的学术价值，它们的最高任务只有一个，即“对于中国电影的影响作用”。在目前电影学术界，常常存在一种“将手段当作目的”，将文章的字数和著作的厚薄作为学术价值的衡量标准，总称某位学者发表了多少篇学术论文，总字数是多少，或者出版了多少部学术专著，总字数是多少，但是，很少提到这些论文和专著对于中国电影的影响率。

影响率，应该成为衡量电影评论和电影理论的学术术语，尽管这种影响率很难进行实证统计，但它应该成为电影评论和电影理论的核心理念。

电影评论在学术品位上并不低于电影理论，而且，杰出的电影评论，它的学术含金量完全可以超过电影理论。安德烈·巴赞就是典型的例子。

安德烈·巴赞作为伟大的电影迷和电影评论家，他的学术作品很少有经院式的电影理论建构，其著述大多以电影评论的形态出现。但是，安德烈·巴赞就是以这些电影评论，同样成为伟大的电影理论家。他建构与蒙太奇学派不同的电影理论体系，影响“新浪潮”电影运动，他的电影评论文集《电影是什么?》成为英美电影教学的重要教材，这一切都充分证实了他对世界电影的影响率。

因电影评论而建立起电影理论，安德烈·巴赞“不但捍卫了电影艺术（不止一次地探讨电影的美学本性），发现和重新评价一批导演（罗西里尼、德西卡、维斯康蒂、奥逊·威尔斯），更从历史深度让人们在更久远的文化传统中重新认识电影的魅力（他是最早把电影与其他艺术形式进行鉴别、比较和分析的影评人）”。[2](p. 14) 安德烈·巴赞建立了一套完全属于电影的本体论，作为进行电影评论的概念范畴和理论基础。而且，他能够以自己的美学判断力和学术良心，发现真正具有艺术价值的电影作品，例如他崇尚意大利新现实主义电影等“客观现实”的电影和霍华德·霍克斯等能够在摄影机前成功隐去（invisible）自己痕迹的电影导演，他称赞奥逊·威尔斯电影中的深焦摄影和景深镜头以及让·雷诺阿电影中的广角摄影，推崇通过场面调度达到一种“真实的连续性”。安德烈·巴赞通过自己的学术努力，逐渐使电影确立了自己的文化品格。

安德烈·巴赞的电影评论文章，运用非常平实的语言描述深刻的电影原理，而不是采用“深奥晦涩”或者激情飞扬的语言表述电影理论。这种平实的语言，使安德烈·巴赞的内心激情包裹在平静、博学而又富有洞察力的美学分析之中。而且，在他的影响下，法国学术界的电影口味逐渐地发生了改变，从“迷影激情”过渡到“理性与激情”共存的阶段，充满了一种知性的力量。安德烈·巴赞平实的描述风格，并不意味着一种机械的电影内心世界。相反，安德烈·巴赞一直认为只有热爱电影的人才能发现电影的美感。他提倡一种建设性的批评，他的电影评论没有堆砌理论术语。由于他对电影历史的熟悉以及对电影艺术的天才审美能力，对于影像世界总能作出令人耳目一新的评价。可以说，安德烈·巴赞的电影评论文章，是文字对于影像的最佳旁白，甚至是一种深情的恋人絮语。

由此，安德烈·巴赞也完成了第二个理论姿态：他以自己杰出的电影评论而成为伟大的电影理论家，而且，以自己的文风，影响了法国知识界的电影口味。

中国有真正意义上的电影评论家吗?

有人称，中国的真正意义上的经济学家，不会超过五位。我想，中国电影评论界的情况更不乐观。

纪念安德烈·巴赞诞辰 90 周年和逝世 50 周年，电影学术界是否需要重新思考一下电影学术的手段与目的的关系，是否需要重新思考一下电影评论的地位和力量，甚至做一个安德烈·巴赞式的电影评论人。

四

做一个安德烈·巴赞式的电影评论人，其实，并不容易。

它需要扎实而完备的电影知识以及其他人文知识，同时，也需要一种美学批评的天赋。

安德烈·巴赞继承和发展了他自己所处时代的人文精神，而且，他内在的人文思想和知识结构充沛有序，使他的电影评论充满了一种潜在话语。远远超出了电影书写的常规概念。

"在巴赞的思想中，主要受到三种思想的深刻影响：天主教思想，这种思想给他奠定了虔诚、博爱和宽容的圣徒色彩；柏格森(Henri Bergson)生命哲学，这奠定了他对文化实证主义思潮的批判；萨特(Sartre)的存在主义哲学，影响了他后来以哲学、美学的视野去评析电影的总体倾向。"[2](p. 13)安德烈·巴赞在天主教思想方面，颇受艾曼纽尔·穆尔尼埃(Emmanuel Mournier)天主教社会主义思想的影响，而且，它也与安德烈·巴赞的天主教教育颇为合拍；存在主义，则是安德烈·巴赞的主要哲学背景。可以说，安德烈·巴赞的现实主义乃是存在主义的现实主义。所以，以安德烈·巴赞作为精神导师的法国"新浪潮"运动的电影，剧中的现实颇为主观与随意，它拒绝任何先验的观念。安德烈·巴赞还运用精神分析学说解释电影起源，提出了"木乃伊情结"概念，他认为人类有着永久性保存自己尸体的愿望，而涂上香料的木乃伊是第一个雕像。雕刻和绘画成为人类的替代品。电影由于有了摄影，第一次实现了影像与被摄物的同一，它是给现实涂上香料，使时间免于腐朽，存在与"木乃伊情结"相似的心理动机。

安德烈·巴赞的电影评论广泛涉及到了政治学、社会学、心理学、人类学、美学、哲学、考古学、宗教学、神话学等众多学科，形成了一种非常厚重的人文知识背景。

如此的人文知识背景，使安德烈·巴赞能够从美学和哲学的角度解读电影，使他的电影评论充满智慧。

安德烈·巴赞对于不太成功的电影不会轻易地全盘否定。"哪怕是一部糟糕的影片，对他来说都是发展历史或社会假说的机会，是思考创造之路的机会。他的步骤建立在悖论上与丰富的态度上，从辩证的角度来说这种悖论就是真的好像假的。他从一部影片的最矛盾的方面出发，揭示影片的美学需求”。因此，安德烈·巴赞虽然没有电影理论专著，但是，他大量的电影评论文章，说明了他不是一个教条主义者，而是睿智的启发者。

安德烈·巴赞将战后欧洲电影的发展演变放置到电影语言的美学历史发展范畴中进行分析，他对于电影语言发展的梳理和概括，基本上确立了他以后相关思考的基础，或者说是奠定了他以后的电影语言史和风格史的地图式绘图方式。

“安德烈·巴赞没有像后世电影理论家那样撰写过严谨的电影理论著作，但他的每篇文章，尤其是后期文章，都论证严谨，义理明晰，经久耐读。”[2](p.14)这里，安德烈·巴赞完成了第三个理论姿态：以自己广博的人文学科知识和智者的天资，使自己的电影评论产生哲学式的思考品位。

与安德烈·巴赞相比较，中国电影评论家的整体素质，仍然有着颇为显著的距离。

中国电影评论家大多从中文、哲学等专业转行而来，自身的电影理论学养并不扎实，加上缺乏厚重的人文知识背景，因此，既无法形成大文化的评论气势，也无力进行文本细读，写出的电影评论总是不够深刻中肯，“说不到电影创作的微妙或者核心部位，也产生不了多少的启示作用”。笔者在《戏剧人格：一种文化人类学的学术写作》一书中也曾经如此写道：“有些戏剧论者并不是不想对现实戏剧发言，但是，无奈自身素质不高，戏剧文化知识准备不足，难以构成这种能力。”[3]

因此，成为一位合格的电影评论家，并非是一件易事，它需要一种综合素质，一种深厚的人文修养和健全的人格，同时，还不能缺乏智力的保障。在这一点上，安德烈·巴赞是所有电影评论家的标杆。

安德烈·巴赞完成了三个理论姿态，也就必然进入世界电影历史，进入被后人纪念的伟大人物行列。

当然，安德烈·巴赞是不可能被复制的，因为他所处的时代是不可能被复制的。但是，这并不意味着安德烈·巴赞已经永远成为历史，因为安德烈·巴赞的理论姿态以及由此体现出来的方法和立场，对于中国电影学术界，仍然是具有启示意义的，而这，是可以复制的。

这，也许是纪念安德烈·巴赞诞辰90周年和逝世50周年的意义所在吧。

参考文献：

[1]　让·路普·巴塞克.电影辞典[K].巴黎:拉鲁斯出版社,1991.

[2]　李洋.安德烈·巴赞的遗产[J].作家,2007,(5):10—14.

[3]　厉震林.戏剧人格:一种文化人类学的学术写作[M].北京:中国戏剧出版社,2003:46.

理解巴赞:摄影影像本体论与纪实美学
——是数字技术的挑战还是摄影技术的挑战?

王志敏　北京电影学院教授
赵　楠　北京电影学院硕士研究生

2008年是法国电影批评理论家安德烈·巴赞(1918—1958)诞辰90周年和逝世50周年纪念。巴赞英年早逝,从事电影理论批评活动只有短短的十余年,但却为人类留下了一笔相当丰厚的电影理论批评遗产,在全世界的范围内产生了持续而深远的影响。更重要的是,他的电影理论批评对电影创作产生了重大的影响,几乎可以说是开创了一个全新的电影时代,其影响范围之广,影响时间之久,堪称电影理论批评对电影创作产生重大影响的一个几乎是绝无仅有的特例。巴赞和法国电影新浪潮的关系以及和新浪潮的主要代表人物之一的特吕弗的关系,成为世界电影史上的美谈。现在电影和电影理论都有了突飞猛进的发展,两者却越来越不相干,在人们不断地宣称巴赞的理论受到了挑战和被超越的今天,总结和清理这笔遗产就变得十分重要了。

由于巴赞的影响和巴赞对电影的强烈热爱,今天我们比以往任何时候都更需要理解巴赞。而纪念巴赞的最好的方式就是理解巴赞。

一位美国学者曾说,“哲学始于语言放假的时候”,“哲学本身就是交战的学科”。这两句话都不错。但在我看来,后一句话中的“交战”改为“争辩”更好。人们说完了话,就给自己放了假,不再用语言追究自己的话。但哲学没有给自己放假,哲学始终有着追究语言的责任。我们就想用这样一种方式来理解巴赞。

在电影理论发展史上,巴赞以其电影理论批评活动成为经典电影理论中与蒙太奇理论相抗衡的纪实派理论的最重要的代表人物。蒙太奇理论的代表人物是爱森斯坦和普多夫金。纪实派理论的代表人物还有克拉考尔。美国学者汉德逊把蒙太奇理论称为局部与整体关系的理论，把纪实派理论称为电影与真实关系的理论。虽然他承认，前一种理论的范例是爱森斯坦和普多夫金的理论，后一种理论的范例是巴赞和克拉考尔的理论。但是，他却认为，在这四个理论家中，最好和最有影响的是爱森斯坦和巴赞。汉德逊尖锐地指出，爱森斯坦和巴赞的出发点都是真实。但是，他们实际上并没有给真实下一个定义，也没有发展任何有关真实的学说。在一定程度上，他们各自的理论都是建筑在他们自己尚未弄清楚的真实这一概念的基础之上的。他们之间的主要差别之一是，爱森斯坦超越了真实（超越了电影与真实的关系），而巴赞却没有。事实是，巴赞在理论上没有，但是在实际的批评活动中却超越了真实。这才是问题的关键。

巴赞主要是一位电影批评家，其次才是一位电影理论家。应该注意，这两者是有区别的。特别是，他作为一位活跃的批评家，成为二战后电影纪实美学的积极鼓吹者。他的主要目的是为了对抗爱森斯坦的蒙太奇形式美学。爱森斯坦的理论活动是创作经验的总结并直接为创作服务，与爱森斯坦不同的是，巴赞的理论工作是为他的电影批评服务的，是为他通过批评大力倡导电影纪实美学服务的。巴赞大量使用的是现实主义。爱森斯坦不需要为他的蒙太奇理论的合法性操心。而巴赞却需要为他的纪实美学的合法性进行论证。这就是他提出“完整电影的神话”理论和电影影像本体论的主要目的。巴赞从 1943 年开始从事电影评论活动，先后担任过《法国银幕》、《精神》和《观察家》等杂志的编辑和撰稿人，1951 年与人创办《电影手册》，担任主编。在《摄影影像的本体论》、《完整电影的神话》、《电影语言的演进》等论文中，相继提出了电影起源于心理学、电影影像的本体论和电影语言的进化观等理论。

我们早就应该认识到，纪实美学的合法性是不需要论证的。纪实美学天然地具有合法性。巴赞没有必要地指出电影起源的心理学背景是“完整电影的神话”，而我们却有必要指出，巴赞纪实美学起源的心理学背景是他的建立在“完整电影的神话”理论基础之上的“摄影影像的本体论”，正是这一初衷，决定了巴赞的“完整电影的神话”理论的“目的论”错误。巴赞把电影的发明创造及演进过程这样一种自然历史性进程，描绘成一种人格化的“目的论”进程。从科学的角度来说这是一个令人无法容忍的错误。这同时也决定了巴赞的电影摄影影像本体论的局限性。我们经常说，电影是科学技术进步的产物。电影自诞生以来一个多世纪，经历了四次革命——从无到有，从无声到有声，从黑白到彩色，从模拟到数字，在这一过程中，科学技术进步始终扮演了决定性的角色。但是，巴赞却说："我认为，在这个问题上，确实应该把经济基础决定思想意识的上层建筑这种历史因果关系倒过来，把基本技术的发明看作是偶遇的巧事，与发明者的预先设想相比较，技术发明基本上是第二性的。电影是一种幻想的现象。人们的设想在他们的头脑中已经是完备的了，如同在柏拉图的天国中一样，与其说技术对研究者的想象有所启迪，莫若说物质条件对设想的实现颇有阻力，这一点是相当明显的。"巴赞把电影发明创造的第一位的原因归结为人类有史以来的一个伟大理想即"再现现实原貌神话"的实现，这个理想和神话可以追溯到远古时期造型艺术中的绘画与雕刻的"木乃伊情结"，他还指出，在古代，"这曾经是天经地义的事"，在现代又如何呢？在那些伟大的电影先驱者的想象中，"电影这个概念与完整无缺地再现现实是等同的；他们所想象的就是再现一个声音、色彩、立体感等一应俱全的外在世界的幻景"。电影是从萦绕在那些少数先驱者头脑中的一个共同的理念之中，即从一个神话中诞生出来的，这个神话就是完整电影的神话。当然这也是"天经地义的事"。巴赞以为自己已经为电影本体论奠定了一个坚实的无可置疑的理论基础。

在巴赞看来，完整电影的神话在科学技术的帮助下终于冲破重重阻碍一步一步地实现了，也就是说电影终于诞生了。当然，电影的诞生是一个过程。正如巴赞所说的那样："因此，貌似悖理的是一切使电影臻于完美的做法都不过是使电影接近于它的起源。电影还没诞生出来呢！"[1](p.16)必须指出，这一点具有惊人的远见，如果说科学家正在实验中的全息电影才是真正的电影，那么，电影还真的是没有诞生出来呢。

有了这些铺垫，他就可以进行他的摄影影像的本体论描述了："摄影与绘画不同，它的独特性在于本质上的客观性。况且，作为摄影机的眼睛的一组透镜代替了人的眼睛，而它们的名称就叫'objectif'，在原物体与它的再现物之间只有另一个实物发生作用，这真是破天荒第一次。外部世界的影像第一次按照严格的决定论自动生成，不需人加以干预，参与创造，摄影师的个性只是在选择拍摄对象，确定拍摄角度和对现象的解释中表现出来，这种个性在最终的作品中无论表露得多么明显，它与画家表现在绘画中的个性也不能相提并论。一切艺术都是以人的参与为基础的；惟独在摄影中，我们有了不让人介入的特权。照片作为'自然'现象作用于我们的感官，它犹如兰花，宛若雪花，而鲜花与冰雪的美离不开植物与大地的本源。”[1](p.16)“这种自动生成的方式彻底改变了影像的心理学。摄影的客观性赋予影像以令人信服的、任何绘画作品都无法具有的力量，不管我们用批判精神提出多少异议，我们不得不相信被摹写的原物是确实存在的。它是确确实实被重现出来，即被再现于时空之中的。摄影得天独厚，可以把客体如实地转现到它的摹本上。”“唯有摄影机镜头拍下的客体影像能够满足我们潜意识提出的再现原物的需要，它比几可乱真的仿印更真切：因为，它就是这件实物的原型。不过，它已经摆脱了时间流逝的影响。影像可能模糊不清，畸变褪色，失去纪录价值，但它毕竟产生了被拍摄物的本体，影像就是这件被摄物。相簿里一张张照片的美丽就在于此。这是些灰色的或墨色的、幽灵般的、几乎分辨不清的影子。这不再是传统的家庭画像，而是能够撩拨情思的人生的各个瞬间，它们摆脱了原来的命运，展现在我们面前，把它们记录下来不是靠艺术魔力，而是靠无动于衷的机械设备的效力。因为摄影不是像艺术那样去创造永恒，它只是给时间涂上香料，使时间免于自身的腐朽。”[1](p.7)

巴赞所说的本质上的客观性，实际上是指电影的纪录功能，即再现功能。所说的个性就是电影的表现功能，即效果功能。巴赞的这一段涉及电影影像本体的再现功能和表现功能关系的表述，主要特点是特别突出了电影的客观性，即再现功能。或者从本体论的角度更准确地说是过高地估计了电影的再现功能，过低地估计了电影的表现功能。这是理论表述上的明显失误。这种失误不是历史性的失误，应该说，即使是在当时，也是一个时代性的错误。巴赞观点的错误在于，明显忽略了电影拍摄中色彩、光效以及摄影机的运动等手段中所包含的主观性作用。“外部世界的影像第一次按照严格的决定论自动生成，不需人加以干预，参与创造，摄影师的个性只是在选择拍摄对象，确定拍摄角度和对现象的解释中表现出来。”电影摄影“不需人加以干预，参与创造”，即使是在当时也是相当明显的错误。而在未来，当一切都可以通过计算机编程进行程序化操作，这也是有问题的。但是，他接下来说的话却是正确的：“这种个性在最终的作品中无论表露得多么明显，它与画家表现在绘画中的个性也不能相提并论。”但问题的关键却在于，后面的正确掩盖不了前面的错误。再接下来的话又是明显的错误：“一切艺术都是以人的参与为基础的；惟独在摄影中，我们有了不让人介入的特权。”正确的表述应该是：“一切艺术都是以人的参与为基础的；即使是在摄影中，我们也没有不让人介入的特权。当然介入的方式有所不同。”谷时雨非常明确地指出了巴赞的这一错误：“巴赞把摄影过程中的局部客观性极其主观武断地扩展为全局的客观性，这是非常致命的一个关键性硬伤。”有人这样批评巴赞：“如果映现在胶片上的影像永远只是通过摄影机透镜被感光材料所记载的光影，那么，巴赞的美学体系的确是难以撼动的。巴赞的确可以理直气壮地说：‘一切艺术都是以人的参与为基础的，唯独在摄影中，我们有了不让人介入的特权。’数字虚拟影像生成技术的诞生，使影像本体不再仅仅是由摄影机和感光材料‘按照严格的决定论自动生成’了，与此相反，在数字模拟影像生成的技术背景下，影像恰恰是按照人的意志，随心所欲地生成的。”[2]这种批评低估了巴赞的错误，把一个时代的错误变成了历史的局限性。

巴赞以为，有了以完整电影的神话理论作铺垫后的电影摄影影像本体论描述，他就可以把他的本体论直接变成纪实美学了。我们知道，本体论是可能性，而美学却是倾向性。这个问题对巴赞来说要简单得多：“因此，新现实主义首先是本体论立场，而后才是美学倾向。”[1](p.321)巴赞的公式是：本体论即等于美学。我们完全可以理解，事实上，恰恰是巴赞的“完整电影的神话”理论决定了巴赞的电影摄影影像本体论的不完整性。前文提到，纪实美学的合法性是不需要论证的。纪实美学的合法性即使需要论证，也不能从电影摄影影像的本体论中寻求，而应该从社会的现实需要中寻求。但是，巴赞纪实美学的最突出的贡献是，他在他的电影批评实践中，从一种不完整的电影本体论出发，阐发出一种相当完整的电影纪实美学。其中包括表现对象的真实、时空的真实和叙事结构的真实。为实现他的纪实美学理想，巴赞不遗余力地提倡按照长镜头和景深镜头的原则来拍摄影片，并热情洋溢地推崇意大利新现实主义的影片。[3]在这方面巴赞确实是功不可没。事实上，中国的电影理论界也给予了他相当合理的评价。但是，我们可以肯定地说，从一个不完整的电影本体论是绝对发展不出来一个完整的电影语言观的。将电影称为语言是一个大问题，而他的电影语言观却是一个单向度的现实主义的电影语言观。

巴赞还有一个产生很大影响并被广为引用的观点，这就是他的关于“现实的渐近线”的观点。他在《杰作：〈别了温别尔托·D〉》中说：“当然，德·西卡与柴伐梯尼力求使电影成为现实的渐近线。但是，他们最终的目的还是为了使生活本身变成有声有色的生活场景，为了使生活在电影这面明镜中最终像一首诗呈现在我们眼前。电影最终改变了生活，当然，生活毕竟还是生活。”[1](p.341)绝大多数的人都读不懂巴赞的这句表现得相当无奈的陈述。巴赞发现，尽管他的电影纪实美学已经相当完整了，但纪实美学这个匣子仍然不够大，仍然不能把在他看来所有好的电影全部放到这个匣子里面去。我们在他的电影批评中，还是多少能够看到“无边的现实主义”的影子。聪明的巴赞懂得，“把费里尼开除出新现实主义的企图是荒唐可笑的”，尽管如此，他还是发出了警告，他一会儿说，费里尼甚至超越了现实主义美学，步入了另一境界，一会儿又说，费里尼已经滑到了现实主义的边缘，费里尼再往前跨出一步，就走出了现实主义的边界。[1](pp. 346-347)

现在我们完全有理由说，电影的纪录功能有多强，也就是说，电影的仿真功能有多强，电影的表现功能就有多强，也就是说，电影的造假功能就有多强。正是在这个意义上，应该说电影实际上是现实的平行线。电影是耸立在现实旁边的另一个世界，在这个世界里，既有现实世界的逼真再现，也有创作者个人的主观表现。

《电影语言学》一书中指出：“数字化正在迅速改变传统意义上的电影，并将电影带入一个革命性的全新的时代。这场革命不仅完全可以与有声电影、彩色电影的出现相媲美，甚至还有过之而无不及。这场革命将使电影真正走出它自己的‘在创造中使用’的‘仓颉造字’阶段。即将开始一个电影的‘在使用中创造’的崭新的阶段。我们必须说，这将是一个影响全人类文明进程的伟大事件。由此，电影语言的发展对于人类的意义必将得到重新估计。就如同有了文字数千年之久，人类才对自然语言之于人类的重要意义给出了重要的估计一样，有了数字之后才可能对电影语言之于人类的重要意义给出重要的估计。在这个意义上，电影语言的意义将不亚于文字语言的意义。”[4](pp. 142-143)

“在巴赞看来，映在胶片上的影像，是曾经出现在摄影机前的事物的影像，电影只是作了客观的纪录而已；人只是通过电影摄影技术把那一段已经逝去的时间永远留住而已。这种在当时就有问题的表述，在可以运用数字技术虚拟现实中并不存在的事物的影像的时候，在可以使用数字技术处理、加工已经拍成的现成电影作品的片断的时候，使用摄影机拍摄出现在其前面的对象的必要性便从根本上被动摇了。”[4](p. 145)陈犀禾指出：“事实上，数字技术不仅导致了影像本体论的解体，同时也‘消解’了电影自身。历来非常自豪于自身特性的电影潮流现在似乎正融入更大的视听媒体的潮流。它们被称为摄影的、电子的或网络的一部分。电影正在失去它通过不懈努力获得的流行艺术之王的宝座，现在必须和电视、视频游戏、计算机和虚拟现实进行艰苦的竞争。”[5]但是，按照前面提到的巴赞的“电影还没有诞生”的理念和电影的诞生是一个过程的观点，数字技术并没有导致电影自身的“消解”，而是在“融入更大的视听媒体的潮流”之后，变得更加多姿多彩了。

当计算机可以创作出任何能够想象得到或曾经看到过的影像之时，电影便可以不再用摄影机和胶片等介质来拍摄并通过后期制作来完成，而是可以通过计算机"做"出来，那么，至少在这个意义上，发展到数字电影阶段的电影与现实之间的关系在某种意义上便类似于文字语言与现实之间的关系了。[4](p.291) 巴赞经常把电影同小说、戏剧和绘画的表现力进行比较，特别是小说，他说电影比小说落后了 20 年。"《游击队》这类影片反证了曾经比当代小说落后了 20 年，甚至 50 年。"[1](p.341) 但是，巴赞的思想背景却限制了他把电影同语言文字进行全面比较的可能性，这才是伟大的巴赞的真正历史局限性。我们完全可以想象，如果巴赞活到大片横行的今天一定会非常生气，即使是他也许会非常喜欢的电影，他也无法把它们放到他的纪实美学的匣子里。

参考文献：

[1] 安德烈·巴赞.电影是什么[M].南京：江苏教育出版社，2005.

[2] 余纪.电影影像的本体论——从电影到后现代的美学发生学问题研究[J].当代电影，2001，(2)：98—101.

[3] 陈晓云.后电影：理论与创作[J].当代电影，2001，(2)：102—106.

[4] 王志敏.电影语言学[M].北京：北京大学出版社，2007.

[5] 陈犀禾.虚拟现实主义和后电影理论——数字时代的电影制作和电影观念[J].当代电影，2001，(2)：84—86.

论本雅明对现代电影理论的贡献及其局限性

——兼涉对超越本雅明的思考

金丹元　上海大学教授

张书端　温州大学国际合作学院助教

近几年来，在中国电影研究领域中出现了一批以早期电影与现代性间的关系为主要研究对象的学者，其中尤以美籍华人或旅美华裔学者最具代表性，包括米莲姆·汉森、李欧梵、张英进、张真等人。这批学者的出发点和关注点往往集中于早期经典电影同人类感官机制间的关系上，认为早期经典电影为现代公众提供了一个感官反应场；因此，早期经典电影实际上已成为现代性体验的一种有效载体，或一个个开放的公共平台，据此他们反对把这类电影排除出现代主义的范畴。从这些学者的分析和阐释中，我们可以看到本雅明的大众文化理论在当下电影学者中的巨大影响。由此我们想到本雅明有关电影的一些论述，事实上已经对现代电影理论产生了相当的渗透性，而且其触角的超前预见性至今仍被许多电影学、文化学的研究者作为经典理论在不断援引。笔者认为，本雅明关于电影的论述的确有着极为重要的当下意义，目前我们对其发掘还远远不够，但本雅明也有他个人的和所处时代的局限性，我们将尝试把本雅明对现代电影理论的贡献进行一番梳理，并对其言说中的矛盾之处作出分析；与此同时，去思考应如何结合当前具体语境进一步超越"本雅明"，从而为拓展当下电影研究的视野提供一种参照。

一、从学理上强调电影是一种商品

尽管在中外电影理论史上，都早有学者指出电影具有商品属性，例如让·爱波斯坦认为，电影好像是两个连体孪生兄弟，它的一面是电影的艺术，另一面是电影的企业。[1]在19世纪30年代，我国的评论家徐公美也明确提出电影既具有艺术性，也具有企业性，他希望国人能够在中国电影中做到对此二者的兼顾。[2]当然，除此之外还有很多中外学者提出过电影作为一种商品的论断，但是遗憾的是，所有这些学者都没有把电影的商品属性上升到本质意义上去理解，更鲜有从学理层面对电影的商品性作较深入的分析。与之相反的是，学者们大多把关注的重心仅停留在电影的艺术性或意识形态上。这样，就势必导致人们对电影认识的偏颇，某种程度上讲，也悖离了电影作为大众文化、大众艺术的本性。这样的缺憾在本雅明有关电影的论述中得到了补偿。本雅明从本体层面上指出了电影作为一种商品的本质，并从学理上对此作出阐释和分析，他明确指出：电影是一种商品，电影从生产、制作直至放映、观看，其实都是一种艺术化了的商业行为。他认为电影作为商品的本性来自其"机械复制"特性，这至少可从两大方面得到验证。

一方面，从电影本身来讲，"机械复制"作为电影生产的内在特性不但以最直接的方式容许影片的大量发行，而且还使电影的大量发行成为工业化的必要前提，因为以"机械复制"为生产方式的电影生产成本是如此高昂，以至于依靠单个人或少数人去收回成本成为一件不可想象的事情。[3]但恰恰是因为电影能够被"机械复制"，从而实现其大众化传播，才使它可以不用像画作展览一样，受困于时间和地点，它可以以最快的速度在不同时间不同地点，或同一时间不同地点被广大的公众欣赏；而且电影也不像戏剧，每次上演都要演职员们不断重复地操演一遍，它是被机械复制的，一次制作便可以进行几乎无限次数的放映，这就大大节省了其生产和发行的成本。电影的"机械复制"特性，决定了它可以成为一种特殊的商品，反过来商品化又成为电影生产得以延续的必然途径。

另一方面，现代社会中的大众对艺术有一种强烈的近距离占有欲。"将事物以影像尤其是复制品的形式，在尽可能接近的距离内拥有之，已成为日益迫切的需求。"[4]现代社会中，特别是年轻人，总是力图期望能扭转自己在传统状态下所处的卑微地位，换言之，现代人的主体意识、独立意志已越来越强烈。在古典的、传统的艺术欣赏中，大众对艺术抱有一种"膜拜心理"，他们总是远距离地在"看"着作品，并对艺术品进行仪式化的顶礼膜拜。造成这种状况的原因是传统艺术品所具有的"灵韵"的存在，本雅明把"灵韵"定义为"遥远之物的独一显现"，[5]虽然接下来本雅明又描述这种状况为"虽远，犹如近在眼前"，但似乎更应该加上的一句是"虽近，却又遥不可及”。其实，本雅明所谓的“灵韵”与爱德华·巴罗所提出的“审美心理距离”是殊途同归的。而进入现代社会后，被启蒙了的大众不断尝试着去祛除那曾经笼罩在艺术品之上的“灵韵”，他们要揭开蒙在艺术品之上的那层黑纱，再也不愿一味盲从地对其进行远观，而要以最接近的方式去探其究竟，观其个中之奥妙，甚至占有它，亵玩它。“拉近事物——更亲近大众——现今已成为大快人心的趋势，正如同原仅独一存在的事物被复制进而被掌握，令人不亦悦乎。”[6]诞生于现代社会的电影，无疑最能满足当代大众的这种需求。在电影中，作为传统艺术核心因素的“灵韵”被祛除，这是来自电影机器的特殊功能。首先，摄影机借助于它能够随意调整的镜头，不但能使那些肉眼看不到的事物的某些方面得以显现，还能通过放大或慢速摄影拍摄到各种远远超越了人类视线之外的事物、现象乃至想象中的景象。摄影机像一把外科大夫的手术刀，深深地闯入了被摄事物的内部组织，以深入事物内里的方式祛除了传统艺术创作所必须保持的作家与事物间的距离。其次，在发行过程中，对电影进行的大批量机械复制，使传统艺术所必需的“本真性”在电影中无处安身。因为在本雅明看来，艺术品的“本真性”，正来自其“独一无二性”，而对“本真性”的保持则正是艺术品保持其权威性和神圣性的不二法门。正如“石器时代的人们在石窟墙壁上画的鹿是一种魔法媒介。这些壁画自然可以让人看见，但主要还是为了神灵的注目而画的。后来，正是诸如此类的祭仪价值将艺术品藏匿于隐秘处；有些神祇的塑像是藏在教士才可进入的祈祷室之内。有些圣母像几乎是一年到头都被覆盖着不露面，也有些哥特式大主教堂的雕像从地面上根本看不见”。[7]再者，从演员表演方面来看，电影演员也再不必像戏剧演员那样为“灵韵”所包裹，因为电影演员并不是直接面对观众进行表演，他和观众之间隔着一道摄影机的中介。这样观众在观看电影时，首先是同摄影机镜头取得认同，而在这种状况下，观众就像是一个对电影演员进行测试的考官，本雅明认为这种视角从本质上讲是不会在观众中形成膜拜心理的。

电影通过机械复制的大众发行使自身商品化，从而满足了自身得以发展延续的条件，而大众则通过电影的商品化近距离地占有了电影，从而实现了自己的艺术权力。这不但反映了现代社会中艺术感知方式的变化，还从更深层面体现了现代社会中大众寻求政治平等的强烈诉求。机械复制彻底毁灭了艺术品“本真性”的概念。因此，被祛除了“灵韵”的电影便蕴含了一种平等的潜质，每个观众都可在赏玩中去体验，在体验中去参与，神圣性被冻结了，崇拜感被淡化了，而现代人的自主性却得到了极大的提升，自觉的选择、评判或参与，反而培养了大众的现代性和对人、对社会的自主看法。由此可见，商品化不仅来自电影的内在本性，商品化也激活了现代人的思维、情感需要和欲望冲动，而电影的这一特性又正符合现代社会的需要，任何对电影商品性的否认或漠视都是对电影本性的扭曲，也是不符合社会历史进步潮流的。

当然本雅明在强调电影作为一种商品的本性的同时，也丝毫没有抹杀电影作为一种艺术的存在。只不过本雅明认为，在现代社会中，我们对艺术的定义应该做出根本的调整。不同于其他理论家依然在守旧的艺术法庭前为电影作为一种艺术的身份进行无谓的辩护的是，本雅明认为，我们首先要考虑的是电影这项发明是否从根本上改变了艺术的普遍特性。事实是，电影和摄影这些新发明已经从根本上改变了传统的艺术乃至美的本质，同时也改变了艺术与大众间的关系。他认为我们不能再仅仅把艺术束缚在"美的表象"的藩篱里。在现代社会中，"美的表象"已经趋于沦丧，与此同时，电影和大众一道"在渐渐消亡的事物中使我们看到了一种新的美"。[8]这就是今天人们所言之"视觉盛宴"、"视觉冲击"，也就是当年本雅明所提出的"震惊"之美。

电影在观众中所形成的是一种有别于以往任何传统艺术的"视觉"式反应的更为新颖，也更具刺激的艺术感知方式，它凭借活动影像和视听同步的特殊处理，使人犹如身临其境般地亲见其人、亲闻其声，观众可与角色同悲同喜、共怨共愤，也可能立即对影像中发生的事件提出质疑、表示赞同等等，总之，观影者会有更多的直接体验、自觉或不自觉的参与。而且电影往往如同发射出来的"子弹"一样，以一种强烈的"触觉"式刺激方式震撼着人们的神经，考验着观影者的承受力。而这恰恰是本雅明时代任何其他商品很难产生的审美效应。

本雅明从根本上强调了电影是一种商品，他把电影引入现代消费文化的语境中进行考察，这无疑使其理论更具有现代意义。同时这也使本雅明的理论在本质上形成了同安德烈·巴赞和克拉考尔的经典电影理论的对抗。从某种角度看，巴赞和克拉考尔秉承的是一种较传统的、包含了多重丰富性的写实主义艺术观念，但在他们的理论中，我们也可以明显感觉到一种艺术神学的气息。特别是克拉考尔，一方面要求电影必须尊重历史，有其严肃性，这无疑是正确的。他曾指出："《圣女贞德的受难》避开了历史片所难以摆脱的困难，那只是因为它抛掉了历史——利用特写的摄影美来抛开历史。"[9]另一方面，他又将西方精神文明的退化归咎为在"异化条件下宗教信仰的丧失"，进而又认为，"西方精神文明的衰败的主要原因是科学发展的结果”，[10]则又显得过于偏颇了。巴赞把电影的发明看作是一种人类的神秘的“木乃伊情意综”的作用，认为电影来自人类复现现实的渴望，因此，他把电影定义为“现实的渐近线”，虽对现实主义，乃至存在主义电影美学起到了实际的推动作用，但他依然主张观众面对电影时的一种“凝神静观”的审美方式，寄希望于观众能在大景深中对电影做出现象学式的思考。殊不知这种传统的欣赏方式在本质上同电影特别是现代电影的制作方式与现代人的观影心理是格格不入的。而一旦电影的商品性被放大后，则不仅艺术与技术的关系更为密切了，而且艺术与传播与消费的关系也被突显出来，于是，电影的工业化走向也就成为一种势所必然。

二、预言：对后现代影像的一种超前描述

本雅明在《拱顶长廊》一文中曾提出过关于“废墟”的主题。他把“废墟”视作一种象征，一种现代消费文化背后的指向，“它代表了消费文化的另一面，因为不断追求新奇，反而变得重复，甚至死气沉沉。废墟的形象象征着资本主义消费文化的脆弱”。例如时装的短寿就是如此：“正因为时装那么迫切地追求青春常驻，结果反映了死亡和衰朽。在打扮时髦的时装模特儿和妓女的微笑下面，散发着荒凉的气息，资本从内部开始颓败腐烂，因此，它越发要盛装打扮。”[11]顺着这种思路看下去，我们不难发现后现代影像文本中对于“废墟”或“废墟”上的“花朵”的描述、揭示、分析，实际上已是司空见惯。譬如一种是直接将古墓、幽灵、妓女、古旧的宅院、颓废的无政府主义者、年轻的流浪汉等等作为视觉元素，加上打斗、凶杀、滥性、肮脏的刺激来构筑叙事文本。另一种是反映那种稍纵即逝的流行文化、时尚、时装、劲歌劲舞，年轻一代的亚文化、激进的女权主义等等。前一种的废墟情调都由明显的死亡、衰败、过去了的历史片段来作明示；后一种则是以现代生活的“艳丽”一族的“花朵”来显现或揭示孕育其生长的“废墟”样的土壤。这里面又有两种情况，一种是通过对所谓“花朵”的逼近原生态的描写，来展示后现代文化的特征和当下非主流文化的各种反映形式（如时装或吸毒的美少女）；另一种则是带有批判性质的揭露和嘲弄，其本义正是本雅明所要见出的“资本主义消费文化的脆弱”。为了更深入地了解大众对影像文本的“废墟”主题的兴趣，本雅明更关心的是，“现在如何残留着过去的痕迹，‘物’本身如何记录了历史性变化，而民众的感情又如何寄托在这些‘物’中”。[12]

本雅明当年对“废墟”主题的揭示在如今的后现代影像文本中得到了更充分地

展示。在电影《猜火车》中，我们看到一群无赖式的青年过着最垃圾的生活，偷、抢、骗、吸毒、酗酒、滥性、暴力充斥着整部影片，在这些令人触目惊心的影像中，我们看到了生活在后现代都市中青年一代在丧失了精神追求之后的自我放逐。在昆汀·塔伦蒂诺的《水库的狗》、《低俗小说》中，我们看到抢劫、贩毒、追杀、劲歌劲舞和时装的充斥，在这些看似狂乱刺激的影像之下，掩藏的却是精神的空虚和死寂。同类的电影还有《一条名叫旺达的鱼》、《我心狂野》、《天生杀人狂》等等。同样的现象在香港和台湾也已经显现出来，如《台北朝九晚五》、《青少年哪吒》、《帮帮我爱神》等，在这些影片中，失去了精神维度的人们在都市的废墟之上狂欢、纵欲，仿佛行尸走肉只剩下躯壳的狂舞。

更值得关注的是，在后现代影像中，"废墟"的主题一般是同"窥视"和"自恋"等相伴随而出现的。在后现代影像文本中，"窥视"早已不是一个新鲜话题，随着对精神分析学的普遍接受，现代电影中的"窥视"手段、"窥视"画面可谓随处可见，亦即所谓通俗电影会使人联想起一个"完全封闭的世界，这个世界会神奇地展开，全然不顾在场的观众"，从而"通过观看，将别人当作是性刺激的对象"。[13]女权主义者劳拉·穆尔维则进一步认为，通俗电影由此而满足了人们的第二种乐趣"使窥视癖向自恋方面发展"。[14]从传统的心理分析角度看，由于女性是阉割威胁的能指，所以在银幕故事中女性是各个角色的性爱对象，在电影院里又成为观众的性爱对象。但穆尔维认为"……恋物窥视癖(以此)建立了对象的肉体美，并将它转化为某种自我满足的东西"。[15]这样，为了满足观众充满性欲的看，镜头不再需要一个男主角为中介就直接、当下地显现出女性的肉体，于是也就出现了千奇百怪的色情镜头。而事实上这正是自恋癖的一种心理外化。

于是我们看到，在各种"废墟主题"的文本中，几乎都或多或少地残留着"窥视"与"自恋"的痕迹。萨特的"非真实化"和存在主义早就提出过的"荒谬感"，也就会不由自主地从银幕上泛滥出来，这就形成了笔者所谓的"后存在主义"的影像文本。例如西班牙导演胡里奥·密谭的《红松鼠》中，红松鼠成了伊莉莎对菲利斯倾诉自己性要求的见证(窥视)，整个故事是骗与被骗交织在一起的。在《猜火车》中，废墟式的生活画面时时流露出的自恋和荒谬，使现实生活都成了典型的"非真实化"。而在《欲望号快车》中，将撞车和性欲纠葛在一起，既有"窥视"又有自恋式参与，企图在废墟的现实中得到所谓的"催生"。《枕边书》里诺子在男友身上书写，男友死后，出版商将人皮剥下，装裱成书，从而由自恋上升为女权意识，将人的现实界变作一种"非真实化”的存在等等，都构成了西方后现代影像文本的一种将后精神分析与后存在主义交织在一起的新的视觉景观。同类的电影还可举出很多，如《低俗小说》、《米泽丽》、《姬卡》、《骗子》、《8厘米》等等。这说明在后现代语境中，后精神分析学与后存在主义掺和的自觉运用已经渗透至一般的商业片中。而在中国，明显打上“废墟”印记的影像文本，如《大红灯笼高高挂》、《菊豆》直至《庭院里的女人》。与西方同类的影像文本迥然有别的是，第五代电影中的“窥视”、“自恋”和某种“废墟”指代的建构，主要仍是反传统和呼吁人性的复归。尽管也出现了精神分析因素，但这种精神分析是“为我所用”的，作为一种批判功能出现的。然而《庭院里的女人》却与张艺谋所呈现的“废墟”影像不同，这是一部带有自恋式的对“他者”是强者，来自西方的神父是救世主，是最理想的爱人的认同强势文化的电影，所以其所透出的精神分析似乎是非“后”色彩的，但存在指向却又是“后殖民”化了的。至于严格意义上的后存在主义的意识在中国当下的影像文本中似还不多见。不过，在“第六代”的所谓“个人化电影”中，则出现了同西方这种后现代影像的对话，甚至对接的可能性，如李欣在影片《花眼》中，用碎片化的影像呈献给我们一个“非真实”的世界。引座员是一个窥视癖，他窥探着别人的生活，并且试图进入他们的内心，但是却把自己紧紧地包裹起来，生怕被外界的些许光线刺伤；在“废墟”般荒凉的都市情感生活中，他以窥视和自恋维持自己的生存。电影和幻想编织出的世界让他分不清现实与想象，也使观众眩晕起来。影片《苏州河》中的上海，如同一个被轰炸过的滩涂，导演故意使摄影行为成为影片的表现对象，摇摇晃晃的摄影机镜头窥探着小美和苏州河沿岸的生活。导演告诉我们：“我的摄影机不撒谎”，但是由绑架、凶杀和女体幻化出的影像已经使现实虚化起来。甚至，最近陆川导演的《南京！南京！》将日军侵华时的“南京大屠杀”，以一种在“废墟”上肆虐、日本军国主义者疯狂残害中国人的惨烈场面来作人性反思的背景，都会使人联想到当今电影人对“废墟”主题的不自觉的开掘，并赋予它以现代意义。

三、本雅明电影商品化理论中的悖论

本雅明从本质上确认了电影是一种商品，但与此同时本雅明又告诫我们一定要警惕在电影生产过程中出现商品拜物教的倾向。因为本雅明清楚地看到了资本主义意识形态对电影机器的盗用，他指出在资本主义社会中，电影被当作一种激起无产阶级对“由幻觉产生的景观和多义的推测”的兴趣的工具，资产阶级利用电影诱使大众参与进资本主义电影工业，为资产阶级赚取利润服务。[16]本雅明的忠告无疑有其合理性，但是他对这一问题的处理却显得过于激进。即一方面他希望大众化的表现自由意志的电影能冲破资本主义社会的藩篱，甚至起到批判的作用；另一方面他又极力推崇非商业化的社会主义式的政治电影。为此，在20世纪30年代中期的特殊语境下，本雅明总是不断推荐前苏联电影的经验，认为在爱森斯坦、普多夫金等前苏联电影导演的实践中，无产阶级成为电影真正的主人。但是，众所周知，处于严格的计划经济体制下的前苏联电影在本质上是同电影的商品性相悖的。在前苏联电影体制下工作的导演爱森斯坦、普多夫金等人，事实上更希望电影是一种特殊的政治宣传工具，导演爱森斯坦更是把电影当做艺术实验，不断挑战电影艺术表现手法的可能性，目的是为了担当起“灵魂工程师”的职责和重任。他甚至尝试把《资本论》拍成电影，可见其意识形态倾向的强烈程度。

笔者认为，电影既然作为商品，就避免不了被资本所控制；但电影创作又不同于一般的商品生产，它同时还是一种艺术生产、精神性生产。电影虽然不能不受到资本的控制，但是，它毕竟是由编剧、导演、摄影师和演员等诸多方面的人员共同参与的一项复杂的精神性劳动，资本控制不了每一个电影生产者个体的精神，控制不了每一个具有能动性的人，这就为电影生产者冲破资本的控制、挑战商品拜物教意识形态提供了多种可能。事实上，电影史上能做到这一点的亦大有人在，比如本雅明经常提到的卓别林，他在《淘金记》、《摩登时代》、《城市之光》等影片中，都采用了当时盛行的闹剧形式，最大限度地满足了社会公众的娱乐需求；但与此同时，卓别林又通过夸张和戏仿等形式在自己的电影中深刻地揭露和讽刺了资本主义生产方式下人性被扭曲异化的现实，批判了资本主义社会的不公，展示了社会下层人民的苦难；甚至在影片《大独裁者》中，卓别林用同样的方式讽刺了法西斯统治的荒谬和暴虐。希区柯克则用自己最为擅长的悬疑片形式，在一步步抓住观众注意力的同时，通过层层解开疑窦之结的方式，揭露了资产阶级生活的虚伪和没落。在影片《蝴蝶梦》中，幽暗阴森的曼德雷城堡仿佛一个巨大的古墓，生活于其中的人物怪异而僵硬，像是萦绕在古墓中的幽灵，最终导演用一把大火将其烧毁，也预示着新生活从此开始。《群鸟》中，希区柯克在设置悬疑时也揉入了灾难片的形式，从而为自己的电影引入了生态主义的主题。凡此等等，不一而论。在中国20世纪二三十年代的进步电影中，也不乏将思想性、艺术性与商业操作结合得较成功的作品，如孙瑜导演的《天明》、《野玫瑰》、《体育皇后》等，既取得了商业成功，显现了都市大众的现代性体验，又揭示了底层民众的苦难，同时孙瑜还在影片中体现了女性解放、社会革命等进步主题。这一时期，一批左翼电影工作者加入电影创作队伍后，更进一步强化了早期中国电影的进步倾向。在二三十年代中国商业电影最为盛行的年代里，左翼艺术工作者通过各种途径参与电影制作，尽己所能地为电影生产注入进步的政治内涵，例如程步高、袁牧之、阳翰生等作为导演，夏衍、田汉等作为编剧，聂耳、贺绿汀等作为电影音乐工作者各自都从不同的环节将进步的思想和他们对艺术的理解渗透进电影生产机制的内部，在保持电影商业成功的同时，又促成了其总体政治倾向的积极进取。

电影的政治功能可以通过进步的电影人在电影商业机制内部去得以体现，但过于激进的政治诉求或仅仅是将电影作为一种政治宣传的工具，必将伤害电影艺术自身的独立性和整体发展，也不能真正反映生活的本质，社会的一般发展规律，这在我们以往的历史中已经有足够的教训可资吸取。在电影的商业体制内部存在着发掘不尽的艺术和意识形态潜能，这就要求我们的电影创作者要善于在资本与艺术的夹缝中去寻求更具普遍性的人类意义，揭橥出更为深刻的人性的矛盾、时代的特征。

四、对超越本雅明的思考

本雅明在他所处的时代对电影等新崛起的大众文化的研究为后人提供了十分宝贵的理论资源，正如格哈德·瑞希特(Gerhard Richter)所说："今天，当我们以文学或文化的语言，或者以其名义进行言说，某种程度上就意味着我们在对一直与我们同在的本雅明的幽灵做出评判。……要在20世纪的理论家中寻找到一位像本雅明一样，著作在如此宽广的领域里取得如此深刻影响的人是很困难的。"[7]但是我们在充分肯定本雅明的理论成就，承认他的重要意义的同时，也应更为客观地指出本雅明理论对于解释当下状况的局限性。因为任何一种新理论的问世，都有它特定的历史文化背景，而随着历史的变迁，时代的更替，一定需要作出新的阐释或对它重新作出评判，否则，它就会因没有发展而变得僵化或萎缩，甚至走向死亡。本雅明也不例外，盲目地崇拜或认为他说过的就是真理或是一种真理的参照，显然是迂腐的，也是不切实际的，或许这也应该是我们对待任何经典理论都须持有的态度。

有些学者把本雅明对大众文化的态度简单归结为"乐观"的说法是不准确的。

其实，我们在阅读本雅明的时候，经常会发现他对电影等大众文化态度的游移和充满了内在的矛盾性，有时我们甚至搞不清楚，本雅明到底对大众文化的兴起是支持还是反对。本雅明看到了技术的进步和大众力量的崛起致使大众文化登上历史舞台，并有取代传统精英文化之势，已成不可阻挡之潮流，虽然对此本雅明采取了比阿多诺、马尔库塞等人远为包容的态度，但是精英知识分子出身的本雅明毕竟还是对传统文化和个体性自律艺术的日薄西山抱有深沉的惋惜。在《经验与贫乏》一文中，本雅明指出在一个物质极大丰富的现代社会中，“我们变得贫乏了”，“人类遗产被我们一件件交了出去，常常以百分之一的价值押在当铺，只为了换取‘现实’这一小铜板。”在资本主义大工业生产出过剩的产品的同时，人成了“赤裸裸的当代人”。[18] 凡此一类，是对往昔的辉煌一去不复返的叹息，对他所处的资本主义现实社会的批判？还是在为前现代、现代主义作伤怀的挽歌？他内心深处的悖论不已清晰地浮现于字里行间了吗？在本雅明对大众文化的具体论述中，我们发现本雅明经常采用的是一种反讽的语气，这从根本上来自本雅明对大众文化态度的暧昧。此外，本雅明对象征主义、超现实主义等现代主义的个体性艺术也是情有独钟的，他认为这些艺术流派同样代表了艺术发展的方向。本雅明提倡布莱希特的史诗剧，他认为史诗剧通过中断剧情，将观众从自然的幻境中拉了回来，中断了他们对戏剧的“移情”。殊不知，这种对剧情的中断必定会再次拉开观众与艺术文本的审美距离，使艺术重新被蒙上一层神秘的面纱。这反映了本雅明作为精英知识分子对自律艺术的偏爱，对经典艺术样式的一往情深，同时，在呼唤大众文化、大众艺术君临天下之际，也流露出了对前景不明的忧虑。

在本雅明所处的时代，精英与大众、高雅与通俗、进步与落后等二元对立的思维模式是根深蒂固的。这种非此即彼的固有模式导致了本雅明的两难，他理解大众文化兴起的必然性，但是又摆脱不掉精英知识分子身份的规定性；在接受了马克思主义思想，特别是目睹了法西斯的残暴凶恶之后，他支持无产阶级革命，但是犹太神秘主义的深刻性又固执地萦绕在他的心灵深处。在这些当时看来是完全相悖的思想岔道之间，本雅明徘徊不定，这使他的理论思考也充满了摇摆与暧昧，有时甚至透出灰色、悲观的气息。

本雅明预见到了后现代影像的出现，但他毕竟预见不到如此迅速出现的全球化、多元化时代。在这样一个多元化时代里，本雅明所面临的一系列两难困境已经基本被超越。精英与大众、高雅与通俗的传统二分格局已经渐行渐远，特别是在高等教育日趋大众化的今天，我们已经很难区分谁是精英谁是大众，谁是施语者，谁又是单纯的接受者。昔日处于弱势地位的大众文化，现已取得了霸主地位。精英知识分子若不参与大众活动，若不与大众合流，势必成为自闭于象牙塔里的弱势群体，甚至可怜到没人理会。而且过去认为的大众，现今已越来越具有精英的品味，对他们来说，接受高雅艺术早已不成问题，更何况高雅艺术自身也在进行着平民化改造、大众化重构。如莎士比亚戏剧可以用中国的京剧、昆曲来作扮演，芭蕾舞可以化作杂技节目，现代书法可变成一种绘画，而后现代绘画就像一种建筑材料等等。传统所认为的精英今天也早已没了精英的架势，高级知识分子、白领、政界领袖们照样可以惬意地在对大众文化的消费中满足自己的需求。本雅明当年所发掘出的妓女、流浪汉、另类生存等“废墟”意象在当今社会已经在很大程度上被包容和认同，正如同性恋婚姻在越来越多的国家和地区已经被允许，很多社会中的另类生存方式也被越来越多的人所理解。甚至传统与现代的二元对立在当下也日趋模糊，在当今社会，传统也以怀旧等形式被重新包装，成为现代时尚的一部分，这使传统与现代成为你中有我，我中有你的混合体。为此，拿一种同情大众文化、商业电影的理论来支持、力挽大众文化、商业电影，事实上已经变得十分可笑，因为早已无人反对，当然也就无人喝彩。

全球化语境更为我们超越本雅明提供了可能。今天，东方的崛起已成为日益凸显的国际现象，东方文化地位的提升为解决本雅明无法克服的悖论提供了解决问题的新的可能。东方文化特别是中国文化中的一些理论资源在很大程度上可以弥补西方文化的不足。譬如说，本雅明主张电影的商品化，但他又担心商品化、消费化会导致商业意识形态的横行天下，从而使电影艺术面临意义的消解等问题。事实上，在西方进入后工业时代之后，电影等大众艺术确实正经历一个消解意义、碎片化、平面化的后现代文化时期。面对这种现象，西方已涌现出诸多理论家对其进行阐释、解读。但是西方长期以来唯终极意义是求的哲学传统，使理论家们面对这一困惑感到无所适从，也找不到一种合适的理论资源来加以评说或阐释，这形成了西方后现代理论家们普遍地处于两难的境地，即一方面像本雅明一样认同商业电影等大众文化，热情高涨地欢迎它们的到来，另一方面对随之而来的消解意义、彻底平面化、或完全颠覆崇高，以搞笑、调侃、嘲弄、无厘头为能事的大众式的集体狂欢或个人宣泄又感到束手无策。而所有这些又都重新回复到了经济利润、票房收益之上，实质是在重复地走着资本主义的“金钱万能”的老路，从承认另类、同情弱势，到走向彻底的平面化，乃至庸俗化。高科技、数字化所营造的视觉盛宴，极大地拓宽了人们的想象天地，也极大地满足了人的欲望发泄，但在相当数量的影片或其他当代艺术(如装置艺术、行为艺术)中，又是以降低艺术品位，牺牲艺术的哲理性作为代价的。为此，不走出固有的、精英式的单一的哲学传统，后现代理论家们便无法从根本上解决后现代所带来的种种现实问题，仅仅凭借本雅明的"发现"已远远不能诠释如今五花八门的艺术现象、电影生产中的商业策略。例如，"机械复制"变"电子复制"后，功大还是过大，功与过谁与评说？电子复制、数字成像后的虚拟世界、虚拟社会会给人的思维情感造成何种影响？凡此种种，都使西方人感到茫然若失，美国当代电影理论家惠勒·温斯顿·狄克逊就认为："我们(观众)不再相信影像，既然电脑生成的影像可以制造出任何效果。……然而在令人瞠目结舌的奇观和毁灭场景一个接一个地充斥了银幕时，观众厌倦了，不满了。……真实与仿造(既有视觉的也有听觉的)之间的分界线被抹杀了。全都是虚构的，全都是预先设定的。没有任何自然的东西存在。"[19]这绝非他个人的担忧，而是带有普遍性、世界性的一种对极端商业化电影的严肃反思。而反观中国，我们发现在几千年前的老庄哲学中，老子和庄子已经在虚空中发现了"游"的审美境界，在中国的禅宗哲学中，古人更是发展出了"空灵"的艺术韵味，既主张"空一切相"、"当下直了"(似乎也很"后现代")，又强调人的本性，所谓"本性是佛，离性别无佛"。换言之，人终究还是要找回自己的本性，回到"人"的位置上来，在这样一个基础上，"青青翠竹尽是法身，郁郁黄花无非般若"。为此，中国人历来讲究自省，讲究"中和"，也正是在这个意义上，中国的老庄和禅宗哲学认为虚空正是世界和人生的本质，人在虚空中，将各种烦恼人的终极命题悬置起来，才会产生真正的"美"和"意义"。人活着必须自由，必须"活泼泼地"，但同时又须懂得"平常心是道"，所以要少些"偏执"，多一点清净心、菩提心，也就是今天人们常说的"知足常乐"，要常怀感恩之心。可见，中国传统文化从根本上可以作为拯救后工业社会文化困境，协调世界文化，使之成为和谐发展的重要参照系。

当然，要使中国传统文化真正发挥其应有的作用，首先需要的是我们中国人自己要对传统理论进行现代化的阐释和更新，像对待本雅明的理论一样，我们也要对自己的传统理论进行深入研究，挖掘出其具有现代意义的积极一面，同时也要客观地指出其局限性，从而对传统理论做出现代性改进，使之更好地融入当下具体语境。同时，当然也要充分借助高科技和现代传播手段，使中国传统文化迅速而深刻地融入全球文化的语系，使之真正成为现代世界文化体系新的重要一员。只有如此，我们才能扭转长期以来被动接受西方文化的尴尬局面，在突显中国文化软实力的基础上，变文化输入国为文化输出国，同时，也为世界文化的发展做出自己应有的贡献。

参考文献：

[1] 李恒基、杨远婴编，外国电影理论文选，生活·读书·新知三联书店，2006:81。

[2] 丁亚平主编，百年中国电影理论文选，文化艺术出版社，2005:279。

[3]、[4]、[5]、[6]、[7] 瓦尔特·本雅明，《迎向灵光消逝的年代》，许绮玲、林志明译，广西师范大学出版社，2004:105、64、63、35、66。

[8] 瓦尔特·本雅明，本雅明文选，陈永国、马海良编，中国社会科学出版社，1999:352。

[9] 克拉考尔，电影的本性，邵牧君译，中国电影出版社 1981:100。

[10] 尼克布朗，电影理论史评，徐建生译，中国电影出版社 1994:64。

[11]、[12] 安吉拉·默克罗比，后现代主义与大众文化，田晓菲译，中央编译出版社 2001:145、147。

[13]、[14]、[15] 劳拉·穆尔维:《银幕世界》中《视觉乐趣与故事片》，1975，(16):3。

[16] 瓦尔特·本雅明，摄影小史、机械复制时代的艺术作品，王才勇译，江苏人民出版社，2006:133。

[17] Richter, Gerhard, *Benjamin's Ghosts*，见：Richter, Gerhard, *Benjamin's Ghosts: interventions in contemporary literary and cultural theory*. 斯坦福大学出版社，2002 年版，第 1 页。

[18] 瓦尔特·本雅明，经验与贫乏，王炳均，杨劲译，百花文艺出版社，1999:258。

[19] 惠勒·温斯顿·狄克逊：电影完蛋的 25 个理由，吉晓倩译，世界电影，2004，(6)。

论冲突在影视剧中的叙事特质

赵孝思　上海大学副教授

冲突，在叙事体影视剧中有着非同寻常的意义。冲突的本身，包含了叙事内容；而冲突的设计、组合，却是叙事手段和技法的问题。作为叙事内容，“冲突是叙事影片的精髓”[1]。人们常说，无戏不成剧。戏从何来？戏就从冲突中来。“精髓”之说，是与戏维系在一起的。一部影视剧中，构成的双方或几方每次冲突，都蕴含着彼此间不同思想性格或不同意志的交锋、撞击，从中生发出情状各别、规模不等的形形色色的戏来。作为叙事手段和技法，冲突则是叙事过程中的内在驱动力，它推动着剧情的发展、变化，直至剧终，并且使人物形象得以成型。

一、冲突的叙事背景：构成和起因

冲突，包括人与人之间的冲突，人与环境的冲突，人与自身的冲突。三种冲突都以人为主体，既指个人，也指群体或集团，既有敌对的，也有非敌对的；至于人与环境的冲突，包括了人与社会环境和自然环境的冲突。事实上，上述各种冲突常常融成一体，统一在一部电影或电视剧中。《泰坦尼克号》中，男女主人公杰克与露丝的爱情悲剧，是在双重的背景下展开的：一个是社会背景，杰克与露丝分别来自贫民阶层和贵族阶层，社会地位差别的悬殊使他们俩对爱的追求各有自己的戒备、抗争心理；一个是自然背景，豪华客轮撞上坚硬的冰山造成空前海难，这对热恋中的情人都想

---

① ［美］布莱克．电影（电视）剧作原理［J］．电影艺术，1994，(2)：86.

把生还的希望留给对方。双重背景彼此交织，全剧围绕杰克和露丝的爱情悲剧演绎出一场又一场戏来。

当然，由于题材的特点，也有些影视剧全剧的冲突侧重于某个方面，并且因此而形成了各种不同类型的影视剧，如战争片《大决战》，侧重于两个阶级、两种命运彼此间生死存亡的冲突；心理片《苦恼人的笑》，侧重于人与自身心理的冲突；灾难片《海神号遇险记》，侧重于人与自然环境的冲突；恐怖片《夜半歌声》，侧重于恐怖、怪诞的社会现象或自然现象的揭示以及人与这些现象的冲突等等。这就是说，影视剧编剧在着手编写剧本之前，对未来剧本中的冲突构成应该有一个总体把握，这不仅关系到全剧的戏的演绎，而且还影响到整个剧作的类型、风格等等。

与冲突的构成相同步的，是冲突的起因。即差异和时机。

人与人有差异，这种差异盖因彼此观念信仰、文化教养以及由此而形成的价值取向、心理状态等等的区别。人与环境也有差异，这是因为人与他所生存的环境常常会有这样那样不相适应的缘故。而人与人的差异、人与环境的差异，同时又会引起人与自身的心理差异。各种差异使构成的双方潜在着冲突的危机；一旦时机到来，潜在着的危机就会必然爆发出来。如果说差异是冲突的潜在起因，那么时机则是冲突的直接起因。《克莱默夫妇》中，丈夫泰德·克莱默和妻子乔安娜在家庭观念上截然对立，泰德恪守男子(丈夫)为中心的传统观念，乔安娜却一味追求女性(妻子)的自身价值和生活意义。这潜在着的家庭危机，当遇上乔安娜决心要“寻找这世界上能给自己带来乐趣的某些东西”的时候，夫妻之间终于爆发出一系列难以逆转的冲突。同样，《苦恼人的笑》中，傅彬作为一名正直的新闻记者，却身处“文化大革命”这一畸形年代，每天要面对新闻报道的自欺欺人。人与环境的差异导致他自身的心态扭曲，惶惶然不可终日。而当顶头上司威逼利诱，指令他去作一次伪报道时，他既无力抗衡，又于心不甘，心理承受能力已到极限，终于又与妻子爆发出一场激烈的冲突。

与其他艺术样式一样，影视剧也是艺术地再现生活。所以说到底，影视剧中冲突的构成和起因，其源都是生活。按唯物辩证法的观点，生活中矛盾是普遍存在的，是绝对的，“没有矛盾就没有世界”[①]。因此也可以这样说：生活的本身，为冲突提供了广阔的叙事背景。影视剧编剧的使命是在揭示生活中普遍存在的矛盾现象的同时，调动各种艺术手段使矛盾着的双方彼此冲突，尤其致力于开掘冲突所隐含的生

① 毛泽东. 毛泽东选集·矛盾论[M]. 北京：人民出版社，1964. 293.

活内涵，从中演绎出一场场富有视觉表现力的戏来，显示剧作自身的社会审美的价值。《拯救大兵瑞恩》，揭示了战场上生与死的残酷矛盾，由此生发出各种冲突。剧作将这些冲突集中在以米勒中尉为首的一小队美军士兵与瑞恩这个伞兵之间展开，显然是在刻意开掘这些冲突所隐含的独特内涵。瑞恩是家中四兄弟中的老四，他的三个兄长都已在战争中相继阵亡，华盛顿的将领为了不让瑞恩的母亲再承受丧子之痛，于是下令派遣一小队士兵去不顾生死地救出瑞恩。唯其这样的开掘，这部战争大片堪称好莱坞式的"主旋律"。

二、冲突的叙事状态：动作与反动作

影视剧艺术都是视觉造型的艺术，凭借运动着的镜头在运动着的时间和空间拍摄看得见的对象，其核心是塑造影视人物形象。这里，重要的是"看得见的对象"。它为既是叙事内容又是叙事手段、技法的冲突及其展开设定了审美前提：动态性。唯有动态性，才可"看得见"。因此，影视剧编剧必须为冲突的双方分别设计一套贯穿全剧的动作与反动作（这里所说的动作，仅指冲突的叙事呈现状态，并非指表演艺术中演员表演的动作，也有别于动作片的"动作"）。使冲突的过程始终处于动态的"看得见"的叙事状态，并且合乎其自身的各种审美特征。

所谓贯穿全剧的动作与反动作，是就冲突的整体而言；由于冲突节奏把握等原因，贯穿性的动作又得断而复续地呈现。《简·爱》中，一面是简对自身独立人格的追求，对真情与幸福的向往；一面是19世纪上半叶英国社会慈善机构对人性的摧残，宗教的伪善和贵族阶层的权势，这贯穿全剧的动作与反动作也构成了全剧的整体冲突。而在叙事过程中，这一整体冲突却又是通过一系列阶段性的动作与反动作得以延续呈现的。在舅母家里，简与舅母里德太太分别就"同等的人"的追求与压制，双方表现出无法相容的对立；到了罗伍德慈善学校，简与以布罗克赫斯特为代表的慈善机构围绕人的天性、人生的欲望的抗争与摧残，双方随时处于一触即发的不可调和状态；后来转到罗彻斯特家里，简与身为贵族的罗彻斯特在人生观念上由对立趋向一致以及在爱情上潜滋暗长，都是伴随着双方一次次富有戏剧性的论争和日常相处过程中的行为交流、细节磨合完成的；而在牧师圣约翰家里，简与圣约翰的冲突多表现为双方价值观、道德观、宗教观的格格不入，导致简对圣约翰从感激而反感、厌恶直至与他分道扬镳，重新回到罗彻斯特身边。

断而复续，这是动作与反动作的阶段性与连贯性的关系，断是为了续，续又要求通过断的组合保持其整体的连贯性，也就保持了叙事过程的合理和流畅。

“看得见”固然重要，同时还不能忽略“看得懂”。这要求影视剧编剧所赋予的动作与反动作的叙事内涵可以为读者（观众）会意、理解。《我的父亲母亲》的结尾，“我”要告别家乡了，忽然来到父亲生前从教的教室里，像父亲当年一样，为村里小学生们上了一堂“读书识字”课。正是人物这一特定的动作，让读者（观众）理解了“我”此时此景自身内心的情感波澜：伴随着对父母亲俩当年那朴实而感人的爱情故事的回忆，以及母亲对父亲丧事操办方式的执著表达，“我”的内心也涌动着对父母亲炽烈的爱，并且由此萌发出一股真切的乡情、亲情，生长于不同背景的两代人于是得以进一步沟通。剧本同时描写了母亲的反应动作：

……母亲一到院里，立刻就听到了什么声音。

母亲对这个声音那么熟悉：这是念书声！

母亲必定感到奇怪。

母亲侧耳细听：肯定是念书声！

母亲一听出这是念书声，也就管不了那么许多了。她立刻就朝学校走过来。她走得那么急，有好几次都磕磕绊绊的。①

不用说，读者（观众）对人物这些动作所隐含着的内涵是会意的，恰如母亲自己曾对“我”流露过的一种内心：“你爸那念书声，我一辈子都没听够。”②

动作与反动作的可会意、可理解，是从全剧的叙事角度来认定的。换句话说，影视剧编剧须着眼于全剧的叙事过程及其人物形象的总体塑造来呈现冲突双方的动作与反动作。《简·爱》中，一天夜里，简及时发现了由格雷斯普尔肇事引起的罗彻斯特卧房里的火情，并与熟睡中醒来的罗彻斯特一起奋力灭火，使罗彻斯特免于一场更大的灾难。接着，剧本这样写道：

罗彻斯特扶住她的肩膀，真挚地说：“我知道没有你不行，我一直这样

① 鲍十.我的父亲母亲[J].电视·电影·文学，1999，(5)：158—159.
② 鲍十.我的父亲母亲[J].电视·电影·文学，1999，(5)：158—159.

想，你有些地方，简……”

简不由看了看他那只手。

罗彻斯特把手抽了回去。

简不等他说完便站起来了：“好，再见！”她走了出去。

回到自己卧室，她靠在门边的墙上，长久地抚着自己的那只肩膀。[1]

联系前剧，简与罗彻斯特已有了一个从相识到相知的过程，而这段文字，罗彻斯特的一言一行，无不在向简传递自己对爱的渴求；简显然是感悟到了，作为反应动作，她“长久地抚着自己的那只”被罗彻斯特“扶住”过的肩膀，以致第二天一改黑色衣裙便装，“换上了一身”富有青春气息的“蓝色衣裙”，而且“脸上露着喜悦神情”[2]。

动作与反动作既是冲突的叙事状态，它们也就伴随着叙事过程的结束而终止。而影视剧的叙事过程，其基本的审美要求是真实和可看，前者关系到艺术的质地，后者则关系票房或收视率。这两个审美要求同时制约着作为冲突的叙事状态的动作与反动作，以求由此而呈现的戏既真实又可看。因此，动作与反动作又得讲究适度、有起伏。

适度，一说分寸感，是指动作与反动作的分寸把握要合理、可信，这与冲突的规模、性质以及人物自身等联系在一起。《黄河绝恋》中，黑子与欧文被寨主关进了土牢，接着有一场他们俩殴斗的戏，看似突兀，却又适度可信。同是这部影片中，奔腾咆哮的黄河边，欧文与安洁终于相爱，这场戏看似故作浪漫，却也适度可信。这部影片中的贯穿动作与反动作：一方是以黑子为首的八路军小队护送美国飞行员欧文去根据地送机要情报，另一方是日寇的阻击、追踪以及地方势力的干预。由于文化背景和民族心态的差异，黑子很快就发现欧文在斗争策略、价值取向等观念上与自己的格格不入，似难沟通。剧作抓住了土牢里两人关于生死观的争论这一时机，以黑子先出拳展开两人殴斗，足见黑子对欧文的容忍已超越了极限。对于黑子来说，这是积郁已久的宣泄，宣泄之后也便恢复了常态。黄河边，一路上曾多蒙安洁等护理、照顾的欧文面对奔腾咆哮的黄河，终于开始领略到中华民族文化多姿多彩的深厚积淀，进而开始理解与自己生死之交的安洁、黑子等中国战友的博大胸襟，他激情难

① 根据同名长篇小说改编的电影剧本.简·爱[J].电影新作，1979，(2)：93.

② 同上.

已，遂向安洁表白了爱。这就是说，剧作在完成全剧贯穿动作与反动作的过程中，根据人物及其关系的特殊性，成功地把握了他们的局部动作与反动作，融入全剧国难、家仇、民族恨三大危机中，平添了整个叙事状态时激时缓的起伏多姿。

应该一提的是，声音也经常成为动作与反动作的呈现状态，有时候简直就是动作与反动作的补充。

影视剧艺术作为视听艺术，由于包括音乐、音响以及人物对话或旁白等在内的声音的介入，影视剧极大地增强了叙事表现力。从冲突的叙事状态说，声音常常可使构成的双方动作与反动作产生视听上独特的感悟力、冲击力。《泰坦尼克号》中有个很典型的例子。轮船行将沉没，以哈特扎为首的一支小乐队已完成原定的演奏任务，哈特扎宣布解散，他自己却重又操起小提琴，拉出《与主接近》的乐曲来，队员们一听，也陆续返回加入了演奏行列。《与主接近》是19世纪美国作曲家罗维梅生的作品，它表达一种"与主接近"时超脱世俗的心境。哈特扎眼看轮船沉没已以分秒计，求生无望，周围乘客也早就乱成一团；他当然知道，这时候再悦耳的音乐都未必有人听，但是作为一名职业演奏家，他仍想以一曲《与主接近》与面对死神的众乘客沟通。乐曲声，让读者（观众）强烈地感受到了哈特扎此时的内心活动，面对死神来临他反倒超常地平静、超脱，不知不觉中对他肃然起敬。

至于人物对话或旁白（包括内心独白），声音中最常用的这一元素其实也可以理解为动作与反动作的辅助手段。尤其人物对话，影视剧编剧通常只从表现人物个性特征或交流人物关系的角度理解它的剧作意义。以冲突的叙事状态而言，人物对话恰恰可以作用于动作与反动作的展示方式。请看《简·爱》中童年时代的简和她同寝室同学海伦的一场对话。

女学生们的寝室。

简·爱和海伦并排躺着，她们悄悄说着话。

简："海伦，海伦。"

海伦："简，睡吧，不早了。"

简："我睡不着，你病了？"

海伦："没有。就是咳嗽，我一向就咳。"

简："我多恨这儿。她干嘛对你这么恨？"

海伦："斯卡查德小姐？她不喜欢我。"

简："我恨她。"

海伦柔声地："不！你不应该恨，简。"

简："我恨，比恨里德太太还恨。"

海伦："她是谁？"

简："送我来这儿的舅妈。"

……①

这是人物处于静态（"并排躺着"）时的一场对话，但是读来总强烈地感受到人物内心在活动着：她们在恨，一个恨斯卡查德小姐，一个恨里德太太；她们也在彼此关爱，彼此安抚。这场对话，仿佛就是这两位未成年的女孩在向人们袒露自己内心涌动着的恨和爱，也是人物整体动作在特定情景中的状态展示。

动态的影视艺术要求富有动态性的人物对话，这是冲突的叙事状态所启示的。影视剧编剧依据人物在全剧中的整体动作或反动作设计对话，不但合乎动态艺术的审美特征，而且取舍繁简也会有所适从。

三、冲突的叙事意义：叙事过程的内动力

"冲突是叙事影片的精髓"之说，除了成戏之外另有一层含义：冲突还能推进戏的一场一场展开，成为叙事过程的内在动力。

冲突，随人物关系以及这些特征、关系变化推动叙事过程。

如果说动作与反动作只是冲突的叙事状态，那么人物的个性特征、人物之间的关系以及这些特征、关系得以展现的事件便是冲突的具体内容。冲突的过程，理当完成人物个性特征和人物关系的发展、变化，这恰恰也是叙事过程的重要任务。因此可以这样说：冲突随着人物、人物关系的发展、变化推动着叙事过程。《秋菊打官司》中，秋菊接二连三地向村长、乡政府、县公安局、市公安局直至中级人民法院"要个说法"，使秋菊好强而有主见的个性展现得尽善尽美。最后，秋菊拼命要拦阻押着村长的警车，是因为感恩于村长曾亲自帮助她难产转危为安，不但展现了她善良、朴实的内心，而且表明了她与村长的关系有了根本的变化，全剧的叙事过程也随之结束。

---

① 根据同名长篇小说改编的电影剧本．简·爱[J]．电影新作，1979，(2)：86．

从普遍的意义上说，人物个性特征和人物关系的发展变化都有个渐进的过程，作为推动这个过程的内动力，冲突的展开当有层次感，使整个叙事过程合乎情理，同时通过层次之间内在的逻辑联系产生叙事的悬念感。《简·爱》中，简与罗彻斯特前后冲突共十三次。正是这一次次冲突，使他们俩思想、个性从相抵触、相冲撞到相融合，也使他们俩关系从相识、相知到相爱。

下列图表清楚地显示出冲突的层次感，并且暗示着层次与层次之间内在的逻辑联系。一是因果关系，"答问"因"邂逅"而来；二是递进关系，"交谈"是"答问"的递进；三是转折关系，"作画"是"交谈"的转折，预示着简和罗彻斯特双方的关系开始由相悖而相容。此后的"灭火"，又是递进关系，双方感情业已沟通。层次之间内在的逻辑联系使叙事过程环环相扣地得以推进，人物和人物关系的结局也就成了这一叙事过程的总悬念。

冲突，又寓于结构形式和情节之中推动叙事过程。

场景	冲突	人物性格、人物关系及其变化		叙事过程
		人物性格	关系及其变化	
野外	邂逅	简：纯真，憧憬生活	戏剧性相遇，使彼此都留有印象	相识
		罗：大度，又不失贵族的高傲		
客厅	答问	简：自信、沉着，不落俗	雇员与雇主 平民与贵族	↓
		罗：有眼力，善判断		
餐厅	交谈	简：机智，善解人意	雇员与雇主	
		罗：有心理创伤，渴求真情		
山坡	作画	简：追求美	同等的人	
		罗：理解美		
卧室	灭火	简：处事果断，心地善良	感情开始沟通	相知
		罗：渴求真情，而又有自制力		

冲突与结构、情节的关系，源于人物与结构、情节的关系。诚然，冲突随人物和人物关系及其变化推动叙事过程，又有赖于情节走向才获得发展、变化的载体。于是，冲突与结构、情节也就结下了不解之缘。

一些传统的戏剧式结构的影视剧最能显示出冲突与结构的关系，这种关系使冲突成为叙事过程事实上的内在推动力。影视剧，这里是指电影，最早是借鉴戏剧结构来组织叙事过程的，而戏剧结构基本的审美特征是围绕冲突的发生、发展、转折、消除四个环节展开叙事，并且据此形成从起始、发展到高潮、结尾这四大叙事段落。离开了冲突，叙事过程无从展开。戏剧式结构的影视剧在叙事的程式上与之几乎一致。《致命的诱惑》中，正是艾丽克丝与加洛格及其妻女之间围绕婚外恋的诱惑与被诱惑、反诱惑的冲突，推动并完成了全剧的叙事过程。同样，《喜盈门》中，是以我国新时期农村家庭道德风尚为内核展开的强英与婆家及其各成员之间的冲突，推动着叙事过程从起始、发展到高潮、尾声。

即使一些非传统结构的影视剧，作为叙事过程的内动力，冲突也得有赖于其结构形式。《天云山传奇》，以宋薇、冯晴岚、周贞瑜三位女性各自心理冲突结构全剧；这些心理冲突同时又构成现实和历史相交叉的叙事格局，于是男主人公罗群从"反右"到"文革"的命运遭际一幕幕地被展现了出来。

而情节，简单地说就是构成叙事过程的一系列事件，这一系列事件或直接或间接地影响着人物、人物之间关系及其变化，那么，冲突寓于情节之中推动叙事过程也就毋庸置疑了。《秋菊打官司》中，贯穿全剧的是人与法的冲突。作为冲突的一方，秋菊执意向村长"要个说法"、讨个公道；这个愿望既是她后来一级又一级上告、申诉的具体缘由，也是驱使她有勇气这么逐级"打官司"的动力，直至她和村长的关系起了根本变化，冲突随之消除，情节也就此打住，全剧叙事过程遂告结束。

此外，冲突还以其自身的开掘推动叙事过程。

冲突具有可开掘性，犹如题材、主题等都具有可开掘性一样。冲突的可开掘性，多表现为对构成的双方动作与反动作的设计和处理上，这对于一些不以情节见长的散文化的影视剧尤为重要。散文化的影视剧，因其强调生活化而不刻意追求戏剧性冲突，又因其散文式的结构而使全剧的叙事过程看似松散放任。尽管这样，散文化的影视剧依然有着冲突，那是生活中潜在着的冲突；也依然有着情节，只是不那么有头有尾或连贯而已。《城南旧事》中，孩童时代小英子的好奇、探究，与当时 20 世纪 20 年代古城北平一些互不连贯的谜一样的社会现象构成了双方潜在着的冲突。剧作通过秀贞、小偷、宋妈三个人的故事把这些互不连贯的社会现象联成一体，从而对上述潜在着的冲突作了开掘。如果说秀贞的故事展示了冲突的时代背景，那么小偷和宋妈的故事分别从社会和家庭两个侧面深化了冲突的内涵，整个叙事过程于是收到了形散而神聚的艺术效果。

论电影叙事中的“空间畸变”与“间离效果”

李显杰　华中师范大学教授

电影蒙太奇组合中除了惯常运用的编码规则，如化出化入、帘出帘入、跳切等，还有几种比较特殊的组合手段，这里主要指的是叠印（包括叠化，叠化在一定程度上带有叠印的空间效果）、变焦镜头、定格等蒙太奇技法。与前者相比，后者作为蒙太奇组合不只是对时间的断切与重组，更带有“空间呈示”的“垂直性”组合特征，因而我们称其为“空间畸变”性组合。从叙事功能上讲，“空间畸变”性组合的重心不在于组织情节、贯通事件，结构“故事”，而是要凸现主体叙事意图，强调某种意念、某一场面或某一形象，造成某种“间离效果”（在布莱希特的意义上），从而使观众打破“现实幻觉”，触发深层思考，而获得一种“批判的态度”①。下面主要针对叠印和变焦镜头两种手法所造成的“间离效果”，作一简要分析。

叠印照比弗尔的说法，即“将两个或两个以上的镜头呈现于同一画面之内的光学技巧，这里一个镜头叠在另一个之上”②。那么从叙事的角度讲，两个或更多个镜头叠印在一起的画面空间，意味着这种空间已不是单一的线性空间，而是不同空间（也即不同时序）的“垂直性”并置（即同时性显示）。叠印空间所具有的这种“多空间”共时性并置特征，显示出它在空间构成上的突出个性，即“强烈的主体介入性”。如果说，单一空间的构成就已经是“垂直的”格局、“视听觉的总谱”（爱森斯坦语）式推进的话，那么叠印空间则意味着两个或两个以上的“总谱”的再度“合成”。这种再

---

① 参见布莱希特：《间离效果》，载《电影艺术译从》1979 年第 3 期。

② 弗兰克 · E. 比弗尔：《电影术语词典》，1983 年英文版，纽约，第 282 页。

度“合成”的主体“介入性”主要体现在两个方面：其一，叠印空间打破了“复制”现实生活外貌的“神话”，叠印空间绝不可能是对现实物象空间的忠实纪录，而是“人为地”制造。其二，叠印空间的主旨也不在于呈现故事，因为叠印强化的是镜头呈现的并置性（共时性）关系，是对空间自身表现性的强调，而不是对其时间过程的展示。

例如，科波拉的《现代启示录》的开场，就是以一系列叠印（结合运用叠化）镜头构筑的“空间畸变”性组合。在这里，一开始就在倒垂着的人物（威拉德上尉）头像的特写画面上（我们暂且称其为底层画面），叠印出轰炸丛林的爆炸场景，直升机先从画面左端（入画）向右端飞云（出画），轰炸引发的大火燃烧在画面的左下角（即在人物倒垂头部的下端，这一层画面我们暂称之为印层画面）；之后底层画面开始移动，先后呈现出手的影像、正面躺着的半身影像、床单上的手枪等，印层画面上丛林及火光的影像一直呈现着，直升机再次出现，从画面右侧（入画）向画面左侧飞去（出画）；接着由直升机的螺旋桨化出悠悠转动着的电扇，接着又是叠印着的倒垂人物头像与丛林火光……。从以上的简略描述不难看出，叠印空间的构成是相当复杂的，皮德威尔所描述的镜头间组合所拥有的四种关系：图示关系、节奏关系、空间关系、时间关系①都可以在叠印空间里找到踪迹。比如，人物的静态影像与动态的丛林影像构成一种节奏性对比，而底层画面与印层画面则提示着不同空间的组合关系（在这里是以人物的梦幻为组合动力的）；摄影机的移动摄影（底层画面的影像运动）与印层画面上直升机的两次相反方向的运动构成了不同的图示性张力，印层画面中的螺旋桨叶片与底层画面中的吊扇叶片的叠化转换，则巧妙地暗示了两个空间的时间关系（从幻觉到现实时空的转换）。在这里镜头的构图、方向、角度、光色、镜头运动（以及镜头声音序列）等全部空间构成元素由于是在两重（甚至更多重）空间的机制中作出的选择，它们的“合成”效果就更加显得丰富多彩、潜隐无限的组合可能性。而且应当说，叠印的空间效果是可想而不可估定的，因为它所呈现出的往往是两重空间碰撞后才迸发或曰组合出的奇妙景观。这一现象又一次证明了电影空间蒙太奇所具有的悖反性。本来叠印空间作为一种特殊的蒙太奇空间“合成”，可以说是叙事主体显露于外的叙事操纵，是精心策划、有意为之的空间构筑，然而令人惊奇的是，正是在这种主体强烈介入的机制中，恰恰存在着可预谋却不能完全控制的“干扰”或“机遇”因素。再高明的导演恐怕也难以精确敲定一个叠印空间究竟会给观众提供出什

① 参见戴维·波德威尔、克瑞斯汀·汤姆逊：《电影艺术导论》，1985年英文版，纽约，第202—220页。

么样的视听效果。

从另一个角度讲，叠印虽然显示出强烈的“介入性”，却并非是影片编导在作“观念灌输”或“道德说教”，而是叙事主体以一种特别安排的“形象呈现”方式所刻画出的独特视听感知空间。叠印空间使观众能从其并置性呈现中获得更为多样的信息（包括非叙事信息）和更为复杂的形象感知，从而吸引观众的注意力并触发其展开想象和思考。譬如，叠印在影片片头片尾画面上的字幕（编导演名单、演职员及制作单位名单），给观众传达出的是非叙事信息；但《秋菊打官司》中，秋菊几次上路告状的过程中所叠印的“乡”、“县”、“市”字幕，却起到了直接的叙事性时间并连（省略与照应）功用。《索菲的选择》结尾处的叠印画面，索菲（斯特里普饰）那苍白、朦胧、充满忧伤的面部特写给人留下的是深沉的感伤和复杂的思考：这个有知识、有教养且十分善良的女人为什么会一再编造谎言？为什么她的生活和情感流程中总呈现出一种病态的“自馁”色彩？为什么她最终选择了自杀的命运？等等。而《黄土地》开场时的一系列叠化组合镜头，则给人一种天地合一，人（顾青）从大地中走来的宏大空间感受，有力地奠定了影片以“黄土地”为主角的叙述基调。《城南旧事》中，小英子第一次搬家时，坐在人力车上的那几个回忆性叠印镜头，充分揭示了英子的内心思想流程；而结尾段落中，连续数次运用叠化镜头，将一片枫林、枫叶表现得如诗如画，像“活化”的有生命物，从而把影片中那种童年往事的深情眷念，对故土乡情的依恋怀念情愫，推入一个升华了的“诗境”之中，含蓄隽永，令人感叹。

正是在这个意义上，可以说叠印是一种以空间“合成”方式贯彻叙事意图的叙述手段。一如弗兰克·E. 比弗尔的描述：

> “在他的（指 Abel Gance——引者注）经典杰作《拿破仑》（1927）中，冈斯无拘束地并置叠印。其中在一个拿破仑转动地球仪的画面上叠印出约瑟芬（Josephyne）的肖像。这一手段（指叠印——引者注）将拿破仑征服世界的心愿与他对约瑟芬的爱情生动地联系在一起①。”

因此，尽管叠印并不着意于对“故事情节”的“讲述”，却仍然不失为电影叙事的一种表情达意的有力组合手段。

---

① 弗兰克·E. 比弗尔：《电影术语词典》，1983 年英文版，纽约，第 282 页。

再看变焦镜头。所谓变焦镜头，也是一种通过光学技巧创造特殊空间效果的蒙太奇组合手段。马尔丹称之为“光学的推拉”镜头。从表层形式上看，变焦镜头酷似运动摄影中的推拉镜头，但在叙事功能上两者却有着相当大的区别：“这两种镜头在纵深上是有区别的。在变焦镜头中，纵深（指前景、中景和后景之间关系）是保持不变的”，“不同的纵深使观众产生不同的心理反应，用变焦镜头表现的动作使观众产生距离感或局外感；用活动摄影机拍摄的动作则使观众产生身入感和局内感。”[①]那么从叙事的角度讲，变焦镜头空间如同叠印空间一样，也具有“强烈的主体介入性”，即变焦镜头空间显露出摄影机的干预作用，而不是将这种作用隐藏起来以制造现实幻觉，因而在功能上也具有制造“间离效果”的叙述特征。

对变焦镜头的这种“干预”作用，塞姆塞尔批评道，是一种相悖于画内空间和画外空间之间的辩证关系的陈旧手法，“尽管使用变焦距镜头对摄影师极富诱惑力，但它却是一种机械的光学方法，与其说它充分扩展，缩小进而限定空间，不如说它将人们的注意力导向电影的技巧。当它把我们的注意力引向电影的纪录手段时，电影的想象空间也随之被破坏了。”[②]为此，他认为张暖忻《青春祭》的结局处变焦镜头的运用是一败笔，“没有使我们得到任何新东西”。[③] 黄宗霑也曾谈到，变焦镜头会展平空间，变焦透镜“只是造成一个向你推近的扁平的画面。在变焦镜头中，纵深是静态的——摄影机不经过任何东西，你得不到真正运动的感觉。它只不过是一幅固定的构图在逐渐放大而已。[④] 法斯宾德则径直指出：“用变焦镜头拍摄画面，是电影手段中最可悲的一种。”[⑤]这些描述从一个侧面反映了变焦镜头的局限性，或曰不利于讲述故事及制造运动幻觉的一面。但照我们的理论角度看来，暴露出摄影机的技巧，展平空间，并非就一无是处，起码它能够促使观众打破“幻觉认同”，使观众从影片的故事圈套中跳脱出来而意识到自己作为一个“观者”（观看一部人为作品或曰“虚构物”）的“自主”地位。所谓“自主”指观者明确意识到展现在面前的人事景观并非是“现实生活”，而是别人选择、重组、构筑的“现实幻象”，因而作为观者应对眼前的幻象抱有一种判别真伪、反思深层意蕴、把握表象背后的真正意图的识认态度和识别

---

① 约翰·贝尔顿：《仿生眼：变焦镜头美学》，载《世界电影》1981年第5期。
② 乔治·S.塞姆塞尔：《近期中国电影中的空间美学》，载《世界艺术》1986年第1期。
③ 同上。
④ 约翰·贝尔顿：《仿生眼：变焦镜头美学》，载《世界电影》1981年第5期。
⑤ 转引自安东尼奥·维因利希特尔：《场面调度的技术发展》，载《世界电影》1981年第5期。

能力。就此而言，我们认为约翰·贝尔顿的论断是富有洞见和说服力的：

“如果说每个推拉镜头都是一种道德的表达，探索着人与他周围空间关系的物理性质；那么每个变焦镜头就是一种认识论的表达，其思考对象不是人和世界本身的关系，而是人对世界的看法或意识。推拉镜头与变焦镜头反映了不同的、对立的美学观念。”①

马尔丹则肯定变焦距镜头“在视觉上的优点是明显的”，并从空间畸变角度论述了这种手段在美学上的优点：“变焦距镜头事实上是变动了空间的镜头之间的相对地位。因此，变焦距镜头融合了短焦距镜头在美学上的优点（可以在完全清晰的视野内表现大特写的大景深）和长焦距镜头的优点（将远镜头拉平，使画面具有一种完全不一样的戏剧和造型力量）。另一方面，由于这种推拉镜头能十分迅速、骤然地进行，因此，它有着巨大的心理冲击价值。”②这样来看，变焦距镜头美学空间虽然与传统上（好莱坞经典叙事模式）的“故事讲述”格格不入，但它却与现代叙事意义（布莱希特的“间离”意义上）的“叙事法”一脉相通。它虽然可能破坏故事幻觉认同，但却有利于强化叙述主体的主观“表述”，并给人一种“骤然地”、独特的心理冲击力。这正是变焦距镜头所构筑的蒙太奇空间拥有的美学表现力。

例如，梅尔·布鲁克斯编导和主演的影片《恐高症》中，当老教授拉着自己最得意的学生，新上任的精神病疗养院院长桑代克走到院长办公室的阳台上观看周围风景时，画面上最初呈现为一个全景的双人镜头，当桑代克被推到阳台边缘时，镜头骤然拉近（变焦镜头）成为桑代克的近景镜头，这种快速的、突然的空间变化（景别转换）给人一种影像一下子拉至眼前的视觉冲击力，这个变焦镜头在此处的运用恰到好处地揭示了桑代克恐高症发作时的极端恐惧心理，并给观众一种突发性的惊悚感。这种空间构成，即使我们意识到摄影机的存在而保持着某种“局外感”，又使我们感受到场景变化的视觉冲击而产生心理期待。或许正是变焦镜头所拥有的这种既展平空间、打破现实空间感，又拥有心理冲击力，“并不破坏场面内部的空间完整性”（贝尔顿语）的悖反性特征，使作为“电影史家”的巴赞与作为“立体论者”的巴赞

① 约翰·贝尔顿：《仿生眼：变焦镜头美学》，载《世界电影》1981年第5期。
② 马塞尔·马尔丹：《电影语言》，中国电影出版社1982年版，第148页。

产生了分裂。[1] “两个”巴赞分别代表了一种美学立场和美学态度，而这正契合着变焦镜头空间组合，既是“呈现”（时间中的空间转换），又是“意识”（是主观“讲述”）的个性特征。那么立足于这个意义上看，《青春祭》结尾处的那个变焦镜头虽然打断了观众对人物的关注和同情，用塞姆塞尔的话说，破坏了“激动人心”的表现，却有利于使观众从整体角度审视人物与环境的关系，进而从深层次上思考人物的悲剧性命运的发生动因和深层蕴含。这或许正是导演张暖忻运用变焦镜头处理这一场景的用意所在（当然不排除某种技术操作上的原因，即这个场景中的复杂环境很难采用一般的运动摄影的拉开镜头），她不要让观众陷于对人物个体的感情认同，而是提请观众从更宏观的角度关注那种社会意义上的“青春遭遇”的悲剧性，企图引领观众走进主体观照所产生的诗意情怀。

除了我们以上所谈的叠印、变焦镜头手段之外，定格、分割银幕等也都带有特定的空间组合特征，这里就不去多谈了。

总之，立足于电影特殊技术能力之上的电影垂直性空间组合，既为电影叙事提供了许多特殊的表现机制和呈现效果，又给电影叙事带来了许多意料不到的意外的因素、偶然性“干扰”。这无疑使电影叙事拥有了自己的独特个性、特殊张力和“讲述”风貌，使电影叙事成为“垂直的”空间蒙太奇组合，成为“视听觉总谱”式的水平运动。

---

① 约翰·贝尔顿：《仿生眼：变焦镜头美学》，载《世界电影》1981年第5期。

观众的伦理诉求与故事的人文价值

曲春景　上海大学教授

一、伦理诉求:故事之于人心的主要价值

从交往的经验层面上讲,面对各种人际关系和交往困境,几乎每个人的心底都曾有过类似的追问,“怎么办? 怎样做才对? 怎么做才能既得到认可又能把伤害或过失减到最小?”。人们希望对自己行为的正确与否有一个明确的判断。这种对交往行为合理性的追问,则是我们所讲的“伦理诉求”。

伦理诉求的人文价值在于,它是对既有益于生命自身、又能被社会认可的行为标准和价值尺度的内心期待;是人们在交往活动中渴望减少伤害,正确支配自身行为的深层愿望;是对“和谐”的群体性生存环境的一种本能需求。因此,可以说,伦理诉求是构成人文精神的社会基础。不同历史阶段之所以在伦理内涵上具有一定的差异性,是因为不同时代的生活方式,会遭遇不同的伦理问题。面对日常生活中的交往困境,不论处在文明史的哪一个阶段,人们均渴望有一个参照摹本和富有启发性的人生经验,能够给出有效的可资借鉴的答案或解决途径。如果这种内心追问及期待长期得不到满足,则极易转化为由交往实践引起的内在焦虑。

为解决这种深层焦虑,人类在漫长的生活实践中替自己选择了一个永不餍足的参照摹本——故事。正如培养了17个奥斯卡奖得主、19个埃米奖得主的美国学者罗伯特·麦基所言:“我们对故事的嗜好反映了人类对捕捉人生模式的深层需要。”[1]历史上,几乎所有的故事的意义和魅力均在于此。法国人类学家列维·斯特劳斯对早期神话故事的研究,证实了故事对社会人生的这种凝聚力,“社会凝聚首先

依赖于一种共同的神话力量”。[2]早期的神话故事，不但传播和组织了人们的思维方式，并且，成为人们借以思想的手段。①

历史上，各种宗教均以故事的形式，平抚人们的内在焦虑，给教徒的交往行为提供神圣的答案和明确的参考。但从生命本身的自然选择这一角度看，故事比宗教在满足人们伦理诉求方面，更具本源性。人们可以没有宗教，可以让其变成一个空洞的符号，更可以喊出“上帝死了”，但是，人们却从未拒绝过故事。西方文艺复兴之后，宗教故事的神圣性因不断受到质疑而逐渐丧失其人生指南的地位。然而，人们对故事的兴趣并没有随着宗教的没落而减弱。新的故事形式“小说”在市民社会中逐渐兴起便是一个有力的实证。各种手抄故事和传说在沙龙及民间迅速流行，以小说为主的故事形式随之成熟。并且，作家在某种程度上代替了牧师，成为此后岁月中人们情感和精神活动的主要导师。以世俗“故事”为主的小说代替了彼岸的神圣“故事”，继续在民间肩负着人们对伦理问题的心灵需求。比宗教故事更加切近生活的世俗故事中的主人公，成为无数读者崇拜模仿的对象。这些虚构世界里的主角继续为在黑暗中摸索的人们提供各种可资借鉴的人生参照。人们仍然在故事中寻找精神的寄托，渴望在故事中得到人生模式和情感模式的深层启迪。小说成为人们心灵的家园。这是电子传媒时代之前、现代文明史上一个不争的事实。

知识分子对小说意义不知疲倦的探讨；读者对故事内容和价值取向的各种争论；观众对电视连续剧的不知餍足的收视要求；甚至有些学者把故事看成传播某种社会理想的工具等；不但表现出人们对“怎么做才对”这一伦理问题的持续关注及伦理诉求在人们潜意识中的位置；同时，也显示着故事之于人心的魅力之源和价值所在。汉语本土的文化现实有异于植根基督教传统的西方文化，亦有异于伊斯兰民族。中国民间没有专司精神事务的宗教机构，缺少传承伦理之道的宗教故事。但是，在汉文化传统中，对伦理问题的探讨表现得比西方任何一个民族都充沛。中国文明不同于希腊文明的突出标志，就是中国古代没有宗教也没有形而上学，却有发达的实践哲学和道德伦理之学。正如德国哲学家莱布尼茨在对中西方哲学进行比较之后指出的那样，“在思考的缜密和理性的思辨方面，显然我们要略胜一筹”，但“在实践哲学方面，即在生活与人类实际方面的伦理以及治国学说方面，我们实在是

① 参阅列维·斯特劳斯《结构人类学》对神话的二个基本命题的分析。俞宣孟译，上海译文出版社，1995年版。

相形见绌了"。[3]孔孟老庄之学，关心的是面对各种生存境况时人们应该采取的态度和行为方式，思考的问题直接就是"怎样做才对"。被中国传统文化奉为思想资源的"六经"，讲述的就是人生在世的各种行为方式和事理："诗以道志，书以道事，礼以道行，乐以道和，易以道阴阳，春秋以道名分。"(《庄于·天下篇》)而中国的史书，无论正史野史，均以叙事和刻画人物而见长，可以说是非常生动和具体的故事。它们与宗教故事的区别在于，中国各种史书中的故事没有超验的维度，这些故事主人公均为现实世界有迹可寻的人物，他们的成败得失，不是上帝的意志使然，而是与君子之道的伦理纲常相关。以儒家学说为代表所推崇的君子之道实则是伦理之道、和谐之道。正如新儒家代表人物余英时所讲，"是自我求取在人伦秩序和宇宙秩序中的和谐"。[4]因此，这些承载伦理之道的诗书易礼和史书中的真实故事，成为早期满足人们内在需求的文化经典。所以，中国人虽然没有宗教故事指点迷津，但其伦理价值通过诗书易礼等各种正统的文化经典和世俗人物传奇得以传授。这是中西方文化在源头上的不同，并且形成了中国文化与西方宗教文化的显著差别，但实质均与伦理问题相关，即，为人们的交往行为和交往实践提供价值标准。人们通过故事满足各种人生在世的伦理需求。故事是人生的储备，人们从牙牙学语时就渴望故事。西文的宗教和我国的经典都是对各种生存之道或者说行为方式的规范和修整。

伦理问题或交往行为中的善恶问题，在西方传统社会中属于精神领域里的事务，由宗教负责管理，一般与世俗政治无关。而在我们民族的传统文化中，关乎善恶的伦理问题和世俗政治不但是相关的，而且还是一体的。个人的道德修养与国家治理相关联，"修己和治人"是一个问题的两个方面。正德厚生、内圣外王、修身齐家治国平天下等，儒学用于推行的治国理念与人们日常交往遵守的伦理观念是一致的。并且，这些理念的传播方式，均以诗文、史传等文学形式在各阶层人们中间反复吟诵传唱而得以实现。孔子的教育思想以及汉唐以后确立起来的科举制等，保证了汉文化所推崇的行为标准和交往方式。学子们通过对四书五经及各种诗文的学习研读和写作，普遍接受与传播有关伦理之道的君子之言。这些经典及传记故事中所包含的伦理内容成为社会整合与道德自律的重要部分。所以，在中国传统文化中，虽然没有宗教组织的传播途径来推行和满足人们的伦理需求，但是，对四书五经的阅读和写作，对各种掌故的熟悉和了解，既是一种关乎伦理价值的道德行为，同时又是一种登堂人"仕"的正统行为。饱读诗书的文人，既是精神领域里的放牧者，又是世俗社会中的管理者。这双重价值，共同奠定了诗文踞于"庙堂—民间"的重要地位和对此的传播方式。因此，诗文、史记等文学作品，在中国的功能范围，远远超过了宗教经典所致力的纯粹精神领域，而延伸到治国训民等世俗社会层面，其功能正如作为一国之君的曹丕在《典论·论文》中所言："盖文章经国之大业，不朽之盛事，生命有时而尽，荣辱止乎其身，未若文章之无穷也。"

中国自宋明以降，随着市民社会的形成，传奇、话本小说、戏曲等以凡人奇事为依托的故事形式在民间兴起，并且，逐渐成为一种继诗文之后广受欢迎的文艺形式。故事主人公的各种人生经验和生活模式，成为满足新兴市民阶层情感活动和伦理需求的主要资源。因此，从吟诗填词到讲述故事，无论是文人的写作活动还是普通人的阅读活动，在中国历史上一般都被看成一种关乎民风民俗的道德行为。从"兴观群怨"到"文以载道"，再到康、梁的小说兴国论，均肯定了诗文小说等文学作品之于世道人心的主要价值，肯定了在几千年文化发展中确立起来的通过阅读和写作活动传播伦理知识的方式。

我国传统文化中这种伦理知识的传播及获取方式，被习惯性地凝结在对文学作品的创作和阅读之中，构成了较为固定的传承和接受模式，并制约着我们民族看取故事的特定目光和对故事的心理期待：即从阅读中、从各种故事中寻找精神寄托和人生模式的深层启发。这种阅读期待积淀为民族文化特有的心理情结并且弥漫在民族记忆的每一个细胞中，构成阅读和理解的文化基因。因此，在没有宗教习俗的文化活动中，故事在民间担负着传承精神价值和整合行为动机的文化功能，成为沟通和满足人们伦理诉求的重要形式。

法兰克福学派在应对现代社会交往危机时提出的艺术救世之途，以及他们所坚持的对大众文化的批判立场，虽然不免有些理想和浪漫，但他们都看到了故事之于世道人心的力量，看到了艺术之于自由的价值。康、梁改良主义者也正因为如此，才把"变国俗、开民智"的希望寄托在小说之上，"仅识字之人，有不读经，无有不读小说者。故《六经》不能教，当以小说教之；正史不能入，当以小说入之；语录不能谕，当以小说谕之；律例不能治，当以小说治之"。[5] 当然，这种对小说作用的过分强调和夸大，固然不足为据，但他们都看到了以故事形式演绎的人生价值和行为方式在公众意识层面上的作用。坚持艺术的解放功能也好，坚持对大众文化的批判立场也好，均因为故事对心灵的渗透能力及由此带来的对社会文化的整合功能。

当代人的精神困惑及在交往问题上不断被人触及的"合法性危机"，表征着传统文化中伦理价值的有效性已经失范，已无力解决因时代生活变化使人们在交往问题上产生的新的焦虑。并且，这些新的困扰和焦虑，也从深层心理上确证着伦理诉求是人们精神生活中无法绕开的根本处境。随着印刷文化的消退，以小说为主的故事形式不断被边缘化，但故事，又以电视剧的形式继续在民间为人们的伦理诉求提供某种心灵参照。

电视剧与其他各类电视节目相比，其收视率居高不下，故事主人公的成败得失仍然是观众投放情感和发表各种意见的兴趣之源；人物之间的各种关系和行为动机，继续是当今观众批评、议论、推崇和褒贬的中心话题。这一切现象均指向一个真实的命题："伦理诉求"是故事之于人心的主要价值，是制约观众阅读活动的潜在动机。

二、故事魅力：由实践焦虑派生的求知欲

如上文所讲，故事是人生的储备。在深层心理上，人们对故事的本源性需求是一种伦理需求、一种由交往实践产生的焦虑心理转化而来的求知欲，即：渴望了解那些与命运相关的交往方式和交往行为所产生的后果；人物的各种命运成为化解焦虑满足求知欲的最好答案。故事的娱乐性则是派生的，是满足这种伦理需求后而获得的心理平衡。不论是口传时代的故事、印刷时代的故事还是电子传媒时代的故事均如此。亚里士多德在其《诗学》中早有过类似的论述，他认为悲剧能够产生惊心动魄的魅力，在于故事情节的突然变化及由此唤起主人公对恶运即刻降临的发现；正是主人公遭受不幸、陷入灭顶之灾的生存处境，深深地抓住了观众，让观众为之动容。故事的娱乐性正来自于观众对主人公命运的深切关注，对他接下来行为的迫切了解：他将怎么办？他会采用什么态度和行为？故事的悬念即建立在观众对主人公处境的怜悯和恐惧之上。故事的快感是观众的怜悯和恐惧之情得到宣泄后心理上获得的一种平衡。正如亚氏所言，"悲剧目的的一个要素，乃是快感，但并不是指一切快感，而是指靠了艺术表现从怜悯和恐惧中产生的快感"。[6]可以说，快感产生于故事之中，产生在与主人公命运相关的一系列行为动作中。

2006 年 4 月 17 日，当代电影大师斯皮尔伯格作客央视电影频道，同张艺谋导演展开了一场梦想与现实、艺术与商业、科技与人性的对话。在这个对话中，斯皮尔伯格多次强调，决定电影的关键因素是故事，"故事永远是最重要的"。张艺谋虽然也不断地认同斯皮尔伯格，从对话中看不出两人有什么不同。但重要的是，人们从两

人的作品中一眼就能看出其差别。斯皮尔伯格的《拯救大兵瑞恩》、《辛德勒名单》等影片，既叫好又叫座；其影片牵动人心的力量是故事，是观众可以把握的情节以及与主人公命运相关、又能够对此作出评判的一系列行动。而张艺谋两部大片的视觉冲击力不可谓不强，但引人注目的只是构图精良的几个片段和场景。观众对其的不满主要来自故事；大多数观众不知道他讲的是一个什么故事，意图在哪里？陈凯歌花费3亿多人民币做出来的商业片《无极》，连一个片段也没留下，其故事无论从哪个层面上讲，都与观众当下的生活经验毫无关系，即便是一点遥远的历史回声也没有；故事的拙劣程度受到众多观众的调侃和嘲笑。央视这场对话做得很精彩，确实如其广告词所言，是“东西方电影大师的首次巅峰对话”。但两位导演的作品并不处在同等巅峰的位置上。这其中的差别明显地说明，一个真正优秀的导演应该深知观众对故事的态度和要求。张艺谋、陈凯歌与斯皮尔伯格最大的区别，则是对故事的重视程度。我国这两位第五代导演的领军人物，其成就虽然众说不一，但有一个共同之处，即都能够在观众对好故事的一片呼吁中，继续制造仅以视觉取胜的片子。而诸多瞎起哄的娱记们还美其名曰改造和扭转中国观众的观影习惯。

人们对故事的兴趣亘古不变，从牙牙学语时就在故事中习练人生。从遥远的没有星光的洞穴中晚辈趴在祖父母腿上的倾听，到外乡人在篝火边的说唱，到灯光下手不释卷的阅读，到影剧院门前的排队购票，到电视机前对主人公命运的争论和猜测，人类对故事的兴趣从来没有厌倦过，没有满足过。故事之所以能够穿越古今各种媒介形式的变化一路走来，不是声音，不是文字，不是色彩，不是音乐，不是画面，不是视觉奇观，而是故事本身包涵的与命运相关的、由各种行为关系构成的事件，是人与命运的抗争搏斗中产生出来的激动人心的力量。承载故事的媒介形式可以随着时代的变化而变化。吟唱时代的故事，声音和韵律很重要，但随着印刷机的问世，声音消失了，故事继续在文字中存在；小说成为支撑人们精神和情感活动的主要方式；电子传媒时代，小说不断被边缘化，而故事继续在影像中存在；电影和电视剧，成为这个时代支撑人们精神和情感活动的新的故事形式。每天都有数以亿计的人们围坐在电视机前。电视剧观众的数量之巨，人均观看时间的不断增加，使小说曾经拥有的读者群逐渐萎缩。人类文明的不断变迁，使无论曾经怎样辉煌过的故事形式，都被新的媒介形式所取代。希腊神话、荷马史诗、19世纪的小说、20世纪的影视剧，我们几乎无法抗拒这种演变。但是，那个历久不变的、每天吸引无数观众呆坐在电视机前的东西，正是故事。不管承载它的媒介形式怎样变化，叙述的对象永远是人物、事件、行为，或者说是主人公与各种人物所构成的命运关系。而这些永远是捕获人心的不变因素。

从故事之于人心的主要魅力和价值上讲，故事能撼动观众的基本条件有两个。其一，故事情节在观众的经验把握之内，不论古今中外素材，其内在逻辑，与观众日常生活有某种类似性或相关性；其二，人物行为，与生死相关、与命运的升降沉浮相关、与某种人生态度相关。不管是电影故事还是电视剧故事，不管它们的结构差异有多大，这两个条件都是最基本的。从2006年我们国内票房收入比较好的电影《疯狂的石头》或是近两年收视率比较高的电视剧《诺尔曼·白求恩》、《亮剑》、《刀锋—1937》等来看，均如此。如果一个故事没有任何可资汲取的人生内涵，主人公也没有令人回味的人生态度，而单纯强调娱乐，强调给观众提供了多少笑料，那么，人们在哄笑之后，即便是中低等文化程度的接受者，也会认为其浅薄并对此表示不屑。有些业界人士斥责这是中国观众特有的“受教育癖”，极力主张要扭转这种观影习惯，并毫不犹豫地认为市场经济下的影视作品，只是供影院和电视台出售的商品，必须以娱乐赢利为主，只要能吸引观众眼球的即是好作品，不必一定要有文化价值和精神含量。我国目前影视剧生产制作中，持这种观点的人仍不在少数。把影视作品的精神价值和娱乐价值对立起来的观点，一方面是形而上学思维方式在这一问题上形成的遮蔽(关于这一点笔者在《影视剧制作中的形而上学陷阱》一文中作过专门论述)；另一方面，也表明这些影视剧生产者并不认识观众和市场；他们对影视剧与观众之间所具有的多层关系认识不足，对观众心理知之甚少，对故事系于人心的重要价值缺乏起码的了解，对叙事活动何以亘古不衰的内在原因没有意识，更缺乏研究。换句话说，这些导演既不懂叙事也不尊重观众。虽然他们拿着巨额人民币在讲故事，也会在偶然情况下由于制片人或原著的帮助讲出一两个好故事。但从张艺谋和陈凯歌最近拍出的大片可以看出，这两位导演的叙事能力、驾驭故事的能力和他们对观众心理的洞察能力均有待提高。

固然，张艺谋的影片给人们提供了美轮美奂的视觉快感，视觉享受也确实是不可忽视的观剧心理；但是，观众不会因视觉效果而取消对故事的伦理期待。人们不会为了单纯的视觉美感而愿意放弃对故事内涵的关注。对于一个优秀的编导来说，只有了解故事与伦理诉求、人文价值的内在关系，才会尊重观众和尊重故事，才能真正懂得故事的悬念为何与人物对命运的抗争相关、为何与人物关系的骤然变化相关、为何与人物的态度相关。确实，对于今天的制片人或投资商来讲，影视作品就是商品，是以市场需求和赢利为第一目的。但市场在哪里？什么是行情？对于影视作品来说，市场就是观众，行情就是观众当下在伦理问题上遇到的困境及对故事的内心期待和要求。影视产品所具有的娱乐功能和文化功能是一致的，特别应该清醒地看到，故事所具有的人文价值，是内在于故事本身的，而不是附加在影视产品之外的东西。

但有些编导、影评家和制片人只注重经济利益，为了能快速有效地吸引观众眼球和占领市场，竭力张扬影视剧的商品价值和娱乐性，而攻击和贬损它的精神价值。正如霍克海默、阿多尔诺所言："艺术今天明确地承认自己完全具有商品的性质，这并不是什么新奇的事，但是艺术发誓否认自己的独立自主性，反以自己变成消费品而自豪，这却是令人惊奇的现象。"[7]正是有些急功近利的艺术家与投资商的合谋，使当今的影视作品丧失了叙事作品应有的人文价值和伦理内涵，而陷入到远离精神生活和人文关怀的异化之境。

经济动机的不断浸淫使我们直接目睹了故事的内在价值在很多影视作品中退隐，让我们直接看到了"大众文化"的源头其实并不在于大众。就影视剧来说，一些投资商、制片人和导演艺术家共同联手把大众需要的精神文化产品变成赚取利润的工具。《无极》和《十面埋伏》，这些挣足了钱的片子，它们比旧好莱坞还要远离人间烟火，它们对现实生活具有更加彻底的"不及物"性。如果说好莱坞是美国世俗文化的一部分的话，那么，以精神关怀为己任的基督教文化则构成了美国精神文化的另一部分。也就是说，在有宗教氛围的国家，艺术的商品化还不足以从根本上颠覆他们的精神文化传统。那么，对我们这个以文学和叙事作为文化传承的国家，艺术毫不顾忌地标榜自己的商品性，就不仅仅是一件令人吃惊的事情，它从根本上腐蚀我们民族生活的内在精神，挫败着交往实践中那些警示人或激励人并让人向善的力量。

今天我们之所以批评影视产品的极端商品化现象，不仅是因为这种现象不利于当代人文精神的形成，并且，更不利于影视产品与市场之间良性关系的形成。

中国"以儒代教"的文化传统，构成了祖辈相传的文化基因和对故事的接受心理。虽然，今天已经是消费和娱乐时代，是以经济为主导的时代，但是人们在文化上所形成的集体无意识，同样是文化维护自身价值的一道屏障。人们早已习惯了从故事中探寻主人公成功或失败的各种原因，以明鉴和垂范自己的行为。因此，观众对故事的伦理期待，不仅因为有其内在需求，而且，还和我们民族长期形成的阅读传统及文化习俗相关；所谓的“受教育癖”也从另一个方面说明了在接受和阅读中这种集体无意识的形成，它更加强调了观众对故事内在价值的要求是群体性的而非个别人所为。观众的阅读活动和观赏动机（无论是看电视剧、电影还是小说）不仅在习惯上，而且在潜意识中，顽强地保持着对故事的伦理期待。对于以故事为主的影视剧来说，不尊重故事的内在价值就等于不考虑观众的需求；而不考虑观众就等于放弃市场。这是投资商和制片人极不愿意看到的事情。

人们对故事的久远兴趣即已证明了人对行为规范和生存意义的深层需要，而以集体无意识方式存在的看取故事的心理情结，也不会顾及某些投资人或编导个人的意愿。正如20世纪末，东正教在俄罗斯的一再兴起，植根于民族文化中的宗教意识重新浮现，一批知识分子“把东正教及其精神思想看成是战胜物欲、邪恶、不义等丑恶社会现实的力量之源，把俄罗斯的拯救和复兴寄托在东正教身上”。[8]东正教是否能救赎俄罗斯与本文无关，但是，沉淀在俄罗斯民族文化中的东正教精神一再潮起，明确地向人们显示出传统文化的深层积淀在当代人意识中所具有的支配作用，显示出民族文化在民族意识中所具有的极其顽强的繁衍生殖能力和潜在的制约能力。个别人想改变和扭转中国观众的“受教育癖”，是一厢情愿的事情，即便付出昂贵的代价，是否能从观众深层意识中抹去历史文化的积淀，让他们放弃对伦理问题的深层关怀，仍然是个问题。

不仅中国人对叙事作品的内在价值有期待，宗教失势之后，深层心理的伦理诉求，也是西方人面对故事时的一种潜在心态。当故事替代了布道，主人公的性格命运及人生追求等，就成了人们认识生活、考察和修正自己行为的重要参照。故事中那些被推崇的人物、被肯定的行为方式、或者所呈现的某种生存状态，成为失去神灵庇护后人们寄放心灵和反观自身的精神依托。当代最有影响力的美国哲学家理查德·罗蒂，在学理传承上是一个极为丰富和复杂的思想家，一个向往自由主义乌托邦的后现代主义者，但他也同样看到了小说、电影、电视等故事形式在构建意识形态方面具有的此种潜在功能。他首先指出，这个时代“思想与社会进步的目标，不再是真理而是自由”，同时，把“自由”的核心理念定义为一种道德或伦理要求，如他自己所讲的“希望苦难会减少，人对人的侮辱会停止”。[9]让我感兴趣的是，他把这一社会理想的实现，交给了以虚构和想象为主的故事。他认为艺术的拯救之途，则是这些故事所给出的各种各样的人生境况和苦难经验对心灵的警示和重铸，“狄更斯、施赖纳或赖特等作家的小说，把我们向来没有注意到人们所受的各种苦难，巨细靡遗地呈现在我们眼前。拉克洛、亨利·詹姆斯或纳博可夫等作家的小说，把我们自己所可能犯下的种种残酷，巨细靡遗地告诉我们，从而让我们进行自我的重新描述。这就是为什么小说、电影和电视节目，已经逐渐不断地取代布道与论述，成为道德变迁与进步的主要媒介”。这种观点与法兰克福学派的艺术救世之策相似，但对艺术的想象更加浪漫化和理想化。尽管如此，对我们的启发还是巨大的。因为这些观点包含着对故事伦理功能的深层了解，包含着对读者和观众接受心理的深刻洞察。

参考文献：

[1] 罗伯特·麦基.故事——材质、结构、风格和银幕剧作的原理[M].北京：中国电影出版社，2002：14.

[2] 伊·库兹韦尔.结构主义时代——从莱维·斯特劳斯到福科[M].上海：上海译文出版社，1988：18.

[3] 张汝伦.实践哲学：中国古代哲学的基本特质[N].文汇报，2004.7.25(副).

[4] 余英时.内在超越之路[M].北京：中国广播电视出版社，1992：11.

[5] 黄曼君.中国近百年文学理论批评史[M].武汉：湖北教育出版社，1997：137.

[6] 鲍桑葵.美学史[M].北京：商务印书馆，1987：87.

[7] 霍克海默，阿多尔诺.启蒙辩证法[M].重庆：重庆出版社，1990：148.

[8] 刘涛.末世的救赎[N].社会科学报，2004-08-19(8).

[9] 理查德·罗蒂.偶然、反讽与团结[M].北京：商务印书馆，2003：8.

“跨媒介”视野下的电影叙事二题

李显杰　华中师范大学教授

本文所说的“跨媒介”，是相对应单媒介而言的，指的是当一种特定的表意方式，成为不同介质的媒介融合并用的话语形态时，这种“表意方式”就具有了“跨媒介”的性质。譬如，当音乐与电视融合，形成了“MTV”时，我们说它拥有了“跨媒介”传播的特征；当小说作为电视小说在屏幕上呈现（讲述或阅读：讲述已具有个性化的人声元素，阅读也可以伴随着音乐或音响）时，我们说它具有了“跨媒介”叙事的属性。就此而言，所谓“跨媒介”视野中的电影叙事，意味着站在“跨媒介”的理论角度看，当下的电影叙事已不再是单纯的、严格的、传统的银幕影像和影院形态意义上的电影叙事，而是包容横跨了电视电影——荧屏影像、手机电影（包括电脑网络电影）——显示屏影像等多种媒体介质，从而具有了“跨媒介”叙事的性质和特征。

乍看起来，电影叙事呈现载体上的这种“跨媒介”演变，对其作为叙事的基本属性似乎影响不大，不管是纯粹单媒介的叙事也好，还是“跨媒介”的叙事也罢，不都是在运行和实现着影像叙事的组织和交流吗？然而深入一步看，影像叙事呈现载体上的这种变化对电影叙事所带来的影响和挑战却是相当深刻且耐人寻味的。一定程度上讲，它正在颠覆着传统电影叙事的结构模式、叙事成规与话语风格，其中所蕴涵的深层文化意蕴，尤其值得人们深长思之。

正是基于这一思路，本文将从电影叙事着眼，从电影叙事呈现—交流载体的流变角度，对电影叙事、电视电影叙事和近年兴起的手机电影叙事作一些比较分析，以求厘清影像叙事与其载体的更为具体的边界划分，进而探讨这种“跨媒介”叙事现象所带来的电影叙事结构、言说—接受机制的变化，乃至这种变化所含纳的文化意蕴。

一、从银幕、荧屏到显示屏①——影像载体的流变

叙事与其媒介载体之间的相关性举足轻重，这已是人们的共识。譬如，之所以说文学叙事与电影叙事是不同的叙事体，原因就在于两者运用的“媒介载体”不同。一如西摩·查特曼所谈到的：“文学叙事（除了插图小说等个别例外）通过单一的‘磁道’即文字得到实现，而电影是更为复杂的媒介，它有两个信息磁道。20世纪后期录音技术的完善使电影成为一种多媒体的艺术，声音既可以支撑视觉形象，也可以独立存在。”[1]查特曼的分析，②正是从文学叙事与电影叙事媒介属性，即言说—交流载体的不同出发，论证了文学与电影在叙事策略、叙事方法和叙事功能上的差异性。对不同媒介间的这种区隔，人们已谈论得比较多了，此不赘述。

从媒介载体的角度讲，说电影、电视叙事的“媒介载体”是影像（影像是视听一体化的具有现实物象性的表意符号③），人们一般不会产生异议，但把电脑网络—手机的“媒介载体”也与影像联系起来，可能会引发人们的疑问。这因为，电脑网络—手机的“媒介载体”具有多样的元素和手段，并非单纯的影像呈现。或者说电脑网络—手机是综合性地使用文字、图片、声音、影像等介质来浏览信息、写作交流和娱乐消遣的，并不像电影、电视那样直接依凭影像来表意和叙事。但电脑、手机媒介具有的一个显在特征，使笔者有理由把它们和影像联系起来：即电脑网络—手机是通过视（听）觉的“呈现”机制实现信息的“编码—解码”的，电脑和手机都是需要开机——打开显示屏来实现交流的。虽然它们的信息交流方式暂时还不是以影像呈现作为其载体的主要手段，但可以肯定地说，它们已经不是传统意义上以文字或图片或声音等单一磁道为手段的媒介方式，而是集声音、文字、图片、影像为一体的多媒体交流方式。用发展的眼光审视，这种将图文、声音、影像置放于一处而加以动态呈现的多

① 本文所谈论的显示屏主要指个人电脑或手机的显示屏，尤其是后者。那些体育场馆或街头广场上竖立的类似于电视幕墙般的大显示屏不在本文的论述之列。这因为后者在叙事角度讲已融合于电视屏幕功能，而不再具有独立意义。

② 查特曼主要是从电影叙事中的画外音叙事声音角度，阐述了电影叙事中起结构性作用的画外音叙述声音具有的重要叙事功能，认为这样一种“画外音”叙述，带来了电影叙事的丰富性和复杂性，是那些注重复杂性和心理深度的现代电影的标志。

③ 关于影像的特征与属性，参见李显杰、修倜《电影媒介与艺术论》（武汉：华中师范大学出版社 2005 年版）的第四章第一节“物象·影像·物象性”中的有关论述。在这里作者强调了影像作为一种活动性的形象符号与现实物象的外貌具有“近亲性”联系。

媒体方式，或许会成为人类未来文化交流的主导形态。

自然，本文的讨论不是针对电脑和手机的一般载体方式，而主要是围绕着被人们称之为电脑网络—手机电影的影像叙事与影院——银幕影像叙事、与电视——荧屏影像叙事三者之间的关系展开的。为了方便起见，笔者把这三种媒介载体分别称之为：显示屏影像、银幕影像、荧屏影像。

从历史流变的时空角度看，银幕影像——荧屏影像——显示屏影像呈现出顺序发展、逐步扩大的兼容并包关系，体现出从单一到多样，从纯粹到多元的发展轨迹。而这种流变的轨迹在深层结构上又恰恰体现和印证着人类科学技术、人类文化演绎和进步的历史发展进程。

（一）银幕影像

银幕影像的本体——电影诞生于19世纪末，是大工业时代发展的产物。作为大工业文化的艺术表现形式，电影叙事表现出一系列大工业所特有的文化特征：机器的运作、多部门分工、流水线式的工作环节等。这种文化特征，在以好莱坞大制片厂体制为代表的电影制作工业百多年来的成功运作上，得到了典型的、充分的体现。银幕影像作为电影叙事的载体，体现出以下基本特征：以光学意义上的胶片影像作为“言说—交流”的符号载体，以固定的文本放映时间（电影故事片一般以90至150分钟为基本放映时间形态）作为观影活动的交流过程，以影院这一特定的封闭空间作为实现交流的基本环境。

银幕影像载体的这些基本规定性，决定了电影叙事的故事信息范围，结构方式和接受效果。

譬如，有效的电影叙事，其故事信息范围相对于文学叙事（尤其是长篇小说）而言，应该是紧凑而有限、简要而明确的。因此，电影要改编像《三国演义》或《水浒传》这样人物众多、关系复杂，具有多重矛盾冲突、宏大历史背景的长篇小说，常常只能取其一段情节加以演绎（如吴宇森的《赤壁》），或取其中一个或几个人物集中刻画（如李仁港编导、刘德华主演的《见龙卸甲》，刻画晚年的赵子龙；而梁家辉、徐锦江主演的《英雄本色》演绎的则是《水浒传》中林冲与鲁智深的一段故事）。

影院的特殊观影环境能够使电影观众获得一种特定的审美心理感受和奇特的视听感官体验。换言之，呈现于银幕上的“幻影奇观”往往与现实世界构成鲜明的对比，因此有“银幕世界”的成说。而拍摄胶片影像的高成本，也使电影的制作显得非同寻常，不是个人化的冥思之作，而是集科技因素与人文因素为一体的带有工业生产性质的艺术创作。就拍摄银幕影片讲，投入三五百万人民币拍摄一部影片只能算是小成本或低成本制作，而动用上亿甚至数亿人民币投拍一部影片在今天已成为影片制作的常态。

因此，银幕影像—影片的制作被人们称之为一项需要动用极大的财力、物力、人力的系统工程。这一特点，随着当今高科技元素、数字化手段在电影制作中越来越普遍的运用，得到了更为有力的突出与强化。当今中外“大片”模式的盛行和这类影片在票房价值上的强势姿态便是显证。

（二）荧屏影像

荧屏影像的本体——电视出现于20世纪30年代，真正普及开来的年代是在20世纪五六十年代，中国的电视媒介实际上是20世纪80年代后才得到普及的。因此荧屏影像应属于电子时代的产物。只不过这时的电子时代尚处于初级阶段，因为此时的电视信号还主要是以模拟技术为主导的，作为电子时代的高级阶段——数字化技术在电视中的普遍运用，在1980年代之后才开始普及。我国的数字地面电视实际上是2008年才开始在与奥运有关的六个城市中应用（加上深圳、广州），2008年年底才开始在更多城市的电视系统中启动。尽管如此，整体上看，电视媒介的出现标志着电子时代的到来，它使人类文化进一步走向平民化和大众化，其对人类文化传播—交流形态的变革起到了巨大的推动作用。

电视电影作为荧屏影像叙事的主要类型出现于20世纪60年代中期。“1964年，环球电影公司最先向全国广播公司提出了为电视网制作影片的概念，并在这年10月播出了第一部专门为电视网制作的影片《看他们怎么跑》（See How They Run）。到1966年，全国广播公司又同环球制片公司签约常年制作在电视中首播的影片，第一部是在美国电视史上很有名的《声誉竞赛》（Fame is the Name of the Game）。此后这种影片成为美国电视中一种固定的节目样式，被称作 made for TV movie（为电视制作的电影）或简称 TV movie（电视电影），更适合于在电视上播出，制作成本也远远低于一般的好莱坞影院影片。”[2](p.29) 中国的电视电影出现在20世纪90年代末，以中央电视台电影频道1998年组织播出电视电影，并于1999年起开始自行制作电视电影为标志。

那么，电视电影究竟是一种什么样的电影形态呢？学界有不同的说法，有学者把它定位于电影的衍生品，认为电视电影应具有两个特征："第一，必须用电影胶片拍摄（无论是16毫米胶片还是35毫米胶片），后期制作既可直接在胶片上完成，也可以胶转磁完成。第二，在叙事上遵循电影故事片严谨有意味的叙事方式。"[3]也有论者认为电视电影的本性在于其作为电视节目的传播属性，"电视电影以电视为第一传播途径，必须要满足电视播出的要求，它的首要目的即是为电视媒介服务的"。[4]

在我看来，两种说法都有道理，也各有局限。前者用"胶片拍摄"定位电视电影，今天来看是过于狭隘了，实际上近年来的电视电影已经很少再用胶片拍摄。一如人们所谈到的，就中国电视电影制作而言，2004年以后基本上没有人用胶片拍电视电影了。① 后者强调电视电影为电视媒介服务有一定道理，但对电视电影的"影片"属性显然有所忽略。其实电视电影既是以电视方式播出的，又是以电影故事片的叙事方式来"讲述"故事的。因此，"需要从宏观上掌握这个概念（指电视电影概念——引者注）。现在一会儿用数字电影这个概念，一会儿用电视电影这个概念，这不是我们在概念上的混乱，而是针对不同的范围而言。叫电视电影是针对市场的，就是说这个片子拍完之后主要是在电视上播映，我们就把它叫做电视电影，而不管你的物理介质是什么，是胶片拍的，还是数字拍的。（电视电影）不是一个片种概念，而是一个市场概念……电视电影就属于故事片。至于是用胶片拍还是用数字技术拍，在电视上播放时，它的市场是一样的。所以，当我们从技术上讲的时候，电视电影其实就是数字电影，但是当我们专门针对电影频道出品、拍摄这些故事片的时候，我们又经常把它们叫做电视电影"。[5]

由此我们看到，电视电影的独特性，在于它是专门为电视制作并且在电视上播映的电影故事片，这是其区别于其他数字电影——譬如在数字影院放映的数字电影——的本质特征（数字电影与传统电影在制作机制上的区别属于另一理论层面上的命题，此处不论），故而电视媒介的一系列传播特征融入了这种"影片"的"言说—交流"过程中。譬如，影片文本时间的灵活性，播出形态的节目化，接收环境的松散性等。这使得电视电影的媒介载体呈现出以下特征：以电子—荧屏（主要以数字拍摄为主）影像作为其"言说—交流"的符号载体，以灵活的影片文本播出时间（可长可

① 参见赵小青《中国电视电影的启动和发展》一文中的有关论述，载《艺术评论》2008年第2期，第38—43页。

短）和固定的节目播出时段作为实现交流的过程，以电视播放的开放性环境（家居性空间为主，酒吧、机场、车站等公共场合为辅）为实现交流的基本环境。

荧屏影像载体的基本特征，决定了荧屏影像叙事与银幕影像叙事的相通之点和相异之处。

就相通性讲，首先电视电影同样要以相对完整和严谨的叙事结构作为叙事的基本框架，因而它是一部影片而不是电视剧。其次，电视电影的长度虽然比较灵活但相对更接近于电影的文本放映时间。如美国的电视电影“绝大部分是2小时的节目，也有少量4小时甚至6小时的节目”。[2](p.30)我国的电视电影也基本上以90分钟作为文本的基本时间框架。不同之处表现在，电视电影由于其主要在一个小的空间范围播映，加上荧屏相对银幕要小得多，因此要想在相对小型的屏幕上结构出银幕电影那种波澜壮阔的大场面显然力不从心或者说是得不偿失的，同时相对松散的观影环境也使其视听震撼力逊色许多。这使得电视电影在故事题材、叙事话语、文本结构等叙事环节上必须作出有别于银幕电影的追求。这个方面我们下文详谈。而电视电影的节目化播放形式，则使电视电影的播放不是一个连续的严谨状态（尽管它的制作追求结构上的严谨性），因为电视电影在播放过程中时不时地会被插入的商业广告打断。像美国的电视电影播放时，90分钟的影片差不多每隔十分钟就会插播一次广告。①

但是电视电影也有自己的媒介载体优势：主要体现在电视传播的日常伴随性和广泛渗透性上，也就是说，电视电影是伴随着看电视的日常观看活动进行的，不需要你专门跑到一个专门的场所（比如电影院）买票观看，因而被人们称之为“客厅里的电影”。因此它的观众涵盖面和收视率远大于影院观众的人次。同时，由于电视电影制作上的成本价格远低于银幕制作，没有票房回报的压力，这也使电视电影在创作上能以更加贴近生活的方式，相对从容地“讲述老百姓自己的故事”。

（三）显示屏影像

把电脑网络电影与手机电影放在一起谈，主要是基于两者都属于人们所说的新媒体（两者当然是有一定区别的）。或者用比较专门的术语讲，它们都属于“赛博空间”的产物，是“比特”的运算结果，是数字化技术在电脑网络、手机载体上的影像化

① 参见苗棣《美国电视电影的发展与现状》一文中的有关论述，载《当代电影》2000年第2期。

体现。从时间上看，电脑时代起步于20世纪60年代，到80年代才真正普及开来。“个人计算机和在线网络自从1980年代初的日益盛行，创造了对更快、更可靠的数字传播的稳步增长的需求。”[6](p.63)数字化技术给人类的信息交流方式带来的革命性变化是深刻且深远的，对影像叙事的影响亦不例外。“人类可识别的所有字词、影像和声音都可被缩减为计算机比特，它们之间基本上无法区分。……在数字语言里，人类在文本、影像和声音中的区别是无关紧要的。用来描述一篇报纸报道的文本元素的比特相同于描述一个广播或电视节目的声音或图像元素的比特。它们可以在任何一种数字传播系统内共存并混合。”[6](pp.61—62)也就是说，当传统上各种互不相干甚至相互对立的表意元素、媒体介质成为同一系统内共同的构成元素时，一种新的被人们称之为多媒体的载体诞生了。而小小显示屏则成为这种混合性呈现的视听载体。也是在这个意义上，我们用“显示屏影像”这个词语来代表电脑网络—手机影像。

显示屏影像作为网络电影或手机电影的载体，应该说还是近几年出现的新生事物。它的定义、它的叙事规律、它的表意功能乃至它的社会文化价值尚处于摸索和初创阶段。

不少人把在电脑网络或手机上看到的电影叫做“手机电影”。但如果只是把现成的电影作品（不管是银幕电影还是电视电影）简单拿来在电脑或手机上播放，那“只不过是电影传播与观看方式改变而已，真正使用手机来拍摄制作电影才是手机电影。‘手机电影’应该是一种新的拍电影的方式，它的第一要素应该是用手机作为主要工具拍摄与制作电影，当然它一定还能在手机上传播与观看”。[7]

的确，笔者也认为，真正的电脑网络电影或手机电影指的是一种运用电脑或手机自身的多媒体功能“讲述”故事的新电影叙事方式，是一种经由数字技术拍摄的并在网络上或手机上观看的故事影片。很明显，作为网络或手机电影载体的显示屏影像的出现与电脑或手机装备了摄像头并具有拍摄功能分不开。不带摄像头的电脑和手机虽然可以观看故事影片却不可能拍摄故事影片。尽管这里的“故事影片”与影院意义上的“故事影片”、电视荧屏上的“故事影片”已经有了很大的不同，但作为一种故事讲述形态，它仍然不失为一种电影叙事产品。

我们以中国大陆的手机电影实践以及人们对它的认识为例，看看当前的手机电影发展现状。

2005年6月28日由北京电影学院和《新电影》杂志主办的“未来移动影像发展计划——手机电影剧本征集、拍摄活动”发布会在北京举行。据北京电影学院院长张会军介绍，剧本的征集时间从6月28日至8月15日，内容不限，时间为3至5分钟，评委将从影片长短、画面可视性、音响效果等方面来考虑。入围的10部剧本会由大导演拍成短片，在手机上播放，而这10部手机电影会重新剪辑，制成胶片格式，参加国际电影节的评选。[①] 专家名导们对手机电影的呵护之情是令人鼓舞的，名导们在手机电影的起步阶段做些引导和开路工作也是应该肯定的，但千万不能"认真对待"。因为如果手机电影也成为名导们创作关注的对象，变成专业性很强、门槛很高的电影创作活动，是否有利于手机电影的发展尚值得斟酌。

2006年10月，中国首届手机电影节在西安举办，评选出了《黑白》、《钢丝》、《第三届》等8部手机电影，分别荣获手机电影最佳导演大奖、手机电影最佳创意大奖等各项大奖。在这次会议上发表的《西安宣言》中对手机电影这一形式进行了定义，"认为凡为手机载体而制作，时长在10分钟以内的电影作品皆可称之为手机电影"；同时"确认在2006年6月2日问世的手机电影《聚焦这一刻》为内地手机电影的发轫之作"。[②] 这里的定义，首先强调了"为手机载体而制作"，这是有道理的。但把手机电影的长度限定在10分钟以内，不知道是依据什么，因为据有关报道国外的手机电影有些作品相当长，例如，意大利导演制作的手机电影《新爱的集会》长达93分钟，虽然是一部纪录影片。手机电影短一点是必要的，但未必一定要10分钟之内。例如在西安首届手机电影节上获得最佳导演大奖的《黑白》就不止10分钟。

2007年12月第二届手机电影节，在成都举办，同样评选颁发了一系列大奖。

在笔者看来，目前国内的手机电影还处于尝试和初创阶段，应该说还没有足够的资源积累和相对成熟的叙事范例形成。此时举行各种奖项的评选和电影标准的制定似乎匆忙了点，这些评选可能更多地具有商业价值和宣传价值。但无论如何，这种评选活动本身对手机电影的普及、创作和社会影响力的扩大都是具有积极意义和推动作用的，应该给予充分肯定。由此我们也可以尝试归纳出显示屏影像作为电脑网络—手机电影的载体所具有的特征：以"比特"影像作为电脑网络—手机电影的"言说—交流"载体，以相对较短的本文播放时间作为实现交流的过程，完全自主随意的观看时间（只要存储下来，随便什么时间，想看就看），可以随身携带的观影环

---

① 转引自新浪网，影音娱乐（http://ent.sina.com.cn/）：首部征集式手机电影专题中的有关报道，材料来源2005年6月29日11:43《北京青年报》。

② 转引自新浪网，影音娱乐（http://ent.sina.com.cn/）：中国首届手机电影年度盛典专题报道中的有关资料，材料来源2006年10月17日《北京娱乐信报》。

境——通过电脑(电脑限指笔记本)或手机的显示屏观看。

就这些特征来看,显示屏影像作为载体具有相当突出的独特个性,尤其是后两个特征(自主随意的观看时间和随身携带的便利),使显示屏影像呈现出迥异于银幕影像和荧屏影像的叙事可能性。

显示屏影像与银幕影像、荧屏影像的基本相通点在于,前者也是运用动态影像来“讲述故事”的,就叙事而言,仍然要遵循影像叙事一般成规。但显示屏影像就其呈现—观看形态和叙事效果来讲,它与后两者的差异性是显而易见的。尤其在创作和交流机制上,电脑网络—手机电影是完全不同于前两者的新的方式,相应地在叙事的组织和建构上也具有不同的目的和追求。毫无疑问,就未来发展而言,显示屏影像当下和未来的创作—交流主体是真正具有大众化品质的电影叙事活动,其广大的目标对象和深厚的民众基础是可以想见的。

综合上述,我们看到在当下的文化背景下,随着电影叙事载体——影像的历史流变与多样化形态的出现和形成,电影叙事的方式正在从单一走向多元,从单纯走向复杂。

二、故事·话语·风格——电影叙事格局的分化及分层

一定程度上讲,有什么样的媒介就有什么样的故事,媒介载体的特征决定了叙事方式的选择。如果把笔者所论述的三种电影叙事形态集中审视的话,不难发现,当今的电影叙事格局正在走向分化。

(一) 故事

从故事的角度看,经典的银幕电影叙事随着高科技元素的加入和数字化手段的运用,开始具有了多媒体的性质。银幕影像视听表现力得到了空前的加强,它已不再追求讲述近距离观照的日常生活故事,而更多地营造能够充分展现影像视听魅力的历史故事、传奇故事、灾难故事、科幻故事等。换言之,银幕电影叙事的故事重心发生了转向。这从近年来那些五花八门的中外大片之盛装登场可见一斑。无论是古装的历史大片如《英雄》、《夜宴》、《赤壁》等,还是革命历史题材的大片如《大决战》、《集结号》等,或是灾难题材的爱情片、恐怖片如《泰坦尼克号》、《后天》等;无论是传奇性的功夫片,像《卧虎藏龙》、《功夫》一类,还是奇幻风格的科幻片,如《哈利·

波特》、《魔戒》、《纳尼亚传奇》一类，更不用说诸如《星球大战》、《黑客帝国》、《机器战警》一类专门以高科技手段见长的科幻大片了，它们都不再讲述当下日常生活风貌的平凡故事，而追求奇伟的、壮观的、宏大的故事讲述。为什么会有这样的故事转向呢？

难道真的像通常人们所指责的那样，这些导演，尤其是中国大陆的导演因为缺乏讲故事的才能，才转向去拍这些华丽（甚至华而不实）的大片了吗？我倒不这样认为。说中国导演不会讲故事可能是原因之一（其实就故事而言，主要责任应在编剧，一味指责导演似乎也不够客观），但并不是主要原因。

之所以可以这样说，是因为电影市场已经证明，那些小制作的、以传统的日常生活为题材的影片故事，已不再具有吸引人们到电影院买票看电影的冲动。原因何在呢？像贾樟柯的《三峡好人》、王全安的《图雅的婚事》、尹丽川的《公园》应该说都是很优秀的影片，但却并没有产生好的票房。因此单从艺术角度、从导演角度来分析看待这种转向，显然不足以说明问题。

在我看来，随着电视电影的出现，很多以现实题材、以日常生活题材为内容的故事已成为电视电影的主要表现对象，同时也成为人们观看这类故事的主要渠道。相比较而言，这类故事不需要宏大的场面设计、也没有大量的影像运动和强烈的视听节奏转换，正好是电视电影叙事的媒介优势所在。或许正是由于电影叙事的这种分化，使观众对影院电影——银幕叙事的欣赏趣味发生了改变。

因此我认为，贾樟柯们的电影之所以不能赢得市场，一个主要原因或许就在于电视电影叙事形态已经出现并日趋成熟，且已经产生相当大的影响力。因而讲述贴近生活的故事，讲述个人日常生活风貌的故事，更多地会由电视电影（或许还有手机电影）来承担了。或者说，人们在电视机前已经可以看到各种类型的经典电影和主要以表现现实生活题材为特色的电视电影，人们不大愿意再到影院里去看这种风格和类型的电影故事了。这样看来，当今的银幕电影作为大电影的标志，发生故事叙事重心或风格上的转变是必然的。应当说，多种电影叙事形态的出现，才是银幕电影故事发生转向的主要原因。

自然，提出银幕电影更多地转向“大片”模式，并不是认同“大片”就一定优秀，就有多么厚重的艺术价值；更不等于说，影院电影要去排斥或放弃贾樟柯们的那些显然更多强调个人的趣味、理念和风格的电影。毋宁说，正因为观众的趣味和层面发生了变化，那些不大适应这种变化的个性化电影，更需要得到来自方方面面的支持和鼓励。

与此相似，手机电影叙事可能更擅长讲述个人身边发生的当下事件。它与银幕电影叙事的差别显而易见，这里不用多说。即便与电视电影的叙事比较，两者的差异也是清晰可见的。如果说电视电影——荧屏影像更善于从类型的角度，讲述日常生活故事，塑造某一类环境事件中的典型形象的话，那么，手机电影叙事呈现的影像可能更善于"讲述"个人身边发生的事件，尤其是那些有趣好玩的小故事。

故事选择的不同，印证了电影叙事媒介形态的多样化所带来的叙事格局上的分化。也就是说，大银幕有大银幕的魅力，小屏幕有小屏幕的趣味，如果电影叙事的创作者们(包括手机电影的主创者们)，能够注意到这种来自于电影叙事的不同形态及其影像载体上的异同关系，我想对我们选择和创作不同层面的电影故事乃至更有针对性地选择电影观众都会有所裨益。

（二）话语

话语是叙事的组织和表述，叙事媒介形态及载体特征的不同也带来了它们在叙事话语策略上的不同侧重。银幕电影叙事的大银幕呈现、封闭性影院环境等特征，要求电影叙事必须十分重视和关注那些买票到电影院看电影的观众的趣味和需求。这种要求从其叙事话语策略的选择和安排上讲，就体现在银幕影像在呈现形式上需要有足够的视听美感和吸引力，在叙事结构上能够展示出叙事手段的智慧和技巧，在叙事感知上能达到产生某种新奇感和陌生化的美学效果。可以说注重故事情节的场面效果和奇观色彩，讲究叙事结构的视听张力与普世情怀，追求视听感受上的震撼性和冲击力，是银幕电影叙事话语的重心所在。尤其在电视电影、手机电影等新媒体形态出现之后，银幕电影在叙事上更加追求影像制作的精良，具体表现为声光色的炫目化呈现，影像画面的审美愉悦感，场面景致的奇观性效果，企图以赏心悦目的"视听盛宴"来征服观众，以促使观众到电影院里来看电影，进而实现影片的社会价值和票房价值。

这或许正是当下世界乃至国内影坛上大片制作盛行的原因。在高科技技术的助推下，当今的银幕电影越来越走向场面宏大、景观神奇、风格豪华的"大片"模式，从而使银幕影像显示出一种惟我独尊的视听吸引力，而这种魅力只有坐在影院里看电影才能够体验和享受。

之所以说银幕电影叙事话语上的这种转向与另外两种电影叙事话语形态的出

现密切相关，是因为在“讲故事”层面上，电视电影并不逊色于银幕电影；而在故事“讲述”的趣味性和自主性上，电脑网络—手机电影或许还更胜一筹，由是才促使银幕电影向炫目、震撼、亮丽等属于银幕叙事话语的个性特色上发展。

有必要提出的是，虽然制造波澜壮阔的场面、美轮美奂的景观、充满震撼力和冲击力的视听形象，的确是大银幕——影院电影叙事话语的优势所在，运用得好，不失为扬长避短的叙事策略和艺术创作上的创新追求。近年来我国大片制作的实践也能够证明这种叙事话语转向的内在动因和合理性。但大片制作如果缺乏基本的故事基础和叙事结构与话语策略上的智慧乃至叙事伦理上的人性目光，只是为炫目而炫目，为华丽而华丽，则不免使影片趋于浮泛而空疏，很难拥有真正能打动人心的亮点，也就欠缺艺术美感上的韵味，久而久之，反而会倒了观众的胃口，伤害观众的艺术品味能力。这样来看，近年来国产大片的制作，虽然在一定程度上显示出了与好莱坞大片相抗衡的努力和实绩，其中也有一些影片取得了社会价值与票房价值的双赢效果。但整体看，既叫座又叫好的影片还比较少见。

因此，如何在发挥优势的基础上，保持艺术与市场的平衡，做到视听美感与叙述情怀融会贯通，实现形式美感与人性目光的高度统一，仍然是银幕电影叙事在话语组织和表述上需要面对的课题。自然，要做到这些，是说起来容易，做起来难。然而，惟因其难，才需要人们去面对、去担当、去克服、去创造。

电视电影的叙事话语策略，表现在它的灵活性和包容性上。一方面电视电影叙事可以利用银幕电影叙事的手法来营造场面和景观，尽管可能达不到银幕影像叙事的那种炫目效果(这一点或许已不构成阻碍，因为随着高清电视(HDTV)和大屏幕电视的逐步普及，电视在影像呈现的清晰度和宽广度上与电影的差距正在缩小)。这正如弗朗西斯科·卡塞梯(Frtancesco Casetti)在《改编和误改编：电影、文学和社会话语》一文中所谈到的，“今日媒介正在走向集中。如果再一次考察电影，我们会发现高清电视和其后的有线电视在多么迅速的发展，这导致电影和电视在很大程度上相互接近”。[8]虽然卡塞梯是从后现代话语角度论述媒介相互接近的趋势，但也从一个侧面反映了数字化技术的确拉近了媒介之间的距离，使许多媒介叙事呈现出你中有我，我中有你的融合状态，所以说跨媒介叙事在今天正方兴未艾。另一方面，电视电影叙事又具有电视传播的近距离与日常性特征，这使其叙事话语能够运用和借鉴电视剧创作的某些元素，比如更多地运用人物对话、在相对集中的空间环境中组织情节等叙述手段来完成叙事。就此而言，电视电影和银幕电影的根本区别，主要在于影院的封闭性"迷醉"环境与电视电影的开放性"家居"环境的区别，以及由此而带来的两者的基本观众群体的不同。正是这些，使电视电影与银幕电影在叙事话语乃至制作发行的运作上均有所不同。

譬如，就叙事话语的侧重讲，电视电影的叙事话语具有较强的故事性和戏剧性，这与其作为主流媒体的一个组成部分不无关系。电视电影的叙事服从于电视节目交流的规范要求，以满足电视机前的观众趣味和需求为目标任务。这正如拍摄过电视电影《王勃之死》(获得2001年第十届中国金鸡百花电影节的"最佳电视电影影片奖")、《古玩》和《阿桃》的导演郑大圣所说："现在的结果就是很主流(指《古玩》的拍摄——引者注)，就是把它想成是情节剧，戏剧性很强的电影。……因为这是电视电影，在电视上投放，而电视是一个极为主流的媒体。它跟影院的电影不是技术指标的不同。这次我们用超16毫米拍，制作工艺和流程跟电影完全一样，没有什么本质的区别，只不过它是低成本电影。电视电影和电影的差别不是制作工艺，也不是画面小，不是能否全景太多。……最大的区别是它是在一个很主流的媒体环境中播放。电视是合家观赏，虽然它有对象化的分化。所以第一种叙事结构对主流媒体来说太淡。而那种想实验的叙事魔方的构成又对大家习惯的故事讲述可能有冒犯。能够在电视上成立的就是最中庸的。因为主流媒体是代替大众来选择的。"[9]从这里我们也会感受到荧屏影像的叙事话语与其载体的基本属性密不可分。

相比较而言，电视电影的叙事话语在个性化处理上要比银幕影像的叙事话语受到更多的限制。如上引所说，之所以将电视电影视之为主流电影，其理由在于电视电影完全不用考虑成本回收的运作机制，是按机构的价值标准而制作的。银幕电影之所以叫做商业电影，因为它必须考虑如何赢得市场回报——票房价值。虽然这种划分主流电影与商业电影的说法笔者并不完全赞同，但它的确从另一种维度说明了两种不同的叙事话语所呈现出来的不同侧重。

手机电影(包括电脑网络电影)的叙事话语，从叙事策略上讲，是最不受约束的。它既不用考虑票房，也不考虑电视机前的观众喜好，因此是最为自由的叙事话语。有人说，就手机电影载体的屏小时短而言，它比较适合表现喜剧性小故事。但用手机表现悲情故事同样富有情趣。像获得西安首届手机电影节最佳手机电影故事奖的《父亲》就"讲述"了一个富有人性情怀的悲剧故事。影片讲一个年轻人为了给瘫痪的父亲买轮椅，由偷钱包变成抢钱包，结果打伤了一个同样是对父亲怀着深情的年轻人的故事。影片没有一句对白，但故事讲述得相当清晰，最后那张父子合影的照片使影片寓意得到了升华。

手机电影叙事话语的重心，主要表现在其对现实生活中人情百态、社会况味、民俗风情等的富有情趣的捕捉和灵活多姿的故事建构上。如果能发掘出生活中的点滴情趣，拍摄成相对短小精悍的影像故事将其在电脑网络上或手机上发布出来，可以说就已经实现了其叙事话语的建构。

顺便说一点，电脑网络—手机电影的叙事话语建立在计算机语言的基础上，而计算机语言的各种不同形式规格的呈现方式，像常见的 AVI、MPG、ASF、WMV、RM、RMVB、MOV、QT、MP4、MPEG4、3GP、SDP 等达百种之多，不同的格式对应着不同的软件，需要用不同的播放器播放。这或许也应该算是电脑网络—手机电影叙事话语的一种拍摄和播放形式上的个性特色吧。

以上所述可以表明，影像叙事话语的策略和偏重，实际上已有不同的分化：银幕影像的叙事话语追求视听美感，荧屏影像叙事话语则偏重于故事讲述，显示屏影像的叙事话语更多地表现出一种生活况味。

（三）风格

此处所谓风格，不是人们通常所说的文本风格或导演艺术风格，而是指三种电影叙事形态所呈现出来的风格特色，或叫做电影叙事的媒介风格。要谈三种电影叙事媒介的风格，不能不首先谈谈三种电影叙事媒介的运作机制。银幕电影叙事的生产运作机制是企业化、公司化的，它由企业集团作为创作的投资者和组织者，以银幕影像作为叙事的载体，以影院的票房收入作为影片投资的回报。因此银幕影像叙事是典型的商业化运作机制。

银幕电影叙事的这种生产和运作机制，决定了大银幕电影的生产，主要是由商品市场经济的规则支配和制约的。虽然电影叙事作为艺术创作不是一般的商品，而是文化产品，是精神食粮。但无论如何，生产出来的影片，倘若不能吸引观众买票来看，那么它是不可能生存下去的。就此而言，银幕电影追求票房价值是无可厚非的。

另一方面，我们也看到银幕电影要实现票房价值，要具有票房吸引力需要依靠什么呢？它必须依靠对银幕影像自身艺术魅力的发掘，必须充分展示银幕叙事话语的优势和特色。银幕电影叙事的优势和特色在哪里呢？如我们上文中所谈到的，面对着新生的更财大气粗的电视电影和更具有创作上的自由与观赏便利的电脑网络—手机电影来讲，银幕电影只能向更加可以展示其独特魅力的方向发展。而好莱坞电影百多年来的成功运作无疑给中国银幕电影的未来提供了有力的参照。

弄清了银幕影像叙事以上两个方面的状况，相信我们对近年来的银幕电影尤其是国内的影院电影为什么会转向大片的拍摄就不难理解了。这背后其实还有一个重要的现实动因，即加入 WTO 之后的中国电影，如何与国外引进大片抗衡、竞争，以占有一定的国内电影市场份额的问题。

基于上述，可以说银幕电影叙事虽然以市场运作为中心和基础，但由于它是独立的完整的艺术结构体，它又必须以艺术的创新、结构的精巧、影片的魅力来吸引观众，因此银幕创作需要充分展示来自于创作主体的艺术智慧和艺术创造力的发挥。反而言之，银幕电影叙事、影院影片的制作具有较高的专业门槛，因为它必须以影片的质量来应对较大的经济利益的压力，这使银幕电影必须成为精致之作。但电影的悖论在于，它必须面对和争取尽可能广大的观众群体，才能够保证自身价值的实现。一方面要求其具有艺术上的精致、思想的深度，另一方面又要求其深入浅出、老少咸宜，这常常使银幕电影叙事陷入一种进退维谷的两难境地。就此而言，要创作出既叫好又叫座的影片是有相当难度的。

另外，从目前国内银幕电影消费的情况看，首轮新片的票价一般在 55—60 元钱（以武汉市的票价为例），学生打折的票价要 30 元钱，最低的优惠特价一般也在 20 元钱左右。影院电影的票价相对一般民众的收入来讲，是过于昂贵了。这也使银幕电影逐渐转化成为面对中等收入以上的阶层（是否属于中产阶级尚难确定）人士为主要消费群体的产品，而且是以有经济实力的年轻人为主。

那么，倘若从今天的影院观众层面，就电影市场的消费角度而言，再把银幕电影称之为通俗艺术可能需要打上个问号了。从笔者所概括的三种电影叙事形态比较来看，银幕影像——影院电影其实已不再通俗，而是三者之中的高雅者（取高高在上之意）。今天到影院看电影已经不再是普通人的娱乐消遣活动，而是一种社会身份的象征；或者说看电影已经成为一种带有仪式性的娱乐活动。

从风格上讲同样如此，银幕影像叙事正在走向大片化，它不再醉心于故事性讲述，而追求强烈的视听效果。因此，笔者认为，今天的银幕电影呈现出的是一种激进的张扬修辞性的叙事风格，具体体现在叙事的铺张扬厉、华彩绚丽的文本建构上。

电视电影的运作机制是机构化的，电视电影一般归属于一家电视台或一个电影频道的一种节目类型，它是在电视上播出的。

就中国而言所谓机构指的是国家机构，中国中央电视台是隶属于国家广电总局的分支机构。中国的电视电影是中央电视台电影频道制作中心的一个节目类型。因此作为电视机构的运作，电视电影是由电视机构审批运作，委托电影制片商制作，而在电视上播出的。或者说电视机构按选题计划投资、购买和审查电视电影成品，然后把它作为自己的节目来播出。作为电视台的固定播放节目，电视电影不存在票房回报的经济压力，因而与市场机制无关。它的经济回报，是由电视台的广告业务来完成和推动的。

这种生产、运作和审查机制，使电视电影的叙事风格总体上显示出一种中规中矩、稳健平实的故事风格。

作为面向广大电视观众的电视电影叙事，不能过于强调个性化的影像实验，那种没有故事性或淡化故事性的实验影片往往不受电视观众的青睐，因为电视电影的观影环境本身就是相当松散的。例如常常会在看电影的时候听到电话铃声，那么就要去接听电话，然后再回来接着看电影。

如果与银幕电影更加追求主体化修辞表现的激进叙事风格比较的话，电视电影的风格更多地呈现出情节性叙事的追求。具体表现在电视电影以故事性讲述见长，多样的题材、不同的结构、贴近生活风貌的故事形成了电视电影的主导风格。

再加上电视电影是嵌入在电视网或电视台这架机器上的一个环节，它的播放与商业广告的插入是相反相成的，这也使电视电影必须在保持自己的叙事感染力上下工夫，而讲述悲欢离合的情节故事必然成为电视电影的叙事风格追求。

电脑网络—手机电影在风格上的追求尚难以归纳，但从它们的运作机制上，我们可以作一些推论。

电脑网络—手机电影依附于电信网络的运行机制，但电信网络运作机制只提供技术支持，并不过问内容的架构。这和电视运营的机构性截然不同。如果说电视机构作为国家的上层建筑——意识形态机器，它与国家的意识形态捆绑得太紧或者说密不可分的话，那么电信网络的运营与国家机器的关系就显得疏远的多。因此，电脑网络—手机电影的叙事完全是个人化的叙述，只要与电信网络签订了入网协议（而这些在申请宽带或购买手机时就自动生成了），你就可以在网上冲浪乃至在网络上或手机上创作和观赏电影了。迄今为止，似乎还没有专门的审查机构来审查电脑网络—手机电影的制作和传播，而且也无法真正限制这种电影叙事形态的制作和传播的存在。因为它们太“赛博”化了，虚拟化的空间，点对点的传播，具有强烈的个人化、私密性的性质。

就此来看，电脑网络—手机电影的叙事风格，一定会呈现出强烈的实验性和趣味性。虽然它们可能短小，但是却拥有着巨大的流量和潜在的群体。据最新统计资料显示，中国的网民已达到 2.53 亿人。这是何等巨大的人群。

那么从风格上讲，电脑网络—手机电影的叙事风格追求，一定是五彩缤纷、不拘一格、多姿多彩的。

从总体上看，三种电影叙事形态的分化实际上构成了电影叙事结构的不同层次：

银幕电影——作为大型电影叙事结构，成为电影的相对高层的修辞化叙事。

电视电影——作为中小型电影叙事结构，成为电影的基础性的故事化叙事。

电脑网络——手机电影作为微小型电影叙事结构，成为电影的实验性的个性化叙事。

以上我们从两个大的方面论述了电影叙事的载体变化和叙事分化及分层，从中可以看出，当今的电影叙事已不是单一的影院形态了，而呈现出媒介形态的交叉与跨越。

电影叙事载体的多样化，使电影叙事的形态变得丰富多彩；电影叙事的分化及分层，则使电影叙事的故事讲述、话语策略和风格追求更加趋于细化和深入。自然这种分层划分只能说是粗线条的，相对而言的，银幕电影总体上的修辞化炫目风格追求，并不意味着它不能表现小人物的故事或没有纪实风格的作品；电视电影的日常生活故事讲述，也不妨碍它制作出相对奇幻的影片故事。

尤其让人感到欣喜的是，新型电影媒体的出现：手机电影的出现给人带来的新鲜气息和勃勃生机，它预示着电影叙事的个人化、全民化创作时代的到来。这些都使我们可以充满信心地说：在新的“信息社会——多媒体时代”中，电影仍然“活着”，而且具有更为丰厚和多态的生命活力。

参考文献：

[1] 西摩·查特曼.用声音叙述的电影的新动向[C]//[美]戴卫·赫尔曼.新叙事学.北京：北京大学出版社，2002：205—230.

[2] 苗棣.美国电视电影的发展与现状[J].当代电影，2000，(2)：28—32.

[3] 蒲剑.思考电视电影[J].北京电影学院学报，1998，(2)：14—21.

[4] 武斌，魏晓菁.究竟是电视还是电影——电视电影理论定位初探[J].当代电视，2004，

(3):12—14.

[5] 阎晓明. 关于电视电影的概念[J]. 当代电影,2007,(4):77—78.

[6] 罗杰·菲德勒. 媒介形态变化:认识新媒介[M]. 北京:华夏出版社,2000.

[7] FBJ. 手机电影草根时代的电影神话[J]. 甲壳虫,2006,(8):56—58.

[8] Frtancesco Casetti. Adaptation and Mis-adaptation: Film, Literature, and Social Discourses [C] // Robert Stam, Alessandra Rengo. A Companion to Liteature and Film. 北京:北京大学出版社,2006:81—91.

[9] 郑大圣,谭政. 电视电影:最主流媒体的电影[J]. 电影艺术,2001,(5):27—31.

电影演员影像表演的美学价值

张仲年　上海戏剧学院教授

一

演员是故事影片赢取票房不可或缺的元素。即便是品牌导演本人就有观众凝聚力，不愁票房，如张艺谋、冯小刚等，他们在演员的选用上也会十分小心。张艺谋在《英雄》中，配备了张曼玉、李连杰、梁朝伟、陈道明、章子怡和甄子丹；在《十面埋伏》中摆出了刘德华、金城武和章子怡；紧接着又在《满城尽带黄金甲》中除了动用巩俐、周润发，更把人气明星周杰伦放在重要位置上，果然票房飙升。冯小刚虽然在《集结号》中没用大明星，但在他的2008年新作《非诚勿扰》中，他又一次回到自己的老阵营，葛优这个老搭档是不可缺少的。

在世界电影史上，电影商一度把赚钱的希望全寄托在导演身上。如美国的格里菲斯，他确实为电影商创造了可观的利润。但是，当他踌躇满志拍出《党同伐异》时，情势陡转，票房溃败。这部影片在电影史上享有很高的地位，但在商业上却成为滑铁卢——投资人的转折点。制作商发现观众对演员更感兴趣，对明星演员更是趋之若鹜。于是他们把重点放到包装明星、宣传明星、制造明星上来。明星制迅即建立起来并发展成为电影工业的支柱。观众迷恋明星、追逐明星、效仿明星，哪里出现大明星，哪里就人山人海，一派沸腾与疯狂的景象。全世界所有电影节的红地毯都是巨星云集之处，也是最大的看点。一个世纪的各种探索已经证明，在影视诸多因素中，对观众最有吸引力的是什么？是演员！是明星！

1986年第6期的《世界电影》上曾发表一篇题为《民意调查：法国人和电影》的文

章。其中第4项所提问题是："当您去电影院时，什么因素指导您选择影片？"问题后面有个括号，指明"请一年至少去影院一次者回答"。其选项一共列举了16个因素：(1)演员；(2)通过电视看过的片断；(3)评论；(4)朋友的议论；(5)影片类型；(6)导演；(7)广告；(8)影院加映的预告片；(9)电视播放的电影节目；(10)影片受到欢迎；(11)影片获奖；(12)影片片名；(13)海报；(14)影片的国别；(15)影院远近；(16)无定见。这16项可谓极为全面。调查结果显示，"无论男女，都把演员放在各促进因素的首位"。而且"愈是经常从电视上看影片，愈会受到电视上的广告(影片预告片)，尤其是演员的吸引力的强烈影响"。作者因此断言："明星制度被电视承袭和强化了。"[1]

显然，明星问题是电影美学中一个十分重要的问题。前辈电影理论家钟惦棐在研究电影美学时，十分注意把明星问题与观众问题紧密联系在一起。因为电影本身"一刻也不能脱离我国的广大观众"，电影美学不能停留在纯哲学或纯艺术学上。他这样说：电影"足以牵动亿万人的心灵，并融合到亿万人的血液里。有的影星的热力只够发一次光，便溘然长逝。有的却照亮了整整一个时代。或以崇高，或以皎洁，或以乐观，或以智慧；或坎坷而忘忧，或顺风而远谋；或大智若愚，或坚贞雄辩"。[2]这充分说明，明星并不只是给投资者带来丰厚利润。作为演员，明星对电影的重要性更基于这样的观念："一部戏的永久价值却在于人物塑造。"[3]

电影确实如前苏联学者B.日丹在《影片美学》中所指出的那样，可以不一定要把演员放在很主要的地位上。有各种各样的拍摄方法，有的根本不需要突出人，有的突出自然，有的突出人与自然之间的关系，反正电影是各种各样的。[4]但是人们对演员的重视(特别是著名演员的去世会引动万人空巷，其声势远非某些政治人物可比)，说明观众最关注的仍然是影片中主要的人物形象。人物形象是故事片的核心。影片要表达的思想意念和情感都必须通过人物形象才能得到具体的表达。

2005年是中国电影百年华诞，不少媒体都争相评选中国百部经典电影。入选的电影都是在中国电影发展史上具有划时代意义的作品。我注意到其中一家的评选结果，百部经典中有80部的主要人物被另外选入100名经典的银幕形象。其比例竟高达80%！从这里可以看出，无论是专家还是观众，在实际评选百部经典电影的时候，最受重视的因素是人物。就此，中外电影家们几乎意见一致。有人问斯皮尔伯格："你认为构成优秀电影剧本的主要因素是什么？"这位导演大师毫不含糊地回答道："我认为主要在于人物，在于人物的塑造，一般都是主人公不再能主宰自己的命运，失去了对生活的控制，然后以某种方式重新掌握自己的命运，这就称得上好剧本。”在访谈结束时，他又一次强调：“重新认识所有伟大作品的渊源，即人的灵魂以及他经历的痛苦和快乐。”[5]因为成功地导演过各种类型的电影，斯皮尔伯格的说法非常具有说服力，几乎无可争议。

诚然，有的电影只讲故事，人物只是演绎事件的工具。譬如，007 系列电影就是一个范例。电影中人物最基本的含义是：“动作就是人物。一个人做什么就说明他是谁，他并不必须说些什么。”[6]007 是个类型化的人物。类型化人物电影是商业电影的支柱之一。只要在类型的基础上赋予该人物一些突出的性格特征，就能创造出使观众如痴如醉的银幕形象。但是，007 不是一般的人物，而是一个鲜活的人物。这里所说的鲜活的人物，指的是他有不同于别人的人生履历，他有令人关注和同情的命运，有令人难忘的遭遇，有实现自身目标的独特方式，有自己的独特的人生观和态度，还有丰富感人的情感世界。总之，他是一个用独特戏剧性行为塑造出来的生动的、有个性的形象。

塑造银幕人物形象的重任是电影艺术的所有部门共同完成的。但最主要、最直接的体现者是演员。人物是否鲜活，演员的创造力至关重要。剧本中写得比较弱的角色，高超的演员能赋予它强盛的生命。剧作家精心创作的人物，优秀的演员可为他锦上添花；但碰到差的演员，本来写得不错的角色也会变得惨不忍睹。

因此，我以为影像表演美学是电影美学中不可或缺的部分，而在我们许多电影美学的专著中，恰恰只把表演问题列为电影形式的一个部分，或简而言之，或干脆认为这不是电影美学应当仔细论述的内容而一笔带过。这实在是一种误解。

二

演员在银幕上的表演与在舞台上的表演差别非常明显。电影是用影像表现的艺术，戏剧是真人扮演角色并当众表演的艺术。戏剧表演的创作过程和观众的审美过程同步展开，它永远是现在进行时。电影的放映过程虽然也以现在进行时展现于观众眼前，但演员的表演却是一种影像的记录，是一种完成的美。电影在放映时，演员早已离开角色，他或许在创造另一个角色，或许正和观众坐在一起，欣赏着自己的表演，收集着观众的反应。戏剧演员塑造的角色形象只是个暂存的实体，而电影演员创造的艺术形象尽管是实体的复制品，是虚像性的，但却享有永久存在的特权。

舞台表演是夸张的，但戏剧的假定性依附着真人表演可以转变为真实性，令观众如痴如醉。并且，由于话剧表演的暂存性，演员每一次的表演都可以根据观众反应和自身体验进行重新创造，观众则可以在重复观看中得到审美的满足。

银幕形象的虚像品性，力求构筑艺术幻觉，诱导观众把它想象为实体。影像复制的实体明摆着是假的，在审美上却要求极度的真。加之银幕可以把人放大到比舞台上最夸张的表演还要大几十倍的程度，把观众视听感受值推向精微的一端，因此任何虚假做作都会破坏由幻觉而造成的实体感，削弱审美的愉悦。影像的记录要求电影表演必须逼真，要求具备自然美，今天已达到要求几乎“与自然本身相等同”的地步。[7]另一方面，我们也发现，近十年来随着大片的大量涌现，由于高科技给电影带来的自由，这种自然美在科幻和魔幻电影中已经明显演变为想象中的自然美。演员表演的非生活化，如《指环王》、《满城尽带黄金甲》，与非现实的影像世界相适应，同样得到观众的青睐。逼真性没有固定标准，它始终处于动态变化之中，关键在于情境设置所提供的真实性尺度。许多影片的比照系是现实生活，那么它的逼真度是以生活原型为标准；对演员表演的要求，也以是否生活化为前提。不少影片故事纯属幻想，那就无法用现实生活作为衡量的标尺。但是对于演员的表演来说，却不能像环境设置那样天马行空、任意想象，他扮演的所有角色都以当代人的情感、道德和心理接纳度来取舍。他的表演再出格，也无法彻底超越人体的极限。

动漫因此显示出了优越性，《功夫熊猫》中拟人化的表演突破了人自身的局限。三维特技创造出人无法做到的动作，令人惊讶、赞叹、捧腹。数码科技还能创造什么样的奇迹？人能想象到什么，数码就能做到什么。但是这已经超出了真人扮演角色进行表演的范畴。

三

北京电影学院王志敏教授在《现代电影美学体系》一书中讨论高科技数字化技术对电影表演的影响时说：“据一项关于日本的报道，有人利用电脑绘图技术设计出了一个名为‘伊达杏子’能跳激烈舞蹈的女孩形象，据说，她今后还有可能进行‘电视表演’。伊达杏子就可以说是世界上第一个貌似真人的‘数字演员’。另据报道，英国报业联合会新媒体公司准备利用电脑模拟的名为‘安娜诺娃’脸上具有表情的‘新闻女郎’来代替真人在互联网上报道新闻。”这类消息向我们报告了科技的发展，当然令人鼓舞。问题是，接下去的大胆假设则值得大家讨论："可以肯定的是，把这项技术运用于电影制作，从而在一定程度上取代真人的电影表演，在理论上已经不存在任何问题了。如果技术与成本都不成问题的话，那么，电影演员的传统表演方式在一定程度上被取代的前景是完全可以预期的。"假设的实现有很多预设条件，所以这种看法是可以接受的。毕竟人类能做到这样的地步也是很了不起的。但是："日本方面的一篇文章甚至把问题提得更为尖锐：应当考虑被拍摄对象从摄影机前面消失的问题了。"如果真是这样，连摄影机都可以消失，只需要数码技术就可以完成一切——从最简单的 FLASH 动画到三维特技，那么还有什么不能制作出来呢？这就回应了几年前张振华教授在一篇论文中提出的问题，电影如果根本不需要用胶卷拍摄，它是不是还能被称作电影呢？电影在本体上已经被改变了。王志敏教授沿着这样的思路继续发挥："在这种情况下，提出考虑对电影表演的教育方式进行某种调整是否为时过早呢？对电影演员的培养和训练是否有可能会被对在形体条件、表演素质等方面更适合做演员的人的形体语言和表情语言的科学实验、科学研究和数据库建设所取代呢？……'数字演员'是否还需要常规的电影化妆师呢？"读到这里，不禁让人哑然失笑，同时也让人不由自主地产生思考：高科技数字化的发展真会取代电影演员的真人影像表演吗？这两者之间的美学价值是相同的吗？真人演员的影像表演的美学价值究竟在哪里？

诚如前文所述，表演的美学价值来自两个方面：一是来自演员本身，二是来自他创造的银幕形象。

2008 年，中国影坛失去了孙道临——一位杰出的表演艺术家。许多观众通过网络表达他们的哀思。一位观众这样写道：

孙道临为何如此受人尊敬呢？我想，大体不外乎以下几个因素：

其一，孙道临是一位不朽的艺术家。……半个世纪以来，孙道临在近 30 部电影和电视剧中担任主角或重要角色，……他在《雷雨》、《乌鸦与麻雀》、《渡江侦察记》、《永不消逝的电波》、《早春二月》等多部脍炙人口的电影中，塑造了许多经典的银幕形象，影响了几代人。

其二，孙道临艺德高尚。孙道临不仅很会演戏，而且很会做人，具有良好的艺德，堪称德艺双馨。孙道临即使到了年老仍然在追求电影艺术，十分敬业（据说他生前《新华字典》不离身），不为名利所累，由内蕴而散发出了一种无人可比的气质，像永不消逝的电波一样"永不消逝"，值得广大电影人学习。

其三，孙道临对爱情忠贞不二。孙道临身处娱乐圈数十年，与很多女演员都合作过，但没有传出过任何绯闻，这在当今的娱乐圈是不多见的。……他和越剧演员王文娟于20世纪60年代喜结秦晋之好，婚后，一对艺术伉俪相亲相爱，比翼齐飞。到今天，两位艺术家已携手走过了风风雨雨的40多个春秋。他们相濡以沫，风雨同舟，……1996年，孙道临亲自为王文娟投拍了10集越剧电视片《孟丽君》。王文娟由衷感谢丈夫为她圆了这个梦，……两位已过花甲的老艺术家共同创作了《孟丽君》，这是他们共同的艺术结晶，也见证了两人"白首偕老"的爱情誓言。

这一番话语显然是有的放矢、很有针对性的。在他看来，演员及其影像表演的美首先体现在银幕经典形象的塑造上。也就是说，演员创造的银幕形象，其理想、道德、性格、行为等都能体现时代的精神，具有被当代人奉为楷模的品质，这才是美的形象。而在演员本人，要敬业，要做到不为名利所累；在生活上严肃，对爱情忠贞。言下之意很明白，他不赞同现今一些演员的品行：追逐名利，刻意炒作，绯闻连连，甚至弄出个"艳照门"来。很显然，前者为美，后者为丑。

同年，美国著名影星保罗·纽曼不幸病逝，在世界影坛引起的震动更加巨大。我们看到诸多名人纷纷发表言论，赞美保罗·纽曼：

加州州长阿诺·施瓦辛格(Amold Schwarzenegger)：保罗·纽曼是最酷的家伙，男人想成为他，女人爱慕他。他是美国人的偶像，杰出的演员，文艺复兴的男人，谦逊的慈善家，他塑造的几个最令人难忘的角色，娱乐了成百上千万的观众，他还通过自己的慈善之举，点亮了更多人的生活，尤其是那些患有重病的儿童。

康尼狄格州州长M.乔迪·雷尔(M. Jodi Rell)：我们哀悼的不只是一位银幕传奇、有着感动几代影迷魅力的深刻演员，还在哀悼康尼狄格州的真正财富。康尼狄格州能拥有这样一位朋友和邻居近半个世纪，是一种福气。

罗伯特·弗里斯特(Robert Forrester)，Newma's Own基金会副主席：保罗·纽曼的职业是表演，热情是赛车，爱是家人和朋友。他的心和灵魂都奉献给了让世界变得更好的行动。

希拉里·克林顿(Hillary Rodham Clinton)与比尔·克林顿(Bill Clinton)：保罗是美国偶像、慈善家，还是孩子们的冠军。我们会想念他这位亲爱的朋友，他对世界的支持对我们更有意义。我们为纽曼家人和受到他无尽的善举和慷慨影响的人祈祷。

可见，美国人同样从为人、为艺两个方面来评价保罗·纽曼。在这些巨星身上，为人与为艺是平衡的：人高艺高，人美艺美。当然，艺高艺美是其主导方面，否则也称不上演员或明星了。对于电影演员来说，影像呈现的人物与真人呈现的崇高虚实结合，相互辉映，相得益彰。相反的是，那些人品不是很高尚的演员则会影响观众对其所塑造的形象的接受。

我以为这种复合的美，数字演员永远不可能达到，因为数字演员并不存在真人与影像的关系。当然，那些“有才无德”、艺高人却不美的演员与其所创造的影像之间存在一定距离的情况也不可能出现在数字演员身上。

四

电影银幕表演的美和表演的魅力主要体现在六个字上：形、性、情、精、气、神。

首先是形。

电影的美主要是镜头的美。故事片中镜头的美，大部分体现在演员美上。张艺谋在谈到演员问题时说：“我挑选演员首先看重的是长相，尤其是女演员，第一是形象，第二才是能力。男演员则不同，首先要靠能力。这是这一行的规律。观众看电影是普遍希望看到女演员姣好的面容、男演员强悍的个性，很少有人反过来喜欢看男演员漂亮、女演员有个性。”“电影是个梦，这个梦之所以吸引大众，就是因为可以从中看到美丽的女性和有力量的男性，完成一个动人的故事。”[8]这也就是为什么电影演员要千挑万选的原因。众所周知，肉眼所见的漂亮不一定是银幕上的漂亮，所谓上镜，就是指影像的美。影像的美对演员的外部造型有着很高的要求。这种外部造型的美，数字演员完全可以取代，电脑高手完全能够画出比真人更美的、更标准的或者更奇特的、更有魅力的外部形象。然而，演员影像美集中在脸部，演员的面孔几乎就是一切。这张脸一定要有魅力，要能充分表述语言无法表述的东西。眼睛要真正成为心灵的窗户，它们要能够把内心最隐秘的活动淋漓尽致地显露出来。梁朝伟有这样一双传神的眼睛，张曼玉同样有能说话的双眼。恐怕大家现在还很难想象数字演员也能具有这样的双眼。通过计算机系统还很难把人物隐秘复杂的内心世界表达出来。比如，上海SMG制作的动漫电影《风云决》，拍得很不错，采集了大量人的动作，几个主要人物画得很酷、很美，但你看他们眼睛的时候，就很难看到人物应有的内在的东西。《功夫熊猫》比《风云决》还要出色，熊猫画得活灵活现，憨态可掬。但是即使那样高超的三维技术，还是让我们感觉与真人表演存在距离。这里有一个气质美、个性美的问题。比如著名演员余男，我在网上查了一下，观众给范冰冰投票，形象美一万多票。余男只有三位数都不到的几十票。显然，范冰冰属于靓女，很漂亮；余男却不是很好看，但她有种气质美，她创作的《图雅的婚事》，包括《双食记》里那种气质，是她独有的，别说数字演员很难取代，就是真人演员也很难取代。有些演员的外部美表现为个性美，比如说《士兵突击》里的王宝强，他跟俊男相距万里，但是他的那种个性、那种男人的感觉，数字演员是很难达到的。为什么现在又把动漫电影翻拍成真人电影？这说明属于人本身的灵动、深刻和复杂的内涵及其在时间的流逝中积累的情感和情绪，数字技术还是很难表达出来的。真人演员的影像表演所具有的这些美学价值，数字演员无法取代。

其次是性。

性的吸引力是银幕吸引力最重要的方面之一。除去色情片，性的吸引力是在潜意识里发生的。为什么现在"迷"那么多，这跟性的魅力直接关联。汤姆·克鲁斯为什么走到哪里都有那么多人，尤其是女性的追捧？周杰伦为什么人气榜居第一？为什么漂亮的女星对男人有吸引力？这里都是性在作怪。性魅力、性感指数都是挑选演员的指标。这种性的吸引力是动物特有的，是亿万年进化的结果，是生命最有活力的部分，是情感凝聚的焦点之一。影像表演的长处就是电影导演或摄影千方百计地运用电影技术的手段，把真人的形和性的魅力放大，放大到恰到好处，从而产生一种无法估量的吸引力和感染力。性，是人本能的对异性拥有或占有的欲望。曾经有影迷为博刘德华一吻，不惜倾其所有，奔赴香港，最后弄得连回家的路费都没有了，这是很能说明问题的例子。我相信数字演员不太可能引发这类事件。《色·戒》中如果删去了床上的表演，人物的行为会顿时失去依据，最后的高潮也会变得非常可笑。如果把真人表演换成数字演员，那些色欲的疯狂和感觉的微妙演变将变得虚假，影片将成为喜剧。

再次是情。

最重要的是情感。数字系统无法真正模拟出人类细腻丰富、复杂多变的感情。意大利研究人的心理活动的科学家安东尼奥·梅内盖蒂在其专著《电影本体心理学》中认为："电影尤其是无意识的产物，即那个不被理性所控制的、丰富多彩的、有巨大能量的心理世界的产品。"作者还说："谁理解了电影，也就理解了梦、幻想和艺术。"这门学科对电影创作人员的人格进行了分析研究，"发现他们将无意识的敏感性综合表达了出来，而无意识是我们世纪的要害问题"。[9]他用这样的观点来看待演员表演，得出了与我们艺术学分析很不相同的结果。安东尼奥·梅内盖蒂认为，一个杰出的演员在创作虚构的银幕角色时，他“入戏后便能摆脱自己意识的肤浅的外在表现，从而进入潜意识世界”，“即根据他内心体验到的那种现实来重新创造人物。人物的行为要比作为演员的行为更真实，因为后者的心理意向性是直接活动的”。非常熟悉演员的这位心理科学家，在认真思考后发现，“演员向人们表达的往往是人的悲剧、痛苦和局限性”。他发现，越是反道德、越能洒脱自如地将人物性格演绎得淋漓尽致的演员，在私生活中，对生活越反感，心理也深受压抑。这大概是张国荣等人自杀的根本原因之一吧。为什么最好的演员往往最擅长表演或充满嫉妒的，或饱受爱情折磨的，或能够忍辱负重的，或不被人理解的，或能够克制欲望的，或能够经受疯狂、恐怖境界和命运摆布的人物？因为在日常生活中，演员自己处在受束缚、被压抑的状态。演出时，他便放纵自己，他的潜意识告诉他这不是真的，这只是艺术表现。于是演员通过人物表达出内心世界最为隐秘的东西。观众与演员通过角色这个第三现实一起经历了日常生活中很难得到的体验。安东尼奥·梅内盖蒂指出，通过对演员心理的分析，他找到的演员表现的几乎全是“那种受挫的人生”。“不外乎是以下的三方面：性、破坏力、欲望。好像这就是人类的一切：从电影到戏剧、到艺术，人们反复地、无限地表现这三点。”这就构成了一个真人和一个虚构角色复杂的情感关系，在我们表演术语中称之为角色的后景或角色的远景。这种角色的后景或远景是一个活生生的人才具备的，也就是说，这样的个性处在这样的环境中，在这样一种人生经历过程中，他才能把潜意识引发出来。王宝强在自己的书中写到，他从小就被父亲打，因此在《士兵突击》中，角色被父亲打的这种体验和体会很快就被引发出来，极其真实、真切。而没有这种人生经历和体验的数字演员，是不可能表演出来的，因为它不是生命体，不会有源于生命积累的反应。衡量影像表演的美学价值，就是看演员的影像表演是不是能够触动观众的潜意识，触动观众心灵的隐秘处。如果在这些方面能够和观众心心相印、息息相通，那么这个银幕形象将是美的、成功的。为什么起初在电视台播出《士兵突击》时，媒体并没有什么声息，但播出后观众们自发在网上议论，点击量竟然达到一千多万人次？忽然冒出一个极大的观众群体，引起了方方面面的重视。这就是电视剧所表达的、很简单的“不放弃、不抛弃”的意志，触动了我们很多人的潜在意识。银幕表演情感最高级的表现，一定是复杂的、复合的，而不是单一的。电影《飘》里面费雯丽扮演的角色、《霸王别姬》里张国荣扮演的角色等等，都包含很复杂很深邃的情感和杂糅在一起的喜怒哀乐。很难想象可以把这种复合表现的高级审美从银幕表演中抹掉，或者可以用数字演员来表现。

形、性、情在电影中都是通过动作来表现的。电影崇尚的视觉效果就是表现演员的动作美。用动作表现，是电影美学着重研究的内容。美国电影的优势就是在于电影动作的丰富多彩和刺激性。高难度的形体动作会给观众以强烈的视觉冲击，数字演员可以表现，而且可以表现得比真人更好，但却失去了刺激性。因为观众都知道这没有危险，谁也不会感到震惊。只有真人表演才会让人感到震撼。如《卧虎藏龙》中在竹梢开打，如果换作数字演员，谁都会觉得没什么稀奇。正因为是周润发跟章子怡两个真人在打，观众才会感到新奇。因为它挑战了人的生命极限。影像表演可以无限地、恰到好处地放大人的能量，恰到好处地放大人的潜意识内涵，极大地挑战人的生命限度，这就是无与伦比的电影演员影像表演的魅力所在。如果没有这种魅力，我们就无法想象电影演员为什么会受到如此的追捧，受到人们如此的喜爱。

最后是精、气、神。

精、气、神除了指演员本人的内在素质外，主要指角色的创造。精、气、神都是角色性格的内核。精者，个性之精华。气者，人物之能量。神者，角色之灵魂。不少演员在登台或拍摄之前毫不起眼，一上台一上镜，就容光焕发，精神抖擞，判若两人。所以理解人物并赋之以血肉是演员的工作。

麦克雷蒂这样定义表演艺术："去探测人物性格的深度，去找出人物潜在的动机，去感受它最细微的感情的震颤，去了解隐藏在字面下的思想，从而使自己把握住这个人物事迹的思想感情。"①

我曾经对比过中国著名女影星扮演的妓女形象，她们的创作完全体现了表演的真谛。

第一是阮玲玉在《神女》中饰演的阮嫂。出于对街头妓女的同情，吴永刚创作了《神女》，描绘一位为了抚养幼小儿子而被迫卖淫的妇女所遭受的生活苦难。阮玲玉以自己深刻的理解和体验，把母亲的爱跟妓女的屈辱表现得真挚朴实、深沉细腻、富有神韵。阮玲玉把重点放在母亲对孩子的感情上。她从心里流露出来的那种笑、那种疼爱、那种亲切，动人心弦。她把所有的一切都献给了儿子，不惜为儿子上学责难校长，发出大声的呐喊。最后为了不让孩子再受委屈决意搬迁到一个谁也不认识的

① 详见张守慎，夏立民，尧登佛译：《西欧、俄罗斯名家论演技》，中央戏剧学院内部资料，1981年编，第81页。

地方。这直接导致了她冲动性的行为——用酒瓶砸死了流氓。在这里我们看到了女人的尊严，感受到母亲的勇敢。而她先前的忍耐、低调的自卫和对社会压迫的无奈，更反衬出最后一击的震撼。

第二是潘虹饰演的《杜十娘》。按照学者的考证，杜十娘属于官妓中的市妓，不仅容貌夺目，而且才华过人，琴棋书画，无一不精；她心性高洁，聪慧过人。虽然身在妓院，但她早在为自己做安排，寻求独立做人的机会。机遇终于出现，她马上捉住不放。她巧妙地利用老鸨的失误，又适时地资助李甲。可惜小鸟虽然飞出了牢笼，却没有飞出命运的阴影。被父权礼教吓破胆的李甲负情倒卖，粉碎了杜十娘的人生向往与美好梦想。她做出了惊天动地的壮举：怒沉百宝箱！关于杜十娘跳江的动机，学者们作了种种探讨，我从潘虹的表演中读解出：宁为自由人，不作他人奴。她把追求人身独立、人格高贵的杜十娘刻画得栩栩如生。

第三是方舒在《日出》中饰演的陈白露。当时还是大学二年级学生的方舒以事先充分的准备与临场出众的表演，脱颖而出地担当起陈白露的创造任务。陈白露是交际花，既不是底层妓女也不是高级妓女。演员该如何去表演，也曾令人迷惑。奥地利学者奥托·魏宁格以为这非常简单，他说：这三者之间的区别“仅仅在于街头拉客的妓女全不计较男人的身份，只管挣钱，在于它的生活方式随时变化”。[10]跟神女和杜十娘不同，陈白露是个性格复杂、充满矛盾的女人。有人说她始终生活在梦中。“她年轻、美丽、高傲、任性，厌恶、鄙视周围环境，又不想同它一刀两断。她清醒而又糊涂，热情又冷淡，玩世不恭而又孤独空虚，生活在悲观和矛盾之中。”[11]陈白露是众人眼中的“好女人”还是“坏女人”？方舒演绎的陈白露是有点坏的好女人。坏在她抛弃不了寄生虫的生活；好在她仍然有纯真的心灵。她的人生是那个社会的折射：败落而急盼新生。

第四是梅艳芳在《胭脂扣》中饰演的如花。梅艳芳转型扮演如花，并一举成功。如花和十二少热恋及至双双殉情，恐怕不是独创。令人意外的是，如花五十年后，在阴间苦等十二少不见，来阳间寻找爱人。蒲松龄《聊斋》中有一名篇《连城》，说的是乔公子为爱情断魂，赴阴间寻找爱人，两人还阳途中会合结为夫妻。蒲公歌颂了赤诚不移的崇高爱情。可是，如花所爱的十二少却大相径庭。如花费尽周折在拍摄现场找到十二少。出现在她面前的他，已不再风流倜傥，他满脸皱纹，衣衫褴褛。岁月的折磨让他穷困潦倒，对爱情早已淡漠，殉情的意念早已抛至九霄云外。心如死灰的如花把挂了五十多年的胭脂扣还给十二少，凄惨地从一道门中飘然而去。他瘸着腿追她，嘶哑地喊着，请如花原谅他，不要留他一个人在这世上。梅艳芳演得哀怨缠绵、自然流畅。把如花对十二少的爱情演绎得令男人汗颜。这就是李碧华创作《胭脂扣》的主题："这便是爱情，大概一千万人之中，才有一双梁祝，才可以化蝶。其他的只化为蛾、蝉螂、蚊蝇、金龟子……就是化不成蝶。并不像想象中之美丽。"

第五是巩俐在《霸王别姬》中饰演的菊仙。与巩俐先前扮演过的角色相比，菊仙这一角色难度并不大。巩俐自己说，她性格倔强、刚烈、有自己的主见。跟杜十娘、如花不同的是，菊仙要面对丈夫和蝶衣的纠葛。她是推动情节发展的催化剂，又是段小楼、程蝶衣两人理想、人格和心灵的观照。菊仙的粗俗泼辣以及善良大度，跟她的妓女身份没有必然的关联。在她身上最为关键的是从良目标是否实现。冯梦龙曾描绘过多种从良：真从良假从良；苦从良乐从良；趁从良没奈何从良；了从良不了从良。菊仙是真从良但却是苦从良，是趁从良却是不了从良。一切为了个"爱"字。她承受得了任何风险却承受不了段小楼在红卫兵批斗会上说："她是妓女，我不爱她。"这毁灭了她终身的追求，粉碎了她生命的原动力。在她意识深处，妓女身份是底线，爱是顶点。段小楼击穿了她的天，砸破了她的地。她的悲剧发生在顷刻之间，发生在意料之外。

以上五个妓女形象容貌各异，遭遇也不同。演员们的情感表现非常丰富，但总体上都显示出中国人的特色：重情、渴望爱、以人格为高、以自由为本。与西方一些描写妓女的影片中的主人公，如朱利亚・罗伯茨所演的"风月俏佳人"的幸运、查利兹・塞龙所演的"女魔头"的凶残和德纳芙所演的"白昼美人"的变态等都大相径庭。

由于中国的文人与妓女存在某种天然联系，因此在电影中呈现的往往具有相当的文人气质，掺合了许多文人的想象与美化来"重构这些妇女的生活经验"。这证实了福柯的观点："必须得有一束光，至少曾有一刻，照亮了他们。这曙光来自另外的地方。这些生命本来想要身处暗夜，而且本来也应该留在那里。将他们从暗夜中解脱出来的正是它们与权力的一次遭遇，……让我们有机会窥见这些生命。"[12]

就强调个性、表现神采而言，舞台艺术难望电影之项背。而就表现情感之深邃、内心之莫测而言，则电影远胜于舞台艺术。以往在论及舞台演员和影视演员的区别时，经常会说舞台演员夸张做作，因而上了银幕特别虚假。其实，最关键的区别并不是这些，而是"在场"与"不在场"的区别。舞台演员在场直接与观众交流，最重要的是气息，气息富有能量。每一场演出演员的感受都不一样，气息也不一样，释放的能量也不一样。气息又稍纵即逝，不可重复，今天在场的气息和明天在场的气息完全不同。舞台演员所具备的气息能量，对控制观众、引发观众的美感非常重要。电影则不是，银幕上演员在表演，但是观众感觉不到真人的气息。演员的能量在于瞬间的爆发。在一连串的镜头中，演员的能量释放要做非常仔细的计算安排。哪个镜头是准备，哪个镜头是酝酿，哪个镜头是内收，哪个镜头是爆发，演员通过不连贯的表演来达到最佳的表现。影像表演的美是在不同瞬间的连接之中形成的。正因为如此，演员的影像表演必须经过导演剪辑和再创造。导演可以把表演不好、不妥或不理想的那部分全都剪掉，把能够达到最佳效果的部分留给观众。从这个意义上讲，导演本人就应当是最好的演员。如果导演不懂表演、不懂影像表演的魅力，那他就拍不出好电影。

真人表演令人欣赏的另外一个原因是，同一个演员能塑造不同个性的人物。演技是重要的审美对象之一。受人尊崇的演员大抵是一人千面。如美国大影星梅丽尔·斯特里普，她每扮演一个角色，就是一副嘴脸，一份情感，一种个性。但她的表演几乎都是游刃有余，收放自如，让人信服。她的演技达到了世纪高峰。她的经验、技巧和方法是演艺界的宝贵财富。就像奥林匹克创造世界纪录的运动员一样，她在挑战演艺的极限，书写人类表演能力的绝妙华章。

2008年周迅奉献给观众两部电影：《画皮》和《李米的猜想》。她表现了两个个性截然不同的人物、两类不可同日而语的情感、两种千差万别的仪表姿态。周迅令人信服地显示了自己精湛的演技，使我们看到她有成为国际影星的潜力。相比之下我更欣赏《李米的猜想》。没有舞台演出经验的她，在很长的镜头中能极其流畅、自然真挚地把角色内心的苦痛、思念、挚爱充分表达出来。有了另一部电影的对照，我们就看到了周迅的成熟，她已经步入了表演的自由境界。

综上所述，电影演员影像表演包含着真人与影像的关系、演员与角色的关系、艺术与生活的关系；此外还包含创作方法与演技高低等等，它的美学价值是数字演员无法达到，更无法取代的。数字演员会出现、会发展，它会创造表演美学中新的内容，因为我相信人类的智慧一定会让我们大吃一惊，大跌眼镜。只是人类的智慧与能力不可能打败人类本身。

参考文献：

[1] 塞·杜比阿纳. 民意调查：法国人和电影[J]. 世界电影，1986，(6)：33—34.

[2] 钟惦棐. 后记[C]//电影美学：1982. 北京：中国文艺联合出版公司，1983：344—350.

[3] 贝克. 戏剧技巧[M]. 北京：中国戏剧出版社，1985.

[4] B. 日丹. 影片的美学[M]. 北京：中国电影出版社，1992.

[5] 郝一匡. 好莱坞大师谈艺录[M]. 北京：中国电影出版社，1998：614—621.

[6] S. 菲尔德. 电影剧作指南(一)[J]. 世界电影，2001，(4)：123—142.

[7] 张仲年. 对电影表演观念的几点思索[J]. 电影艺术，1984，(4)：32—39.

[8] 黄晓阳. 印象中国·张艺谋传[M]. 北京：华夏出版社，2008.

[9] 安东尼奥·梅内盖蒂. 电影本体心理学[M]. 北京：中国广播电视出版社，2007.

[10] 奥托·魏宁格. 性与性格[M]. 北京：中国社会科学院出版社，2006：236.

[11] 曹树钧. 走向世界的曹禺[M]. 成都：天地出版社版，1995：81.

[12] 米歇尔·福柯. 规训与惩罚[M]. 北京：生活·读书·新知三联书店，1999.

电影制作和发行过程中的安全漏洞分析

西蒙·拜耳斯　弗伦翰公园 AT&T 研究实验室研究人员
罗利·克兰纳　弗伦翰公园 AT&T 研究实验室研究人员
戴维·科曼　弗伦翰公园 AT&T 研究实验室研究人员
派克·麦克丹尼尔　弗伦翰公园 AT&T 研究实验室研究人员
艾克·克罗尼　宾夕法尼亚州立大学

一、导　　言

据美国电影产业估计，由于非法的复制行为和经由物理媒介（录像带、DVD、VCD 等）传播的盗版电影所导致的收入损失超过了 30 亿美元。

这种对非法下载导致的收入损失的估计是有问题的，因为很难确定非法下载的哪些部分会给电影产业带来收入上的损失，而且非法下载所带来的"免费宣传"是否会对票房收入有积极影响也未可知。然而，通过互联网传播的非法拷贝很可能对 DVD 销售和付费网络电影有越来越大的影响。低成本的高速宽带互联网连接和 P2P 文件共享网络的发展使得非法电影拷贝的下载越来越容易，这使得电影产业对非法下载的关注愈加强烈。而非法复制的电影在该电影于美国电影院线放映之前就在网络上出现的状况则加强了电影产业对这一问题的关注。

大部分关于阻止非法复制电影之活动的讨论集中于摧毁盗版电影的大规模制作和传播，并采取措施阻止消费者从 DVD、VCD、付费网络下载或数字电视广播等渠道制作非法电影拷贝。直到最近，关于安全措施的公共讨论还几乎没有，而这些安全措施将阻止非法电影拷贝落入那些企图对其进行大批量制作——有些是在院线放映之前——的人们手中。

本研究试图对从2002年1月起18个月内美国票房收入前50名之电影的互联网非法拷贝的源头进行归类。没有事实支撑的争论已有不少，但在公共领域里还没有发现关于这个课题的可靠数据。本文简要分析了电影制作和发行的过程，并确认了可能会导致电影的非法拷贝被试图传播它们的人获得的安全漏洞。在研究期间我们还分析了互联网盗版、院线放映和DVD发行之间的时间差，并描述了确定互联网拷贝的可能源头以及本分析之结果的方法论问题。最后，本文还提出了减少电影制作和发行过程中的安全漏洞的一些建议。

二、电影制作和发行

对于安全漏洞的考察始于电影的制作过程，在该过程中各种各样的声音、图像和数字元素都会被创造出来并被糅合成最终产品。然后，我们又考察了电影的发行过程，该过程包括面向观众以及评论家、奖项评委和其他人的物理或电子发行。市场销售以及与之有关的活动也会出现在这两个过程之中。

制作过程的连接点是剪辑室。在剪辑室里，通过对实景拍摄的影像和声音记录(镜头)加以剪辑和组合，电影内容就浮现出来了。一旦这些镜头被粗剪完毕，则其他方面，比如电脑生成特技以及音乐与声音的合成等都由外部部门完成。在所有的情况下，经过提炼加工后的内容都会再回到剪辑室，可能是作进一步的剪辑、修改和提炼加工。最后，在后期制作阶段，电影的视觉和音效元素会被进一步地精致化。和电影制作过程的其他部分一样，后期制作也有可能被外包给其他公司。

与电影内容制作同步进行的是一些相关的市场活动。电影公司的市场部要进行广告宣传以促销电影，而这类活动通常早在电影内容制作完成之前就开始了。除了制作电影预告片和海报以提升电影知名度之外，在针对核心观众群的私下放映中，市场部门还要对观众对电影粗剪的反映做出评估。电影将根据观众反映和调查结果来加以调整。通常当电影内容制作接近尾声之时，电影公司的主管人员和投资方都要观看影片并提出意见。只有当剪辑人员、导演、制片人和市场部都感到满意了，将在影院上映的最终版才算大功告成。

在电影发行过程中需要复制电影的最终版并将其提供给经公司授权的各方，这其中最关键的因素在于将电影提供给各方的时间。有这样三个时间段是要考虑到的：影院公映前、公映到DVD发行前以及DVD发行后，[1]最后这一阶段给终端消费者提供了非法复制的机会（如直接从买到的DVD上转录）。

在院线放映之前，影片的最后版本可能会被提供给许多人，评论家和奖项评委都会得到拷贝。需要注意的是，这个过程在电影产业中发挥着关键功能：对影片进行宣传并得到评价（当然最好是积极的评论）。然而，参与这个过程的人实在不少，这使得电影的安全问题变得更为错综复杂。电影公司的许多雇员都有机会接触到电影的最后版本：市场主管不断地观看电影并为之制定促销方案，而电影通常会以便携格式（VHS或DVD）提供给各方。

电影内容本身必须在制作部门进行复制，而很多雇员都有机会进入该部门。就在影片上映之日或之前的很短一段时间内，电影内容会被提供给电影院。一直以来，电影放映会在各地交错进行，然而，出于对非法拷贝的顾虑，一些公司正在压缩放映时间的间隔。一旦电影院收到一部电影，则电影院的雇员就有可能接触到它。电影一旦放映，它就会暴露给能够直接操作放映机的电影院雇员，同时也会暴露给公众，而其中或许就有人想制作非法拷贝。

电影上映几个月之后，影片就会在DVD压制工厂里复制成DVD产品，然后这些DVD就会被发售到商店和影片出租公司。在美国，影片的DVD有时在其正式发行日之前的一个月甚至更早就开始发行了，这并不是什么新鲜事（一般而言，美国电影DVD的海外发行日会在美国院线放映日之后）。于是，商店店员就有机会在DVD发行之前几周内便接触到DVD，而在有些时候，商店会违反电影公司的规定而在发行日之前就出售DVD。

三、安全漏洞

针对电影内容的制作和发行系统的各类攻击已被证明是成功的。在考察这些

---

① 当然电影的发行过程还包括其他重要的环节如全球放映、宾馆付费放映、航班放映以及家庭付费放映等等。本文的分析仅集中于本文指出的这三个阶段。另外，一些电影的DVD和VHS的发行日期是不同的。但本文的分析只考虑较早的那个日期。需要注意的是，在美国，DVD的发行日期是指电影的DVD开始出售和出租的日期。

攻击之时，需对它们做关键性的划分：内部人攻击和外部人攻击。[1]一般来说，内部人员是指那些得到信任（至少部分地）的群体中的成员。和更为一般意义上的信息安全一样，在电影产业中，针对内部人威胁的预警和应对措施必然与针对外部人威胁的大不一样。

（一）内部人攻击

前面的分析揭示了电影制作和发行过程中诸多潜在的内部人员的攻击。以下仅列出电影制作和发行安全的部分潜在的威胁：

1. 在供应链中的剪辑室或相近位置对影片——不管是粗剪还是对成品的非法复制。这些拷贝通常与公映版有些微的不同或包含不完整的音频或视频。有些还会有表明它们出处的预先嵌置的文字标记，或者包括屏幕计时表。

2. 对影评家提前收到的拷贝的非法复制。这些拷贝有时会有“仅供放映，版权所有”等字样出现在屏幕上。

3. 对提供给奖项评委的拷贝的非法复制。这些拷贝可能带有“仅供欣赏”等字样。

4. 对促销或预放映拷贝的非法复制。这些拷贝可能带有与提供给影评家的拷贝相似的字样。

5. 放映员在具备无侧光的屏幕、舒适的布光和直接音效的电影院里直接进行数字复制。这些拷贝质量不同，但通常会比较好。

6. 在工厂或在售出前的任何环节对消费品如DVD或VHS的非法复制。这些拷贝不带任何标记并且品质接近完美。

需要注意的是，本文的研究考虑了电影制作和发行过程中除了终端用户以外的所有内部参与者，尽管有些并不是被电影公司直接雇用的。

（二）外部人攻击

为了便于比较，这里也列出一些外部人攻击的例子：

1. 电影观众使用便携式摄像机在影院的座位上对影片进行数字复制。一般来说，这种拷贝的音像质量很差，因为它受到摄录这一方式本身所具有的限制。通常，这种拷贝能很明显地看出并不是从放映的相同角度录制的。

2. 消费者对租来的DVD或VHS的非法复制。这些拷贝（和下列两种）的品质接近完美，但只会在电影制作完成及发行后才出现。

3. 消费者对购买的DVD或VHS的非法复制。

4. 对有线、卫星或地面电视播出的电影的非法复制。

外部人攻击似乎是对电影安全的更大威胁，因为这些潜在的攻击者数量甚为巨大，而且他们的攻击通常发生在影片完成以后且不带任何电影公司的标记。然而，本文在下面一部分考察了这类拷贝的一些重要属性，这些属性可以使我们不必对其太过担心。

（三）新鲜度和品质

非法拷贝形式多样，各有不同，但有两个方面特别关键：新鲜度和品质。一部电影的新鲜度在于它有多新：电影在其放映之时或放映之前是新鲜度最高的。新鲜度是非常重要的，因为对最新电影的需求最大，而且对最新电影的市场开发力度也最大。那些仍未在院线或某个市场上放映的影片的非法拷贝是最有价值的，因为它们出现在影片经合法渠道上映之前。

新鲜（在影院上映前或上映期间）、高品质（电视画面的品质或更好）的电影拷贝几乎不可能由外部人出击获取。这个发现对于我们分析电影制作和发行过程中的安全漏洞至关重要。与防范外部人获取拷贝并对这些拷贝的再传播相比，防范内部人攻击所需弥补的漏洞数量是极小的。此外，从内部人的定义来说，他们无疑会受到电影内容所有者的一定影响，因为这些人在电影产业内拥有工作，所以便也有失去工作的顾虑。这对于防范对电影的非法复制具有非凡的意义。

四、实证分析

为了更深入地挖掘被泄漏之电影的源头，本文对2002年1月1日到2003年6月27日之间进入美国票房前50名的电影进行了实证分析，下面的部分描述了我们的研究方法和分析结果。

在数据收集过程中我们始终牢记下列要求：(1) 该过程必须被记录下来，并且能被重复。(2) 与需要通过特殊渠道才能获取的数据相比，更倾向于只使用公开发表的数据进行分析。很明显，这样的分析也更可能被重复。(3) 符合美国版权法的合理使用条款。(4) 该过程应当达到一定的自我生成度，从而使当前的研究和大量的回顾分析均能得以进行。

1. 电影数据库

本文收集了一组在公共电影网站上发布的电影，并编制了若干 2002 年 1 月 1 日—2003 年 6 月 27 日间任一时段的美国票房收入前 50 名的电影列表。这个过程自动收集和编制了一系列的数据，包括电影放映日、DVD 发行日、发行商、MPAA 的分级、票房收入和一些初浅的观众评级。本文共收集到 409 部符合标准的影片的数据。在这 409 部电影中，那些在国外上映（包括在国外电影节）比在美国上映早的影片被排除掉了。几部数据不全的电影也被排除掉了，因此最终的数据只包括 312 部电影。

2. 非法拷贝的辨认

对于数据库中的每一部电影，本研究都运用软件在在线门户网站上进行搜索，并且自动找到该电影的所有非法拷贝。

3. 文件样本的获得

根据从内容门户网站上获得的信息，与之相应的文件肯定位于 P2P 网络上，并包含着每一相关拷贝的一小部分（平均起来大概可获得每部电影的 5%）。我们无法下载到对应相关链接的某些文件，且下载到的文件中有 27 份无法播放。另有 18 份文件是在外国发布的（例如带有非英文字幕），对于这些文件我们没有进行进一步考察。在数据库的 312 部电影中，我们成功地下载和播放了对应于 285 个相关链接的文件，而这些链接则指向 183 部电影的在线拷贝（占电影数据库的 59%）。

为了本项研究，我们编写了一个 Perl 程序，从而为使用 200MHz 的电脑，并通过有线 Modem 连接到互联网上的 P2P 用户提供一个便于操作的界面。这一程序使得研究者可以启动、监控、暂停以及取消文件下载，于是在获取到所需文件的所需部分时便可结束下载。我们花了近 1 周的时间获得了 285 个可播放样本，数据总量超过 18G。

4. 内容分类

在获得样本之后，我们用一份自动生成的说明将它们提供给一组评估人员，让他们对这些样本进行评估，并随说明附上一张供填充数据的表格。收录的数据包括对音频和视频品质的评估以及非法拷贝的各种可能特征的存在与否。在这一阶段，本文也采用了一些自动分析方法。对于大部分样本来说，评估人员能够对它们的影音品质做出明确的评估，但对于其中的 38 个样本，评估人员却在其收到的表格上承认他们不敢确定评估是否正确。大部分情况下，他们是对音频品质的好坏不能确定。①

5. 分析

根据在上述过程中收集到的数据，本文考察了新鲜度、拷贝品质和攻击点之间的相互关系。此外，本文还计算了每一部影片的影院上映日期和它第一次出现在内容门户网站的日期之间的时间差。如果影片已经发行了DVD，则本文也计算了该影片的DVD发行日与它第一次出现在内容门户网站的日期之间的时间差。

只要符合下列条件之一，则该攻击点就被视作内部人攻击（与外部人攻击相反）：

(1) 拷贝出现的日期早于影片上映日期。

(2) 拷贝的镜头中经常出现一些剪辑室里的物品，如长杆话筒，或该拷贝明显不是最终的放映版本。

(3) 拷贝带有任何与电影公司相关的标记或带有明显的水印。

(4) 拷贝有着良好的摄录画面，但其音频却很明显地是直接嵌入的，且出现在DVD/VHS发行之前。如果是这种情况，则很可能是某影院的雇员在电影院直接从放映机上拷贝了声音，并用放置在放映间或处于最佳位置的座椅上的手提摄像机录下了影像。

(5) 拷贝直接翻录自DVD并出现在DVD发行之前（同样适用于VHS）。

其他的拷贝被归类为源自外部人或来源不明。

6. 局限性

本文的分析提供了一些必需的实证数据。然而，了解本文的研究方法自身所具有的若干局限性是颇为重要的。首先，这种类型的分析无法得到所有或几乎所有不同的非法电影拷贝。因此本文不可避免地低估了现有非法拷贝的数量。再者，我们查询的内容门户网站似乎删除了一些低质拷贝的链接，而这些低质拷贝通常比优质拷贝更早地被贴到互联网上，这增加了我们分析的偏差。但就对研究样本的考察结果来看，撇开上述情形不谈，这些内容门户网站应该说还是非常精确的。根据其他数据来源对放映日期进行即时检验有时会发现一些小小的差异，比如对点映和公映

① 自动化的工具也许能够被用来更精确地测定音频的品质，比如通过比较音轨之间的差异。如果音轨之间很少或几乎没有差异，这就表明该音频是从影院偷录得来的。

日期的不一致记录，但这些错误很少出现，而且影响也不大。电影样本中没有出现诱饵文件。

对拷贝进行采样和检验的过程同样存在着误差。下载的样本中有27个不能播放。这27个样本中有些可能是损坏了，但我们怀疑大部分是以某些特殊格式加以编码的，这些格式使得当仅获得一个小的样本时，它们便无法播放。另外，带有内部标记的电影不会在每个镜头中都出现这些标记，所以这些标记也可能并未出现在所播放的电影样本片断中，而这就会使我们低估带有这类标记的拷贝数量。此外，某些样本在其被贴到互联网上之前可能就已经被去除了内部人攻击的标记了，这使得本文对内部泄漏的估计更是保守。

本文在估计不带标记的DVD拷贝的内部泄漏时可能不会保守。一些这样的拷贝在影片的DVD版正式发行前几周就出现了，它们可能是从在DVD正式发行日之前便出售DVD的商店里买到的。

还需要注意的是，本研究关注的是流行电影。至于片长较短的独立电影是否也会有相似的泄漏模式则并不清楚。

五、结　　论

在我们研究的312部电影中，有183部是在内容门户网站检索到的，这表明网络盗版的普遍性。在所考察的285份电影样本中，有77%看起来首先是从产业内部泄漏出来的(由前文所概述的标准而判定)。平均起来看，这些电影样本在影院放映后100天、DVD发行之前83天便可被检索到。尽管只有7部电影在影院上映前便能被检索到，但却有163部电影在DVD发行之前就被检索到了。在本研究进行之时便已发行DVD的电影样本中，仅有5%是在DVD发行之后才首次出现在内容门户网站上的。这表明同内部泄漏相比，消费者对DVD的复制在目前仅是一个相对较小的因素。

根据影片在内容门户网站上出现的日期与该影片在影院上映的日期及其DVD发行日之间的时间差的比较，可以看出，许多电影在影院上映3周内就出现在互联网上。这包括在电影制作和影院发行过程中的泄漏以及提供给影评家和奥斯卡评委的拷贝的泄漏。另外一个泄漏高峰出现于DVD发行之前的1个月左右。这些泄漏可能大多源于DVD压制工厂、DVD发行商、零售店雇员或奥斯卡评委。然而，有些也可能是源于消费者在那些于DVD正式发行日之前就出售DVD的商店里买到了DVD，并对其进行了复制。

数据库中的大部分样本都具有DVD品质。而那些不具有DVD品质的则是影片在影院上映的日期和在互联网上出现的日期之间的时间差比较短的样本。同样的，那些带有明显的水印或者文字标记的样本也是两者时间差较短的样本。

各家电影公司在内容门户网站上检索到的电影的比例及其平均时间差相差极大。各家公司的制作和发行过程以及所制作电影的类型或许可以解释部分差异。然而我们未能发现每家电影公司的平均时间差与其平均票房收入之间存在着相关性。

本研究表明内部泄漏事件大量存在，因此我们认为，当前的防范技术还不够有效。考虑到电影产业公布的因盗版而导致的收入损失，在内部控制上花费更多的财力和精力实在是明智之举。

在整个制作过程和大部分的发行过程中，电影内容是被数量有限的工作人员在受控制的环境中接触和管理的，而在发行的后半阶段，电影内容则会被大量而且基本是匿名的人群接触到。确保前期过程的安全虽然困难，但终究还可做到，而确保后期过程的安全则几乎是不可能的。因此集中精力对付内部威胁正是试图解决内容泄漏中造成最大经济损失的那部分泄漏，而其成功的机会也最大。

参考文献：

[1] Peter G. Neumann, Computer related risks [M]. ACM Press/Addison-Wesley Publishing Co., New York, NY, 1995.

从市场进路化解 P2P 文件共享网络(软件)的侵权纷争

——基于数字音乐和美国版权法①

金冠军　上海大学教授

尤　杰　上海大学博士研究生

导　言

P2P 文件共享网络[软件](如 Napster，Grokster，Kazaa，Morpheus，以及 eDonkey 等)②的主要功能是让连在互联网上的大量用户能够直接交换和储存数字文件。[1]自从 1999 年 5 月 Shawn Fanning 成立 Napster 公司利用 P2P 技术允许并协助其用户交换 mp3 音乐文件以来，笼罩在美国及国际唱片业头上的乌云就再也没有消散过。1999 年，美国唱片业的年增长率达 6%，总收入达 146 亿美元。[2]而在由 Napster 公司所推动的音乐文件共享席卷全美之后，CD 的销量就开始直线下跌：2001 年下降了 6%，2002 年下降了近 9%，2003 年下降了 7%多一点。[3]与此同时，国际唱片业的销售额也从 2000 年的 397 亿美元跌到了 2004 年的 336 亿美元，下降了 16%。[4](p.16)因此，尽管有不少调查及研究显示，文件共享对唱片销量的负面影响并

---

① 世界各国的版权法各有差异，这种差异在对 P2P 文件共享活动作侵权认定时表现得十分明显。考虑到(1)P2P 文件共享最早兴起于美国；(2)美国与 P2P 文件共享相关的案例最全面；(3)美国是目前世界上研究版权制度最透彻的国家之一(参见李响. 美国版权法：原则、案例及材料[M]. 北京：中国政法大学出版社. 2004. 15)；(4)美国 P2P 文件共享者的数量占全球之最，因此，本文在法律分析及案例解读方面基本参照美国版权法及相关案例。

② 在本文中，P2P 文件共享(活动/网络)仅指未经版权所有者授权从而受到其起诉的那些文件共享(活动/网络)，像 iMesh 那样经过版权所有者授权的 P2P 文件共享(活动/网络)不包括在内。

不确定，近年来唱片销量的萎靡不振只怕和美国经济增长放慢以及其他娱乐产品的分流大有关系，但唱片业却坚持自己的强硬立场，不断地对 P2P 文件共享挥舞着法律大棒。

在这场维权征战之中，美国版权法及美国各级法院的相关判例为唱片业（及包括电影业在内的其他内容产业）的法律行动提供了强大的法理支持。随着 P2P 文件共享者、P2P 文件共享网络运营商以及为 P2P 文件共享提供深度链接之网站的侵权责任被逐一认定，P2P 文件共享网络（软件）本身是否应该继续合法存在就成了解决 P2P 文件共享活动侵权纷争的法理关键。然而，针对这一问题的法理剖析却遇到了两难困境，主张维持 P2P 文件共享网络（软件）之存在和主张禁止其存在的双方各执一辞，且均有坚实的法理基础。因此，法理逻辑本身只怕很难解决这一分歧，这时就需要一种“域外”视角来从一个独特的维度切入这一困境，并提出新颖的方案。

本文由四部分组成。第一部分先对上述法理困境作具体描述，并提出解决这一困境的市场进路；第二部分和第三部分则从实践层面上对该进路的可行性和现实性进行阐述；第四部分总结，并对本文提出之进路的普适性略作阐发。

一、P2P 文件共享网络（软件）与“安全港”原则

P2P 文件共享网络（软件）作为信息流通平台是中立的，任何人既可以利用其来传播侵权数字文件，也可以传播自己创造的数字作品。这一中立的信息流通平台于是就具有重要的公共及商业价值，从政治上来说，它通过为普通网民提供更为便捷的传播手段而促进了数字时代公民言论自由的扩张；从文化上来说，它通过为更多的视听艺术家提供了让自己的作品为全球观众所接触到的便利渠道而推动了文化多元化的发展；从经济上来说，作为一个开放性的基础网络平台，它能够极大地降低信息传播的成本，从而为其他商业模式创造可能。① 因此，P2P 文件共享网络（软件）决不是法律不予保护的只有侵权价值的技术（应用）。[5](p.20) 事实上，最高法院在 Groklster 一案中也指出了这一点。[5](p.7) 而美国最高法院在 1984 年的 Sony 对

① 要着重指出的是，P2P 文件共享网络的政治、经济和文化价值的实现正依赖于它是一个开放的、用户对等的信息流通平台，如果应唱片业或电影业的要求对流通于其上的数据进行事先过滤的话，则 P2P 文件共享网络的运作效率势必受到阻碍，这将令上述公共及商业利益的实现大打折扣；而如果为其设立一个中央控制者的话，则 P2P 文件共享网络就更是失去了其存在的意义。

Universal 一案中裁定：一项复制设备（在该案中是家用录像机）只要具有重要的（或大量的）非侵（犯版）权使用之可能（merely capable of significant non-infringing uses）就应该予以保护（即"安全港"Safe Harbor 原则），并且，该复制设备的开发商及制造商不能仅仅因为某些第三方用户利用该技术（应用）进行侵（犯版）权使用而被迫承担次级侵权责任。[6]而在 Grokster 一案中，最高法院又强调：(1)某设备的发行商仅仅知道该设备具有侵（犯版）权使用的可能和某些第三方用户对其进行侵权使用的事例；(2)对设备进行必要的技术维护和升级；(3)仅仅没有采取措施防止侵权行为都不能成为判定该设备发行商之次级侵权责任的充分条件。[5](p. 24, p. 27)从这些判词来看，P2P 文件共享网络（软件）的开发者及维护者只要没有任何引诱言行就不应为第三方用户侵权使用该网络（软件）的行为而承担次级侵权责任。[7]于是，要想阻挠乃至消灭 P2P 文件共享网络（软件）的唯一法理策略就是将它拖出"安全港"，即判定该网络（软件）不属于"安全港"所保护的"具有重要的（或大量的）非侵（犯版）权使用之可能"的设备。

事实上，应否对 P2P 文件共享网络（软件）适用"安全港"保护，目前已经成了支持与反对 P2P 文件共享之双方的分歧所在。支持方认为，P2P 文件共享网络（软件）为个人之间不受阻碍地自由传播信息提供了十分重要的平台，而从该网络上所流通的信息内容来看，它已经具有重要的非侵权使用，且假以时日其非侵权使用的比例会越来越高（比如随着时间的推移，越来越多的版权作品会进入公共领域），因此，版权不应该越界干预这一中立之技术（应用），换言之，应对"安全港"作宽泛读解；反对方认为，事实上六年多来，在 P2P 文件共享网络上流通的信息内容绝大多数是未经授权的版权产品（在 Napster 上是 87%，在 Grokster 上是 90%），因此，尽管该"复制设备"确实被一些人用来进行非侵权使用，但它却主要被用来从事大量的侵权使用，因此"安全港"保护原则不能适用于 P2P 文件共享网络（软件），版权在这种情况下应该越界干预这一所谓的中立之技术（应用），换言之，应对"安全港"作狭义读解。正反双方的争执焦点在于是否应该为了保护 P2P 文件共享网络（软件）自身的价值而容忍第三方对其进行大量侵权使用从而损害版权所有者的利益，反过来说也就是，是否应该为了保护版权所有者的利益而放弃 P2P 文件共享网络（软件）的价值从而损害那些对其进行非侵权使用者的利益。然而，最高法院在 Grokster 一案中其实并没有解决这个问题。在借用"引诱侵权"原则判定 Grokster 公司应当承担侵权责任之后，最高法院承认，P2P 文件共享网络（软件）确实提出了一个和 Sony 案中的录像

机极不相同的问题，因此决定等到直接挑战“安全港”保护原则的案例出现之后再去碰这个能躲则躲的湿面团。”[5](p.22)

初看之下，这个面团确实够粘手的：如果要对P2P文件共享网络上流通着的海量侵权音乐文件进行过滤或干脆判定P2P文件共享网络（软件）为非法而禁止其流通，则文件共享活动所具有的政治、经济以及文化价值的实现将受到阻碍；但如果不对P2P文件共享网络（软件）作进一步的遏制，则该网络上流通的侵权音乐文件似乎又对正处于数字转型期的整个唱片业（特别是新兴的数字音乐服务）的发展蒙上了巨大的阴影。然而，在这一对互相冲突的利益之间作规范性的价值判断并不能解决实际问题。其实，科斯早就为这样的两难抉择提供了一条根本原则：“问题的关键在于衡量消除有害效果的收益与允许这些效果继续下去的收益。”[8]将这条原则运用到本文之中就意味着，消除P2P文件共享网络（软件）而导致的促进数字音乐市场繁荣的收益是否大于保留既有侵权使用又有非侵权使用之可能的P2P文件共享网络（软件）的政治、经济以及文化收益。再进一步说，在针对个人共享者，诱导用户侵权的P2P文件共享网络（软件）以及为P2P文件共享提供深度链接之网站的法律行动已经并还将继续产生遏制效应的情势下，阻挠（比如安装过滤软件）乃至消灭作为中立技术（应用）的P2P文件共享网络（软件）的版权保护边际收益是否大于文件共享的政治、经济以及文化价值。由于（1）美国宪法明确规定，设立版权法的根本目的是促进有用之艺术的持续创造（美国宪法第一条第八款）；（2）在唱片业从实体传播转向数字传播的产业变迁时期，数字音乐市场的繁荣本身就会逐步瓦解实体（CD）音乐市场，[4](p.10, p.15)因此在这一时期，版权保护的实际作用是为数字音乐市场提供必要的法律保护，从而为音乐人的创作和在线音乐服务商的投资提供激励。也就是说，只要事实表明数字音乐市场的发展并没有受到P2P文件共享之侵权使用的阻碍，音乐人的创作热情和在线音乐服务商的投资激励并没有受到遏制，则版权保护的目的就已经达到了。而在这种情况下再继续围剿作为中立技术（应用）的P2P文件共享网络（软件）的边际收益就将小于其所具备的政治、经济和文化价值。

二、数字音乐市场的自抗衡能力

P2P文件共享的出现彻底颠覆了版权所有者建立于自然限制之上的专有权控制。P2P文件共享的特点正在于其免费和大批量复制与传播的能力，由于这种复制/传播的对象是数以千万计的散居在世界各个角落的陌生人，因此已经远远超出了通常的合理使用和家庭录音范围。那么，数字音乐市场和在线数字音乐服务是否就对P2P文件共享束手无策呢？其实不是。

1. P2P文件共享并非免费

P2P文件共享其实并不是免费的，这倒不是说使用该网络（软件）需要支付费用，或者利用该网络（软件）来交换音乐文件需要支付上网费（在包月宽带上网的情况下，事实上并不存在单独的文件共享上网费），而是指利用P2P文件共享网络（软件）来进行音乐文件交换活动是需要付出非货币成本的。

(1) 搜寻音乐文件的时间成本。用P2P文件共享软件自带的搜索功能来寻找个人想要的歌曲其实颇为费时，而且这一时间成本更由于两大因素而正在并还将趋于增加：第一，随着为P2P文件共享提供深度链接的网站在唱片业的持续打击下纷纷关门或经常性变更网址，文件共享者将越来越难以利用这类网站来减少搜寻文件所花费的时间成本；第二，唱片业用假文件来拥塞P2P文件共享网络，于是用户下载到虚假音乐的几率便增加了，这无疑也变相地提高了时间成本。[9]

(2) 电脑招病毒袭击的可能性提高了，而这将导致更高的维修成本。事实上，某些病毒就是通过P2P文件共享网络来传播的，它们或者直接破坏个人电脑，或者形成蠕虫而导致电脑的运行速度变慢。

(3) 进行P2P文件共享活动的心理成本。在RIAA（以及IFPI）继续推进其针对个人共享者的诉讼行动的背景下，被起诉的可能性不可避免地会在共享者，特别是那些进行大量文件共享的用户心中投下阴影。[4](p.20, p.21)

2. 数字音乐服务的优势和DRM技术

其实，数字技术和网络传播在使得私人复制与传播变得易如反掌的同时，不但极大地降低了建立数字音乐服务的固定成本和提供音乐服务的边际成本，而且令其可以提供许多音乐爱好者十分需要的附加信息服务。具体来说，和P2P文件共享网络相比，数字音乐服务有着前者无法比拟的优势（以iTune为例）：[10]

(1) 由于不再承担实体传播模式中的大批量复制和发行的巨额开支，数字音乐商即便以极低的价格出售数字音乐也能够盈利，比如iTune从运营之初就将单曲下载费设为0.99美分/首，而按10首歌一张18美元的唱片来计算的话，唱片单曲的费用是1.8美元。此外，由于单曲下载使得消费者能够只购买自己中意的歌曲而再也不用为了获得几首单曲就不得不购买整张唱片，因此实际上消费者节省的费用更多。

(2) 数字音乐服务能够堂而皇之地提供直接下载链接，这无疑减少了用户的时间成本。比如 iTune 就支持“一点即买”(one-click)功能，即消费者在免费浏览歌曲目录之时就可随时进行点击式购买。

(3) 数字音乐服务能够提供各种对音乐消费者来说极有价值的附加信息。比如 iTune 就提供以下各种信息：免费的 MV、唱片封套及评介、30 秒的歌曲试听、歌手开列的独家歌曲目录、演唱会信息、诱导链接以及音乐杂志等。

(4) 数字音乐服务为了吸引消费者并培育消费者对该服务的忠诚度，往往会提供一些所谓的“俱乐部品”，即只有该服务的消费者才能享受到的定期或不定期的礼品或折扣之类的优惠，以及意外大奖之类的惊喜。

(5) 由于数字音乐服务所提供的音乐都是经过版权所有者授权的，因此消费者从这些服务下载歌曲就既不用担心使用 P2P 文件共享网络所可能招致的诉讼，也不会下载到虚假音乐，而且这些服务也不存在病毒威胁。

(6) 由于要对数字传播时代的私人复制及传播行为进行事后监督是根本不可能的，因此为了防止消费者在购买了数字产品之后对其进行私人复制/传播，版权所有者就采用 DRM 技术对其信息产品进行事先加密，而美国国会在 1998 年通过的《数字版权千禧年法案》(DMCA)更是规定禁止他人对该加密技术进行规避(有若干例外)。就目前来看，各数字音乐服务所推出的 DRM 技术保护措施还是比较温和的，而且随着数字音乐市场的竞争加剧，服务商所采用的 DRM 技术保护会趋于更为温和。

综合 P2P 文件共享的成本和数字音乐服务的优势及 DRM 保护，可以得出这样一种可能性：即便版权法在数字时代无法为数字音乐服务商提供足够的产权保护，但后者仍然能够借助数字技术和网络传播模式来建立新的低价盈利模式和技术保护装置，从而有效地抵消 P2P 文件共享者大规模复制/传播活动所具有的负面影响。而当前数字音乐市场的发展态势也完全证明，这一可能性正在成为现实。

三、数字音乐市场的繁荣景象

根据 IFPI 发布的《2006 年数字音乐报告》，在 2005 年，数字音乐的销售额占了全球音乐销售额的 6%，成为音乐产业增长最快的领域(而在两年前这一百分比几乎为零)，其中单曲下载量和供下载的在线歌曲数目都翻了一番，前者达到4.2亿首，后者为200万首单曲和16.5万张专辑。在美国，2005年的单曲下载量达到了3.53亿首，平均每周有700万首单曲被下载，而数字专辑的下载量也达到了1600万张。与此同时，合法的数字音乐下载网站也从两年前的50个猛增到335个，而其所提供的下载歌曲数目则增加了六倍。从服务模式来看，菜单式单曲下载仍然是最受欢迎的消费模式，而订购业务也越来越兴旺，全球订购用户比2004年增长了近一倍，达280万，其中美国消费者占了大多数。另外，新的在线音乐推广服务也在不断涌现，比如环球和华纳唱片公司都推出了自己的在线"唱片公司"；而像Myspace.com这样的网站则专业从事音乐推广，到2005年中期，该网站已经拥有2200万会员，好几支美国乐队就是通过其服务建立起了自己的歌迷群。此外，为在线音乐服务提供歌曲许可证收集及其他支持服务的专业数字中间商也有了迅速的发展[4](pp.4-9)(这里要强调的一点是：上述数据还没有包括其发展势头及销售利润正在赶超在线数字音乐服务的手机音乐市场)。[4](pp.10-14)

当然，目前世界数字音乐市场的繁荣不仅仅是由于数字音乐服务自身的优势，这一繁荣同样也应归功于该市场，特别是在线市场的激烈竞争，而造成这种激烈竞争局面的原因主要是：

1. 唱片公司在发放其所拥有的歌曲演绎许可证上并未如先前人们所担心的那样形成排他性或歧视性策略。这主要是由于两个原因：第一，2001年12月，五大唱片公司(索尼、环球、华纳、EMI、BMG)分别推出了MusicNet和PressPlay两大数字音乐服务网站，随后美国司法部对这两个内容提供商兼服务提供商的联合网站及五大唱片公司的许可证发放情况进行了为期两年的反垄断调查，这令五大唱片公司不敢在许可证发放上采取反竞争性的措施；第二，以P2P文件共享为主的网络侵权行为客观上已经令唱片公司失去了其对音乐演绎的在线控制，为了与网络上铺天盖地的侵权音乐文件竞争，唱片公司不得不采取非歧视性的许可证发放策略以尽快壮大合法的数字音乐服务。[11]

2. 互联网本身的开放性结构保证了没有一家在线数字音乐服务能够垄断这一作为信息传播平台的网络。存在于电话网以及有线电视网的基础网垄断问题在互联网上不可能发生，这是因为：第一，作为公共服务提供者的ISP(互联网服务提供商)无法拒绝个人或企业建立在线服务的申请；第二，即便某地区的ISP拒绝提供服务，但由于互联网的超地域特性，该个人或企业也可以到别处甚至国外申请服务，而其业务不会因服务器所在地不同而有任何不同。于是，唱片公司原先通过对CD发行网络的控制而获得市场统治力的局面将不可能出现在互联网之上。

3. 由于数字传播免去了实体传播所需要的巨额固定资本投资，这就极大地降低了数字音乐传播的交易费用。于是，不但许多原先并不从事音乐业务的公司进入了数字音乐市场，[12](p. 38)而且各种新的商业模式也被创造了出来。[12](pp. 57-62)此外，一些原先在实体传播环境中无法盈利的商业模式在数字环境中也变成了可能。比如，一些受众面狭小的音乐专辑根本无法靠实体传播环境中那样的推广及发行模式来盈利，但现在一些专业的数字音乐服务就可以靠数字发行这类音乐来盈利。[12](p. 35)目前全球最大的独立音乐数字发行服务 The Orchard 就为73个国家的数千家独立唱片公司和音乐人代理业务。[4](p. 9)

4. 网络外部性的存在促使各在线数字服务商采取各种吸引消费者的商业模式以扩大自己的用户群体。对于任何一家在线数字音乐服务提供商来说，网络外部性意味着：如果用户越多，则其对于音乐提供者（唱片公司、词曲作者或歌手）来说就越有价值，于是音乐提供者就会更愿意为其提供音乐，这样一来该在线音乐服务提供商所能提供的音乐选择就更多，结果它又能够吸引更多的用户。[13]由于网络外部性的垄断性利益在网络经济中的突出地位，各在线服务提供商为了获得这一垄断性利益就会竭尽全力地参与竞争，而这将导致一个较高的创新速度及一种低价策略，其目的是吸引尽可能多的用户。[14]

四、结　　论

综合以上的理论分析和实际数据可以得出这样一个结论：尽管数字音乐市场新生不久，且面临着非常普遍的私人复制/传播活动，但由于数字音乐服务自身的优势及其采取的DRM技术保护，其目前却正处于一个蓬勃发展的阶段。在这种情形之下，采取断然措施以终结作为中立技术（应用）的P2P文件共享网络（软件）及其所拥有的公共价值这一做法的负面效应就很有可能超过其保护版权以促进音乐市场发展的边际效应，也就是说，版权仍然没有到越界干预这一中立技术（应用）之时。只有当事实已经明白无误地证明：尽管已经采取了所有可行的折中方案，但对P2P文件共享网络（软件）的侵权使用还是造成了数字音乐市场和音乐创作的萎缩，即出现了市场失败。那么，此时才可以进一步考虑是否通过立法手段或更强硬的版权保护措施来扭转或者说恢复应有的创作者利益和公共利益的平衡，而在市场运作良好的情况下，最好的方法就是在提供尽可能的版权保护的前提下继续保证市场的竞争和开放，而不是用各种人为设计的方案来取代之。这也就是本文所谓的“市场进路”，即尽量用市场机制来弥补数字时代版权保护的不足。因此，当前除了应进一步打击P2P文件共享者（主要是大量共享数字文件者）、诱导用户侵权的P2P文件共享网络（软件）和为P2P文件共享提供深度链接之网站以外，还应该尽量确保数字音乐市场的竞争环境，防止唱片公司利用其对内容的控制而将自己在实体传播模式中的垄断优势延续到数字音乐市场之中。

本文的上述结论其实有着一定的普遍意义。在数字传播时代，像P2P文件共享网络（软件）这样既使得公众能够更为自由地获得及传播信息，同时又使得他们能够更便利地侵犯版权的中立技术“装置”（此处采用美国最高法院在Grokster一案中的术语）不断出现，版权所有者的创作或商业开发激励与公众利用这类装置自由获得与传播信息的利益还将发生冲突。然而，尽管在数字传播时代，私人复制/传播活动变得越来越难以控制，但随着版权产业逐渐迈入数字传播时代，数字技术和网络传播方式也同样赋予了版权所有者新的维权可能，因此，数字时代版权保护的有限性并不必然表示版权所有者的利益将得不到必要的维护。当版权法迫于公共利益的压力而止步不前的时候，一个竞争性的数字市场会在这时候挺身而出，协同保护程度有限的版权法既保证版权所有者的创作激励和版权产业的投资动力，又不至于阻挠公众利用那些“两面派”式的中立信息传播装置。

参考文献：

[1] Alan Davidson. Peer to Peer File Sharing Privacy and Security [EB/OL]. http://www.cdt.org/testimony/030515davidson.shtml. (2005-12-12) [2006-04-10].

[2] Jefferson Graham. Hammering Away At Piracy [EB/OL]. http://www.usatoday.com/tech/news/internetprivacy/2003-09-10-piracy-cover_x.htm. (2003-09-10) [2006-04-10].

[3] RIAA. The Recording Industry Association of America's 2003 Yearend Statistics [EB/OL]. http://www.riaa.com/news/newsletter/pdf/2003yearEnd.pdf. (2004-01-20) [2006-04-10].

[4] IFPI. 2006 Digital Music Report [EB/OL]. http://www.ifpi.org/content/library/

digital-music-report - 2006. pdf. (2006 - 01 - 25) [2006 - 04 - 10].

[5] Supreme Court of the United States. Metro-Goldwyn-Mayer Studios Inc Et Al. vs Grokster Ltd Et Al [EB/OL]. http://fairuse. stanford. edu/MGM_v_Grokster. pdf. (2005 - 09 - 01) [2006 - 04 - 10].

[6] Supreme Court of the United States. Sony Corporation of America vs of Am V Universal City Studios, Inc [EB/OL]. http://www. eff. org/legal/cases/betamax/betamax_petition_reply_brief2. pdf. (2002 - 05 - 10) [2006 - 04 - 10].

[7] Pamela Samuelson. Legally Speaking: Did M GM Really Win the Grokster Case? [EB/OL]. http://portal. acm. org/ft_gateway. cfm? id=1089125&type=pdf. (2005 - 11 - 03) [2006 - 04 - 10].

[8] R. H. 科斯. 财产权利与制度变迁——产权学派与新制度学派译文集[M]. 上海：上海三联书店，上海人民出版社. 2004：32.

[9] Neil Weinstock Netanel. Impose a Noncommercial Levy to Allow Free P2P File-Swapping and Remixing [EB/OL]. http://www. utdallas. edu/~liebowit/knowledge_goods/netanal%20levy. pdf. (2004 - 08 - 13) [2006 - 04 - 10].

[10] The Berkman Center for Internet & Society at Harvard Law School. iTunes: How Copyright, Contract, and Technology Shape the Business of Digital Media—A Case Study [EB/OL]. http://www. ssrn. com/abstract=556802. (2003 - 10 - 03) [2006 - 04 - 10].

[11] Harry First. Online Music Joint Ventures: Taken for a Song [EB/OL]. http://www. papers. ssrn. com/sol3/papers. cfm? abstract_id=508685. (2005 - 06 - 12) [2006 - 04 - 10].

[12] Martin Peitz, Patrick Waelbroeck. An Economist's Guide to Digital Music [EB/OL]. http://www. cesifo. oxfordjournals. org/cgi/reprint/51/2 - 3/359. pdf. (2004 - 03 - 20) [2006 - 04 - 10].

[13] Kamiel J Koelman. P2P Music Distribution: a Burden of a Blessing? [EB/OL]. http://www. papers. ssrn. com/sol3/papers. cfm? abstract_id=618961. (2003 - 01 - 16) [2006 - 04 - 10].

[14] 威廉·兰德斯，理查德·波斯纳. 知识产权法的经济结构[M]. 北京：北京大学出版社. 2005：500—501.

向中国电影致敬

陈犀禾　上海大学教授

电影作为一种技术，是一种舶来品。但是电影作为一种艺术和文化表达形式，却是深深扎根于中国的五千年文明之中。从中国第一部电影《定军山》到风靡中国早期电影的家庭情节剧和神怪武侠片，无不深深烙上了中国文化的痕迹（尽管人们对神怪武侠片的积极和消极的文化意义可能会有争论，但是它和中国文化的紧密联系却是毋庸置疑的）。在今天这样一个全球化时代，电影也成为对内塑造文化认同，对外展示民族形象的重要手段。在2005年中国电影诞生一百周年之际，世界上许多关注中国的朋友也把目光投向中国电影，希望通过中国电影来增进对中国历史、社会、文化和艺术的了解。正是在这一背景下，上海大学影视艺术技术学院、中国电影资料馆和纽约城市大学、纽约林肯艺术中心合作，通过近两年的紧张筹备，于2005年10月在纽约成功举办了一系列展示、推介和研究中国电影的国际文化交流活动。

林肯中心的艺术盛典

2005年10月21日星期五晚上七点整，纽约林肯艺术中心北翼的沃尔特·里德剧场座无虚席、气氛热烈。来自中国和美国的电影创作者、学者、纽约文化界的人士以及许多观众（包括许多华裔观众）济济一堂，共同庆祝中国电影一百周年回顾展隆重开幕。开幕式由哥伦比亚大学教授、林肯艺术中心电影项目负责人、纽约电影节选片委员会主席瑞奇·潘纳主持，中国著名导演、上海大学影视艺术技术学院院长谢晋、中国驻纽约总领馆代总领事旷伟霖、纽约城市大学斯丹登学院负责人先后致词，热烈祝贺中国电影诞生一百周年及电影回顾展隆重开幕。参加开幕式的中方代表团成员还有中国著名导演黄建新和陆川，上海大学、中国电影资料馆和中国艺术研究院等国内学术和研究单位的代表胡克、张建勇、金冠军、陈犀禾、贾磊磊、丁亚平、刘东和钟国祥等。

回顾展开幕式放映的影片是中国著名导演吴永刚1934年完成的经典默片《神女》。林肯艺术中心筹办者为影片《神女》在开幕式的展映作了精心的准备，事前专门为该影片作曲配乐，并在开幕式上由乐队为影片现场伴奏伴唱。当乐队出现在开幕式现场时，观众席上出现了一阵小小的骚动和猜测。因为专门为一部影片的开幕式现场配乐演奏，实在是出乎人们意料的隆重。开幕式的筹备者告诉我们，在他们试看影片时，所有人都深深为影片《神女》所打动。当时在场的音乐家提出愿无偿为影片配乐，以演绎他们对影片的理解和对中国电影大师的敬意。在开幕式上，随着影像的展开，音乐的演绎强化了人们对影片的感受，创造了一种新的体验，但是又不喧宾夺主。令人耳目一新的是：配乐的风格是现代音乐，而影片的影像和叙事是古典风格，但是两者达到了完美的融合。这是一次十分富于创意和成功的尝试。

紧随开幕式之后，纽约林肯艺术中心举办了持续一个月之久的中国电影回顾展。参加展映的影片有：《掷果缘》(1922)、《一串珍珠》(1925)、《一剪梅》(1931)、《春蚕》(1933)、《神女》(1934)、《十字街头》(1937)、《太太万岁》(1947)、《松花江上》(1948)、《万家灯火》(1948)、《乌鸦与麻雀》(1949)、《家》(1956)、《五朵金花》(1959)、《红色娘子军》(1961)、《农奴》(1963)、《早春二月》(1963)、《天云山传奇》(1980)、《黄土地》(1985)、《本命年》(1989)、《站台》(2000)等三十多部电影。

除了影片展映，纽约林肯中心于2005年10月22日下午还在沃尔特·里德剧场举办了一场关于中国电影发展现状的演讲会。受邀进行演讲的导演和专家有中国导演协会主席黄建新、上海大学教授陈犀禾、中国艺术研究院高级研究员贾磊磊、南加州大学教授、著名中国问题专家骆思典。陈犀禾演讲的题目是《对大陆电影中文化合作历史和现状的思考》，从合作制片历史的角度考察了中国大陆电影在文化合作中如何处理经济利益、文化理念以及它们之间关系的问题。贾磊磊作了关于《中国电影产业化的境遇与生机》的主题报告。他从文化产业的角度考察了中国电影当前的发展趋势。美国南加州大学政治学系与东亚研究中心的骆思典教授的演讲则从《全球化时代的华语电影：参照美国看中国电影的国际市场前景》这一角度切入，为我们客观看待中国电影在海外的市场、前景和策略提供了一个客观的、第三方的视点。在报告会上，中国著名导演黄建新从处于第一线的中国电影从业人员的角度谈论了中国电影业目前的态势、从业人员面临的现实困境以及面对未来的策略和思考。会上还进行了提问和交流，整个报告会获得了观众的热烈回应。

在纽约纪念中国电影100周年的活动中，美国亚洲协会于10月22日展映了中国电影《天云山传奇》，并在放映结束后对导演谢晋进行了现场访谈。纽约公共电视台(CUNY-TV)则从7月份以来播映了《五朵金花》和《太太万岁》等5部中国电影，并在10月21日对中国导演谢晋和黄建新进行了电视采访。这些活动都进一步扩大和加深了美国民众对中国电影和中国文化的兴趣和了解。

斯丹登学院的学术聚会

在纽约纪念中国电影100周年系列活动中的另一个重要项目是以“从过去到未来:中国电影100年”为题的国际学术研讨会。该会从10月24日到25日在纽约城市大学斯丹登学院举办，荟聚了国际上众多中国电影研究专家。受邀参加该研讨会的中国专家学者有胡克、张建勇、金冠军、陈犀禾、贾磊磊、丁亚平等，美国学界研究中国电影的资深学者安·卡普兰(纽约州立大学)、保罗·毕克伟(加州大学)、骆思典(南加州大学)等，目前正当盛年的鲁晓鹏、张英进、张旭东、朱影、彼德·希区柯克、刘康、王班等，以及正在崭露头角的新秀包卫红等。会议采取圆桌讨论的形式，围绕中国电影的历史和现状、文化和产业展开。

24日上午的主题主要集中于中国电影的理论和历史问题。中国电影艺术研究中心的高级研究员胡克在发言中讨论了《春蚕》与中国电影观念的发展之间的关系问题。《当代电影》主编张建勇提交的论文题为《二战后(1945—1949)中国电影中的现实主义》，深入探讨了这一时期的中国电影中的一些最重要作品及其创作风格。张建勇还以“中国电影博物馆”展览内容主要策划者的身份着重介绍了即将完成的博物馆的基本情况，引起了与会者的浓厚兴趣。中国艺术研究院影视研究所高级研究员丁亚平的论文以《费穆、蔡楚生、孙瑜与中国电影艺术风格的展开》为题，探讨了中国电影史上的三个代表性风格。上海大学教授陈犀禾则以《马克思主义，现代性和民族主义》为题讨论了1949年以来当代中国电影发展中的文化建构。试图为理解中国大陆当代(1949年以来)电影文化(包括创作和批评)的发展建立一个理论框架。陈犀禾在讨论各个时期电影思潮、运动、主要代表人物和作品的基础上，以电影中的父亲形象作为主要切入点来分析这一文化转变及其性质和意义；并结合各个时期主导的理论和批评范式的演变来讨论创作和理论两者之间的对应和互动关系。这一从父亲形象切入对当代中国电影文化的分析被安·卡普兰认为是体现了一个新的思路。圣地亚哥加州大学的教授保罗·毕克伟在《从未停止的争议：〈春江遗恨〉与日据时期的中国电影》一文中将焦点集中在日据时期"华影"出品的"臭名昭著"的《春江遗恨》上面。毕克伟甚至尖锐地将这些追问与1984年以来中国的合拍片进行类比，要求在"全球化"和"跨国"电影制作的语境下思考《春江遗恨》。毕克伟的发言引起了会议的激烈讨论，与会者从各自的立场就该片的民族和文化身份问题发表了看法。大陆的一些学者对该片取谨慎态度；但陈犀禾认为，即使作为一部"汉奸"电影，"汉奸"的"汉"字就已经揭示了其国族身份，只不过是国族文化中的糟粕而已。

24日下午圆桌讨论主要涉及到当代中国电影的经济、政治和风格问题。上海大学教授金冠军给会议提交的论文是《中国民营电影企业的崛起与中国电影业新格局》。他在论文中指出：近年来《英雄》、《大腕》、《十面埋伏》、《天下无贼》等这些由中国民营电影企业投拍或参与的电影屡屡创下中国电影票房高位后，显示了民营企业正有力地影响着中国电影业的原有格局。中国民营电影企业1952年从历史舞台上消失，90年代重新粉墨登场。金冠军认为：现今占主流的民营份额在不远的未来是否能继续发展下去；其发展方向如何；面对同一个市场，国营和民营的份额比例如何；他们将如何相互竞争并自我发展；中国的电影产业化改革最终能否成功；中国电影业能否重现昔日辉煌；这些还有待观察。贾磊磊在发言中对在林肯中心所涉及的《中国电影产业化的境遇与生机》的题目做了进一步展开。在这一单元，骆思典教授进一步阐发了他在林肯中心演讲的主题"全球化时代的华语电影：参照美国看中国电影的国际市场前景"。华盛顿大学教授柏佑铭（Yomi Braester）在《作为类型的政治运动：十七年电影中的视觉主题和意识形态倾向》的论文中，对中国社会主义经典电影的政治美学问题进行了研究。中国的动作电影或者说东方武术电影一直是西方观众和评论家关注的焦点之一。澳大利亚格里菲斯大学的教授玛丽·法夸尔（MF）在《奇观的世界：胡金铨，李安和张艺谋》一文中从电影本体的角度探讨了这一类型的特征。

中国的新生代电影、非主流电影、纪录片也始终是国际研究者关注的焦点之一。中国第六代导演的作品往往成为跨国研究者选择的对象。研究者所使用的分析大都是文化研究理论中的空间、身份、性别、大众、乡村、都市、阶级、意识形态等概念。博德文学院(Bowdoin College)崔淑琴在《本土与全球中的纠葛：贾樟柯电影中的焦虑与不确定性》为题的发言中对贾樟柯电影的叙述与影像表达中的焦虑和模糊性进行了思索。剑桥大学博士候选人爱立娜·波拉奇(Elena Pollacchi)在《不出北京，环游世界：世界与都市风光》为题的发言中将2004年的《世界》与1935年的《都市风光》进行一次非常有意义的比较。纽约城市大学教授彼德·希区柯克在《从"痞子"到上层中产阶级：当代中国电影中的新兴"中产阶级"的显影》为题的发言中，利用张元的电影分析指出中国电影中出现了中产阶级文化的特点。在对新生代电影、独立电影或者中国记录电影的研究中，张英进的论文《体制之外的思考：中国当代独立记录片中影像和信息运作》作了一些逆向思考。本文认为中国当代独立纪录片均意欲成为一种特殊形式的信息，但往往忽略了艺术和真实的紧张关系。它在本土被认为是虚假的、非法的，被当作"噪音"受到严格审查；而自认具有裁决权的国际电影节和新闻媒介却认为它真实地反映了当代中国生活。朱颖和张同道在《孙明今和早期中国记录片创作》一文中全面介绍和分析了中国记录片历史上一个新"出土"然而非常重要的人物——孙明今其人其作及其地位，指出中国的记录片创作在20世纪三四十年代就已经和世界同步，是世界记录片创作的一个重要组成部分。对孙明今的研究将改变中国记录片历史的书写，也将帮助我们更好地理解中国电影传统。

另外，戴维斯加州大学教授鲁晓鹏在其提交的论文中继续了其对华语电影的兴趣，研究了新加坡电影的发展状况；纽约大学副教授张旭东报告了他对谢晋电影和《芙蓉镇》的研究心得，认为它从阶级、性别和财产等方面重构了文化大革命以后关于人的定义。石溪纽约州立大学副教授纪一新的论文《阮玲玉的来世生命》对中国电影的传奇人物阮玲玉及其对她的"记忆"如何运作表现出浓厚的兴趣。尼克·布朗、约翰·兰特等虽然未能与会，但是都提交了论文。两天的会议日程紧张而充实。研讨活动扩大和加深了中美学界对中国电影和中国文化的思考和交流。在《上海大学学报(社会科学版)》"影视艺术研究"专栏中，我们翻译介绍了这次国际学术活动中国外学者的部分成果，以飨读者。

电影写实美学的当代反思与“在地”诉求

——“纪念安德烈·巴赞诞辰90周年国际学术研讨会”理论笔记

聂　伟　上海大学教授
郭丽莉　上海大学硕士研究生

2008年是著名电影思想家和批评家安德烈·巴赞(André Bazin)诞辰90周年暨逝世50周年。自1945年发表电影现实主义理论体系的奠基之作《摄影影像的本体论》以来，这位“电影的亚里士多德”、“电影新浪潮精神之父”在全球范围内掀起了“二战”以后写实主义电影美学的浪潮。时至今日，巴赞的名字已经超越了对一位电影批评家的具体指代，经由其追随者的理论阐释与影像实践，逐渐上升成为一种独特的电影哲学精神。这种精神的内核是对“真实”的追求和信仰，其理论外延则显得感性而多元。值得注意的是，巴赞的世界性并非表现为普适性的独断论，其中包含了生动多样的历史阶段特征与不同地域文化接受过程中的微妙变异。对后来者而言，理解巴赞也需要在多元时空层面上展开，才能赋予巴赞思想以当下的崭新意义：其一，还原其电影美学观念生成的具体社会文化语境；其二，梳理巴赞电影美学观念的继承与历史流变；其三，理解巴赞电影美学思想的跨地域移植及其“创造性误读”。

为回应上述问题，2008年6月13日至14日，由上海大学影视艺术技术学院、法国《电影手册》编辑部和中国电影评论学会联合主办，上海电影家协会、《上海大学学报(社科版)》编辑部协办的“反思电影批评与理论：纪念安德烈·巴赞诞辰90周年国际学术研讨会”在上海大学国际会议中心举行。不仅有来自中国、法国、加拿大、美国、英国、澳大利亚、日本等国家和台湾、香港地区的五十余位学者参加，而且还特邀两岸三地华人文化圈的四位著名导演谢飞、侯孝贤、许鞍华和贾樟柯到会发言。

理论滋养灵感：来自华语导演的集体致敬

巴赞的电影观念并非高蹈的理论冥想，其本人是电影“新浪潮”运动的开路先锋，他创办的《电影手册》也发展成为培养“新浪潮”电影主将的理论阵地。“巴赞的文章是神奇的，在批评史上很少有人能将细节、独特性——比如一部电影、某一个演员、某一个镜头等，与理论、普遍性的东西——比如电影史、现实主义等如此完美而平衡地结合起来，更不用说那是方兴未艾的电影批评了。……在他为电影写作的短暂的15年中，他总共写出了约有15700篇有史以来最伟大的影评。”[1] 在他的感召下，克劳德·夏布罗尔、让-吕克·戈达尔、雅克·里维特、埃里克·侯麦等人先后从理论批评领域投身电影创作，跻身“新浪潮”电影大师的行列。正因为巴赞的电影美学观念与批评理论在具体影像实践中显示出强大的可操作性，在遥远的中国电影界也获得了深远而清晰的隔代回响。

大会开幕单元上，谢飞导演的主题发言《巴赞与中国第四代导演》深情回忆了他们“这一代”与巴赞的美学渊源。1979年李陀、张暖忻的《论电影语言的现代化》[2] 发表，首次提出更新当代中国电影语言的话题。这篇文章涉及了巴赞的长镜头理论，直接影响了中国第四代导演1980年代初期的电影实践。谢飞指出纪实美学的内核在于真实，而长镜头不过是一种叙述形式。巴赞对中国第四代导演的指导意义不仅体现于美学形式层面，透过深层心理结构分析就会发现，巴赞对真实的提倡恰恰符合“文革”后中国导演希望突破阶级斗争的假象，进而表现真实生活的美学理想，由此带来了第四代电影风格质的变化，例如影片《沙鸥》和《邻居》都是在纪实美学的理论基础上展开创作的。其次，谢飞还谈到了巴赞“作者电影”观念对自己个人创作实践的启发。巴赞强调创作个性，同时也强调谢飞称之为“群体出击”的观念，因为“新浪潮”运动是在巴赞《电影手册》杂志的影响下，一批年轻人集体参与电影创新，丰富完善了纪实美学的内涵。而到了第四代导演的第三批电影导演和作品，情况也与法国“新浪潮”运动有些相似，导演的个性显得更加多元化，不仅有像《城南旧事》、《乡音》之类的散文体、抒情诗影片，而且也包括《老井》、《人鬼情》和《本命年》。有鉴于1980年代初期电影理论与创作的密切结合，以及当下电影工业制作对于理论的漠视疏离，谢飞发出“中国电影呼唤理论”的号召，以对抗现今娱乐主义物质时代中的理论匮乏。

侯孝贤导演称自己的电影创作与巴赞理论的结合分为“渐近”和“偶遇”两个阶段。所谓“渐近”是指侯孝贤电影作品中广受称赞的长镜头和深焦镜头一开始并非来自某种具体理论的引导，而是源于现实原因。其一，由于电影底片非常昂贵，拍摄前每个分镜头都必须事先明确以节省底片；其二，拍摄中经常使用非职业演员，他们对摄影机有一种天然的恐惧，所以只能将摄影机放置在较远处以不影响演员表演的自然状态；其三，侯孝贤电影文本中的时间叙事是延续的，而非切割的碎片，电影中对于时间流程的客观记录使得影片体现出一种日常化的纪实风格，这也与巴赞的纪实美学有些相似。此后当导演与巴赞的理论“偶遇”之后，就渐渐融入这种所有人都能看得懂的“简单而深邃”的电影美学体系之中。侯孝贤还结合自己的创作谈到他对“写实”的看法，认为“一切的写实其实都是再造真实”，他倡导一种“削去法”，类似于小津安二郎和布烈松的电影，对现实进行集中和削去，这样不仅给人以想象的空间，亦是对现实的一种延伸。

香港导演许鞍华出道前在英国学习过巴赞的电影理论，其中给她启发最大的就是巴赞关于场面调度的论述。返港后在电视台工作完成的一系列作品虽然带有写实主义风格，却并非出于导演明确的理论自觉。许鞍华坦言自己曾经迷失在商业浪潮中，并说明重拾写实主义对于她个人的重大意义。在她看来，写实主义美学并不仅限于纪录片，写实可以表现在物质与精神的不同层面上。如何拿捏写实的“度”、影像技巧的使用与选择将会是导演本人以后创作实践中加以研究和关注的问题。

“第六代”电影导演领军人物贾樟柯的发言将巴赞置于两种解读视角之中。首先是经典理论范畴中的巴赞，这是他在北京电影学院学习期间接受的书面理论。贾樟柯认为理论不仅没有成为“第六代”导演的包袱，相反却帮助他们打开崭新的视野。巴赞带给他们的不光是如何成为导演的工具性知识，更关键的是教会他们认识世界、观察世界以及理解人道主义的方法。在贾樟柯看来这恰恰应当是电影作为现代媒体的终极目的。其次是他个人生命经验意义上的巴赞。在自己与电影结缘的过程中，《黄土地》让他明白“原来电影是可以表达自我感受的”，[3] 由此他选择了电影作为自己的人生目标；侯孝贤作品《风柜来的人》将他最初对动作武侠片及警匪片的迷恋转变为了对“真实的经验世界”的发掘。在创作过程中，贾樟柯逐渐凭借“现实的引力”摸索出专属自己的一条创作原则，即“保持观念上的客观性，调度观众自己的经验投入到电影之中，努力保持现实世界影像表述的模糊性、复杂性和暧昧性”。由此，他对巴赞的理解与使用从创作无意识转变为美学自觉。

有意味的是，此次应邀到会的知名华语导演中，侯孝贤与许鞍华分别是港台电影“新浪潮”的重要代表人物，谢飞与贾樟柯则分属大陆电影界的“第四代”与“第六代”，而同样在国际影坛拥有重要影响力的“第五代”导演集体缺席。在为期两天的研讨议程中，“第五代”的一系列代表作品也鲜被提及。这大概印证了谢飞导演的一个观点，即围绕中国电影第四代、第五代导演的代际划分，巴赞的纪实美学是一道非常重要的理论分水岭。前者作为巴赞理论的拥趸，大都关注现实题材；后者重视寓言、意念与造型，重视历史题材，因此造成“第五代”电影与巴赞理论的“美学绝缘”。

影像现实主义：电影的本体论思考与重构

中国电影出版社原总编辑、《电影是什么?》的中译本作者崔君衍先生在主题发言中详述了他翻译巴赞原著的背景以及此间的思考收获。《电影是什么?》集中了巴赞理论思想的精髓，被译介进入中国后及时填补了彼时电影理论与创作界的知识匮乏，同时拓展了我们的学科视野。巴赞不再封闭地谈论“什么是电影”的问题，而是发出开放性的设问：“电影是什么?”这就为我们理解巴赞提供了一条不同的道路。本体论现实主义是巴赞电影理论的原点，而巴赞倡导的“创造一种真实”并非是对现实的照搬，因为“现实被符号所建构，属于语言编码系统”。崔君衍指出，自己在译介巴赞原著时的一个基本思路就是贴近福柯意义上的“知识考古学”[4]及“文化的精神”，这恰恰也是经常被学界忽略的一个重要部分。

与崔君衍围绕《电影是什么?》的文本分析相对，法国《电影手册》现任主编让·米歇尔·傅东(Jean Michel Frodon)在《人类的基本需要：电影本体论或电影人类学》的主题发言中对该书进行了延展性的解析。他提出巴赞所言的本体论并非探讨电影的本质，《电影是什么?》一书也并非立足于电影体论(Cinema Ontology)研究，而是在探讨摄影影像的本体论(Ontology of Photographic Image)。作为一种积极的呼应，加拿大西安大略大学助理教授普拉卡什·扬格(Prakash Younger)也认为巴赞的本体观是基于摄影本身而言，而非电影本身。后人在谈及现实主义时常常会陷入僵化的机械论模式，事实上现实主义也分为真正的现实主义与伪现实主义。现实主义这一概念要放置在三个层面加以考量，即心理学层面、美学层面与语言层面，而巴赞在上述层面上都曾有精辟的论述。普拉卡什·扬格特别申明，摄像这一行为本身并无真伪之分，反倒是摄像表现对象的内容真伪带来了对现实主义美学“真伪”问题的质疑。针对与会者所关注的“摄影影像的本体论”问题，北京电影学院王志敏教授在提交大会的论文《理解巴赞：摄影影像本体论与纪实美学》中发表了相反的观点。他认为，巴赞作为“二战”后电影纪实美学的积极鼓吹者，其理论背景是建立在“完整电影的神话”理论基础之上的“摄影影像的本体论”，这一初衷表现出巴赞摄影影像本体论的个人片面性。比如在关于电影影像本体的再现功能和表现功能关系的表述中，巴赞过于强调前者的重要性，却过低地忽视了后者的能动意义，这恰恰说明了那个时代的理论局限。

上海大学影视艺术技术学院曲春景教授在《论“空间真实”的反形而上特点》的发言中指出，20 世纪中期巴赞就在电影领域里创造性地提出尊重空间完整性这一话题，把电影符号敞开的“空间真实”引入研究者的视野。电影打破了语言线性对空间的遮蔽，将空间保持在时间之中，但同时又无法将空间从时间中抽离。传统电影叙事是一种抽象的符号链条，是单向度存在的，具有“可分离性”，表层叙事的一致和统一性只是种幻象。巴赞长镜头理论对“空间真实”的尊重，对“杂耍蒙太奇”抽象性、表意性的反感，说明他意识到电影语言的“空间真实”天然地带有反形而上学特征。而巴赞提出长镜头理论，用以看护电影空间中所包含的真实而丰富、暧昧而复杂的各种信息，让生活中性质不同、形态各异的事物同时保存在完整而真实的画面中，上述努力在今天看来仍具有重要价值。上海大学影视艺术技术学院金丹元教授探讨了巴赞理论与现实主义、存在主义电影美学的关系及其当下意义。他指出巴赞对中国当代电影和电影人的影响可能不是直接的，而是间接地通过意大利新现实主义电影、西方现代电影等影片作为中介，潜移默化地发挥着一定的作用。作为一种力主写实的电影美学，尽管巴赞理论的巅峰期已然过去，但潜藏在其背后的哲学基础却并未随之而消歇。我们现在再次提及巴赞理论，目的是要重新阐释巴赞理论，拓宽电影的现实主义创作之路，为当今电影现实主义美学注入更多的内涵。台南艺术大学助理教授孙松荣认为，自从电影被发明以来，写实主义与写实性音像即为电影创作最为重要的形式与内容之一。战后 1945 年的意大利新现实主义的出现，使得西方的“电影现代性”得到了前所未有的发展。在巴赞的理论语境中，意大利新写实主义既是一种道德立场，也是一种美学立场。从这个角度看，电影是一个让作者与观众共同介入与互动参与的影像整体。

“这是完整的现实主义的神话，这是再现世界原貌的神话，影像上不再出现艺术家随意处理的痕迹，影像也不再受时间不可逆性的影响。”[5](p.16)“一切使电影臻于完美的做法都不过是使电影接近它的起源。”[5](p.16) 昔日巴赞所做的结论是否会因当下迅猛发展的技术与观念而失效呢？随着影像数字化技术的快速发展，巴赞提倡的“真实”观遭遇越来越严峻的挑战。在视像泛滥的时代，影像不再需要现实的摹本，人们看到的只是技术合成的动画，甘愿沉溺于由无数电脑绘图点拼凑出的类似《黑客帝国》的虚拟空间之中。因此有人担忧“影像的数字化恐怕要割断照相与电影之间的血脉联系，也就是抽掉巴赞建立其理论的根本前提”。[6] 电影自其诞生至今陷入了有史以来或许最为严重的一次“真实性”危机。让・米歇尔・傅东对此现象亦不讳言。他认为围绕电影的本体论探讨将会越来越多地受到现代科技的影响与制约，从另一个角度看，虚拟技术也与世界日趋复杂的现实状况以及影像表达的多元化需求密切相关。在电视、视频、数字图像和互联网信息爆炸的时代，我们也许不需要再一味追问“电影是什么？”而应当探讨“电影在哪里”的问题。也许有人质疑电影是否还会在今天和未来的世界中继续存在，而从人类学的角度来看，今天的电影仍在忠实地满足着巴赞所言的“人类心理的基本需要”。英国大学学院伦敦分院博士生吉娜・吴(Jenna Ng)在以《从范型到可能性：虚拟摄影与巴赞的完整电影神话》的发言中，试图将巴赞的“完整电影神话”经典理论范式在虚拟摄影的数字技术语境中加以置换，努力赋予该理论以新的时代涵义。她认为，数字技术的发展能够更好地帮助观众去理解电影与现实之间的复杂关系，“完整电影神话”随着数字技术的进步以及色彩加固、声音录制、变形镜头和3D技术等各项革新，逐渐形成一种新的叙事范型，通过虚拟摄影——将摄影手法调整为一种CGI环境的技术——潜在地将巴赞所言的“神话”由理论空想转变为无限接近现实的可能性。虚拟摄影将真实与电影的关系放置在新的技术操作平台上，可以创造出一个更具有现实色彩的影像世界。

针对该问题，复旦大学哲学系博士生汪炜提出了一个“悖论性的构想”——巴赞的反现实主义。巴赞的电影影像本体论在很大程度上是新旧哲学思潮交锋的产物，巴赞的“现实”概念蕴含着一种反现实主义冲动。或者说，巴赞的“现实主义”不仅反对传统的实体性现实观，也与现象学意义上的现实概念相左，他的电影观来源于对新现实主义的研究和阐发。由于新现实主义(亦称时间现实主义)与传统的空间现实主义截然不同，因此它本质上仍是反经典现实主义的。汪炜的独到见解引发了与会学者的质疑与争论，有学者认为巴赞的思想当然与哲学存在密不可分的关系，然而在对“现实”的理解尚存歧义的情况下，从抽象的哲学层面提炼出巴赞的“反现实主义”，在基本概念的推演上存在逻辑漏洞。

日本东京大学副教授野崎欢(Kan Nozaki)是本次会议唯一探讨动画电影与巴赞理论关系的学者。他指出动画片不受限于现实，它具有童话故事的性质。他以宫崎骏电影为例，分析影片对风景和光线的动画性营造，此外还运用电影化的手段描绘出了虚拟空间的广度与深度。虽然动画片无法客观地再现摄影的客体，而是追求一种梦幻现实主义，但我们同样无法否认，宫崎骏的电影依然能够带给我们现实生活中的愉悦，这也是"影像现实"的一种。上海大学影视艺术技术学院副教授马宁博士则从"环境美学"的角度对巴赞进行了与众不同的解读。他指出巴赞十分注重人与环境的"互动性"，这可以称之为一种"环境美学"。关注我们周遭的生活环境，这也应当是我们在读解巴赞美学理论过程中获得的另一种真义。

巴赞理论的国际旅行与在地化实践

英国后殖民文化研究学者艾勒克·博埃默曾指出，面临当下的全球化潮流，文化并非单一地趋向于同质化，相反在各种流动与断裂中往往会生出一些崭新的在地文化因素。进一步讲，这种在地文化的特质将会受到两重因素的交互定义，一方面它受到了异质文化的影响与定义，另一方面在译介、移植的过程中，也与本土文化产生化学作用，从而具备了新的"世界性因素"。① 以巴赞的电影理论为例，六十余年来其全球传播的过程也是一场充满了碰撞、对话、汲取、改写、创新与变异的国际行旅。正因为如此，中外与会学者在运用巴赞电影美学理论阐释自己对于电影的思考时，就显得更加灵活与多元。

《安德烈·巴赞》的作者耶鲁大学达德利·安德鲁(Dudley Andrew)教授在发言中借用"纯"(Pure)与"不纯"(Impure)的概念来阐释巴赞理论参与国际播散过程中产生的美学混杂。正如安托万·德巴克所言，安德烈·巴赞是"圣三位一体的电影理论家"，这是一种"纯粹"的美学系统。当"纯粹"的巴赞理论在不同国家被反复使用和研究，也许他们并未完全承袭巴赞的理论，有时甚至会存在"误读"。这一方面是由于巴赞的众多著作中只有一小部分被翻译出版，而未被翻译面世的绝大部分著作同样饱含了巴赞的真知灼见与理性思考；另一方面则是由于不同文化语境面对巴赞也会有一个"再选择"的过程。从"纯粹"到"不纯"，这是世界范围内普及巴赞美学

---

① "世界性因素"概念出自陈思和《20世纪中国文学的"世界性因素"》，见《中国比较文学》2001年第1期。

观念的客观必然。

美国纽约城市大学城市学院杰瑞·卡尔森(Jerry W. Carlson)教授以影片《未雨绸缪》(There Will Be Blood, 2007 年)为例,试图发掘巴赞写实主义美学对 21 世纪好莱坞电影创作的深刻影响。他指出,立足于摄影影像本体的美学观念,巴赞褒扬了 1940 年代晚期的两类电影,即新现实主义电影和那些能够提供深度聚焦的心理电影。如果按照这个逻辑,巴赞也许会为自己的理念已渗透到 21 世纪世界的各个角落而感到高兴,因为新现实主义与心理现实主义电影迄今仍然拥有巨大的观众群和理论市场。巴赞曾经乐观地展望未来的电影将会凭借信仰和影像结合的力量来探讨历史与民族心理,而《未雨绸缪》恰恰实践了这一理论预期。华东师范大学聂欣如教授在《巴赞和"超西部片"》的发言中指出,巴赞一贯被认为是"现实主义者",但是在他有关美国经典西部片的评论中,我们却能感受到他的浪漫主义立场。这也从一个侧面说明,巴赞分析和思考的疆域并不仅仅局限于法国电影,他曾以开阔的视野审视好莱坞电影、印度电影和日本电影等,为上述国家的学者从事本土电影研究提供了理论节点。

北京师范大学艺术与传媒学院黄会林教授在《巴赞电影理论的当代境遇和文化使命》的大会发言中指出,巴赞的电影理论具有兼容并包的哲学气质,巴赞强调电影的"亦真亦幻性",将观念化的现实重新还原为模糊状态。值得注意的是当代电影生态已经发生了巨大变化,艺术电影面临困境,电影理论对电影业界的影响力还很有限,电影学术与社会主流群体的联系还不够密切。面对当今的数字化、资本运营以及全球化,一切都是"不可知的前景",我们需要学习巴赞直面问题的精神、多学科交叉研究的视角以及他对电影的主观感性体验与理性表达。上海电影家协会吕晓明研究员从巴赞影评人的身份界定出发,讨论他的个人经历对于当代影评者的人格启示,在履行影评人本职的同时应为电影评论与电影制作之间的良性互动作出努力。

"华语电影"是近几年电影学术界的研究热点,此次会议不少学者将巴赞放置在华语电影的范畴中加以研究,也为我们了解巴赞拓展出一个更为开放的空间。有海外学者谈到,早期中国电影的"现实"观念表达先于巴赞的理论阐述,具有自身独特的民族性与时代性。香港科技大学陈建华教授发言指出,自 19 世纪末以来中国的视觉经验发生了巨大转变,由传统的"散见"(Glance)转变为现代性"凝视"(Gaze)。1910 年代中期当表现现实美学浪潮在上海的文学艺术领域蔓延之时,视觉的现代性就确立了"凝视"的叙事霸权。接下来早期中国电影也自"活动写真"起步,经由"影戏”抵达“表现现实主义”美学。美国戴维森学院副教授维薇安·沈(Vivian Shen)通过分析《定军山》(1905)、《阎瑞生》(1921)和《春蚕》(1933)等几部早期中国电影，指出其中现实主义的局限性以及彼时中国观众审美的“脸谱化”倾向。美国哥伦比亚大学助理教授包卫红将抗日战争时期中国的电影理论和电影批评作为研究对象，认为两者的互动最终形成了理论化的“表现现实主义美学”。这种独特的电影观念具有与巴赞“感知的现实”观点进行理论谈判的潜力。相较于后者，“表现现实主义”倾向于呈现“身体的现实”，充满了生活的实感与细节质感，也因此与此后“样板化”的“经典现实主义”美学拉开了距离。上海大学影视艺术技术学院黄望莉博士以黄佐临的《表》和费穆的《小城之春》为例探讨中国的长镜头形式美学，她认为当黄佐临和费穆等具有西学背景的精英知识分子介入电影创作时，欧洲19世纪以来的人道主义成为他们个体精神的主导力量。强烈的忧患意识促使他们乐于接受现实主义的美学原则，他们围绕长镜头美学的片段化尝试无意中完成了一次与巴赞“长镜头”电影美学的隔空对接。

北京电影学院倪震教授将中国电影工作者与巴赞的“理论相遇”纳入到西方电影理论中国化的整体框架中加以思考。20世纪以降，西方电影文化理论引进中国经历了三次重要的发展与转折。此间中国并没有全盘西化，而是在实用理性思维的引导下加以借鉴、汲取和剔除。倪震指出，在政治民主进程中，中国的新现实主义电影与巴赞理论的逻辑关联得以强化，而新资本主义环境下的人道主义对中国电影的渗透也契合了巴赞所倡导的“人道主义”理念。倪震借巴赞的名言“电影是现实的渐近线”，进一步阐发出“中国电影是对巴赞的渐近线”观点。上海大学影视艺术技术学院副教授葛颖分析了中国电影理论的美学困境，他认为这种困境从本源上讲是我们对人道主义精神的长久忽略所致。中国传媒大学胡克教授在主题发言中分析了巴赞电影理论在促成中国电影真实观念过程中发挥的重要作用。胡克认为在巴赞理论到来之前，有两种主要的电影真实理论在国内影响较大，其一是自发的中国式的社会写实论，其二是中国化的社会主义现实主义，亦称革命现实主义。“文革”之后的中国亟须一种适合国情的现代化的真实电影观念，而无论是中国的社会写实主义还是苏联的社会主义现实主义都无法充分满足这一条件。最后，中国学者能够找到的道路就是援引巴赞理论并加以消化，将其与中国已有的写实主义经验融合起来。北京电影学院郝建教授的发言集中于“真实”(Reality)和“真理”(Truth)层面的政治文化辨析。他指出“杂耍蒙太奇”虽然致力于表现“真实”，但却是一种商业手法和形式主义噱头，而“电影眼睛派”则倡导一种理性的真理认知态度。巴赞的写实主义强调了现象学意义上的“真实”，而中国的社会主义现实主义美学却恰恰受制于因人而异的、“形而上”的、不可知的、主观的“真理”。面对中国电影的宣教功能，巴赞的观念是具有革命性意义的。美国康涅狄格州法尔费尔德大学肖纪薇提出了“中国电影是否需要巴赞”的设问。她指出，巴赞现实主义美学对时空厚度和整体性的重视，对现实和艺术的辩证思考，它的反戏剧性立场以及对含蓄冲淡的艺术品质的褒扬，都暗合了中国传统审美的一些基本倾向。在中国电影需要承担市场化和主流意识形态双重压力的今天，巴赞的现实主义美学有其独到的价值。它会引领我们一次又一次地回到对电影最基本的认识，即电影首先是一门关乎现实、深植现实，与所有先验理念和价值预设无关的艺术。

上海大学影视艺术技术学院陈犀禾教授在《一个西方理论在东方的旅行》的主题发言中，从萨义德“理论旅行”的模式出发，探讨20世纪80年代巴赞理论在中国电影理论和创作界被接受和传播的情况。他认为新时期中国电影理论和创作对巴赞电影本体论和长镜头美学观点并不是一种单向的、被动的接受，而是积极的、主动的“挪用”。这种挪用一方面体现在引进的时机上，另一方面又体现在对其“创造性误读”和“改写”上。纵观巴赞理论的中国之旅，中国自身的现实文化语境具有决定性意义。中国新时期的电影语言创新的原点是中国的电影和中国的现实本身，而巴赞的理论则是推动这一过程的“助燃剂”。由此，所谓“误读”就不再是必须纠正的“错误”，而是一个文化创造的契机。上海大学影视艺术技术学院副教授石川博士将巴赞理论置于中国改革开放的进程中加以双向互动研究。他分析了巴赞理论与1978至1984年间中国电影的关系，而这一时期也正是中国改革开放口号提出和不断深化的阶段。在此期间，巴赞的电影理论观点以碎片化的方式进入中国，并被“中国特色”化。石川强调理论“移植”(Trans-Understanding)现象的特殊性与必然性，并指出正是这种“移植”才使得巴赞电影理论在中国语境中显得更加生气勃勃。

美国德州大学奥斯汀分校博士生郭绍华分析了1990年代以来中国电影面对现实的美学诉求。在她看来，1990年代以来的中国独立电影为进一步检验电影现实主义提供了新的多元尺度，如主流意识形态认可的社会主义现实主义、具有先锋性和探索特征的写实主义电影与心理现实主义电影，上述电影创作都或多或少地受到了巴赞美学观念的影响。美国俄勒冈大学李磊伟(David Li)教授发言认为，巴赞式的精神“幽灵”正包围着当代中国的电影景观，一系列电影如张元的《妈妈》、宁瀛的《民警故事》、张艺谋的《一个都不能少》和李杨的《盲井》等，都可以证明巴赞所倡导的新现实主义美学在新自由主义的中国获得了长足发展。北京师范大学艺术与传媒学院张智华教授指出，当代中国的现实主义电影思潮在很大程度上继承并发展了法国巴赞的"写实主义电影观"、"影像本体论"、"现实渐近线"理论以及意大利新现实主义电影的精神。1990 年代以来"第六代"的创作体现出不同于以往的"边缘现实主义"倾向，对这批青年导演而言"现实主义"已经超过了单纯的表现形态，而成为他们的艺术追求，以便更直接地与现实生活进行对话。与上述观点相左，北京电影学院郝建教授指出，当下一批中国独立电影作品中体现出的并不是巴赞意义上的纪实风格，而是风格化的纪实，这是一种技巧手段和生存策略。风格化的纪实手法强调个人风格特点和陌生化效果，也可以称其为"拼贴风格"，而现实主义只是镶嵌在其中充当点缀物的"马赛克"。对此观点，西南大学刘宇清副教授作出了风趣的呼应："簇拥在贾樟柯身边的真实的'小鸟'，现在虽则还没有被关进笼子，但恐怕起码是开始学舌了。"上海大学影视艺术技术学院程波副教授进一步指出，对"现实马赛克"的"拼贴化"导致了中国当代先锋电影的"泛底层"倾向和精英视角的丧失。

台湾国立政治大学陈儒修副教授梳理了台湾电影对于巴赞理论的学习过程。台湾第一本专业电影刊物《剧场杂志》自 1965 年在台北创刊，先后译介过巴赞的理论著述与法国新浪潮电影，给台湾电影导演带来了革命性的启发。以 1982 年《光阴的故事》为分界点，一批新锐导演开始努力为一代台湾人的生活、历史与心境塑像。陈儒修还结合对影片《色・戒》、《天边一朵云》的读解，发表了"台湾电影当下业已步入'后巴赞时代'"的见解。

"巴赞的生命结构是与巴黎和世界文化共生存的，并在电影创作技术和审美变革过程中完成的。"[7]无论是他对待电影的真诚态度，写作时的辩证思维，多角度、多学科分析问题的方式，对现实背后"神秘性"/"神圣性"的维护，还是他对于法国"新浪潮"的支持，对世界其他各国电影创作与理论批评的深刻影响，这些都将汇集成为永恒的"巴赞精神"。正如特吕弗 30 年前的一段话所言："假如巴赞还活着，他会用他的睿智和思想帮助我们更深刻地理解电影，让我们的电影做得更绝对、更完美、更抒情。所以，我们依然怀念安德烈・巴赞。"

参考文献：

[1] 柯林・麦凯布. 戈达尔：70 岁艺术家的肖像[M]. 北京：新星出版社，2008：61.

[2] 李陀，张暖忻．论电影语言的现代化[J]．电影艺术，1979，(3)：40—52.

[3] 林旭东，张亚璇，顾峥．故乡三部曲——《站台》[M]．北京：中国盲文出版社，2003：194.

[4] 福柯．知识考古学[M]．北京：三联书店，2007.

[5] 巴赞．电影是什么？[M]．南京：江苏教育出版社，2005：16.

[6] 彼得·马修斯．探究现实——安德烈·巴赞在昨天和今天[J]．世界电影，2006，(6)：4—10.

[7] 鸿钧．巴赞是什么？——巴赞电影真实美学与文化人格精神读解[J]．当代电影，2008，(4)：33—44.

后　记

本丛书辑选文章的时间跨度为新世纪以来的十年时光。十年间，上海大学影视学院电影学科获得了跨越式发展，目前形成了以“华语电影理论、历史和发展研究”为建设龙头，以“电影美学和文化研究”和“电影批评实践与方法研究”为两翼的特色学科发展格局。除此之外，我们又以“上海国际电影学术论坛”(Shanghai Forum for Film Studies)为平台，以良好的国际学术交流机制带动本学科的内涵建设与学术原创力培养。本丛书中大部分论文都是十年来上海大学电影学科主办各类大型学术研讨会最终形成的理论成果。此外，辑录入本丛书的论文亦曾先后刊载于我们的学术合作方《上海大学学报(社会科学版)》的“影视理论研究”专栏，在学界获得了较好的社会反响。在此，特别对《上海大学学报(社会科学版)》主编董乃斌教授与“影视理论研究”专栏的魏琼编辑表示衷心的感谢。

本书编撰工作还得到了许佳、洪代星、蒋安与聂伟等老师的热忱帮助，吴劼珉、尤杰、袁琳等同学也为本书的顺利出版给予了大量富有意义的工作支持，一并表示感谢。

最后，衷心感谢参与本丛书的每一位专家学者，正是你们的敏锐洞见与理论思考支撑起本书的学术生命力。

图书在版编目(CIP)数据

电影美学:史学重述与文化建构/尤红斌,王玉明主编. —上海:上海三联书店,2010.5
ISBN 978-7-5426-3246-3

Ⅰ.①电… Ⅱ.①尤… ②王… Ⅲ.①电影美学-研究-中国 Ⅳ.①J901

中国版本图书馆CIP数据核字(2010)第074749号

电影美学:史学重述与文化建构

主　　编 / 尤红斌　王玉明

责任编辑 / 姚望星
装帧设计 / 范峤青
监　　制 / 任中伟
责任校对 / 张大伟

出版发行 / 上海三联书店
(200031)中国上海市乌鲁木齐南路396弄10号
http://www.sanlianc.com
E-mail:shsanlian@yahoo.com.cn
印　　刷 / 上海市印刷二厂有限公司

版　　次 / 2010年5月第1版
印　　次 / 2010年5月第1次印刷
开　　本 / 710×1000　1/16
字　　数 / 270千字
印　　张 / 16
书　　号 / ISBN 978-7-5426-3246-3/J·108
定　　价 / 47.00元